■ 国际文凭组织前总干事杰弗里·比尔德（Jeffrey Beard）

■ 杰弗里·比尔德在IB总部的办公室

■ 安省前副省长George Smitherman（左1），新东方国际学院执行总裁黄荣烽先生
（左2），国际文凭组织前总干事杰弗里·比尔德（右2）和新东方国际学院校长
William Webster（右1）

■ 时任加拿大国会议员詹嘉礼先生（左）和时任加拿大驻中国大使David Mulroney（中）

■ 黄荣烽先生在开学典礼上热情澎湃地演讲

■ 黄荣烽先生与多伦多地区公立教育局董事会主席Shaun Chen先生

■ 时任安大略省长麦坚迪先生（左）

■ 新东方CEO俞敏洪在武汉中学与新东方国际学院合作仪式上留名

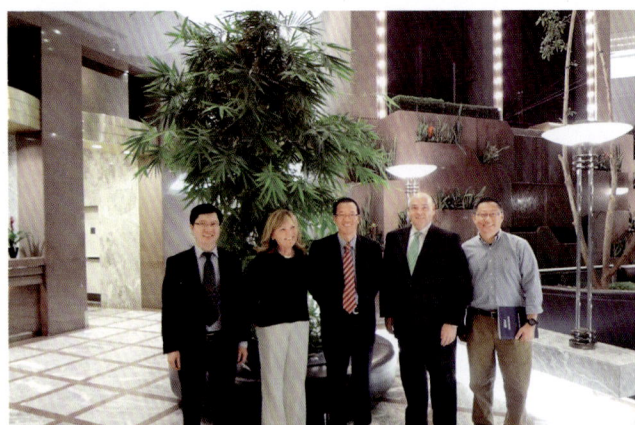

■ 新东方CEO俞敏洪先生（中）和新东方前途CEO周成刚先生（右一）莅临我校

一步到北美

跟我留学
成就人生

黄荣烽 | 著　　吴雨青 | 联合修订

[美] 杰弗里·比尔德
（Jeffrey Beard）　| 合著

湖南文艺出版社

博集天卷
CS·BOOKY

图书在版编目（CIP）数据

一步到北美：跟我留学 成就人生 / 黄荣烽 . —长沙：湖南文艺出版社，2011.8
ISBN 978-7-5404-5056-4

Ⅰ.①一…　Ⅱ.①黄…　Ⅲ.①留学生教育—概况—北美洲　Ⅳ.① G649.71
中国版本图书馆 CIP 数据核字（2011）第 137563 号

上架建议：留学生教育·成功励志

一步到北美：跟我留学 成就人生

作　　者：黄荣烽
联合修订：吴雨青
合　　著：[美]杰弗里·比尔德（Jeffrey Beard）
出 版 人：刘清华
责任编辑：薛　健　刘诗哲
监　　制：蔡明菲　潘　良
特约编辑：张思北
营销支持：李　群
版式设计：崔振江
封面设计：利　锐
出版发行：湖南文艺出版社
　　　　　（长沙市雨花区东二环一段 508 号　邮编：410014）
网　　址：www.hnwy.net
印　　刷：三河市鑫金马印装有限公司
经　　销：新华书店
开　　本：787mm×1092mm　1/16
字　　数：370 千字
印　　张：29
版　　次：2011 年 8 月第 1 版
印　　次：2015 年 10 月第 2 次印刷
书　　号：ISBN 978-7-5404-5056-4
定　　价：45.00 元

质量监督电话：010-59096394
团购电话：010-59320018

目录 Contents

第四章　留学过渡篇——为大学学习和生活做好准备

序言

教育之道中国难题

——俞敏洪

　　中国的基本教育将学生的基本功培养得非常扎实，但是缺乏创新教育、对独立思考能力和跨学科能力的培养，更缺乏对和社会对接的能力以及未来工作能力的培养。许多中上产阶层家庭解决中国教育困境的方法，就是送孩子出国留学。于是，每年数以十万计的中国留学生出国留学去了，特别是到北美。这个大方向是对的，但是 100% 吸收西方、试图彻底抛弃自己身上的中国烙印，这种想法和做法非常有害，而且也不可行。想想一个中国人的面孔，却单纯地只有西方白人的大脑思维，这个真的好吗？很多人对目前的中国教育不满，就想通过留学解决问题，但必须意识到，到了国外，解决了教育内容、教育方法的问题，却面临着新的其他问题，比如语言问题、文化问题、种族问题、身份认同问题、常识性问题、社会关系网问题，甚至饮食问题，当然还有学完后，职业发展问题和留下来还是回国发展的选择问题……这些新的问题，在《一步到北美》这本书里，算是提供了一些解决方案。

　　但是，要彻底解决中国教育的困境，必须从中国教育本身去找方案，那如何解决呢？本书也在教育体系的设计中深刻探讨了教育本质，特别是通过介绍国际文凭组织（简称 IBO）的 IB 高中的教育体系，来探讨一些可能解决中国教育问题的方案。比如说，教学生学习方法，而非只是学习内容；培养

学生批判性思维能力，think outside the box（打破常规地思考），而非死记硬背，从而培养学生的独立思考能力，甚至是颠覆性的创新思考能力。历史上，中国人并不缺独立思考和创新能力，我们中国人这方面的能力曾经是领先人类的。同时，还要尝试培养跨学科的能力、社会交往和社会活动能力、沟通能力、领导力等。最终必须培养学生掌握思考、研究、沟通、社会交往和自我管理这五种学习方法。

本书主要作者黄荣烽是加拿大新东方国际学院的执行总裁。加拿大新东方国际学院是在 2002 年设立的加拿大多伦多新东方学校的基础上发展起来的，2004 年获得安大略省高中资格成为加拿大新东方国际学院，后来于 2015 年 3 月成为 IB 高中。过去 10 年来，这所学校在坚持西方全日制教育的同时，很有创新地加入了中国导师团队的成分，并取得非常好的效果。我曾经问荣烽，你就一辈子从事教育工作吗？他回答说，是的。我又问他，一辈子？他很坚定地回答，是的！他在多伦多十几年，开始是为多伦多新东方学校工作，商学院 MBA 毕业后再回到加拿大新东方国际学院，负责全面的管理工作，之后独立发展出适合中国人海外教育的服务体系，又带领学校成为国际文凭组织的 IB 高中，组建了世界级别的 IB 高中顾问委员会。他对于西方国际教育体系和中国人文化种族特色的结合做出了独立的思考、创新的探索。多年的北美生活、学习、工作和思考，使他能充分理解中西两种文化和教育，吸收利用西方优良的高中教育体系元素的同时，又结合了适合中国人自己的教育理念和方法，确保避开两边的缺点，吸收两边的优点，目标是把学生培养成为拥有国际视野的全球化人才，而非给西方机构打工的二流人才。

本书的另一位作者，Jeffrey Beard（杰弗里·比尔德）先生是全球教育界的巨擘，他德高望重，受到全球教育界的一致尊崇。他是国际文凭组织 2006 到 2013 年的全球总干事，负责管理过全球 175 个国家教育部认可的 4000 多所 IB 学校。现在 IB 学校基本上是全球最好的中小学教育体系，全球近 4000 所大学优先认可 IB 高中的成绩。Beard 先生对中国学生的认识来源于参加了一次加拿大新东方国际学院的高中毕业典礼。他赞叹中国学生的聪明、勤奋和好学,认为他们在全球化的背景中是极为有实力的竞争者,为此还写了文章发表在世界一流的教育刊物中。他在本书中对 IB 做了总体介绍。希望这是一个非常直接的对国际文凭教育的权威介绍,既对中国引进借鉴国际教育有益,也对学生家长选择国际教育体系有益。

一步到北美——2015年第七届中加留学论坛上的讲话

　　"一步到北美"实际上是很容易的，从北京或上海到纽约或多伦多，有大量的国际航班，也就是说买一张机票就可以实现了。但是我相信这不是家长所希望的"一步到北美"。在我看来，"一步到北美"实际上是让自己成为一个国际化的人，而要做到这一点并不容易。大家可能都听说过，中国很多有经济实力的家庭都让孩子到国外去读书，然而，要适应国外的生活和学习环境要跨越的障碍是很大的。今天我很高兴和大家分享我的亲身体验——如何更好地克服困难、融入北美，做一个全球化背景下的国际人。

平台论——李斯的故事

　　帮助秦始皇统一天下的李斯有个著名的"老鼠哲学"。李斯生于战国末年，年轻时做过掌管文书的小吏，司马迁在《史记·李斯列传》中记载了这样一件事：有一次，李斯看到厕所里吃大便的老鼠，遇人或狗到厕所来，它们都会立刻逃走，生活非常艰难；但在米仓的老鼠，一只只吃得又大又肥，悠然自得地在米堆中嬉戏，没有人或狗带来的威胁和恐惧，生活非常舒适。李斯很感慨，说："一个人有没有出息就和老鼠一样，是由自己所处的环境决定的。"李斯认为人无所谓能干不能干，聪明才智本来就差不多，富贵与贫贱全看自己是否能抓住机会、选择环境，关键在于平台的选择。于是，李斯辞去楚国小吏的职位，"出国"到齐国求学，拜当时的儒学大师荀卿为师。李斯学完之

后，经过对各国情况的分析和比较，觉得秦国的实力最强、平台最好，就决定到秦国去。后来，李斯在秦国这个更好的平台上帮助秦始皇做出了统一中国的大事业来，影响了中国历史的进程。

现在的中国是正在崛起的大国，是全球最大的市场和出口商，但是创新教育和创新能力不足；而北美正好有强大的创新教育和创新能力，而且世界又处在全球化时代，正在经历互相融合、一体化的过程。作为中国人，如果能够一步到北美，接受更好的教育，然后结合北美优势和中国人的背景，就能够站在更好的全球化的大平台上，或者为中国引入创新的体系和产品，或者为中国机构开拓海外事业，以此来让自己的事业腾飞。

北美是个更好的平台，助力成为全球化人才

有人说，留学是刚需，如果说这适合所有中国人，那是个笑话；如果说这适合中国中、高产家庭，这是比较真实的。因为留学北美让中国家庭从依托其家庭所在平台发展向上跳跃到了一个全球化发展的更高、更大的平台。以山东的同学为例，同学们的高考很郁闷，即使分数比一本线高 50 分也得担心山东大学能不能录取自己，更不用提清华、北大了。但是到了加拿大新东方国际学院，如果是一本水平的同学，几乎可以保证进入多伦多大学，那是比清华、北大排名高得多的全球前 20 的大学，无疑是非常有利的选择。北京、上海外的大部分地方的同学都面临着相似的状况。而北京、上海等一线城市的同学，外语比较好，国际视野比较广阔，如果他们出国到北美，则更有机会利用好这个大平台，使自己成为全球化的人才。

Commonsense（常识）

比如，你在国内吃麦当劳或肯德基，吃完后就把盘子留在桌子上走了，而在北美，作为顾客你必须把盘子内的垃圾收到垃圾箱里。同样的，在教室里上完课之后也要把个人物品带走，个人的垃圾丢到垃圾箱里。就是这么一个简单的习惯，我们需要三个月的时间才能帮助新生养成。另外一个常识就是关于劳工方面的规定。比如，中国台湾地区驻美国的一个代表，有一次带

着一名菲律宾的雇员到美国工作，每天要求他工作十几小时，还扣留他的护照。后来这件事被揭发，那个代表被认为是侵犯人权，违反了美国的劳动法，最终被驱逐回台湾。这件事还差点影响到了当年的马英九竞选。根据北美的劳动法，雇员每天最多只能工作八小时。这些一点一滴的 commonsense，可不要小看，一旦出事，都会成为大事。大家到北美之后要花很长的时间慢慢学习和积累，一旦北美的常识积累得差不多了，你在当地的生活基本上就会感觉比较舒服了，你个人的发展也就有了坚实的基础。

语言

有多少中国留学生能听懂当地人很快语速的谈话呢？你的英语再好，也可能会在接触当地人的时候发蒙，因为他们的语速真的很快。到北美或者到英国留学的学生其实英语水平真的都需要提高。就拿我做例子，我到北美整整 10 年了，2002 年我到北美，2004 年我在北美读 MBA。尽管我在读 MBA 之前工作过两年，觉得读起书来比较容易，但是仍然要"脱几层皮"才能顺利毕业。另外一个例子是国内一名北大、清华级别学校的硕士毕业生，进入商学院读书之前，他在跨国公司工作了三年，英语是工作语言。但是在第一学期，他发现老师讲的很多内容都听不懂；第二学期，他自己花钱，每周花两个晚上去学习 ESL（English as a second language，非母语英语课程）课程，到毕业的时候才逐渐进入适应语言的状态。所以我建议有条件的家长可以让孩子到北美适应一两年然后再进入大学学习，如果没有条件让孩子出国学习语言，也要让孩子尽量在国内多提高英语水平，为北美的学习做准备，这真的很重要。

心理上的挑战

曾经有个朋友讲，他最讨厌体检，说万一检查出了健康问题怎么办。我反问如果不体检，有问题也得不到及早治疗，那到最后不就是死路一条？他这是由于心理的恐惧而拒绝最有效的保持健康的方法。其实，英语考试就是一种留学"体检"。所有留学生到北美留学都要通过雅思或者托福（TOEFL）

考试。我们学校有个学生，雅思模拟考试逃跑，雅思正式考试也不参加，对考试有畏惧心理。然后老师耐心地给他做了心理疏导工作，我作为校长也和这名学生谈话，发现他惧怕考试。我知道很多中国留学生在北美上完大学之后，不得不立即回到国内发展，也是因为他们害怕张口说英语，害怕去面试，害怕自己的语言被"体检"。其实过语言关也就是过心理关，如果你每天攻破一个英语习惯用语，那么一年 365 天，你每天坚持，效果就很明显了。假如你还能坚持三到五年的话，那么你的英语水平就不容小觑了。但是问题在于很多人下定决心做好了学习计划，却不按照它执行，结果功亏一篑。如果你一再逃避，心理上害怕，那么永远也不能跨越语言的障碍。北美文化有一点值得借鉴，那就是犯错误并不可怕，可怕的是反复犯同一个错误。北美人认为学习的过程就是一个"学习曲线"，也就是你不断地发现自己的错误，然后改正错误，把不会的内容变成会的。每天进步一点，积少成多就一定可以攻下语言关。一定要敢于面对自己的弱点，要敢于解剖自己，但是做到这一点是有点困难的。所以我觉得如果你认为自己惧怕英语到了很严重的地步的话，真的得考虑是不是要去北美留学。相反，如果你觉得自己很开放，勇于接受挑战的话，就没问题了。

我在上大学的时候，英语从一级到六级都是 60 多分，但是我不怕犯错误，不断尝试，所以在后来的七八年，我的英语有了很大的进步。我感觉每天的积累很重要。不断找出自己语言上的缺陷，甚至不断找出自己各方面知识技能上的不足，然后提高，这就是最好的提高英语水平之路，也是加快自己在北美发展的健康之路。

身份的问题

在北美，如果你要工作就要有工作签证（即工签）。如果你在海外上四年大学，不去工作，真的不值。至于申请工作签证和移民，在"9·11"之后，美国设置了大量的工签限制，只有加拿大、英国和澳大利亚是比较好的留学选择，而现在英国和澳大利亚也收紧了留学生的移民和工签。因此，加拿大申请留学和经验类移民是这些国家中最容易的一个。我认为加拿大应该是大部分留学生的优先选择。如果你是坚决的美国粉丝，那就需要做好调研，了解如何在留学期间在美国实习以及留学后获得美国工签。

个人发展的战略选择

作为留学生，要明白出国仅仅是手段，绝不是目的。曾经有人这么说："你要出国就要把国内的一切都忘掉，完全把自己融入国外的环境当中去，才可以立足。"但是大家想一想，如果你中途出国留学，完全忘记中国的语言和文化，那么你的语言是否能比过当地出生的人呢？你的关系网是否比当地人大呢？你的文化常识是否比当地人好呢？我想这些问题的答案都是否定的。在这种条件下，你的同事是当地人，你的客户是当地人，那么结果是你只会成为所谓的"二等公民"，事事不如当地人。相反，如果你跟北美当地人比中文，比对中国的了解，那么你肯定比他们强很多！所以一定要以中国的背景为自豪，为自己的优势。在建立北美关系网的同时不要忘了中国的背景，在了解北美的 commonsense 的同时，不要忘了中国的文化。而中国在发展、崛起的过程中需要大量的懂中国又懂北美的人才，北美机构在和中国交往、进入中国时也需要大量这样的人才，如果你选择成为做这类国际化桥梁的人，那么，北美的当地人和国内的同胞在起点上就大大落后于你了。

在当今的全球化时代，你有中国的文化背景、人际网络和教育背景，加上北美留学过程中吸收的北美的文化、语言和知识技能，在作为中国和世界的桥梁这方面，你肯定是最强的。比如，我们新东方国际学院的顾问委员会主席是安大略省的前副省长，作为加拿大最大省的前二把手，他的地位相当于我们中国的北京市前市长或上海市前市长。省长先生通过我们新东方了解了中国的文化、经济、政治等。就如何和中国市场打交道这方面，很明显他就不如我。如果我当初在北美选择和中国无关的、彻底本地化的领域，估计现在给省长先生拎包都不够格。但是因为我选择的是中国和北美结合部分的领域，所以我能够在商学院毕业的第五年就邀请到省长先生做我们的顾问委员会主席。当然，对我们来说，我们需要以他为媒介，跟当地的政府建立联

系。比如安大略湖边的土地规划，如果新东方集团要开发的话，通过和当地政府建立联系才能更容易达到目的。假如靠我们新东方单枪匹马去开发，肯定会遇到很多困难。

以上是我个人的一些体会，希望对即将留学的学生和家长有所帮助。如何在北美留学、就业、发展，并取得成功，从教育到其他一些常见困难，有太多的细节可以聊，我就在《一步到北美》这本书中，加以详细描述。

黄荣烽

第一章　留学原动力——钱学森之问和IB之道

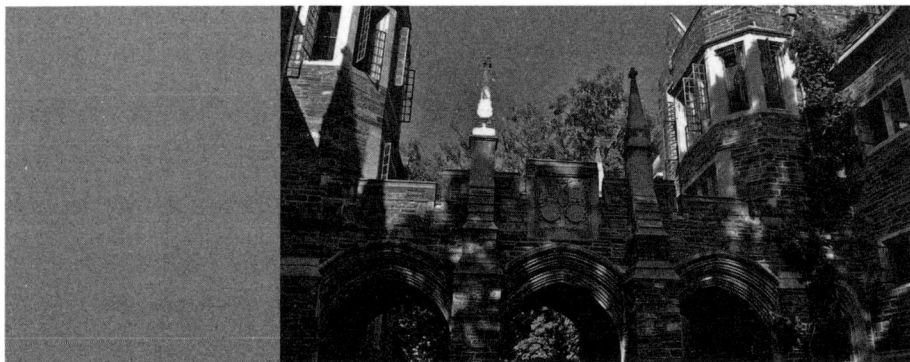

1.1 "钱学森之问"，答案在《从0到1》中，在IB中

"为什么我们的学校总是培养不出杰出的人才？"这就是著名的"钱学森之问"。2005年，温家宝总理在看望钱学森的时候，钱老感慨说："这么多年培养的学生，还没有哪一个的学术成就能够跟民国时期培养的大师相比。"钱老又发问："为什么我们的学校总是培养不出杰出的人才？"著名的科学家钱学森去世之前引出了一个非常有名的"钱学森之问"。新中国成立之后，为什么没有颠覆性的人才出现，没有突破性的大才被培养出来呢？其实这个问题是针对中国的教育体制和社会现状长时间的矛盾而提出的。近几十年，中国取得了巨大的经济建设成绩，但是，主要是靠学习西方，从国外直接引进原创的科学技术或商业模式，甚至是思想文化和生活方式，然后进行大规模的复制和发展；而真正要找出建国后培养出来的人才原创出来的东西，几乎是没有的，再看各个领域能真正达到大师这个级别的人才，也几乎没有。

"钱学森之问"激起了上至政府、学者，下至普通百姓的热烈探讨，但是这个问题一直都没有得到系统的解答。大家只是有个大约的共识，就是中国的教育出了问题了，但根本性的问题在哪里、如何提供一个系统的方案来解决，并没有一个结论。结果，国人对国内的教育越来越失望，希

望出国留学来获得更好的教育。所以，中国人出国留学的规模每年以20%左右的速度增加，到2014年当年有40多万中国人出国留学。

在我看来，"钱学森之问"的答案其实就在北美的本科及以上的教育当中，以及在《从0到1》这本书里。这个答案在IB国际文凭教育体系中也可以找到，这个教育体系培养的就是"从0到1"的突破性的创新人才。（IB是全球唯一的、国际化的、标准的中小学教育体系，代表着最高品质的中小学教育。于1968年创立，由全球非盈利性的国际文凭组织负责管理，其高中项目毕业生进入常春藤学校（简称藤校）级别的世界顶级大学的概率是其他高中项目的一倍。）

_ IB的前世今生和影响

IB全称为国际文凭，是全球标准的从幼儿园到高中的国际教育体系，其管理机构是国际文凭组织，还是一个以教育使命为动力、以学生为中心的非盈利组织。旨在培养爱探究、有知识和有爱心的年轻人，通过对多元文化的学习和理解，创造更美好、和平的世界。

IB的成立源于一个国际化的故事。在没有IB之时，很多跨国流动的国际高端人士，如外交官、跨国公司高管和国际军事人员，发现他们的孩子的教育面临着非常大的问题。比如，可能他们自己这三年在英国的伦敦工作，下一个三年在法国的巴黎工作，再过几年在东京工作。每过几年就换一个国家工作，但是小孩要随着他们迁移，每几年就换一个国家，这对小孩是一个灾难性的事情。

在IB出现之前，没有任何一个教育体系能够在不同的国家之间都以统一的标准教育学生，并让许多的国家政府和学校接受并运作这个体系。这样，经常跨国界迁移人士的子女在到了新的地方后，大部分就只能就读当地学校，而他们原来的语言和教学体系都和这所新学校完全不一样。结

果，这些人士的子女的教育就被耽搁了。

后来 IB 出现了，它实现了这种功能：在不同的国家、省或州之间，只要你上的是 IB 国际文凭项目，那么它的标准就是全球统一的，孩子能够在任何地方不同的 IB 学校、不同的班级之间转来转去，他不会感到自己进入了一个不同的教育项目中。这就解决了国际商务人士、国际军事人员、外交官等人士的子女的教育问题。

IB 最早是从高中即 IBDP（IB 大学预科项目，本书简称 IB 高中）开始，随着 IB 的发展，大家越来越意识到 IB 的教育质量非常好，于是慢慢地从高中项目发展到了中小学项目和幼儿园项目。到目前为止，IB 有 PYP（幼儿园小学项目）、MYP（中学项目）、DP（高中项目），以及最新发展的职业项目。到目前为止，IB 的高中项目已经取得了举世公认的成就。

_ 大学录取优势

· 国际文凭组织与世界各国大学紧密合作，IB 文凭获得世界主流大学的广泛认可。

· IB 学生的平均录取率比总人口的平均录取率高出 22%。

· IB 学生的常春藤大学录取率（普林斯顿大学、耶鲁大学、布朗大学、哈佛大学、哥伦比亚大学、康奈尔大学、达特茅斯大学、宾夕法尼亚大学）比总人口的平均录取率多一倍。

大学	IB 学生录取比例	总人口录取比例	IB 学生对比比总人口
佛罗里达大学 University of Florida	82%	42%	+40%
佛罗里达州立大学 Florida State University	92%	60%	+32%
布朗大学 Brown University	18%	9%	+9%

（续表）

大学	IB 学生录取比例	总人口 录取比例	IB 学生对比 比总人口
斯坦福大学 Stanford University	15%	7%	+8%
哥伦比亚大学 Columbia University	13%	9%	+4%
加州大学 - 伯克利分校 University of California-Berkeley	58%	26%	+32%
哈佛大学 Harvard University	10%	7%	+3%
纽约大学 New York University	57%	30%	+27%
密歇根大学 - 安娜堡 University of Michigan-Ann Arbor	71%	51%	+20%
迈阿密大学 University of Miami	72%	30%	+42%

Source: IBDP Graduate Destinations Survey 2011/12 conducted by i-graduate International Insight

_IB 大学预科项目（IB 高中）如何为大学阶段的学习奠定基础

最能说明 IB 高中项目的成功的指标，是 IB 的高中毕业生在美国的各所大学的四年本科学习的毕业率。在中国，如果学生在第四年顺利毕业，就被视为理所当然；没能顺利毕业，便会被看成问题学生。但是在国外的学校中，由于学生需要选择大量的选修课程，所以不一定能在四年内毕业，很多人经过六七年才毕业。但是，四年的毕业率还是一个非常关键的指标，由此可以证明这个学生的学习能力或者从某一种教育体制出来的高中学生在本科系统中的生存能力。

_IB 学生大学毕业率更高

经过对 2011 年的 IB 学生高中毕业情况的研究，我们发现 IB 学生的

毕业率远远高于美国全国的平均水平。以全日制大学四年毕业率为例，美国总人口本科四年毕业平均概率是 36% 左右，但是 IB 学生的毕业率是 65%，也就是说，以四年毕业率为指标，IB 学生的大学毕业率是其他学生的毕业率的一倍左右。

_ IB 为学生在大学的成功奠定基础

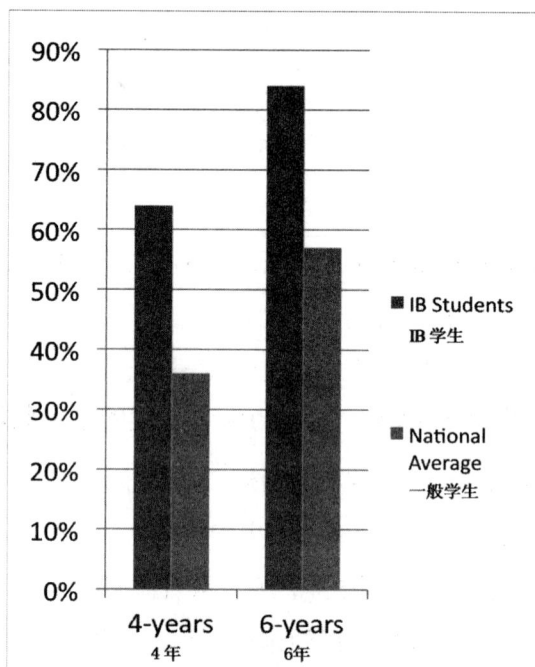

IB 学生与一般学生毕业率对比图

　常春藤学校级别的全球顶尖大学对 IB 教育的评价非常高。

　"众所周知，IB 课程提供了良好的准备。学生在 IB 课程当中的成功与在哈佛的成功息息相关。我们很高兴看到申请者提供 IB 的大学预科成绩。"

Marlyn McGrath Lewis, 哈佛大学招生助理院长

"IB 是一个一流的、众人熟知的、为像我们这样的大学提供优质生源的项目。"

Fred Hargadon, 普林斯顿大学本科招生主任

"我们知道 IB 课程的质量，我们认为 IB 课程是了不起的。"

Christoph Guttentag, 杜克大学招生委员会主任

"IB 文凭的严格程度满足了我们对高中教育质量的最苛刻的期望……总之，IB 学生将会获得威廉与玛丽学院招生委员会的青睐。"

Allison Jesse, 威廉与玛丽学院招生委员会前副主任

其实这些顶尖大学都接受 IB 课程的转学分。这是什么意思呢？事实上，IB 的六门基础课程里面有三门是高级课程，另外三门是基础课程。如果三门高级课程可以考到 6 分或 7 分（总分 7 分），那么哈佛大学、耶鲁大学、普林斯顿大学这样的世界顶尖学府就会接受 IB 课程的学分转成他们的本科课程的学分，也就是说这些课程可以免修。例如，IB 高中课程中数学的高级课程，如果学生考了 6 分或 7 分，并且其所选的本科专业需要学数学，那么，数学课程就免修了。从某种意义上来说，IB 课程体系的教育质量跟世界顶尖学府的本科教育质量是同一个水准的。

_国际文凭大学预科项目（IBDP），你不二的选择

IBDP、AP（美国大学预修课程）、A Level（英国高中课程）、安大略

IBO 前全球总干事 Jeffrey Beard 与我校学生亲切交谈

省（简称安省）高中体系（OSSD）、中国高中体系之比较，请见下表。

	IBDP	AP	A Level	OSSD 加拿大安省高中课程	Chinese High School 中国高中课程
标准	全球标准	美国标准	英国标准	加拿大安大略省标准	中国标准
国际高中学历	是	否	是	否	否
学制	2 年	和普通高中课程并行，3 年	2 年	4 年（9-12 年级）	3 年
整体难度	最难	较难	较简单	较简单	较难
每门课最高分数	7	5	A*	100	视具体省份或直辖市而定
考核方式	课堂评价和考试共同决定	考试决定	考试决定	课堂评价和考试共同决定	考试决定
考试时间	5 月	5 月	5 月和 11 月	每学期进行	每学期进行，高二或高三会考，6 月高考

（续表）

	IBDP	AP	A Level	OSSD 加拿大安省高中课程	Chinese High School 中国高中课程
考察重点	对概念、理论的理解和阐述	对具体知识点的掌握	对具体知识点的掌握	知识、质询、沟通、应用四方面考核知识点	对具体知识点的掌握
课程选择	IB 课程体系分为六个部分，学生可选择修满所有课程，获得 IBDP，或选修部分课程，获得 IB certificate（IB 证书）	37 门 AP 课程相互独立，学生可选择不同的课程单独修读	自由选课	有必修选修之分	虽有必修选修之分，大多仍为必修科目
若想毕业需要修读的课程数量	最少六门	不限	最少三门	30 学分，其中 18 学分为必修	视具体省份或直辖市而定
考试安排	全球考试，每年两次（5 月和 11 月）	不确定	两次	每门课每学期一次	会考一次，高考一次
考试资格	IB 学生	任何人	A-Level 学生	OSSD 学生	全日制高中生
是否可以补考	补考即推迟一年申请大学	可补考，原成绩保留	第一年可补考	需重修课程	会考不合格可补考，高考不理想需复读
可否自由选课	在规定框架内	可以	可以	可以	自由度很低
对英语要求	很高	较高	较高	较高	较低
社会实践机会	有	无	无	有	无
考试地点	IB 学校	指定授权点	指定授权点	OSSD 学校	指定高中考场
课程优点	综合培养学生能力，可转换大学学分	适合某些科目拔尖的学生，可转换大学学分	相对容易获得高分	与加拿大大学教育无缝接轨，升入加拿大高校优势明显	训练严苛，基础扎实
课程缺点	课程压力较大	若分数不高，用处不大	普遍分数较高，三个 A 的成绩不再具备较大的竞争力	对升入加拿大以外学校优势不明显	对思辨能力、动手能力、社会实践能力的综合训练不足

（续表）

	IBDP	AP	A Level	OSSD 加拿大安省高中课程	Chinese High School 中国高中课程
适合人群	综合能力强，英语基础好，有全球视野的学生	成绩拔尖，专注于美国高校的学生	打算升入英国高校的学生	打算升入加拿大高校的学生	打算升入中国高校的学生

_ 一个苹果引发的思考

IB 的培养目标之一是培养学生的批判性思维。什么是批判性思维呢？通俗来讲，就是培养学生尝试挑战各种常识性的现象、推翻普遍存在的假设的思考能力，让学生具备突破框架的思考能力，用英语表达就是"think outside of box"。

当初，牛顿坐在苹果树下，一个苹果砸到了他的脑袋。如果是个没有批判性思维能力的人坐在那儿，他很可能会想：怎么这么倒霉？苹果怎么砸到我的头上？怎么不砸到其他地方或别人的头上？这个反应是很正常的，几乎所有人都会这么反应。但是，牛顿的反应就跟别人不一样。他突发奇想，觉得这苹果为什么会砸到我头上？苹果为什么会往地上掉？为什么不往天上掉？

在大部分人看来，会这么想的人肯定是脑子有问题，苹果当然往地上掉了，哪有往天上掉的道理？这是常识，或者是已存在的人类社会的公理。质疑这个常识或公理的人，往往会被认为是精神出了问题。但是质疑苹果往地上掉而不往天上掉，恰恰是反映批判性思维的一个非常好的典型案例。为什么呢？因为牛顿挑战了一个大家公认的常识性现象，就是苹果熟了会往地上掉。挑战常识性的东西、推翻各种各样的公认的假设才能真正地颠覆原来所有的一切，这才是创新的根源！牛顿挑战了一个常识性的现象，结果就颠覆了人类以前的认知，创立了现代的物理体系，也帮助人类进入了现代文明社会。所以，出现一个颠覆性的或创新性的东西，是需要挑战现有常识或现有体系的。在这背后，批判性思维起着至关重要的作用。

　　IB 高中的培养目标之一就是培养学生的思考能力，思维能力当中最重要的是批判性思维能力，也就是说培养的是苹果砸到脑袋之后牛顿式的反应。拥有了牛顿式的反应，就能够从思维方式上挑战人类的常识或者大家习以为常的事物，而成功打破了这种常识性的东西之后自然而然地就产生了颠覆性的思维、科技创新、制度创新、生活方式创新、商业模式创新等各类创新。这就是 IB 的神奇之处，因为它把培养批判性思维的人才作为它的最主要的目标之一。而我们中国国内目前的教育，从中小学到大学，学生是以死记硬背为主。学生在中国的教育体系中并没有被鼓励去思考，更不用说培养批判性的思维。大家都只知道记住考点来应付考试，但是考点只是知识体系中很小的一部分，有些甚至连知识都不是。IB 理解培养创新型人才、培养拥有颠覆性杰出人才的重要性。而批判性思维能力的培养，是培养这种人才的重中之重，是 IB 教育体系的目标之一。

_ 创新的力量

　　创新赋予了机构或个人"快鱼吃慢鱼""小鱼吃大鱼"的力量，见证了商业界大量的以小搏大、新手灭老手的案例。2007 年，诺基亚实力雄厚，但在苹果公司的一款创新性的智能手机——iPhone 的攻击下，短短六年，就轰然倒塌。2013 年，其手机部门被迫卖给微软。如今，iPhone 产品线的价值占整个苹果公司的 60% 左右，如果换算成市值，就是大约 4000 亿美元。而在 2007 年，iPhone 刚推出的那一年，诺基亚公司的市值最高峰是 1500 亿美元，和当时的苹果公司最高峰的市值是基本一样的。但当时 iPhone 根本不起眼，整个产品线的估值和诺基亚整个公司

的估值相比，基本可以忽略不计。当时有很多人恶搞 iPhone，有个笑话说乔布斯把 iPhone 设计得非常美观，功能非常强大，超过很多笔记本电脑，但是测试打电话的功能时才意识到工程师们忘了给这款移动电话设计电话功能。诺基亚的高管当时还干脆揶揄苹果，质疑乔布斯是否懂得手机需要个天线这个基本常识。

在 2007 年，绝大部分人都没有意识到 iPhone 的推出会意味着移动互联网时代的来临。iPhone 是智能的、移动的、大部分人消费得起的、颠覆性的创新产品，而诺基亚主要还是守旧的、单纯的电信类设备，只是提供了语音和短信功能，它和苹果手机的差距犹如马车和汽车的差距。诺基亚的失败，其实是电信业败在移动互联网业手里。故事还在继续，移动互联网很快被我们中国人学习借鉴了。在中国，我们看到中国移动、中国联通想逼微信收费，快滴、优步正在全面威胁着传统的出租车行业，阿里巴巴、京东正在打败传统的百货大楼，商业、物业正在面临着网络空间虚拟卖场的竞争。

iPhone 的横空出世是移动互联网席卷各行各业的开始！有位苹果的机构投资者代表曾放下豪言，苹果公司现在 7000 亿美元的市值还是被低估了，在 iPhone 强劲的销售驱动下，苹果公司有希望成为人类历史上第一个突破万亿美元市值的公司！2014 年，广州实现地区生产总值 1.67 万亿元人民币，上海 2.36 万亿元人民币，北京 2.13 万亿元人民币。目前，苹果公司的市值相当于北京和上海 2014 年的 GDP 总额。如果突破万亿美元，那苹果公司的市值就相当于北、上、广三个中国一线城市的全年的国民生产总值的总和！苹果公司的员工一共只有 9.2 万人，而北、上、广三个中国一线城市的总人口超过了 5000 万人。

像苹果这样突破了"0 到 1"而快速创新发展的公司，力量是十分惊人的，它不仅短短几年就进入了新的领域、迅速抢占了全球市场、参与创造了全新的行业并参与建立了全新的生活方式和商业模式，还获得了全球通信设备的垄断地位。类似苹果公司这样的故事，在人类社会中还在不断出现。比如在"空中食宿"（airbnb，一家网络房屋租赁公司）成立前，出行的人没有选择，只有高价的旅店可选，

Jeffrey Beard 与我校领导会谈

而业主也不能轻易且放心地出租自己空闲的房间。"空中食宿"看到了这项未被开发的服务和未被解决的需求，迅速推进。

其实早在十年前，各种互联网传媒的出现就已经慢慢开始影响传统媒体了，连大名鼎鼎的《纽约时报》都在死亡线上挣扎。移动互联网出现后，这个趋势就大大加快了。纸质媒体、电视媒体的功能迅速被新媒体（微博、微信等）超越，这些新媒体不仅能够实时地创造新闻、传播新闻，还能互动并实现社交功能。通过互联网在家看电视早已习以为常，但在手机上观看视频则带来了很大冲击。由此，很多人预见电视媒体很快会成为一个夕阳产业。移动互联网的智能手机其实就是将三个已有的"屏幕"合一：电视屏幕、电脑屏幕和手机屏幕。在一个智能手机的屏幕上，不但实现了电视、电脑和手机的功能，其性能、功能还大大超越了原来的三者。智能手机的形式成为全新的媒体形式，也就是说，未来的移动互联网行业很可能会对电信业、电视业和其他的传媒行业造成极大的影响，将它们整合到移动互联网的平台上。这是创新的力量。

目前，**移动技术还在第四代移动通信时代，但是人们已经开始看到第五代移动通信在开发当中了**。有报道称，第五代移动通信网络将会在

2018 年左右开始测试使用。可以预见，那时的宽带速度将会是现在速度
的一百倍，视频电话就不会总是掉线，人们可以随时挂在线上看高品质的
大片，甚至更有助于虚拟现实的实现。

　　教育领域一直是采纳新技术的最后堡垒，但是在未来，涵盖线上、
线下的混合式教育形式可能会大行其道。历来，大家都觉得面对面的教
学是唯一的、最好的教学方式，但是最好的教育只有通过最好的教师才
能实现，而好老师总是很稀缺。在未来，移动的教育加上虚拟现实的技
术可能会把最好的教师和不同地点的学生整合在同一个虚拟的教育空间
里，再加上一定程度的面对面的普通教师的线下辅导即可。这样，几乎
所有的学生都能够有机会聆听大师级别的老师的授课，由此，高品质的
知识体系便能够大规模地转移到大量的人群中，引起高品质教育的变革
性、大爆炸式的发展。

　　近几百年来，人类社会的生活质量和生活方式有了巨大的进步，这都
是源于创新性技术的出现和发展。比如铁路的出现、发电机和照明设备的
出现、电报和电话的出现、飞机的出现，以及互联网的出现等。每一项新
技术的产生和发展，都会取代大量的原有行业和产业。所以创新的力量就
在于能极大地提高生产效率以及人类生活的舒适程度。如果不拥抱创新而一直停留在原来的思维、原来的行业或产业，当创新来到的时候，你所处的行业或产业就会面临危机，你就有可

Jeffrey Beard 在毕业典礼上分享自己的故事

能失去工作。同样，作为一个国家，如果不拥抱创新，那么当他国的创新技术将本国原有的核心产业颠覆的时候，就会陷入危机。比如几年前，许多全球精英就在探讨，如果新能源技术出现了突破性的创新，人类就再也不需要石油了，那中东那些高度依赖石油工业的国家该怎么办？

2014 年，诺基亚被微软收购完成时，诺基亚的老总说："我们并没有做错什么，但不知为什么，我们输了。"全场所有的诺基亚骨干潸然泪下！直到输了、失败了，他们都没看懂移动互联网的大趋势。其实，没有必要哭，输的一定都不冤枉！他们最欠缺的是批判性思维的能力，他们连已经出现的颠覆性的创新都看不懂，怎么能够推进创新呢？这些人，能做到全球大企业的高管，肯定是有一定能力的，但是他们只是具有出色的执行能力，比如 1+1 的计算速度非常快；当真正需要他们判断方向、预估大趋势时，他们就彻底不行了。所以，人们有了一个著名的辩论命题：管理是艺术还是科学？其实越是靠近底层的、常规性的，就越靠近日常性的运营；越是科学的，越是单单靠数学就可以解决；越是靠近上层的、战略层次或颠覆性的，就越需要艺术性的创作与哲学性的思考。诺基亚和苹果的战争，其实仅仅是会运营的人和有颠覆性创新的人对决的结果，是只有普通思维能力的团队和拥有批判性思维能力的团队对决的结果。胡适先生有句经典名言：大胆假设，小心求证！大胆假设的能力，就是批判性思维的能力；小心求证，就是日常性、运营性的可靠的执行能力。诺基亚团队只有后者的能力，而苹果是二者都有！

创新的力量是惊人的，因为大家看到的创新创立了一个全新的商业模式、行业和生活方式。创新出现的时候，旧的行业甚至会被完全替代，许多人的就业生存都会面临着巨大的问题！没有能力拥抱创新的代价是巨大而惨痛的，而发起创新、参与创新的回报是丰厚而可持续的！

_ 创新的力量不是天生的，需要教育的耕耘培育

如何培养创新的杰出人才？创新的力量如何获得呢？目前为止，我们在 IB 教育体系里看到，IB 是和创新性杰出人才的培养关联性最高的教育体系。目前来看，IB 是最能培养出创新型杰出人才的教育体系，也是全球化时代培养跨学科、跨国界、跨文化的杰出人才的最好的一个教育体系。

创新依赖于多样化和差异化，而批判性思维直接就能产生多样化和差异化的东西。IB 的教育专门强调了差异化、个性化的教育方法。这种教育方法自然而然地使学生思想多样化、技能多样化，从而培养出多样化、差异化的人才。

IB 的教育方法还强调大家要能够联系历史大背景或者整个事物发展的大环境去教学，而不是简单地让学生记住一件事或背下一个概念或数字，这种总体论或和大背景相联系的教育学习方法能够培养学生更有全局观，更有举一反三的能力，发展透过现象或者个案看到本质的能力。这就是为什么说在全球化发展的时代，IB 的教育方法能培养、锻炼学生跨越国界、跨越文化、互相体会对方的心态的能力。"己所不欲，勿施于人"，IB 在教育学生处理自己与他人或其他不同文化的关系时，所持的观念和中国传统的儒家思想惊人地一致。IB 认为，其他人也可能是对的。通过联系大背景、换位思考、鼓励包容心态等方法，IB 培养了学生跨国界、跨文化、跨种族、跨语言的国际化视野和国际化思维的能力，大大提高了多样性，又大大减少了各种潜在的冲突。这也是 IB 能够培养创新人才的另外一个原因——IB 培养出来的学生可以更好地以开放、包容的心态吸收世界优秀的思想和事物。另外，由于大大减少了冲突，创新也能持续不断地出现。

换位思考的能力是非常重要的。比如，在商业市场环境下，换位思考就是从对方的角度思考需求。原来的商业模式都是厂商大量生产商品，然后到市场上出售，也不管顾客喜不喜欢，反正东西就是这些，喜欢就买，不喜欢就不买。很多顾客虽然不喜欢很多东西，但是由于没有选择，硬着头皮也要买。最经典的案例是亨利·福特，他只提供黑色的福特车。很多人说"我要其他颜色"，福特却很牛气地表示，在福特车厂你可以选择颜色——各种黑色，除此之外没有其他的颜色。在商品经济发展的早期阶段这是可行的，因为物资匮乏，大家没有选择。但是到了后来，各类商品的供应商越来越多，顾客的影响力越来越大，他们会到处选择自己最喜欢的商品，然后才买。这样，很多不考虑顾客感受的厂商由于过于不受欢迎或过多地生产产品，导致产品滞销，商家就可能亏钱，甚至倒闭。一个新的时代诞生了，厂商开始研究顾客喜欢什么，设身处地地从顾客的角度出发，绞尽脑汁地去发现顾客的喜好，然后去设计生产。福特的时代是典型的埋头生产就可以解决问题的时代，而需要从顾客角度换位思考才能生存的时代是市场营销的时代，这个时代的飞跃，其实是商业模式创新的结果。市场营销其实就是审慎调研，按照顾客的方式来思考、生产和销售。现如今，传统的市场营销已经无法满足当下市场的需求了，由于大数据技术的发展，已经到了需要按非常小众的顾客群来调研、思考、设计、生产和销售产品的时代，最极致的模式就是规模化的私人定制。这与 IB 教育强调的差异性、个性化逻辑是一致的。

ZARA（飒拉）是一个非常成功的案例，它根据小众群体的需求和流行预测，迅速地生产、销售小批量的产品，卖完了马上再上其他种类的小众产品，产品上架非常快，下架也非常快，基本上三周就结束一个产品销售的周期；它的设计完全是迎合顾客的需求推出的，所以非常受欢迎。这就是为什么 ZARA 在很短的时间内能够发展成全球最大的服装生产商。

这种成功的商业模式背后首先是成功的哲学观念——要换位思考，从顾客的角度出发，设计生产商品；接着就是商业模式的创新，即小众的个性化生产，迅速推出，迅速卖完，让竞争对手没时间模仿；最后就是技术创新提供的支持，也就是要有大数据技术，比如数据挖掘技术、实时的全球供应链管理技术。全球的设计协同平台每三周就更新推出一拨受欢迎的新品。所以，一家成功的企业需要一个创新的组合，而不只是一两个小创新，如此，才能获得一个既高速又可持续的发展。

_ IB 之道

IB 之道，也就是 IB 教育背后的哲学理念，强调学生不仅要学习到内容（事实和技能），更重要的是要掌握学习的方法。这与其他教育体系有所差别。以中国的教育体系为例，它主要关注的是内容，甚至许多考点都不能完全算是知识。而 IB 强调的是除了内容之外，更重要的是要掌握学习方法，这样就能活学活用，以后不管碰到什么情况或者新事物，都能够学习、应对。"授人以鱼，不如授人以渔"，这句话说的是：送给人一条鱼吃，能解他一时的饥饿，却不能解决一辈子的饥饿。如果想让他永远有鱼吃，就要教会他如何捕鱼，也就是教他捕鱼的方法。有鱼吃是目的，会钓鱼是手段。这说明，要想帮助他人解决难题，与其每次帮他出主意，不如传授给他解决难题的方法。如果把鱼比作内容或知识，给你多少内容也就是给了你多少条鱼，你吃了就没了，不会随着事物的变迁、环境的变化而增加，也就是不会增加新的鱼。如果你遇到了新的情况，自己原来没有这个知识，又没有学习的方法，也没有能力获得新的知识，就无法解决。也就是说，如果你只是死记硬背一些知识而不掌握学习的方法，那你的内容永远是有限的，肯定会碰到知识不够的情况，就像无论给一个人多少条鱼，鱼总会吃完或坏掉。但是如果掌握了钓鱼的方法，只要水里还有鱼，你就能钓到新鲜的活鱼，那你就不可能饿死。学习方法和知识的关系也是这个道理，只有学习内容的同时也学到了方法，你才能学到无穷无尽的新的知识，才能有能力应对无穷无尽的新问题，甚至还能够创造新的知识。IB 之道的关键是让学生掌握学习的方法，学会了方法，学生就能受益终生，活学活用，创造新的东西。

通过 IB 的教育之道和钱学森之问的结合，我们可以很清晰地看到，为什么新中国成立后只有很少的杰出人才被培养出来。因为建国后中国主要借鉴了苏联的教育体制，很早就划分了专业，基本没有成体系的学习方法，最主要的教育手段是让学生死记硬背知识内容，很少鼓励学生培养批判性思维的能力。

掌握了学习方法的人就会活学活用，就会研究、思考，然后会总结规律，这样才会有机会颠覆性地、创新性地看待事物，从而有机会创造出新的理论、技术或者其他新的事物。

强调对学习方法的掌握，是 IB 能够培养出创新型的、"从 0 到 1"的人才的关键。一个杰出的人才必须拥有跨学科的、综合性的知识和技能，不管是在智力上、体力上，还是情感上，必须是全方面发展的人才。基本上这样的人感知幸福的能力会比其他人高很多，也能够可持续地发展，更重要的是，对任何新生事物，他能够客观地、辩证地、批评

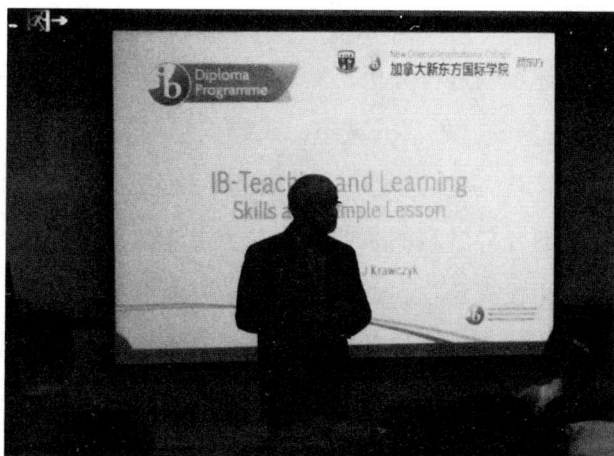

IBO 全球校长协会和 IBO 委员会前成员 Andy J. Krawczyk 在中国做 IB 研讨会

性地来看待、分析，并找出解决方案。IB 培养出来的人才的这些特征，正是全球顶级研究机构需求的人才的特质。这就是为什么 IB 培养出来的人才受到各大常春藤盟校的欢迎。

IB 之道，其实是与人类社会生活、工作，还有其他的场合无缝对接的。比如在能力培养方面，为什么说跨学科非常重要？因为在社会中生活、工作肯定是需要跨学科的。以出国留学为例，我们不可以简单地说这只是和钱有关的事，还有很多其他因素要考虑。比如，关于学生未来的教育发展是教育本身的事，他适合不适合出国留学是和学习能力、语言能力、职业规划、性格测试甚至生长环境都有关系的事。他的职业生涯需不需要留学？父母放心吗？签证能过吗？他的个性发展是能够独立地在国外学习、生活、发展的吗？就出国留学而言，每个人、每个家庭都是不一样的，因为每个人的经济基础、心理、情感、对职业生涯的期望、个人素质、技能技巧、学习的能力、外语基础等，都是不一样的，一定要按个案分析。从这个角度来说，任何一个人问我他适合不适合留学，如果没有给我各方面的详细信息，我都是很难给出一个准确答案的。但是用 IB 之道，就是说找出一个研究留学这个课题的学习方法和分析方法，就可以根据每个人的具体案例进行分析，然后根据学生留学的主题和这个人周围环境的关联（他的家庭、生活的城市、工作或学习的环境）得出比较合理的、科学的留学策略。其实这是一个跨财务、教育、社会科学、职业规划、家庭关系、心理研究等学科的东西。每一个个体，自身的条件和环境都大不相同，所以如果没有跨学科的能力，各个方面都考虑周到，就不敢保证说一个人的留学决策会不会成功。其实，像日常生活中处理结婚、买房等事宜也都需要跨学科的知识才能做好决定，就不要说更加复杂的科技创新、商业运营或政府管理了。

_ IB 培养 "从 0 到 1" 的突破性创新人才

《从 0 到 1：开启商业与未来的秘密》是硅谷创业投资教父、PayPal（贝宝）创始人彼得·蒂尔的作品，原始稿件是来自他所教的斯坦福大学"改变未来"的一门课的课堂笔记。彼得·蒂尔在本书中详细阐述了自己的创业历程与心得，包括如何避免竞争、如何进行垄断、如何发现新的市场；解读世界运行的脉络，分享商业与未来发展的逻辑。数以千万记的人浏览了这本书的网络原稿，正式出书后又风靡全球，位列畅销书榜榜首。上到商界精英，下到普通学生，大量的人都在追捧这本书。为什么它会这么流行？因为这本书有说服力地阐述了创新的过程、创新的价值，乃至创新产生背后的思维和逻辑。

什么叫"从 0 到 1"？用中国的古话说，就是无中生有，道生一，也就是颠覆性的创新。人们会问，即然北美这么牛，创造了这么多"0 到 1"，为什么近几十年在经济建设上成就最大的是中国，而不是北美？如果我们从颠覆性的创新或批判性思维的角度来看，就非常容易解答这个问题了。"从 0 到 1"是创新，而大规模的建设只是利用人家创造出来的 1，不断地进行复制，也就是"从 1 到 n"。如果没有北美的"0 到 1"的基础，就没有中国"1 到 n"的可能。中国做的是什么？做的是大量的复制。以建设项目为例，我们喜爱的摩天大厦的各种设计、建筑工艺以及材料，基本都是西方特别是北美发明的，我们引进过来，然后大规模地进行城市的基础建设。这成了很多国内经济学家挂在嘴边的"后发优势"——低廉地从发达国家学习。再比如，苹果公司的 iPhone，人们翻到 iPhone 的背面都会看到，加州设计、中国制造！创新是由美国的苹果公司做出来的，"从 0 到 1"发生在加州；而大规模的复制，就是"1 到 n"这个过程，几百万、几千万的 iPhone 的生产，是在中国大陆的富士康的工厂中。但是通过仔

细分析可以得知，一个 iPhone 给苹果公司带来的利润是 300 美元左右，而生产了大量 iPhone 的富士康公司，从每个 iPhone 身上只能挣到 10 美元左右，此外，还要付出巨大的社会和环境代价。"从 0 到 1"和"从 1 到 n"的巨大区别，由此显而易见。

很多人可能会问，我们中国人这么聪明，为什么就不能做出创新性的东西呢？其实这个问题的答案和"钱学森之问"几乎是同一个。其实症结是在教育本身。我们从小到大都是遵从师长，遵从所谓的规章制度，死记硬背，不能有非常规的、颠覆性的思维和行为。但是，创新需要一个人能够违反常识性的思维，创造出全新的事物。从 IB 的教育思想来看，就是需要批判性的思维，这恰恰是要鼓励大家去违反常规地思考、挑战传统、挑战各种条条框框。但是，在目前中国的教育体系里，这是不可能的：所有学生都必须严格遵守整个教育的规章制度，甚至在上课时所有学生的手都要用相同的姿势放在桌上或背后，而且最主要的任务就是死记硬背和应付考试。有个漫画画的就是一群五颜六色的孩子高高兴兴地上学进了校门，几年后毕业出了校门，就成了一群黑白的长得一模一样的人。中国标准化的学校运作、死记硬背的学习方法、高压的考试体系，把入学前多样化的学生都变成了毕业后一模一样的成人。所以创新的主体——能够批判性思考、有多元化思考的人，基本就消失了，剩下的就是思维方式高度一致的人，这样的人是不可能有创新能力的！这就是为什么在中国，山寨盛行而几乎没有创新；杰出人才培养不出来，流水线上的工人或者所谓的白领其实就是体力工人，到处都是！

但是，大家也看到中国内地的学生到了北美学习了三年、五年，工作十几年以后，有一些人就成为全球创新的领军人物，这说明什么？说明不是中国人不行，而是我们目前的这个教育模式有问题。其实，在硅谷里面有不少中国内地出生的中国人在很多高科技公司工作。

我们中国人到了北美的环境中，开始慢慢有机会接触到批判性思维，接触到创新、优越的教育模式和教育体系，然后有些人就有机会慢慢地发展成为有能力做出突破性创新的杰出人才。

从"0 到 1"与"1 到 n"的对比可以看出，北美的教育是质变而不是量变，但中国的教育趋向于量变，而非质变。从人类历史来看，几次大的技术革命背后都是"0 到 1"，都是西式教育驱动的，都是批判性思维带来的；反观中国，自两千多年前的春秋战国后，思想基本没有变过。近一千年来，四大发明出现后，中国人再没有创造出颠覆人类生活的重大发明。两千多年来，中国人的生活基本是农耕社会，也就是引进了西方几次技术革命的成果后，我们把他们的"1"学过来，迅速地复制到"n"（无穷）。

"从 0 到 1"是创新的、质变的、垄断的、唯一的、厚利的，是控制整个产业生态的主宰者，并压榨其余的参与者；而"从 1 到 n"是复制的、量变的、竞争的、薄利的，是处在被控制的产业生态的下游并被压榨。苹果公司和富士康的关系就是一个非常典型的缩影。有个观点说，之所以造成这样的局面，是因为在欧美国家的霸权强压下，第三世界国家的机会被剥夺了。但是在我看来，还不如说是西方创新的科技和商业使西方国家剥削第三世界国家成了可能；再往源头看，就是西方强大的、科学的、合理的教育体系源源不断地培养出一代又一代的创新型人才，造就了西方世界的霸权地位。当然，这也是近三十年来，一代又一代不断壮大的中国留学生群体会持续到西方求学的根本原因。

没有批判性思维就没有创新！那除了批判性思维外，还有哪些因素对培养真正的人才是至关重要的呢？ IB 培养学生的目标基本和这些都是关联的：

· **探究者**发展自己天生的好奇心。有好奇心的人，就会对新的事物充满好奇，容易抛开框框架架，探索研究全新的概念、模式、方

法、技术甚至生活方式，这样才可能创造出创新性或颠覆性的东西。有了好奇心，就有了源源不断的自身能动性去探索思考，不需要外界的压力或监督，就能够非常高兴、高效地去探索和工作。可以说，好奇心是伟大创新和美妙生活的开始。

· **知识渊博的人**探索具有本地和全球意义的概念、思想和问题。

· **思考者**主动运用思考技能，批判性和创造性地识别和处理复杂问题，并做出理性的、有道德性的决策。挑战常识，挑战为大家广泛接受的假设、理论，是批判性、创造性思考的最重要的技能技巧，是人类社会创新能力的源泉，是人类社会不断发展变化的原动力。但是，思维惯性和既得利益者往往阻碍这些创新和变化。"刻舟求剑"就是一个经典的案例……

· **交流者**理解并且自信和有创意地使用多种语言和交流方式传递观点与信息。

· **坚持原则的人**行事正直、诚实、公平、公正，有尊重个人、群体和社区的强烈意识。

· **胸襟开阔的人**理解和欣赏自己的文化和个人的历史，并且以开阔的心怀对待其他个人和社区的价值观与传统。

· **懂得关爱的人**理解、同情和尊重他人的需求和感受。

· **敢于冒风险的人**以独立自主的精神来探索新的角色、观点和策略。其实这就是培养具有领导力、领袖气质的人。这是能够承担创新任务的人才的重要素质。

· **全面发展的人**理解并且平衡智力、身体健康和情感的重要性，努力实现自己和他人的幸福。只有智力行，身体不行，也不行。身体是一个人智力的载体，做事业和过生活的基础，身体没了，什么都没了。人有七情六欲，情感是人类与动物、机器区分的最重要的一个特性，如果无法让自己的情感积极向上，那么最终生活会一团糟，也会拖累身体和智力，甚至毁了自己。当代社会的物质生活越来越丰富，但是压力也越来越大，情感导致的问题越来越多，各种心理疾病迅速增加，不少个人和家庭就毁于情感问题。智力、身体健康和情感都能够平衡发展的人的幸福度是最高的。

· **善于反思的人**对自己的学习和经历做出缜密的思考。

_ 死记硬背的教育

刻舟求剑

大多数中国人都知道这个故事源于吕不韦的《吕氏春秋·察今》。有个楚国人坐船渡河时不慎把剑掉入河中，他在船上用刀刻下记号，说："这是我的剑掉下去的地方。"当船停下时，他沿着记号跳入河中找剑，遍寻不获。船已经前进了，但是剑不会随船前进，像这样找剑不是很糊涂吗？这个故事劝勉为政者要明白世事在变，若不知改革，就无法治国。后指不会灵活变通之意。这个故事对那些思想僵化、墨守成规、看不到事物发展变化的人是一个绝妙的讽刺，提醒大家办事不能只凭主观愿望，不能想当然，要根据客观情况的变化而灵活处理。

但是不学习方法，只是死记硬背一些知识点甚至考点的学生，会用刻舟求剑的办法来对付不断流动变化的社会和人生，注定会落个可笑的下场。

荆人夜涉

这个故事同样源于吕不韦的《吕氏春秋·察今》。楚国人要去偷袭宋国，便派人先在水里设立标记。楚国人不知道水会突然上涨，还是顺着原来的标记在夜间徒步渡水，结果一千多人都被淹死了。士兵惊骇的声音如同大房倒塌一样。之前他们设立标记的时候是可以根据标记渡水的，现在水位

已经变了，可是楚国人还是照原来的标记渡水，这是他们惨败的原因。

这个典故和"刻舟求剑"在原书中都是为了说明时代在变化，现在的国君效法先王的法令制度就类似于这种情况。时代已经与先王的法令制度不相适应了，但还在说这是先王的法令制度，因而效法它。用这种方法来治理国家，肯定会出错。

要从实践出发，因为万物是运动的。引申借用这两个故事，是为了说明社会和人生在变化，死记硬背的知识，甚至是过去的经验已经不适合新的社会和人生了。如果还要生搬硬套，肯定会有问题。唯一解决的方案，就如邓小平所说的，一切从实际出发，根据实际情况制定对应的方法。IB之道就是掌握学习的方法，活学活用，根据实际情况来思考、分析，结合当时、当地的背景找到合适的解决方案。不管是社科领域的还是科学领域的，都应该是这个套路。

这个宇宙，这个社会，或者是一个人的人生，它是动态变化的。一个人只有拥有了活学活用的学习方法、分析方法，能够根据自己所处的环境做出调整，来适应它、掌握它，他才可能控制、把握自己的人生，创造一个健康的、积极向上的人生。

所以上至政府管理，中至企业管理，下到家庭和个人管理，都必须能够根据社会、时代和个人的发展调整对策。掌握了学习方法的人才可以合理、及时地应对变化的社会、时代和个人。所以IB教育学生掌握学习方法的理念是非常有远见性的，是可以培养杰出、实用人才的。

纵观中国的传统，其实我们有应对变化、拥抱创新的能力。两千多年前众多的哲学思想，如上面提到的《吕氏春秋》，里面的许多典故都是鼓励创新的；百年前胡适鼎鼎有名的"大胆假设，小心求证"的主张就是主张批判性思维；现当代又有毛泽东、邓小平的"实事求是""一切从实际出发"，其实可以看出我们是有创新的潜力和基因的。

　　不管哪一科，我们都要大胆地想象和假设。有了假设这个大的方向后，再慢慢用科学的方法去求证。这和 IB 之道的批判性思维是一致的。死记硬背出来的人才是没有大胆假设这个能力的。大胆假设需要有想象力的、艺术的、人文的东西，体现的是人文艺术的特质。

　　现在的这个社会的发展模式完全是以透支、预支未来几代人的社会环境和自然环境为代价而得到了短暂的、表面的物质财富积累，这是不可持续的。要回归真正的可持续发展的社会，也就是我们所提倡的和谐社会，就必须在教育系统提倡引入 IB 之道，逐渐改革应试教育系统。这才是建立我们自己的"从 0 到 1"的能力的根本的解决方案，各行各业、各个领域才有可能不断出现有能力的"从 0 到 1"的人才。对于那些不愿意也没能力的人，就让他们做"从 1 到 n"的事。这样，从"0 到 1"，再到从"1 到 n"，我们就可以进行一个良性的内部循环，就能够实现可持续的发展。

1.2　IB 的教学体系

_IB 的学习方法

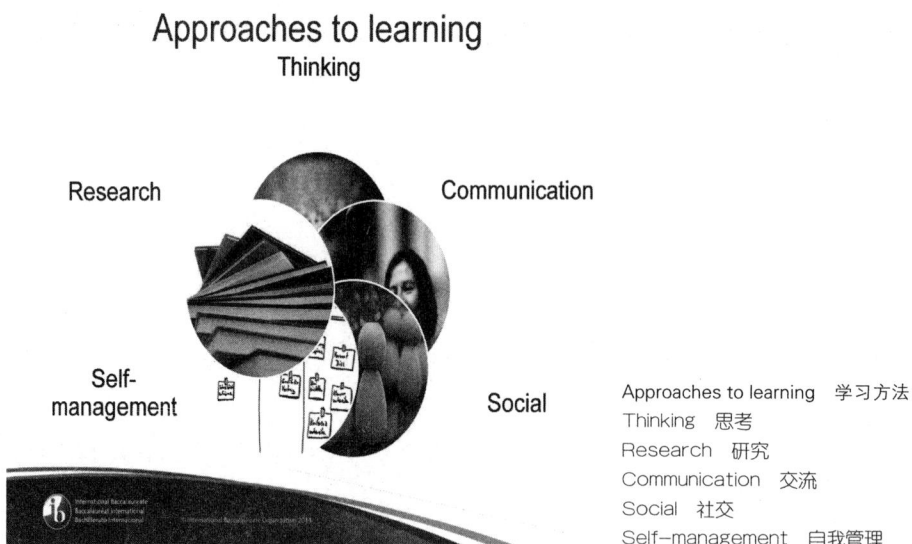

Approaches to learning
Thinking

Research

Communication

Self-
management

Social

Approaches to learning　学习方法
Thinking　思考
Research　研究
Communication　交流
Social　社交
Self-management　自我管理

　　IB 之道，首先从 IB 学生的学习方法可以看出来。IB 学生的学习方法有五种：思考、研究、沟通、社交和自我管理。这在目前中国的高中教育体系里几乎是没有的；甚至在其他的西方教育体系里也没有这么合理、完善、高级的学习体系，其他的教育体系基本没有提出把社交和自我管理作为学习方法的。

第一种方法，思考，说的是要独立思考，特别是要学着用批判性思维的方法来挑战常识、推翻原有的假设或思维惯性。简单来说，就是要动脑筋，不要死记硬背，不要人云亦云。

第二种学习方法是研究。运用研究方法学习，就拥有了探索研究的能力。什么叫研究呢？简单说，就是收集信息、分析信息。那怎么做研究呢？这要分两种类型来说明。第一种类型叫直接研究，就是亲自动手、亲自参与第一手信息的收集与分析工作。比如，自己去做科学实验，或者自己做市场调研，去问别人心里的想法。这是人类社会获得第一手信息的关键手段。第二种类型叫间接研究，以科学研究为例，现在全球各个图书馆、大学、机构、实验室收集了大量的研究成果、研究报告、原始数据等，如果你通过查阅大量的现有资料、引用并分析已经存在的信息或各种成果和结论等，为自己的研究服务，得出结论或解决方案，这个研究就叫间接研究。研究往往是需要结合直接研究和间接研究的。利用研究来学习，学生就渐渐拥有了获得信息、分析信息、得出结论和解决方案的能力，就有了创造的基础，就有了创新的基础。这些在中国的教育体制里，实际上是几乎没有的。原因很简单：高考不考研究能力，既不考察直接研究的能力（科学实验或社会调研），也不考察间接研究的能力，所以老师和学生都没有在这上面花时间。大家将主要精力放在了考出高分这个唯一的目标上。但 IB 是非常看重研究的学习方法的。比如，IB 高中的科学实验室是科学课程的主要场所，实验也是评估学生学习成果的重要部分，是构成分数的一部分。在 IB 高中，学生需要专门完成一篇 4000 字的拓展论文，这就是某个科目的研究论文，学生只有很好地掌握运用了直接研究和间接研究的方法，才能完成这个论文。其实，研究是学习的一个很重要的环节，可惜

在中国的教育体制中我们很少见到，在其他任何西方高中的体系里，也没有这么强调看重研究的学习方法论的。这就是为什么常春藤学校喜欢 IB 学生，IB 学生有非常强的独立研究能力，而这是在世界顶级学校学习必须拥有的能力。

IB 的第三种学习方法就是沟通。沟通是人类社会的基础，包括口头沟通和书面沟通，甚至手势、表情、姿势都是沟通方式的一部分。没有沟通就没有人与人之间信息的交流。所以把沟通列为学习方法之一是非常合理的。而沟通能力是人类社会非常重要的基础。大家想想看，不管你在社会上是做什么的，都离不开沟通。有人会说，工程师不太需要沟通，其实这是个错误的认知。一个项目的启动需要预算，工程师要申请，这就需要沟通；设计工程，需要图纸描述、文字描述，甚至要用各种公式描述，这也是沟通；工程师的设计成果出来了，然后需要大规模地生产，需要获得更多的资金支持，那么设计师就要说服上下级、合作伙伴或者周围的同事支持，你要说服他们，这一切都是沟通；更不用说我们平日所处的人类社会，它其实是一切关系的结合体，就算你只是生活，也需要不断地沟通。IB 把沟通能力的开拓发展、开发培养，当作一个非常重要的教育环节，这是完全合理、非常正确和必要的。

IB 的第四种学习方法就是社会交往。IB 课堂上，最典型的场景就是一群学生互相配合、探讨、交流着一起学习，学生们还和教师探讨、交流着学习。在 IB 的课堂上你会听到非常多的噪声。噪声是从哪里来的？是从同学之间互相交流、同学与老师之间互相探讨中来的。这样通过人与人之间的交往、互相的学习，就带动了其他方面的发展。IB 学习的过程包含了鼓励学生先建立学生之间的社会关系、老师与学生之间的社会关系。IB 的 CAS（创意、行动与服务）课外活动课更体现了社会交往这种学习方法：学生参与或组织各种课外的体育活动、志愿者活动、非盈利活动及其他的社会活动，从而学习各种知识和技能，这是非常经典的社会交往的学习方式。

　　其实在人类社会中，社交能力是基础！在当今的全球化过程中更是离不开社交。不管是在家庭内部还是工作环境中，甚至在互联网空间、新媒体中，都需要发展处理各类社会关系。我们能够从这些社会关系中学到大量的东西。这就是为什么会有这样的说法——"社会是最好的大学"。社会交往能力不是天生就有的，是需要培养挖掘才会有的。我们看到有许多高分低能的人，典型的特征是，他们的学位可能很高，可连出门自己去买张票、找个工作、发个简历都不敢，这就是严重缺乏社会技能和技巧。这种人，其实有的只是一张文凭，而不是工作的能力，甚至连生活的能力都没有。把社会交往作为一种学习方法是非常接地气且贴近社会现实的。这是IB教育的杰出的创新环节，也是IB学生成功的重要原因。中国教育却把社会交往完全和教育对立起来，古语有云："两耳不闻窗外事，一心只读圣贤书。"现在的父母也经常对孩子说："你别管，把书读好就行，其他别管！别出去玩！"这是不可取的。

　　IB的第五种学习方法是自我管理。学生必须自己能管理自己，且能组织自己的时间。因为IB的学习任务很重，课外活动多，还要面对各种研究论文和考试，无法有效地自我管理的学生是无法完成IB学习的。所以，自我管理是学习方法的一个重要环节。在日常生活中，我们可以看到有些人在大学毕业后可能连自己的衣食住行都解决不了，那又怎么工作呢？如果你自己都管理不好自己，又怎么去管理别人呢？或者怎么参与工作呢？孩子们被宠坏了，自己的事自己做不了，就更别提自我管理了。这在中国是一个十分尖锐的问题。IB的学习方法论强调学生去培养自我管理、自我组织的能力，这一点无疑是非常先进的，而且这个体系已经存在了将近五十年。

　　IB 最后的两种学习方法是社会交往和自我管理。这两种学习方法在其他任何中小学校都是没有的，而这又是目前的中国教育最尖锐的问题，特别是"只生一个"的政策导致了一家人一起溺爱小孩，从而使小孩的自理能力变差，失去了社会交往的能力；同时，学校教育又不鼓励小孩进行社会交往。试想一下，这种孩子的生活能力不高，社会交往能力几乎为零，他要如何进入社会去工作、去创造、去生活？所以从这个角度来看，IB 的学习方法恰恰是整个人类社会都需要的，特别是中国需要借鉴！

_IB 的教育方法

　　IB 的教育方法有六种，它强调质询，就是用提问的教育方式来激发学生思考，推动学生专注于概念性的理解，启发学生联系本地和全球的大背景、大环境，同时，它更强调有效的团队合作与协作学习，还提倡差异化的教育，也就是个性化的教育，按不同的需求给予学生不同的教育方案，最后还需要及时评估学生的学习进展，并及时让他们知道他们的学习状态。这样，学生才会及时调整以便于更有效地提高学习成绩。

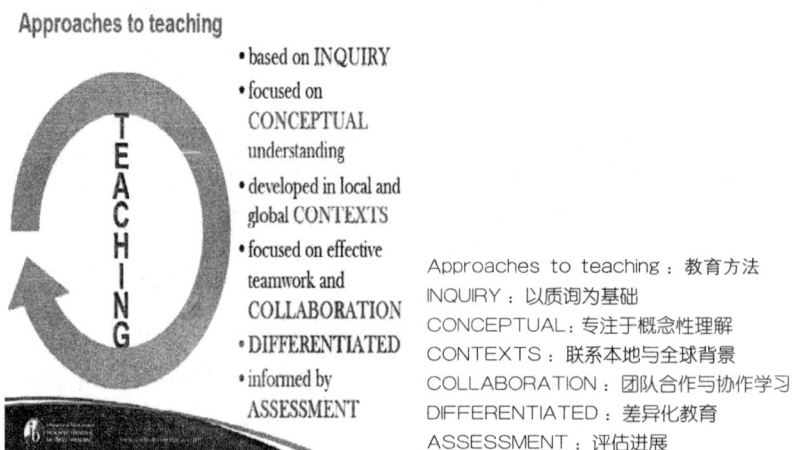

Approaches to teaching

T E A C H I N G
- based on INQUIRY
- focused on CONCEPTUAL understanding
- developed in local and global CONTEXTS
- focused on effective teamwork and COLLABORATION
- DIFFERENTIATED
- informed by ASSESSMENT

Approaches to teaching：教育方法
INQUIRY：以质询为基础
CONCEPTUAL：专注于概念性理解
CONTEXTS：联系本地与全球背景
COLLABORATION：团队合作与协作学习
DIFFERENTIATED：差异化教育
ASSESSMENT：评估进展

1. 质询的教育方法

质询的教育方法，就是用提问的方式启发、引导学生学习。比如，教师用"5W+1H"（what：什么；why：为什么；who：谁；when：什么时候；where：哪里；how：如何）等提问的方式来推动学生思考，教学生学习现有的知识与知识构建的流程，或者如何创造新的学科知识。这个过程是非常重要的，因为通过这些质询式的教育方法能够促进学生的思考，从而掌握现有的知识，甚至能够构建新的知识。

这种质询的教育方法，跟中国现在的教育体系是非常不同的。中国式的教育方法基本上是老师直接告诉学生答案，然后学生记住并背下，最后参加考试。而质询的教育方法用启蒙的手段引导学生自己去探索、发现、构建知识体系。这就是为什么 IB 的教育方法能培养学生更具创造性，让学生能够创造新的解决方案、发明新的技术等。

质询的教育方法，需要学生用思考、研究、沟通、社会交往等学习方法来配合，才能够达到比较好的效果。

2. 概念性的理解

传统的教育体系模型是二维的，主要专注于事实和技能技巧，更强调内容的分析和信息的记忆。而全新的三维的教育体系模型，除了事实和技能技巧这两个因素，还强调了概念性的理解。概念性的理解以概念、原则和概括为工具，获得学科内容、跨学科主题和学科间问题的更深刻的理解，帮助概念能够跨越时间、空间、文化、场景转移，帮助人们把知识抽象到理论层次。三维的教育体系模型虽然关注的是跨学科知识的基础，但通过提高注重概念性理解的设计，提高了课程和教学的门槛。

概念性的理解，需要进行整合性的思考，要把事实和抽象概念这两个层次的思考关联起来。同时，它需要更深层的智力的处理过程，因为它必须把事实和关键的概念、原则做关联，还需要在大脑皮层发展出概念性的

结构。所以它能够把新的知识和旧的知识整合在一起，并能展示出知识的模式和关联，从而把知识抽象成概念。简单来说，它能够帮助大家从无数的现象中总结出规律并发展成理论。当碰到新的问题时，我们就能用发展成的理论或概念性的理解来分析应对。所以，它能够帮助理解和解决各个跨文化、跨时间、跨国界、跨区域的复杂问题。此外，它还认为学习知识需要情感的激励。

概念性的理解模式的核心是非常深刻的思考。如果减少事实性思考的干扰，就能够进入更深层次的思考，就是打开了抽象思维的大门。这就是所说的一本书读薄了，又读厚了。

3. 背景

根据本地和全球的大环境、大背景来拓展学习。例如，一提到"卢沟桥事变"，教师会希望大家联系到事件发生的所在地北京，和当时日军准备侵略华北地区的历史背景；同时，还要联系当时的中国正处在抗日战争爆发前夕这个背景，甚至联系到第二次世界大战这个全球大背景。如此，学生就更容易理解日本侵略中国这件事情，以及为什么这件事会发生，等等。

4. 团队合作、协作学习

教师通过团队支持和协作性的学习来促进学生的教育学习。学生之间互相学习，一起合作调研，从而一起提高学习水平。如果学生之间能及时地互相反馈，那他们就能及时知道自己学习的状态，进一步提高他们的学习成效。很多人发现，小孩教小孩的效果在很多时候超过成年人教小孩的效果。

5. 评估

通过这种教育方法，学生能够随时在课堂上知道自己的学习状态，教师会让他们知道他们的优点和缺点，哪里有问题，哪里有被误导了的概念等，然后引导他们正确地学习，从而提高他们学习知识的技能技巧。这样就可以及时地指点他们的学习了。

6. 差异化

差异性的教学，是说针对不同的学生，提供给他们的教育内容、过程、材料、方法和环境必须是不一样的，要按需教学。教师要提供不同的教育方法，实现个性化教学。

在 IB 的教育方法体系里，质询式的、概念理解性的教育，能提高学生批判性思维的能力，教会学生跨学科思考的能力。然后，在国家、世界、历史的大环境中思考问题，让学生能有一个更高的高度，拥有全球化视野或整体的大局观。团队合作和协作学习可促进学生的社交能力、沟通能力和自我组织能力。差异化教育促进个性化的发展，让每个人各有所长。评估提供了学习的及时反馈，提高了教育质量和教育效率。

_ IB 高中的课程设置

六组基础课程：

LANGUAGE AND LITERATURE：语言与文学

LANGUAGE ACQUISITION：语言 B

INDIVIDUALS AND SOCIETIES：个人与社会

SCIENCES：实验科学

MATHEMATICS：数学

THE ARTS：艺术与选修

三组核心课程：

THEORY OF KNOWLEDGE：知识论

CREATIVITY, ACTION, SERVICE：创意、行动与服务

EXTENDED ESSAY：拓展论文

IB 课程的灵魂是教师的教育方法和学生的学习方法，在上图中处于

中央部分。IB 课程具体的课程包括两类，一类是三组核心课程，一类是六组基础课程。

所有的 IB 学生必须在规定的六组基础课程中选择课程进行学习，也就是在母语、第二语言、人文与社会科学、实验科学、数学和艺术六大组中选择修读至少三门高级学科（每门 240 个小时），其他可以是标准学科（每门 150 个小时）。一般是每组选一门课程，但是第六组可以不选，可在第三组、第四组或第五组里多选一门。每门分数的最高分数为 7 分，加上拓展论文与知识论的 3 分奖励分数，满分为 45 分。六组基础课程是：

第一组：语言与文学。往往指学生的母语，偏重文学方面。即使是学习其他国家的风俗文化、社会知识，当学生用母语学习时也会记忆深刻。这门课在整个 IB 课程中占很重要的位置。

第二组：语言 B（母语以外的第二语言，母语非英语的学生往往选择英语）。学习第二语言对学生非常重要，有了第二语言就可以洞察不同的文化。该课程的重点在交流技巧、写作和口语学习上。这是国际文凭教育项目培养学生跨文化的国际视野的语言工具。

第三组：个人与社会学。包括历史、地理、经济学、商业管理、心理学和哲学。

第四组：实验科学。包括物理、化学、生物、环境系统和计算机等，依靠实验研究科学，是 IB 课程中重要的组成部分，所有的学生都被要求学习。IB 的科学课程主要在实验室中进行，培养学生自己动手实验以获得第一手信息和知识的能力，培养独立研究的能力，并奠定了创新和创造的基础。所以国际文凭组织对实验室的硬件要求非常高。

第五组：数学。包括高级数学和标准数学。

第六组：艺术与选修。包括可视艺术、美术、音乐、戏剧艺术等，或第三种现代语，或从第三组、第四组中再选一门，或高等数学标准等级。

想获取 IB 文凭的学生还必须学习三组核心课程：TOK（THEORY OF KNOWLEDGE——知识论）、EE（EXTENDED ESSAY——拓展论文），并参加合格的 CAS 活动（CREATIVITY, ACTION, SERVICE——创意、行动与服务）。

1. 知识论

· 跨学科

· 鼓励对其他文化的欣赏

· 学生的第七门课

2. 创意、行动与服务

· 鼓励学生主动参与艺术、体育和社区服务

· 课外教育：CAS 鼓励学生将自己的能力与他人分享，例如通过参加戏剧、音乐、体育和社区服务活动来与他人共享自己的天赋才干，学会关心和学会合作

3. 拓展论文

· 4000 字

· 探究一个自己感兴趣的课题

· 学生逐步熟悉大学阶段学习所需要的独立研究和写作技巧

_ IB 课程体系强在哪里

各科学习同时进行：基础课程和核心课程包含了语言、理科、工科、商业、社会科学以及人文艺术，还包括了哲学、研究和社会活动等，让学生学习到了人类社会的方方面面，而且是各门齐头并进，各个领域的知识、技能和抽象思维互相影响、互相支持、互相渗透，确保学生能够学到全面的知识和技能，而不是偏科或只知道书本知识的书呆子，成为全面发展的人才。

不分科，不偏科：我们中国的教育体系在高中时就分了文科理科，很多学生的数理化非常好，但是文科非常差，社会科学不怎么碰，而艺术就干脆是空白。其实 IB 的六组基础科目和三组核心课程涉猎了人类社会的所有领域，注重全面发展，没有哪一门是不重要的。以艺术为例，iPhone那么流行，从开始出现到称霸全球智能手机市场、创造出移动互联网最重要的智能终端，仅花了五年左右。苹果采用了最新技术，是成功的表面原因；其实，苹果手机大部分的技术是买的，甚至是"偷"的。比如，前两年诺基亚还告赢苹果，罚了它 6 亿美元做为移动技术专利费，在法庭上出了一口气。所以，苹果称霸全球智能手机业，不是靠技术。那靠什么呢？靠设计，靠完美地把工业艺术设计和技术结合，整合别人成熟的技术，再设计成高端的样子，然后让廉价工厂大规模制造。其实，iPhone 的成功之道，除了它及时拥抱了移动互联网技术外，还在于它卓越的艺术底蕴。看看，不偏科有多重要！诺基亚就是严重偏科，只会工程技术，不会艺术设计，所以败了。

艺术的学习对一个人来说会让他成为一个更完整的人，在生活上他可以更加幸福，然后在事业上可以更加成功。这是个需要全面发展的人才的时代，只会单纯的社会化分工技能的人，很难有大的职业发展，也容易被他人替代，甚至被机器替代。

_ 怎么培养批判性思维能力、跨学科能力

知识论是从哲学的层次教学生如何学习知识、掌握知识，培养学生的判断能力，鼓励学生对基础知识进行质疑，防止主观臆断和思想意识上的偏见，增强学生以理性基础进行分析和表达的能力，培养学生概念性理解的能力。其实，这就是培养批判性思维的最重要的课程，这门课相当于第七门课，是 IB 的灵魂课程，要跟其他六门基础课程互动，要体

现到这六门课中去。知识论的老师必须与教授其他六门基础课的老师互相配合，确保基础课程的老师贯彻实施，确保知识论课程的内容能够渗透到各个科目的教学中去。知识论用到了概念性的理解，是实现培养跨学科能力的重要方法之一，也确保了学生从哲学的层次学会如何掌握知识、创造知识。在这样的教育体系中，学生的批判性思维能力和跨学科能力得到了有目的的培养和锻炼，学生就有可能发展成为创新的、跨学科的全面发展的杰出人才。

_ 独立研究能力和论文写作能力

拓展论文要求学生结合所学课程进行独立的调研，探究一个自己感兴趣的课题，学生逐步熟悉大学阶段学习所需要的独立研究和写作技巧，写出 4000 字的研究论文。

比如，学生可以研究联想或华为是怎么起家的，从商业的角度进行独立调研，写出一篇独立的论文；或者，学生如果选择文学的话，他可以选则批判文学或对《红楼梦》中的诗词做研究；或者一个对数学感兴趣的学生可以选一个数学的定理或理论的分析，等等。

以商科为例，有一名 IB 的学生对商科很感兴趣，她选择研究了两家在北美的中国超市连锁公司作为研究对象，一家发展迅速，另一家则面临破产危机。她调查研究了销售内容、供货渠道、货品质量、定价、顾客群体、市场营销、经营团队、开店地点、法律、财会等方面，以及在北美经营超市相关的其他要点，然后分析了它们成败的原因，总结经验，写成论文。这个过程就是一个管理咨询公司的专业的咨询人员要做的，她需要有非常好的独立研究、独立思考和写作的能力才能够完成这篇拓展论文。在IB 体系里，会有一名导师指点她。论文完成后，不用说应付大学的研究和写作了，她甚至具备了一定的商业领域的工作能力。这是一个相当于国

内的高三学生的人所学、所做的，但我觉得，她在受到 IB 的培养后，比大部分国内的商科本科毕业生做的要好得多。

＿教室之外的教育更重要——领导力、社会活动能力的培养

创意、行动与服务鼓励学生将自己的能力与他人分享。例如，通过参加戏剧、音乐、体育和社区服务活动来与他人共享自己的天赋才干，学会关心和学会合作。鼓励学生进行创新，提高认识，帮助学生超越自我和课本上的知识，使他们获得全面的发展，培养他们成为具有完整公民意识的人。CAS 的重要性和培养学生发展的基础在于它让学生直接和社区、社会对接，让学生避免纸上谈兵、高分低能，让学生成为有真正的实践能力的人才。

课外教育，通过参与艺术活动来让学生参与实践；参与体育活动培养学生的竞争精神和领导力，并让学生保持强健的体魄；而社区服务在培养学生和社会接轨，培养领导能力、组织能力和公民精神方面至关重要，可以帮助学生早日熟悉社会体系，建立好未来职业生涯的基础。

西方社会是由三个支柱来支撑社会运作的，包括政府、商业机构以及社区和非盈利机构。中国在 1949 年到 1979 年之间，基本只有政府在负责社会的运作；改革开放后，商业机构开始迅速发展，成为支持社会的第二个支柱，而社区服务和非盈利机构，在 2000 年前后才开始慢慢发展，比如李连杰的"壹基金"、任志强的"阿拉善 SEE 生态协会"、自发帮助留守儿童的团体、关注环保和救灾的民间机构，等等。但是，这些社区服务和非盈利机构距离成为社会的第三个支柱还有很长的路要走。我们以后一定会看见社区服务和非盈利机构发挥更大的作用，因为人类社会仍有许多领域是政府和商业机构都顾及不到的。

在西方，由于社区和非盈利机构非常成熟，参与社区和非盈利机构活

动对一个人的职业甚
至一个公司的成功都
至关重要。这对留学
生来说是个十分重要
的环节。参与这些活
动不仅能让你的生活
更加丰富，使你的幸
福度更高，对你的职
业生涯也是有很大帮
助的。比尔·盖茨和微

Jeffrey Beard, Carol Bellamy（董事会主席）
与陛下 The Aga Khan 在法国签署合作协议

软的成功就是一个很好的案例。

　　比尔·盖茨的母亲有着很高的社会地位。1980 年，她成为著名慈善机构 United Way（联合之路）的美国董事会主席。董事会有许多很有权势的人，包括当时的 IBM 董事会主席兼 CEO。最早，比尔·盖茨的母亲参与了一个市内的 United Way 的社区活动，后来便逐渐参与到美国全国的 United Way 的社区活动中，直到最后成为董事会主席。这些活动和职位都是非盈利的，没有薪水的。通过共同参与 United Way 社区活动和董事会的活动，比尔·盖茨的母亲和 IBM 的高层建立了很好的私人交情。后来，她直接向 IBM 的 CEO 推荐儿子比尔·盖茨和微软公司。之后，比尔·盖茨成功赢得 IBM 开发微机操作系统的合同，从此奠定了微软在操作系统的统治地位。如果没有比尔·盖茨母亲的推荐，那就很难有微软的成功；某种程度上，是比尔·盖茨的母亲参与了社区活动，才造就了今天的微软，从而为人类的信息技术的革命做出了贡献。社区活动能力的重要性，可见一斑。目前，只有 IB 高中的课程体系把 CAS 单独作为一门课程来对待。

核心三课程，体现 IB 教育之道

批判性思维的能力、跨学科的能力、和社会接轨的能力、承担风险领导团队的能力，这些特质让学生能成为全面发展的杰出人才。IB 核心的三个部分，锻炼了学生的抽象思维能力；学习知识理论体系的方法，培养了学生哲学层次思考的能力，以及独立研究和独立写作的能力，同时又考验了学生的领导力。将这几方面结合起来，学生就成了全面发展的跨学科的人才，而不只是一个书呆子。这是 IB 与其他教育项目不同的地方。

反观其他教育体系培养出来的人，特别是应试教育体系出来的人，大学毕业后"啃老"的不少，连自己独立生活都不敢，当然更谈不上领导力和独立思考等能力了！

1.3　IB 评估体系

_西方高中的分数乱象

IB 之所以成为全球性的教育标准的基础，其实是因为它的评价体系。

在很多西方国家中，一个国家不同的省、州或者地方教育局都可能有自己的评估体系，这就存在一个很大的问题。各所大学招生的时候就不知道本地的这所学校的 90 分和另外一个地方的另外一所学校的 90 分是否等值。很多时候，不同学校的同一个分数的学术差距可能是苹果跟西瓜的差距那么大。这样就不知如何判断哪个学生在学术领域表现得更好或者更差。其实，这就等于没有评价体系，大家很难判断谁的成绩好，谁的成绩差，就造成招生非常困难。而 IB 的评价体系全球统一，所以能成为全球性的教育标准。

_西方教育强国的公立教育系统向 IB 取经

十几年前，美国的高中教育和成绩评价体系非常糟糕。后来，大部分的州政府联合起来，一起开发"共同核心教育体系"，想解决中小学教育水平低下、教育评估体系混乱的问题，也借鉴了大量的 IB 实践经验和课程体系。但是，在开始实施这个共同体系的头几年里，许多州的教育局官

员和校长发现由于体系是新的，很多地方的设计还有问题，实施起来非常困难。由于该体系是借鉴 IB 的，所以后来很多的教育局官员和校长就干脆转向了 IB，因为 IB 与他们的体系兼容，而 IB 已经有了几十年的历史，在课程设计、教师培训、课程材料等所有方面都十分成熟。因为 IB 带动了新体系的实施，所以在过去的 10 年里，美国的 IB 学校迅猛增加，数量占了全球 IB 学校的一半左右。在英国，剑桥、牛津等大学曾投诉 A Level 的考试成绩评判不科学，没法用来录取学生。这也推动了英国高中教育的改革，这个改革的借鉴对象，其实还是 IB。全球 100 多个国家的政府、教育部门承认了 IB 的评价体系，近 5000 所大学优先接受 IB 分数，IB 的评价体系是 IB 成为全球中小学国际教育标准的基础。

_ IB 评价体系简介

以 IB 高中为例，考核分为两个层次：一个是全球统一的考试。IB 高中全球统考为两次，一次在 5 月进行，一次在 11 月。每个 IB 高中可以选择当中的一次作为该学校考试的时间。另外一个考核是项目内部考核，由所在的 IB 学校的任课老师按照 IB 标准进行对各门课程的评分，但是这个评分最后会由外部审核员进行调整。

IB 评价体系很注重过程，各门科目的评价都不是一考定终身的。IB 项目的内部考核是非常多元化的，可能包括几个小的测试、个人项目、团队项目、物理或化学等实验学科的几十份的实验报告，等等。最后往往要根据一份大项目报告的考核来定该科目成绩，这个成绩由任课老师定。学校和任课老师有一定的自由度，但是他们的评估必须按照 IB 的教学标准和评分标准进行。学生申请国外大学的时候，IB 最后一次的全球统考还未进行，寄给大学的申请分数基本是依据平时成绩和预测的 IB 统考成绩而得出的。所以这是一个非常注重过程的项目。

_ IB 实现全球标准评价的奥秘

如果 IB 只有内部审核做成绩评价,那就和其他教育体系的评价系统大同小异了。IB 的强大在于它有全球统一的考试。全球统考和外部审核的流程是公开透明的,任何人都没有机会作弊。每个 IB 学校进行全球统考后,卷子会被密封然后特快专递到 IB 的区域协调中心,再由区域协调中心调到评分中心,由持 IB 考官资格证的 IB 教师评分,考试成绩出来后,IB 的外部审核员会针对各个学校随机审查,把全球统考的成绩跟项目内部的考核成绩做对比。如果基本一致,那就说明说这个学校的内部考核的评分是合适的;如果太高或太低,都是有问题的,那么审核员就会介入,把成绩调整到合理状态。如果大部分成绩都出了问题,那 IB 会派人进驻调查。问题严重的 IB 学校可能在下次资格重新审核时被剥夺资格。在这种机制下,IB 的分数实现了全球统一,不管你在哪个国家、哪个城市、哪个学校、哪个班级,老师给的分数跟全球其他任何地方的老师给的分数基本是一致的,而且公平、标准,比较合理地、标准地反映了学生的学习成果。

IB 的全球统一考核的秘密在于,其内部审核和外部全球统考这个双轨考核体系,同时又有一个独立、严格的全球成绩评估审核体系。也就是说,有专门的分数监查体系可以确保评分标准全球统一。

_ 教育领域的统一度量衡工程

大家都知道各国货币的购买力是不一样的,所以不同货币间有汇率。比如,100 元人民币、100 日元、100 英镑、100 加元、100 美元都是100,但是购买力差异非常大。如果没有统一的标准,就没有一个统一的衡量方法。

西方国家非 IB 的各种教育体系内，不同地区、不同学校甚至同一学校的不同教师的评估体系的差异是非常大的。不同的老师给同一个学生评估的分数简直就像是同一个东西用不同货币标出的价格，分数会非常不一样；或者，差异很大的同学可能各自在不同老师的评分下得出的分数是一样的。这样，大学在招生时就没法准确判断哪个学生比较优秀。其实症结就是没有统一的评估体系。形象地说，就是没有统一的度量衡。

在国际金融体系中，汇率体系起到了转换不同货币的作用。其实，全球货币的最终度量衡只有一种，就是黄金。所有的货币都是按照黄金来换算的，所以黄金储备对一个国家的财政稳定起了非常重要的作用。全球统一的标准的汇率在某种意义上就是金本位，黄金就是全球货币的度量衡。

在全球的高中教育中，IB 的评价体系就像是黄金一样，它发挥了统一的教育度量衡的作用。全球接近 180 个国家和地区的教育部门承认 IB 的评估标准，并和它有互认的分数转换标准。全球近 5000 所大学承认 IB 的评估标准，并且大部分学校会优先录取 IB 学生，包括美国的常春藤学校和牛津、剑桥等顶级世界名校。

从国外各个政府和各个大学对待 IB 评估的态度来看，可以知道 IB 的分数是非常强势的！

_ 强势的 IB 分数

IB 的六门基础课，每门的最高分是 7 分，六门一共是 42 分；三门核心课的最高分数是 3 分，所以 IB 高中的总分是 45 分。从 IB 和各个教育部之间的转换分数协议，就可以看出 IB 的评价体系是被大家公认的水准较高、教育质量较高的体系了。

IB 单科分数与安省高中单科分数

- · 7=96 或 99
- · 6=92 或 95
- · 5=83 或 86 或 89
- · 4=73 或 76 或 79
- · 3=63 或 66 或 69

以安省分数转换为例，一个 5 分的 IB 单科分数转换成安省高中的分数，可以是 83 或 86 或 89，目前很多学校都可以转换成 89。总分为 7 分的 5 分，就是百分制的 71.4，分数多了差不多 17 分。各个大学、安省教育部和 IB 都认可这个转换。

所以根据这种转换，一个安省的 IB 项目，以加拿大新东方国际学院 IB 高中项目的毕业生为例，他们可以同时获得 IB 文凭和加拿大安省高中毕业证书这两种文凭。

_IB 分数被过高估计了吗

很明显，IB 分数的价值比其他的教育体制的分数价值高多了。那么，这种转换机制是否合理呢？我们再来看看另外一个案例。

以 UBC（英属哥伦比亚大学）为例，如果你是在安省的教育体系中学习，要申请普通的专业基本需要 83 分以上才够。稍微好一点的专业要 90 分以上才可以；如果你用的是中国国内的成绩，分数基本要 90 分以上。然而，UBC 官方对 IB 学生的最低录取分是 30 分。30 分是什么概念呢？30 除以总分 45 分，换算成百分制，就是 67 分。也就是说，在 UBC 看来 IB 的分数总分用百分制来算，67 分就可以投档了，但是安省的分数需要 83 分才可以，而中国的要 90 分。多伦多大学也非常类似，IB 需要 32 分（百分制的 70 分）就可以了，而其他体系的分数要 83 分或更多才可以。

其实，各个大学经过几十年的经验已经确认 IB 毕业出来的学生质量更高，IB 的分数价值更高。这也是为什么常春藤盟校会倾向优先录取 IB 学生，录取率大约是其他教育体系毕业生的两倍。所以 IB 的分数没有被高估，它看起来高的唯一原因是，它的含金量高！

第二章　国际文凭组织总干事论国际教育
——Jeffrey Beard专栏

Jeffrey Beard 在 2006 年至 2013 年期间担任"国际文凭组织"全球总干事，同时也是加拿大新东方国际学院顾问委员会的委员。下面是本书收录的由他撰写（或参与撰写）的四篇文章，分别从留学北美的大潮、面向 21 世纪的理想素质、IB 如何帮助学生奠定未来成功的基础，以及关于 IB 的一些思考等四个方面，分享他作为一位资深教育家关于国际化教育和 IB 的心得与感悟。

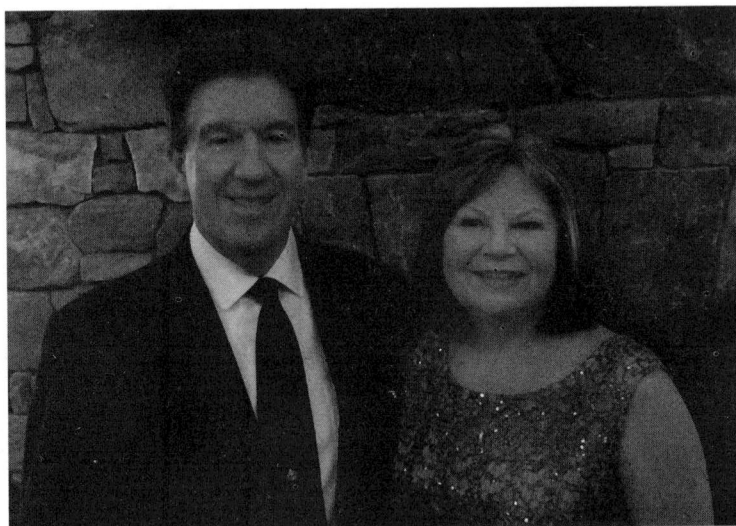

Jeffrey Beard 与妻子 Cecily（塞西莉）

2.1 北美国际留学生数量迅速增长：全球的大门向胸怀大志者敞开

在我过去担任国际文凭组织的负责人期间，我不断提到的话题包括：国际教育的发展趋势，以及越来越多的来自东方的学生是如何在国外学习并通过激烈角逐获得西方名校录取的。在加拿大，应对这种趋势的对策正在严格制度的保障下有条不紊地展开，并以势不可挡的规模延伸到西方世界。

很明显，多年以来，在高等教育层面上，赴海外留学的趋势在迅猛发展，特别是来自东方的学生不断到西方求学。究竟是何原因促成了这种发展呢？理由十分明显，即学生的家长认为教育是对其子女未来的投资。他们认为留学是提高自身水平、走出国门的途径。此外，他们认为良好的英语能力（英语是商业范围内的国际语言）为理解西方文化、获得面向 21 世纪及成为世界公民所需要的技能提供了机会，而这是在全球日益向平面发展过程中通向成功的保障。

这种发展趋势还包括比较隐性的一面：人们的期待不仅仅停留在高等教育的层面上，现在其影响已渗透到更加年轻化的中学市场。据报道，目前每年有 25000 至 75000 名来自中国的中学生参加海外留学的项目，

大部分在美国，当然还有很多在加拿大和英国，而这种现象每年都在不断扩大。

这些学生深知在今天的竞争激烈的社会中，仅有学术知识是不够的，学会使用恰当的语言以及有能力在全球背景下生存为他们提供了在全世界任何地方获得成功的竞争优势。这意味着他需要首先被大学录取，之后在面向全球招聘的工作市场上被成功雇用。

我最近访问了加拿大新东方国际学院。校方是这样描述自身及其教职员工的："新东方国际学院面向国际学生提供大学预备课程，以及获得安大略省高中教育文凭的机会……我们的目标是成为中国学生成功迈入加拿大各大院校的桥梁……我们的目标是学生有能力开发实现其学术潜力，建立自信，发展全球视野，既要继承中国传统的价值观也要具备现代的思维模式。"

加拿大新东方国际学院执行总裁黄荣烽先生告诉我，该校85%的毕业生收到了多伦多大学的录取通知。平均而言，每个学生获得了四所以上的大学录取通知，有三分之一的学生获得大学入学奖学金。

在为学生提供安省高中毕业文凭的同时，学院申请为他们提供了国际文凭项目。对此，黄先生解释道，这样会进一步为学院赢得国际声誉。学院隶属于新东方教育集团——中国规模最大的、认可度最高的培训机构。就市场价值而言，这是全球最大的教育企业。其55所学校、433个学习中心遍布全中国的49座城市，注册学生超过300万。

我在访问期间遇到的100名左右的学生全部来自中国，他们都专注于学业。这些学生在中国经过选拔，然后来到加拿大新东方国际学院学习。我了解到他们的家长期待他们努力学习，顺利毕业，升入大学。刚入学时他们要么是英语基础薄弱，要么是根本没有任何英语能力，但经过一年浸入式的学习（在学期间不准使用口头或书面中文），他们的英语能力已相当不错。如果再接受四年的加拿大高等教育，他们的英语能力一定会十分优秀。

我与一名毕业生进行了交谈。他名叫 Nathan，中文名字是张林山。这里所有的学生都为自己起了英文名字。我问他，当初是他还是他父母的想法促使他来到加拿大学习的。他回答说："可能两者都有一点。我父母希望我能得到最好的（教育），所以他们没有把学费当作开支，而是将它作为一种投资。他们知道这会引领我走向生活中更大的成功。"

当 Nathan 向大学提出申请时，他收到了七所大学的录取通知，并获得了位于渥太华的卡尔顿大学 8000 加元的入学奖学金。我又问他是否有信心在大学毕业后找到工作，他对我讲："当然。假设一家中国公司在西方开设分部，那他们是要雇用一个土生土长的中国人到外国工作成为侨民呢，还是雇用母语是英语、熟悉本土文化，却对中国文化一无所知的当地人呢？然而他们还有第三种选择，就是雇用一个像我这样熟悉两种文化、精通两种语言的人。"以此类推，他的逻辑也适用于另一种情形：加拿大或美国公司在中国开设分部。

此次访问让我受益匪浅。学生们纷纷涌入多伦多（还有些到了温哥华），因为移民法更有利于这些学生，允许他们来加学习，获得高中文凭，进入加拿大的大学。不仅如此，在他们完成高等教育之后还准许他们获得加拿大永久居留权。因此，每年进入留学通道的学生以数以千计的数量

Jeffrey Beard 于 2013 全美 IB 会议上发言

递增。

在美国，这种趋势以一种不同的模式在发展。《今日美国》最近报道：2013 年，73000 多名国际学生在美国的中学注册入学。大约三分之二的学生，即将近 49000 名获得签证，从而使他们能够进一步求学并获得美国高中文凭。自 2004 年以来，人数增加了三倍以上。当时只有不到 16000 名外国学生持有此种签证。

在加拿大、美国以及英国，很多本地人高声疾呼，由于越来越多的留学生与他们竞争，他们的工作被夺走了。那么这些本地竞争者能从不断进取的亚洲学生身上学到什么呢？他们应该思考的是如何才能像这些学生一样着眼于未来，为将来面向就业市场做好准备。很多人没有意识到的是，不管是通过自身努力还是外部帮助，这些势不可当的亚洲学生将来可能会获得更多的工作机会。其原因并非西方的教育质量下滑，真正的理由只有一个，那就是其他国家正以更加努力、不断进步、立志高远的表现让西方世界大吃一惊。全世界越来越多的顶尖人才会在竞争极其激烈的市场上寻找出路。对任何国家的学生而言，获得更多的顺应全球发展需求的技能是通向成功的金钥匙。

2.2 理想的素质：要什么有什么

1983 年有一部叫作《太空先锋》的电影，讲述的是七位空军试飞员被选中参加美国首次载人航天计划——水星计划。选拔标准十分严格，只有集智慧、决心、训练、天分于一身，并有勇气克服各种困难的飞行员才有可能被选中。这一计划成功地帮助美国在登月计划，乃至全球太空竞赛中独占鳌头。

我觉得我应该帮助像你们这样的学生找到像这部《太空先锋》所具备的理想素质，因为你们的目标是出国留学，也许是美国，也许是加拿大，也许是其他地方。我同时也在想，当你们在留学的道路上不断摸索打拼时，我可以做些什么来帮助你们更接近成功呢？这可能也是你们读这本书的原因之一吧。我投身教育业数十载，见证了无数像你们这样具备国际化视野的学生如何成功地为自己的未来打好基础。下文是我在周游世界，和学生们交流时的所见所闻，这也是你们即将面对的现实，我也会谈一谈如果我是你们将会如何应对。

首先，如今的大学也在寻找所谓的"理想的素质"。英国曼彻斯特大学的资深国际留学生专员 Liz Green（利兹·格林）说："我们不看重出身，只为获得那些能够超越自身学术能力、为大学做出贡献的最聪

Jeffrey Beard 与 Monique Seefried（IB 董事会主席）以及 George Walker（IB 前总干事）合影于日内瓦

明的年轻人。"她还补充道："我们对成绩的要求固然很高，但我们更看重他们的课外活动经历。"

那么，国际学校的管理人员以及学生顾问能够为他们的学生提供什么样的建议，从而帮助他们获得那些"理想的素质"呢？除了扎实的学习成绩，在这里我列出了六项初、高中学生在课余时间可以考虑参加并且各个大学也很看重的课外活动：

1. 学习一门外语，拓宽国际视野

学习一门外语（比如英语）可以显示出你对其他文化的兴趣以及对国际多元化的认可。互联网让世界变得平面化，因此我们能够接触到越来越多元的文化。学习语言则是更好地理解并尊重这些文化差异的途径之一，同时也可以表现出你是一个对不同观点感兴趣的人。

2. 写博客、学编程、建网页、在线学习一门学科，或者其他能够展示 IT 技能的活动

积极参与和网络有关的活动可以证明你具备利用数码科技进行有效沟通的能力，同时也会为你接受高等教育及以后的事业做更充分的准备。最理想的状况是你可以将所学到的技能运用到你想要学习的领域或个人兴趣上。

3. 在社区做义工，或者为善事进行募捐

社区服务无疑是显示你关心他人并且想为广义上的社会做出贡献的绝

佳途径。如果你对某个特别的善举感兴趣，那么就参与到当地能给人类带来好处的募捐活动中来吧。

4. 参加某项运动或者俱乐部

运动是很有趣的，同时可以显示你的自律和应变能力，以及能够有效地管理时间，并且可以很好地成为团队中的一员。如果你实在不喜欢运动，那么加入辩论队或者戏剧社也不错，同样可以显示你的这些品质。

5. 学习一种乐器

音乐开发的是人脑当中具备创造力和解决问题能力的部分，同时可以展现出你性格中多维化的部分。研究显示演奏乐器可以帮助提高人的认知能力，同时可以提高控制运动技巧、听力以及记忆的那部分大脑的功能。所以，学习一种乐器对改善日常生活是有益的，例如可以使人保持精神集中，帮助你规划及提高情商。和运动一样，音乐也可以展现你的自律，如果加入乐团的话，团队协作能力也会得以体现。

6. 参加拿大际交换项目或出国留学项目

高校的招生人员通常都在找那种独立的、有国际化思想的合作型人才，因为他们可以高效地和具有不同背景、技能以及立场的人进行有效的沟通和合作。国际交换或出国留学的项目提供了提高这些能力的绝佳机会。很多西方的顶尖学府已经把拥有这些经历列为申请的条件之一。

很重要的一点是，当你在写用于大学申请的个人陈述，或者用于工作申请的个人简历时，要仔细描述这些经历给你带来了哪些收获。比如，这些经历使你更加拿大际化、更独立、更有创造力、有更强的应变能力，或者可以更好地管理自己的情绪了吗？这些经历对你的学业有帮助吗？如果有的话，是如何提供帮助的？这些经历是否给其他人的生活带来了改变？

最后，你需要意识到，当你终于毕业走上工作岗位以后，你的老板随时有可能用新科技来取代你的位置（自动化、机器人等）。这就意味着现

在每个求职者都必须证明自己可以比这些科技有更高的价值。我曾经有过三段不同的事业，在 14 个不同的地方做过 11 份不同的工作，其中有二十二年是在国外度过的。在我的同辈中我可能算是异类，但对你们这代人来说，这应该会成为常态。你可能会在一个目前还没出现的领域里从事几十种工作。因此你必须学会如何去学习，如何每隔几年就升级一下自己。要知道，如今平面化的世界需要的是终身教育，需要不停学习新知识，并且敢于尝试新事物。

学生们可以通过获得上述技能和经验来提高被顶级大学录取的机会，而学校则可以为学生们指明道路。在这个联系日益紧密的时代，世界上最聪明的人对顶级大学的席位或者最好的工作的竞争也日益激烈，因此，培养"理想的素质"比以往任何时候都更为重要。

2.3　IB 如何帮助学生做好准备

Jeffrey Beard 和 Ian Hill

在过去超过 40 年的时间里，国际文凭项目成功地帮助学生们在国际性的舞台上竞争以及合作。

2005 年《纽约时报》的一篇观点性文章中，苏克图·梅赫塔提出了一个关于印度和美国的教育的看法："在孟买的时候，数学是我学得最差的科目，我发现在这样一个严谨的科目上我的排名总是在班里垫底。但是我在美国的学校里，他们的标准和程度竟然如此低，以至于我的成绩几乎能在班里名列前茅，我的父母都不敢相信。现在，如果让我和我的

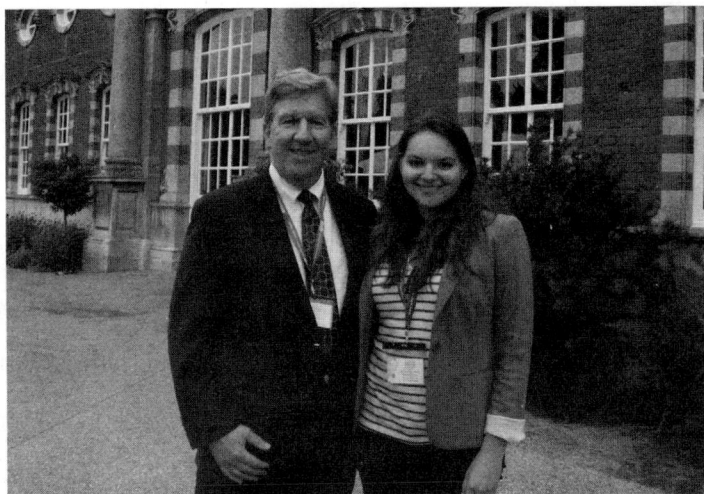

Jeffrey Beard 与 IB 组织创始人的孙女合影

家庭一起搬去印度，那么我现在就读于纽约最好的私校之一的孩子们就不得不参加数学和科学科目的补习班才能够在孟买就读一所好的学校。"

微软的创始人比尔·盖茨在 2005 年曾经说过："即便按照当初的设想，分毫不差地运作，美国的高中也不能教给我们的孩子在当今社会所必需的知识。"国际数学与科学教育成就趋势调查以及国际学生能力评估计划发布的分数指出，就读四年级和八年级的美国学生与和他们同龄的国际学生相比在数学和科学科目上的程度领先，但是 15 岁的美国学生相对落后（美国国家教育统计中心，2006 年）。坦率地说，接受的教育越多，美国的学生就变得越愚蠢。

美国正逐渐明白培养国际意识的重要性，这一点在美国总统签署的外语语言倡议计划中得以体现。按照该计划，22 种重要的语言将得到额外津贴。有一个平台已经存在超过了 40 年，不仅能够帮助中学提高国际意识，也能够帮助学生们更好地适应 21 世纪的竞争，这个平台就是国际文凭项目（IB 项目）。

_ 什么是国际文凭教育

国际文凭组织的目标是"培养勤学好问、知识渊博、富有爱心的年轻人，他们通过对多元文化的理解和尊重，为开创更美好、更和平的世界贡献力量"（国际文凭组织，2007 年）。国际文凭项目于 20 世纪 60 年代诞生于日内瓦国际学校。学习国际文凭大学预科项目的学生需要在 11 和 12 年级修完六门主要课程。这些课程包括：一门母语（接近 70 个语种），一门第二语言（21 个语种可供选择）以及下列每个类别中至少一门课程，包括个体与社会、科学学科以及数学。艺术学科虽然是选修科目，但是我们鼓励学生修读。国际文凭项目还有三个额外的核心要求：为了拓展学生研究能力的专题论文、为了培养学生批判性思考的认识论，以及鼓励学生自我发展的创造、行动与服务。

项目结束时学生要参加书面考试来决定他们是否满足项目的要求。除了书面考试之外，学生还要在学校完成一些评估任务，由教师评判出这些任务的成绩，然后再由外部评审员对其进行评审，也可以将这些作业直接发送给外部主考人。评估任务包括书面作业、口头演讲、作品集、项目研究、实践活动以及考试。评估采用标准参照评估法。

_ 全球化的答案

科技使世界成了一个紧密联系的球场，那些发展中的国家成了球员。世界银行欧洲区的副主席让·弗朗索瓦·理查德在 2002 年提出，我们需要新的方法、直觉和政治观点使每一个人都认识并落实"一位有责任感的全球化公民"这一概念，以此克服现有的基于某一国家的思维模式。为了确保所有学生都能享受到高质量和公平的教育，引入国际化这一概念是势在必行的。

国际文凭项目通过下列途径推进全球化概念：

坚持所有的学生都需要学习至少一门第二语言；

所举的例子来自世界各地；

促使学生从多元化角度思考；

培养学生尊重不同文化和宗教的差异；

强调全球化事件并探讨可能的解决途径；

鼓励学生及教职员工与其他国家进行交流。

_ 21 世纪的答案

来自美国全国经济与教育研究中心（2006 年）和美国大学协会（2007年）的报告提出了下列关于 21 世纪的核心技能：

创造力和创新能力；

自我约束力以及统筹能力；

领导力；

团队协作能力；

跨学科知识；

交流能力；

分析及推理能力；

解决现实世界中的问题的能力。

以上技能都被明确地标注在国际文凭学习者培养的目标中，培养目标同时列出了 10 项 IB 项目期望学习者能够获得的能力：

积极探究：获取进行有目的、创造性的探索和研究所需的技能，成为独立自主的学习者。

知识：探索各种与全球有关的重要概念、观点和问题，将所掌握的大量知识运用到各个学科中。

辩证性思考：能够用批判性和创造性的思考技能来识别和处理复杂的问题，并做出合理的决定。

沟通：能够以一种以上的语言在多种多样的沟通模式中信心十足且富有创意地理解并表达观点。

敢于冒险：有勇气面对自己不熟悉的环境，愿意探索新的角色、观点和策略，能够勇敢和条理清楚地捍卫自己的信仰。

原则：能够深刻理解关于道德理念、正直、诚实、公平以及公正方面的原则。

有爱心：理解、同情和尊重他人，具备个人奉献精神去行动和服务。

思想开放：对其他个人和文化的观点、价值观、传统采取开放与包容的态度。

全面发展：理解智力、身体和情感均衡发展的重要性，能够展示出毅力和自我约束力。

自我反省：对自己的学习和经历做出缜密的思考，能够有条理地评估自己的长处和局限性。

IB 项目的设立就是为了激发年轻人的好奇心，同时用知识、概念理解、技能、自我反省的练习或态度来武装他们，使得这些年轻人能够成为终身的自主学习者。IB 项目的核心教学方法是使用这些出自《2006 年 IB 认知论大纲》的指导性或核心问题：

自然科学：科学是或者应该是价值中立的吗？你的答案有哪些可以运用到对科学的管理中？例如，谁能够决定是否应该进行某些方向的研究？谁能够决定研究经费应该向哪些研究倾斜？

历史：能够在多大程度上对事实报告、曲解和故意歪曲进行区分？历史能够被用于宣传吗？如果可以，应该怎样运用？

艺术学科：关注艺术家、关注作品本身、关注观众的反应以及关注情境能够分别获得哪些关于艺术方面的知识？

通过构建这些开放式或具有生成作用的问题能够促使老师们关注他们传授某些特定信息的原因，也能够帮助他们确保所教内容和技能的相关性及意义。

_ 实践中的项目

弗吉尼亚州福尔斯彻奇市乔治梅森高中

这所综合性公立高中自 1981 年起已经为超过 800 名的学生提供了国际文凭项目。乔治梅森高中对 IB 项目的入学要求比较宽松，学生们可以选择完成整个国际文凭项目或只是选修个别科目。约有 70% 的就读 11 年级和 12 年级的在校生都在一定程度上参与了 IB 项目。这些学生包括了有学习障碍的学生以及正在学习英语的移民学生。

早期，老师们发现在那些没有开展国际文凭项目的班级里，学生们的进步非常缓慢。因此全体学生对于高期望值的反馈非常积极。校长鲍勃·斯尼是这样描述的："我听到无数的教育工作者用'水涨船高'来形容国际文凭项目给他们的学校带来的影响。IB项目使我们的学校能够开诚布公地讨论学生们在学术方面挑战自我的需求。"

乔治梅森高中每年会选送25名学生和一些老师前往智利的圣地亚哥以及差不多数量的学生和老师前往法国的图卢兹参加交流项目，同时也会邀请那些城市的学生和教职员工来到乔治梅森高中。学校也期望能够和中国南宁的一所高中建立交换生项目。

弗吉尼亚州里士满市昂里科高中

昂里科高中是一所坐落于弗吉尼亚州里士满市的大型城市学校。在校的1800名学生中有60%来自低收入家庭。图书管理员艾丽丝·安·埃利斯发现国际文凭项目中对于创造、行动与服务的要求提高了大家对很多重要事件的意识。例如，有一名学生制作了一段令人大开眼界的关于糖尿病的视频，还有一名学生重点描述了那些在非洲被绑架作为儿童军的孩子的困境。

国际文凭项目协调员南希·拉维尔将IB项目描述为"一种获得新生的精神以及对纯真的热情时代的一次回归"。她坚信国际文凭项目能够恢复学校的声誉，摆脱过去十年被视作"笑柄"的阴影，促使学生和家长争先恐后努力在IB项目当中获得一席之地。那些在IB项目中取得优异成绩的孩子同时也把家长引入进来，家长成了非常活跃的志愿者。

引入IB项目也给整个学校带来了诸多益处。当IB项目的学生要求更多高级的课程来满足他们的学习需要时，那些非IB项目的学生也从中获益良多。经过专业培训的IB老师会将他们在IB项目中的实践移植到其他的课堂中。现在所有昂里科的老师在很多科目的教学中都将引导性的问题作为教学的核心。

纽约州宾汉姆顿市宾汉姆顿高中

宾汉姆顿高中成立于 1996 年，是一所位于纽约州北部拥有 1800 名学生的一流高中。校长阿尔·宾纳说：“国际文凭项目为我们的城市中来自最贫困街区的学生提供了和那些能够就读世界上精英学校的孩子同等的学习机会。它‘提升了学习的环境’，也给予了我们学校十分优秀的学生更多的挑战。它给予很多人希望，但更重要的是，这个项目表明我们的学生在国际化的学术范围内也具有竞争力。”

通过和其他提供国际文凭项目的学校的交流，宾汉姆顿高中建立起了与世界各地的高中的国际合作关系。学校已经和坐落于秘鲁首都利马的一所英属国际高中——海勒姆·宾汉高中进行了学生交换项目。另一个正在洽谈的合作项目来自中国的上海市。这些校际间的合作关系使学生们能够体验他国的文化、习俗、语言和拥有国际视野。通过 IB 项目，宾汉姆顿高中的学生正在了解宾汉姆顿之外的世界。

_为未来做准备

国际文凭项目清楚地定位于应对 21 世纪的全球挑战。当人们对如何在当今这样一个平面化的世界中竞争认识越来越深刻时，IB 项目被更加广泛地视为能够帮助年轻人为未来做好准备的最好的教育体系之一。我们的项目是围绕创造一个更美好、更和平的世界这一主旨而形成的，其核心目标是培养学生们通过对多元文化的理解和尊重，为开创更美好、更和平的世界贡献力量。

（本文的另一作者 Ian Hill，时任国际文凭组织副总干事）

2.4　我眼中的 IB

　　作为国际文凭组织的前任总干事，很多人问我，什么样的教育体系才能使一个国家在全球化的浪潮中占得先机？在我看来，答案是显而易见的：国际文凭项目。对于 IB，我一直有着这样的信念：世界上每个孩子都应该享有接受高质量的全球化教育的机会。我一直以我们的不分国界为豪。全世界已经有来自各个国家的超过 100 万名的学生有了 IB 的经历。很多国家都意识到他们的学生需要具备包括批判性思维、沟通及语言能力、自律能力、团队协作能力等在内的面向 21 世纪的技能。这些能力的开发都被我们糅合进了国际化的课程设置中，为学生们提供了不同文化、社会以及国家带来的不同视角，并且教会他们如何与同龄人相处。

　　跟其他教育项目相比，国际文凭项目有着与众不同的评定体系——IB在世界范围内推行同一套国际化标准来衡量学生的能力。在高年级接近结束时，学生们若想获得 IB 文凭，必须参加为期三周的全球考试。试卷会被送给各国从事 IB 教学的老师以及大学教授进行评分。当学生们看到自己的分数时，会知道自己的成绩是与全世界的小伙伴比较之后的结果。据我所知，在美国，从幼儿园到 12 年级很少有其他的项目是把学生的成绩放到世界范围内同其他学生进行比较的。同时，我们也会要求学生完成

CAS，据此评估学生的社区服务意识、领导力以及性格。

毋庸置疑，教师是国际文凭项目当中最为重要的资源。所有基于顶级教育系统（芬兰、新加坡、韩国、中国香港）的研

Jeffrey Beard与迪拜教育部长（左二）于2009迪拜IB会议

究都表明，是教师资源使得这些国家的教育系统优于其他国家。这些成功的国家对于教育的态度十分严肃认真，他们充分意识到教师资源的重要性。和美国及很多其他国家相反的是，他们会在学生进入大学之前就对学生对教育行业的适合度进行评估和筛选。在这些顶尖的国家里，教师数量并没有那么多，但国家在每个教师身上倾注了更多的资源。一名教师一旦完成上岗前的培训，持续的教师专业发展培训便接踵而来。在课堂上，你可以看到更多的指导和反馈，这和很多国家不同，因为在其他国家，教师一旦从大学毕业，那么他们可能就不再接受正规的培训了。IB认为，专业发展是基于理解学生如何进行学习的一门教育学。关于知识，应该由学生主动学习获得，而不是被动灌输已经被广泛运用及接受的理论，这也使得让学生参与并且接受更多的挑战来加强他们对知识的理解和综合显得尤为重要。要成为一所IB学校，所有的教师都必须接受我们所提供的基于上述理念而建立的第一层次培训。之后，有了IB经验的教师们还可以继续参加更有深度的关于内部评估和研究的第二层次培训。最后，教师们还可以参加提高他们各自所选领域内技能的超过一百种的第三层次培训。据我所知，除了IB以外，没有其他项目能够为教师提供类似的持续职业发

展机会。同时，我们的在线课程中心也为这些教师提供了可以与其他教师分享活动心得的人际网络平台，来探讨并寻找最优的教育方法。教师之间通过相互协作，帮助学生提高学习成绩。

国际化思维是 IB 项目的核心理念和培养目标之一。至于如何培养和提高学生的国际化思维意识和能力，这是一个需要攻克的难题。我们成功地通过多种途径来实现这一点。借助科技，我们可以保证学生能够了解世界上每天都有哪些事情发生，并且与来自不同国家的 IB 学生进行互动。我们也要求所有学生学习第二语言。在设计课程时，教师们也被要求引进更多元的文化。我们也提供与世界宗教、全球政治以及世界研究相关的研究型课程。此外，我们鼓励学生自觉地参与到超越他们各自社区范围的项目中去。正是由于 IB 学校是全球性的，所以学生们可以通过我们的 IB 虚拟社区和来自其他文化的 IB 学生进行交流。总而言之，国际化思维已经被深入地融入到我们所提供的课程、在线项目以及社区服务中来。

我对国际文凭项目未来的发展满怀信心。刚开始，很多美国的学校把引进 IB 项目作为教学改革的一种途径。他们惊喜地看到，随着 IB 项目的引进，教师和学生们都在变得越来越好。同时，随着学生们越来越深入地参与到 IB 项目和评估中来，越来越多的人知道他们的成绩可以和世界上的其他学生进行比较，这也就提供了自我提升的机会。学生们已经通过网络和全世界紧密地联系起来，在全球范围里不同国籍、语言以及文化的大熔炉当中和来自其他背景的 IB 学生进行互动，逐渐发展成为具备国际思维的面向 21 世纪的人才。在我看来，IB 项目的确与众不同，它的明天会更美好！

第三章　留学准备篇——机会只留给有准备的人

3.1 教育体制

从北美的大学毕业后，呈现在毕业生面前的不仅是美国、加拿大的就业市场，而且是包括中国在内的全世界的就业市场。北美高等教育的教学质量、学科设置、科研能力、人才聚集能力都是世界其他地区所无法相比的。单单看加拿大，我们就会发现，在这个地广人稀、资源丰富、生活和谐的国家，它的高等教育办得极其出色。人们耳熟能详的大学有著名的多伦多大学、滑铁卢大学、麦吉尔大学、麦克马斯特大学、皇后大学、西安大略大学、英属哥伦比亚大学、西蒙菲莎大学、维多利亚大学、阿尔伯塔大学，等等。极其出色的专业包括金融、管理、会计、计算机科学、工程、新闻等。金融专业著名的院校包括约克大学的舒立克商学院、西安大略大学的艾维商学院、多伦多大学的罗特曼商学院、英属哥伦比亚大学的尚德商学院、皇后大学商学院、麦吉尔大学商学院、西蒙菲莎大学的比迪商学院等；计算机科学不错的大学当属滑铁卢大学以及多伦多大学；工程专业当属多伦多大学、麦克马斯特大学、滑铁卢大学、阿尔伯塔大学；会计专业也是多伦多大学、皇后大学、滑铁卢大学以及布鲁克大学的强项；新闻以及大众传媒专业办得很出色的要数多伦多大学、怀雅逊大学以及卡尔顿大学。

2015 加拿大新东方国际学院晚宴全景

_ 加拿大的教育体制给留学生带来巨大的机遇

加拿大没有全国统一的大学入学考试，各大学主要通过考核申请人在高中 12 年级（相当于中国的高三）六门学分课的成绩和申请材料决定是否录取。比如在安大略省，学生如果想申请大学，在整个高中阶段所修的30 个学分中至少六门必须为 12 年级的大学预科的课程。这意味着两件事情：第一，即使国内成绩在中等水平，或国内高考失败，你还有机会上世界名校；第二，量身定做的 VIP 教育法会使你上名校的概率大增。

1. 全新的机会

近些年来，中国的高考制度一直在努力打破"一考定终身"的规矩，并在 2014 年有了实质行动：

文理不再分科，打破一年一考，考试可以自选，综合素质招生，废除"自招联考"……相比往年"着重修正"的教育改革，2014 年"37 岁"的高考制度迎来"深度革命"，针对"一考定终身""只见分不见人""招生腐败"等积弊的改革开始"破冰"。

摘自《2014 高考制度改革"破冰"》，丁静，《人民文摘》2015 年第二期

"学校自主招生，学生多次选择"其实与北美大学招生制度如出一辙。大家都知道，北美的大学招生是由各大学自己招生，没有像中国一样的绝

对统一的高考制度，美国的 SAT（Scholastic Assessment Test，学术能力评估测试）是美国的标准大学入学考试，有语文的考量和学术的考量，但和中国的高考不一样，SAT 的分数是各大学选择学生的参考分数。另外，也不是一考定终身，高中生可以有多次考试的机会，并选择自己最满意的一次，和自己的申请材料一起报送心仪的大学。

这样就避免了影响客观评价学生水平的重要因素——心理因素和外在因素的作用。我们常常说"超常发挥""正常发挥""发挥失常"，就是心理因素在起作用。

有人认为心理素质也是选拔人才的一个重要考察标准，所以高考就是要选择这些学术和心理素质都好的学生。我是不完全同意这样的观点的，心理素质的确是人才的一个重要组成要素，但心理素质不好就不是人才？不能一棒子打死所有人。有曹植"七步诗"那样的心理素质和急智，也有左思那样"十年磨一剑"的慢才。而实际生活中，有时候完成一项任务是没有时间限制的，"慢工出细活"，而且心理素质不是一成不变的，随着环境、时间、历练、阅历等的变化，会呈现一个动态的过程，"士别三日，当刮目相待"就是这个道理。所以，我觉得心理素质只是人才众多素质中的一项，不能因为这个方面一时表现不佳，就使整体的评价大大下滑，甚至排斥在人才行列之外，使其失去接受优质大学教育的权利，失去人生发展的上升空间，这对考生自己、对社会选

同学们正在参加入学考试

材都是个损失，也有失公允。

另外，外在因素也会影响考试结果，比如突发事件、交通堵塞、身体原因、家庭问题，甚至考前一晚门外嘈杂的喧闹声影响休息，都会给考试以负面影响。为了避免外在因素对高考考生"正常发挥"的不良影响，为了减少天气的因素，把高考日从炎热的 7 月改到了春末夏初的 6 月。

我们看到，2009 年，全国的应届高中毕业生报考的人数为 750 万，84 万应届高中毕业生没报名参加高考，占总人数的 11%。2010 年弃考学生的数据近百万，占 20% 以上。2011 年高考期间，放弃高考的总人数则达 100 万人以上。2012 年高考报名人数是 900 万人，这是 2008 年以来连续下降的第四个年头。四年来，报考人数已经下降 140 万。教育部新闻发言人续梅曾介绍，全国最近五年的高考弃考率基本稳定，约为 10%。按此比例计算，2014 年高考弃考人数约百万。在弃考的人群中，相当一部分人选择出国留学，不再走高考的"独木桥"。近年来，我国出国留学人数持续保持高速增长，2012 年约 40 万人，2013 年为 41 万人，2014 年为 46 万人，业内估计，2015 年出国留学人数将再创新高。这种趋势是从原来的以出国读研为主变为目前低龄化高中生留学为主。在北京、上海、广州、南京等大中城市，放弃国内中高考转而选择出国留学的人数增长速度很快，弃考留学蔚然成风。其中一个原因就是对自己的心理素质没底，怕不能"正常发挥"。北美的高校在选拔人才时看得更全面，考虑得更客观。北美著名的商学院在招收新生时，看的不仅仅是学业上的表现，他们也把同等的考量放在其他方面的能力表现上。比如，在社区工作方面的贡献、领导组织能力、个人的爱好及兴趣，等等。这种做法使一些谈不上是学霸，但在其他方面能力突出的学生有了一个很公平的竞争机会。

包同学来自国内的一个三线城市，平时也不是学校里的学霸，而且凭直觉感到就算再努力，最后也不会考上很好的大学。他虽然读了高三，但

放弃了高考，申请来我校读书。来时他已经有 5.5 分的雅思成绩，在辅导老师的指导下，他在两个多月后顺利通过雅思考试。这使包同学的信心大增，信心的加强直接鼓励了他交流的欲望，而热爱交流又使得他与学分课老师相处得极为融洽，结果就是他在学分课上表现得越来越好。最后，这个来时并不出色的学生在 2015 年的 5 月拿到了所有他想要的大学的录取通知，并选择去了多伦多大学的罗特曼商学院。

陆同学也是一个代表。陆同学一直以来心理素质就差，对此他自己心里非常清楚。高考还没有临近，就开始慌张，睡不着觉。最后，她早早决定躲开高考，出国留学。可以这么说，这个明智的决定救了陆同学。而且，因为有自知之明，早早决定了行程，这使陆同学比高考后决定或者 9 月以后到的学生拥有了时间上的巨大优势。

陆同学高中毕业于青岛某中学，在校文科生中排 20～30 名。2008 年 5 月入读加拿大新东方国际学院。该生的特点是考试心理素质不好。入学后，在托福辅导老师的帮助下，先用三个月的时间专门准备托福考试，特别针对心理素质方面的弱点加以锻炼引导。她于 5 月到校，学校的高中学分课要 9 月才开始，她有足足三个月的时间来专心准备托福考试，比学分课和语言考试同时进行的同学要轻松有利得多。老师根据陆同学的弱点，悉心指导施教，尤其在心理安慰和激励方面特别关注，也量身定做了一些特殊的方法。8 月第一次托福

2014 年毕业典礼礼堂

考试，她就考出了 95 分，听、说、读、写都超过 20 分的好成绩。因为陆同学非多伦多大学不上，为了保险，紧接着在 2008 年 10 月又一次性通过了多伦多大学的英语入学考试。而该生 12 年级课程的平均分也达到了 90 分以上，同时被西安大略大学的管理专业、约克大学商科专业和布洛克大学会计专业（会计专业为该大学最好的专业），以及多伦多大学三个校区四个专业录取。最后，陆同学顺利选择了多伦多大学主校区的罗特曼商学院。

我想，这样的途径可能更适合惧怕考试的陆同学，想象一下，对于陆同学这样天生心理素质不好的人，要参加高考、研究生考试、公务员考试、职称考试等，一路考到老，是多么可怕的事，也会因为这个缺陷大大影响她的前途和未来的生活质量。

罗特曼商学院是加拿大的顶级商学院，以金融见长。因为学院地理位置背靠加拿大的"华尔街"——贝街，毕业生近水楼台，去那里就业的多，一向都是加拿大金融界的后备役。每年临近毕业，各个商学院会有许多招聘会，有的是一些著名大公司为毕业生办的餐会、酒会，期望从这些青年才俊中挑选出符合自己公司需要的人才。而去罗特曼商学院的有很多是近在咫尺的贝街的大公司，在参加酒会的时候，许多学生在举着酒杯谈笑间就找到了自己心仪的工作。

我建议同学们在这样的场合中要主动出击，多找人聊。我们中国学生往往有个问题就是"守株待兔"，憋在一边不吱声。主动能增加机会，而且给这些大公司高管一个职业、开放、善于社交、自信的感觉。英语是个问题，而上了这些大学的学生，英语一定不是问题，关键是自信。即使你有很重的口音，可能开始对方表现出不好理解的样子，但他们会很快适应你的口音（相信我，毕竟他们母语是英语或英语流利近乎母语的多，有些词句听不懂，他们也会根据对话正确判断的）。

2.VIP 教育法

VIP 教育就是教育的手工作业，根据不同的材质和坯子，精雕细刻出不同的成品。中国的教育是社会化大生产，优点是简单、易于操作，批量生产，节约大量精力，缺点是泯灭个性。人毕竟不同于生产线上待组装的零件，是需要根据个性量身定做的。我曾经把教育比作耕作，中国式教育是把不同种类的作物放在一起，事先设立好一定的标准高度，长得太快的把它割到设定的高度，长不高的就把它拔高了。这样，你的田里是一色整齐的秧苗，一眼望去，整齐而好管理。

国外的教育常常是自由发展，能长多高就长多高，长不高的就长不高，这样的田里高低参差不齐，但形成了一个立体系统，长得高的能顶天立地，带动整个系统收益良多。所以中国教育的基础知识扎实，国外教育的个性发展良好。就拿数学来说吧，在国外你到商店买东西，营业员如果没有计算器，常常会晕头转向，算不出个结果来，看得我们中国来的学生哭笑不得，这样的算术我们早在小学就滚瓜烂熟了。可是你到比如滑铁卢大学数学系或计算机系这样的科系去学习，就会发现，这里的本地学生常常是"天才"，数学能力让人叹为观止。他们是真正热爱数学，从小学习数学完全是出于爱好，一点都不觉得苦累。国外的大学不是进校就进了保险箱，本科的淘汰率还是很高的，尤其是这样的学校和科系，有很多中国学生会被淘汰，或者会很辛苦，这些数学天才却学得轻松快乐。

出于对高中教育这个领域的深刻了解以及对经验的灵活掌握，我的观念是，一个好的教育系统不仅可以使普通的学生变得优秀，而且还可以让那些本来就不错的学生更为优秀。举一个很普通但典型的例子。两年前我们有一名学生朱同学，在来之前已经在国内参加完高考，并拿到了浙江传媒学院的录取通知。学生来后，我们仔细研究了该生的情况，发现他的数学成绩不错，而且学习能力较强，但缺点是身体不好，而且特别爱玩电子游戏。身体弱和爱打游戏对带他的导师来说是一个极大的挑战。开始上课不久，该学生就开始旷课（一般是早上的课），学分课老师会将他旷课的事情第一时间反馈给导师，导师会马上打电话要求学生来上课，但电话经常是无人接听。在这种情况下，学校和导师当机立断，立刻与家长达成了一致意见，相互协作让学生明白两件事：第一，学校的规则是任何一门课旷课达到一定小时数就要取消学生继续修读该门课的资格；第二，如果无法按时上课，生活费的供应会出现问题。导师给该生制订了详细的学习规划，并一直和学分课老师配合关注他的专业课学习。在近一年的时间里，导师在生活和语言培训上都花了大量的时间和精力。年底，朱同学通过了托福考试，几个月后拿到了多伦多大学主校区的计算机科学专业的录取通知。"我从没想到我可以进多大（多伦多大学简称）。"临走时他说。我们的员工都懂得一个道理：有相当高比例的孩子有足够的学习能力，但自控力差。我们竭尽全力伴随在孩子身边，他们的前面就是海阔天空；我们放任不管，他们的后面可能就是崎岖坎坷。

附：马同学家长感言

孩子高中毕业后如何上大学是家长比较头痛的问题。社会上一直流传着这样一句话："国内的大学是严进宽出，国外的大学是宽进严出。"因此，现在越来越多的家长和学生为避开国内高考，选择了到国外留学。那么国外的大学是否真的如传说的那样"宽进

校长 William Webster 在开学典礼上进行演讲

严出"呢？事实并非如此。就我儿子国外留学的经历而言，我感觉国外的大学应该是"严进严出"，就此谈谈我的一点体会。

我儿子 2008 年高中毕业后放弃高考，坚决要求到国外留学。根据他当时的情况，发挥好了上个二本院校，如果志愿报不好有可能就上三本院校。考虑到孩子的发展前途，我们同意了他的要求，送他去加拿大留学。原想他到加拿大后会很顺利地进入大学，去了一段时间后，才知道那里的大学并非想象中那么好进。

在多伦多想要上个好大学，有两关必须过：一是语言关，雅思或托福成绩达到要求；二是预科成绩，平均 80 分以上。对一个刚刚离家，生活、学习要完全自理，同时要接受全外语教学的学生来说，要过这两关，其难度不亚于国内高考。因此许多中国留学生到加拿大两三年，仍然没能进入大学，有些甚至回国了。这样既浪费了金钱，也浪费了宝贵的时间。当时，我的儿子同样面临着这样的问题，如何解决呢？这让我们做家长的伤透了脑筋。我们千般打听，万般咨询，及时调整了孩子出国时所选择的学校和学习方案，最终才决定下来。我们清楚一点，雅思、托福过不了，什么大学也进不去，选这所学校的主要原因是该校有雅思、托福培训，中国老师了解中国留学生的学习、生活习惯，对刚出国的学生来说，在生活和学习上也是一个过渡。

我儿子进入该校后，刚开始学习还很努力，但随着学习难度的加大，加上大都市的诱惑，一度放松了对自己的要求，对过语言关也没有很大的信心，想退而求其次，放弃名牌大学，改上一般的大学或大专，因此经常迟到，不按时完成作业，成绩迅速下滑。当时，由于特殊原因，我们不能及时与孩子联系。老师发现我儿子这种情况后，看在眼里，急在心里，多次找我儿子谈话，并想方设法和我们取得联系。我们知道情况后，万分焦急，利用出差的机会，和我儿子取得了有限的几次联系，更多的是拜托学校的老师对我儿子加强管理。

2010 年 4 月初，我办妥了去加拿大的手续准备去看儿子。就在出发的前一天半夜，我接到了儿子的电话，他高兴地告诉我们，他的雅思考试取得了 6.5 分的好成绩，其中口语考了 7 分，当时我们真是不敢相信，当确定是真的后，我激动的心情真是难以用语言表达。到加拿大那天，儿子来接我，看着阳光、帅气的儿子，我的第一句话是："儿子，你真是太棒了！"

在与儿子的交谈中得知，他当时是在老师的严格要求、耐心教育、及时鼓励与帮助下，重新明确了自己的奋斗目标，增强了信心。他说，学校老师对他的关心可谓无微不至，怕他迟到，有段时间每天晚上打电话督促他早点睡觉，早上打电话叫他起床；他去报考雅思，老师反复提醒他注意事项，怕他记不住，还写成纸条让他在考试前再看一遍；在选择大学和专业上，老师反复查资料，结合自己在多伦多工作、学习、生活的经验，提出多种方案，与他共同协商，真可谓保姆式服务。听到这些，看到儿子今天的成绩，我对学校和老师充满了感激。

在我离开多伦多的前两天，由于儿子的雅思及预科成绩都优秀，已经收到了四所大学的录取通知。5 月回来后，好消息更是不断传来。如今，儿子已经收到了包括多伦多、麦克马斯特、卡尔顿等在内的七所名牌大学的录取通知。看着儿子今天的成绩，我深深感到，当时的选择是多么明智。

3.2 课程衔接

_ 加拿大高中学分课系统

在中国学生面对"一考定终身"的严酷现实时，来到加拿大的留学生发现，原来命运真的可以掌握在自己手里，申请大学看的不是高考，而是12年级六门学分课的成绩。每一门学分课的成绩，期末考试只占总分的30%左右，平时成绩高达70%。平时的小测验、演讲、研究课题、论文甚至作业都算在最后的总评当中，每一项的比重为4%～15%不等。在学期开始时，老师会把课程大纲、要求、评分标准都发给学生，让学生有清楚的了解。

加拿大的高中评分采用著名的"奇卡"（KICA）标准。在第四章中我会详细介绍这个评分体系。

选课是一项很有意思的任务，它可以使你在通往梦想的大路上避开陷阱，一路顺畅。加拿大大学的每个专业对学生12年级所修的课程要求都不一样。俗话说磨刀不误砍柴工，选课也是如此。如果你认为选课是件再简单不过的事，那便是大错特错了。毫不夸张地说，课选得好与坏可以直接决定你能否被你的理想大学录取。幸运的是，每位同学都被配置了一名学习导师，每到选课的关键时刻，导师们都会利用自身丰富的经验给同学指点迷津，帮助他们找到最适合自己的课程。

说到这里，也许有的读者已经忍不住发问了，课到底该怎么选呢？选课的时候应该考虑哪些因素呢？下面我就以三个背景各不相同的"虚拟"学生为例，简要

活跃的课堂气氛

地介绍一下选课的小窍门。

学生 A：出国前就读于国内某重点中学，英语方面极有天赋，但是理科成绩较差，数学、物理等课程常年处于不及格的状态。根据其实际情况，我们建议他只修 Advanced Functions（高等函数）一门数学必修课程，剩下的五门课程当中，12 年级英语为必修课，另外四门课程我们建议他避开 Calculus and Vectors（向量和微积分）等数学相关课程，选择对英语要求较高的商科和社会科学课程，如国际商务和世界历史等。应当说这种选择是非常明智的，虽然很多人觉得像世界历史这样的课程难以获得高分，但是由于 A 同学的英语能力出众，我们有充分的理由相信他可以完成"不可能完成的任务"，获得不错的成绩，从而弥补高等函数成绩的不足。**建议报考大学和专业：多伦多大学和麦克马斯特大学等名校的人文和社科类专业。**

学生 B：该同学是典型的"理科男"，来加拿大的目的只有一个——就读多伦多大学的工程专业。鉴于该同学已经有了非常明确的目标，我们的学习导师在指导其选课的时候就明确告诉他，下面五门课是非修不可的：高等函数、向量和微积分、物理、化学，以及 12 年级英语。剩下的最后一门课程，理论上可以选择任意一门 4U（为大学做准备）或 4M

（为学院做准备）的课程。B 同学告诉导师，他打算选修世界历史，但是导师给出了不同的意见，觉得这门课并不适合他。第一，这门课对英语的要求较高，而英语并非该同学的强项；第二，虽说通过学习这门课可以拓宽自己的视野，丰富人文和社会的知识，但是该课程和工程专业没有直接的关联，不是非常实用；第三，工程类专业对学分课平均分的要求往往高于其他专业，因此该同学必须选择一门自己擅长的科目，拔高平均分，这样才能增加被录取的概率。最终，该同学听取了导师的意见，放弃了世界历史这门课，改选了数据管理课程。**建议报考大学和专业：多伦多大学、麦克马斯特大学、滑铁卢大学和阿尔伯塔大学等名校的工程类专业。**

学生 C：该同学的英语底子非常薄弱，还曾经一度因为英语不好的缘故，对来加拿大读高中产生了强烈的抵触情绪。进校后，导师和学分课老师分别和他进行了耐心细致的交流，并且一致让他将步伐放慢一点，先夯实英语基础，然后再选修其他的课程。在听从了老师们的建议后，该同学第一学期只选修了高等函数和 ESL（英语课程）两门课，其他的时间都用来进行雅思基础培训。一个学期过去之后，该同学的英语能力有了显著的提高，自信心也大大增强了。虽然和同期入学的学生相比，该同学可能需要推迟半年甚至一年才能升入大学，但是这种牺牲是非常值得的。因为如果不这样做的话，最终导致的结果可能是学一门 fail（不及格）一门，既耗时又费钱，真是得不偿失。**建议报考大学和专业：渥太华大学、卡尔顿大学等名校的商科专业。**

每个学生的情况、每年报考学校的情况都千差万别，差之毫厘能失之千里。以上只是几起个案，各位同学在选课的时候要根据自身内在特点结合当年的大学要求等外在情况，悉心选择，少走弯路。

_ 美国高中的学分课系统

美国和加拿大的教育体制大体相似。中小学教育主要由各州教育委员会和地方政府管理，有公立和私立学校。小学六年制，初高中六年制（2+4 或 3+3）。学校开设的课程根据难易程度，分为基础、一般、荣誉和高级等不同级别，供不同年级和程度的学生选择。一些荣誉或高级课程与大学课程衔接，学分被大学认可。

高中正式开课日期是每年的 8 月或 9 月，学年结束为次年的 5 月或 6 月，分为两个或三个学期。高中毕业所需的最低学分由州教育部门规定，要求学生在高中期间完成规定学分，随年级升高，每学期学分增加。一般每学期至少选六门课，完成上一年级学分方可进入下一年级。如学生提前修满学分，可提前毕业，申请进入大学或在校选修大学课程。

高中毕业必须达到 22 学分：英语 4 分，社会研究 4 分，数学 3 分，科学 3 分，健康 0~5 分，艺术 1 分，外语 1 分，体育 2 分，选修 3~5 分。社会研究即英语以外所有的文科课程，科学即数学以外所有的理工科课程。学分通常是一年一个学分，半年半个学分。学生必须通过以下考试：英语、数学、世界历史、美国历史、科学，其中后三门为全州统考。荣誉州毕业证书的获得者必须考两门数学和两门科学（生物环境

加拿大老师正在给学生上学分课

和物理）。

美国中学以"学分值"评价学生的学业成绩。除考试成绩外，平时成绩、作业情况和出勤率占很大比例。学分值是对课程难度和学生成绩的综合评定。除此之外，美国学校十分注重学生的实际能力，包括领导能力、组织能力、社交能力、独创能力、个人特长和发展潜力。课堂讲授大都以学生为中心展开，方式多为讨论，教师、学生相互提问，共同探讨。课外作业及考试内容，除了试题外，还要求学生撰写论文。这种教学模式提倡学生独立思考，鼓励学生提出个人见解。课业负担通常为课内、课外各占50%。对优秀的学生来说，课外的比例更大。

美国各大学的入学条件和要求不同，一般都看重学生中学所修课程及GPA（grade point average，各科成绩的平均积分点）成绩、SAT 成绩和课外活动。众所周知，只要是想去美国实力较强的大学，必须参加 SAT 考试，而且还要考到极有竞争力的成绩。其中，阅读的成绩尤为重要，对于留学生来讲，若此项成绩能到一定的水平，完全可以免掉语言考试成绩，获取Admission Officer（招生主任）的青睐。在申请季来临时，申请人手上最好已拿到令人满意的 SAT 综合考试的成绩，而且最好还拥有 SAT 科目考试的成绩。若还没有，应抓紧参加相关考试培训的课程，尽早考到好成绩。但是 SAT 考试对于绝大部分的学生来讲不是太容易，所以最好是从长计划，给自己多些准备的时间，从容应对考试。我们曾教过一名学生，初三毕业时家长就规划好高中毕业后去美国念大学，而且是去名校。所以初三中考一结束，家长和孩子就来咨询，当时我们建议他们从初三的暑假开始就准备托福，高一暑假一结束去参加托福考试，争取拿到 100 多分，然后从高二开始冲击 SAT。因已通过托福，对英文词汇、阅读及写作有了较深刻的认知，再入手学习 SAT 会自如些，学生也会自信些。这位同学是北京市重点学校一零一中学的学生，而且是相对较勤奋努力的学生，我们从初三暑假开始了漫长但有计划的美国大学申请之旅。经过一年的学习及练习，他在高一暑假后参加托福考试，达到 95 分，阅读拿到 30 分的满分。虽然整体成绩不是太理想，但我们很有信心，他的 SAT 一定会考得不错。从高二开始，我们就开始准备 SAT 的考试，攻克了 SAT 的词汇，同时准备 SAT 数学二、物理及化学的考试，在下一年的 5 月去香港参加了这两个 SAT 的考试，结果比较令人满意，他的 SAT 科目考试拿到了满分 2400 分，SAT 综合考试拿到 2100 分。回来后我们又集中火力，冲刺托福考试，通过一个暑假的准备，学生拿到 105 分的托福成绩，而且阅读仍是满分。后来，他又去考了一次 SAT 考试，拿到接近 2200 分的成绩，并在当年 9 月开始申请。最后，他幸运地拿到了杜克大学提前录取的通知书，结果皆大欢喜。

_ 社区活动

在北美申请大学，参与社区活动是必不可少的环节。社区活动设立的目的是培养服务意识。在培养服务意识的过程中可以做到回馈自己所生长的环境，培养同情心，提高交流技巧和生存能力。是否关注自己周围的事物与人群，是否愿意帮助改善周围的环境和帮助与自己生活在同一环境中的人，是检验一个学生是否有责任心的重要的考察点。每个人的家庭都和别人的家庭不一样，在做义工的过程中，学生可以接触到与自己的世界不同的别人的世

多伦多大学博士的生命科学课堂

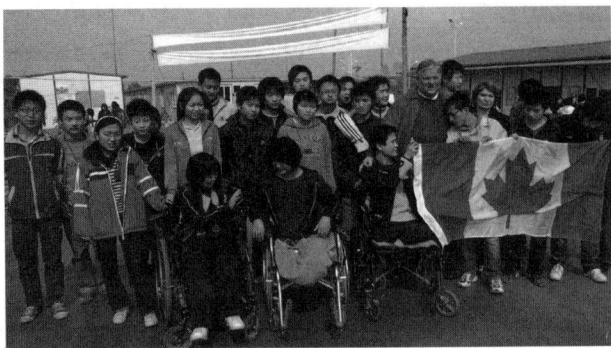

加拿大新东方国际学院组织加拿大议员拜访慰问汶川地震灾区德阳

界，才能了解并最终理解这个社会的多元化。很多义工的工作是以人为服务对象的，所以在工作的过程中，学生会逐渐提高自己的交流技巧，从而提高将来在社会中的生存和活动能力。大学正是通过学生义工的经历来考察这个学生的领导能力、团队精神、沟通能力以及是否有积极向上的人生态度。

我校的美国部曾指导一名学生申请美国藤校。该同学各项表现都不错但不是非常突出，家长和学生本人都很着急。美国部的老师就是在与该生的接触中，发现他在公益和社会活动中的闪光点，结合他本身的其他特长和优势，加以指导申请和包装，并特别强调了一些申请的技巧。最后，该同学获得了他理想的大学的录取，并获得每年 50000 美元的全额奖学金。据悉，该大学当年招收的持中国护照的学生不到五人，更不用说全额奖学金了。

3.3 语言辅导

_ 留学生语言考试

1. 全球的英文水平考试

北美大学普遍认可的英文水平考试为托福和雅思。托福考试由 ETS（美国教育考试服务中心）研发，是为申请到美国或加拿大等国家上大学或研究生的非英语国家的学生提供的一种英语水平考试。从 2005 年开始，ETS 在加拿大逐步取消了 TOEFL CBT（托福计算机化考试），全面推行 TOEFL iBT（托福网络化考试，又称新托福考试）。雅思是由英国文化协会、剑桥大学考试委员会和澳大利亚教育国际开发署共同举办的国际英语水平测试。此项考试是为申请赴英语国家留学、移民的非英语国家学生而设，用来评定考生运用英语的能力。雅思考试分为两类，包括培训类（适用于移民）和学术类（适用于留学）。

托福考试结构：听力、口语、阅读、写作。满分 120 分，听力、口语、阅读、写作各占 30 分。

雅思考试结构：听力、口语、阅读、写作。每一部分都独立评分，满分为 9 分。

2. 各大学自己的英文水平考试

这样的考试一般是各个大学自己出题，自己或少数学校承认的英语水平考试。被认可接受的范围比较有限。学生和家长要特别小心的一个留学陷阱就是有中介或学校宣传说有某大学项目可以免托福或雅思考试或免语言成绩，但其实最后学生会发现，还是要通过大学的英语水平考试。在国外留学，英语语言水平考试肯定是不可以免的。

大学的英语水平考试的例子，如多伦多大学的水平考试 COPE。认可大学：多伦多大学、麦克马斯特大学、安省艺术设计大学。

COPE 考试全称为 Certificate of Proficiency in English，是一种类似托福和雅思的语言能力测试，由多伦多大学自己研发。考试成绩可替代托福或雅思成绩，作为大学录取的依据。

COPE 考试结构：听力、阅读、写作。

_ 语言考试培训

我们建议学生最好在国内把语言考试关过了再出国，这样比较稳妥。如果要在国外完成语言培训，还是需要做些调研，找到符合自己要求的正规学校。

一是学校是否正规，还有就是办学历史和办学成绩。一般来说，本地的公校不提供针对留学生的语言考试培训。社会上有些机构可以提供这样的培训，有些私立高中也提供语言考试培训。但要坚决杜绝"野鸡学校"和所谓"diploma mills"，就是卖文凭的学校。一般来说，这些学校规模较小，没有什么师资和教学设计，不用上什么课，或者很少上课，交钱就可以拿到成绩。有的学校的授课老师最多只有几个，很多时候机构老板就是主要的培训老师，什么都教。网站上所列的教师从来看不到人，总是说他们请假了，所以老板一直在"代课"，到学期结束也看不到任课老师回来。

一旦有纠纷或政府调查，就会随时关门歇业，人去楼空，让受害者欲哭无泪。但过一阵子，又会以另一个校名和地址出现，还是那几个人，只是换了个"马甲"继续骗人。如果是提供学分课的私立学校，以安大略省为例，大家可以去安省教育部的政府网站（www.eqao.com）查询，这上面都是真实的资料，可以查到一个学校的真实情况，比如学校的注册号、办学历史、学生人数、学校地址、校长姓名、历年安省会考成绩和学术表现等各种数据。如果有坑人的卖文凭的学校在网站上自吹自擂，说自己有多年历史，有几百号学生，位于商业中心地带。只要你去 EQAO 这个网站上一查，就会发现该校刚刚成立，地址也根本不对，每年没有几个毕业生，甚至 EQAO 对它的毕业人数及学术表现没有任何显示（毕业人数太少的情况下，EQAO 是不予显示的）。那么，你就要特别小心了，类似情况在加拿大的其他省份，美国、英国、澳大利亚等都存在。各个地方大体都有这样的政府官方网站，通过查询这样的网站，什么都明明白白，避免自己上当受骗。

二是教学规模。是否正规和规模的大小是衡量教学质量的重要标准。不是说规模越大越好，但是到了一定的规模就能说明办学的历史和底气，要知道很多小的野鸡学校（指虽然是合法机构，但不被所在国社会、用人单位认可的学校）到不了一定规模就会被淘汰。有一定的规模至少不会一夜之间人去楼空。

三是其他附加服务。申请大学阶段，学生要注意的事有很多。从我们多年提供附加服务的经验来看，学生需要注意以下几个要点：

1. 根据所申请的大学的需求，及时准备大学申请的文书，如推荐信、简历。与招生部门保持良好的合作关系和信任关系，这时候显得尤为重要。

2. 及时向所申请的大学寄送申请材料和补充信件。

3. 保持警惕，确保托福或雅思成绩及时、准确到达。在申请大学的高

峰季节，成绩递送中心在递送成绩时可能会有错误发生，这时候与中心沟通以及与没有收到成绩的学校沟通就变得格外重要。所以需要学生在这方面做得细致到位。

4. 与所申请的大学进行经常性的沟通，并及时解决申请中的交流问题。

这些都是大学申请中特别重要的方面，一般来讲，如果一个学生单独面对，可能会摸索得很辛苦，而且效果很差。有些大学会主动联系申请人，问一些相关的问题。如果学生只是简单生硬地回答问题，忽略了措辞与文化等微妙的细节，极有可能会给招生部门留下负面的印象，从而影响对方的决定，尤其是商学院。

3.4　选择学校

　　中国大众的普遍心理是什么都是公立的好，可能因为概念中公立的更为客观和公正，受到欺骗和误导的可能性小。这种想法有时候是对的，但在国外的环境中，有时候是错误的，甚至会误事。我们知道国外有些私立学校反而历史更悠久，教学质量更好，北美早期的大学很多都是私立大学，后来由于条件和环境的变迁，有些变成了公立大学。加拿大基本上是公立大学，收费比美国的低很多，原因就是政府投入很多财政支持，这是一个国家的办学理念，不以教育为谋利手段。

　　西方的公立学校和中国的概念有点不一样，西方最好的学校往往是私立学校。就中学来说，英国有所著名的中学叫"伊顿公学"，虽然叫"公学"，却是所百分之百的私立中学，是英国的贵族中学，是英国王室成员及政界、经济界精英的培训之地，王室的男孩都会在这里就学。这里曾造就过 20 位英国首相，经济学家凯恩斯和英国首相卡梅伦都是伊顿毕业生。伊顿每年 250 名左右的毕业生中，70 余名进入牛津、剑桥，70% 进入世界名校。在美国也是好学校中私立学校多，哈佛大学、耶鲁大学就是私立大学。这可能是很多中国背景的家长和同学不了解的，家长总是希望把孩子送到公立中学去。听到公立中学就觉得好像进中国的公立中学一样放心。

多伦多公立教育局（TDSB）主席 Shaun Chen 来我校参观

其实，由于制度和风俗习惯的不同，进公立中学的孩子们要面临很大的挑战。我们已经遇到很多从公立学校转来的学生。

美国和加拿大的中学分成公立和私立的。比如，加拿大高中分为两种，由政府拨款的公立高中和非政府拨款的私立高中。公立高中还分天主教高中和非宗教性普通高中、英语高中和法语高中，学制从 9 年级（相当于国内高中预备班或初三）到 12 年级（相当于国内高三）。很多国内的家长为把子女送到公立高中还是私立高中一事感到非常纠结。其实，我们可以权衡利弊，找到最适合自己的学校。下面是一名学生的亲身体验。

2012 年，我被温哥华的一所公立高中录取。同年 9 月，怀揣着父母对我的殷切期望，我正式踏上了加拿大留学之路，成了中国留学大军中的一员。但是和众多学生不同，我的留学历程可谓是几经周折，从温哥华到多伦多，从公立高中到私立高中。留学让我认识了加拿大的教育体制，也用事实告诉了我，公立和私立学校的情况和国内传统的理解大不相同。读私立学校对于像我这样以进入加拿大一流大学为目标的留学生来说，是一条非常好的捷径。还记得进入公立高中的第一天，学校安排我做了一份英语语言测试，考试的结果将决定我的分班。对于自己的英语水平，我还是比较有信心的，虽然不是英语大牛，但是在国内英语成绩也不差。经过测试，我的语言水平是三级。后来才知道，这并不是一个好消息。在当时我所在的学区，语言课程总共分为五个级别。如果考到了五级，就可以直接进入高中学分课的学习。测试水平为三级的学生是不能学习本地正式高中的英文课程的，只能进入语言课程班先学英

图书馆安静的一隅

语。而能考到三级以上的中国高中留学生几乎是凤毛麟角。于是，我没有选择，只能从语言班开始一级一级往上读。大多数公校的语言班每上升一级一般需要一年的时间，浪费时间也浪费钱。所以就我的情况而言，要两年后才能开始正式学习当地的高一英文。又由于加拿大的大多数公校不允许留学生直接就读12年级，所以我需要在温哥华重读高二的课程。这样我进入大学的时间又会被推迟。两个学期后，我慢慢觉得，ESL课程对我没有太大的帮助，除了听力有所提高外，本质上我学到的并不是很多。虽然我觉得自己的英语水平在读、写和口语方面还是很不够的，但是课堂上老师教的东西我又都会了，感觉自己一直在浪费时间。

首先，对于公校来说，这门课程更像是一项财政收入。其次，学校并不保证语言班的学生每年都能升一级，我同班的同学中就有不少重读的。对我来说，就算不计金钱的浪费，时间可是最宝贵的，我不想让时间浪费在这样没有效果的语言课上。经过一段时间的调查后，我彻底改变了对公校、私校的观念。传统上，国内的教育基本是公立教育为主，好的学校一律是公立学校。当然除了一些国际学校，也找不到什么私立学校。而加拿大不同，公立、私立在教育体系中两分天下。虽然私立学校也是良莠不齐，

整洁敞亮的图书馆

但最好的学校一般都是私立学校。就如同一位资深的本地校长所说的："对本地人来说，公校是免费的，私校是要交费的，那人们为什么还要去上私校呢？原因在于教学品质和对学生的关爱。"更不要说，公校系统有强大的教师工会，每每闹罢工，学校就要停课，也不给学生上课、填写成绩单、批改作业，或者安排考试以及维持课堂秩序。前些时候，安省的公校教师罢工，最近英属哥伦比亚省的公校教师又罢工了，加拿大社会对公校教师工会的这些行为多有微词，说他们的工资已经很高了，还要把孩子作为人质要求更高的工资。我看这是加拿大公立教育系统中的顽疾，也是他们的政治体制决定的，根本无法保证当地人的教育，更不要说我们这些千里迢迢来的付钱学习的留学生了。慢慢地，我就萌生了转到私校就读的想法。在了解了一些学校后，我最终转到了多伦多。事实也证明，我的选择是正确的。在这里，我经过考试直接开始学习高一英语。正式上课后，事实证明我的能力是完全可以跟得上本地高一英文课程的进度的。这里没有必须重读高二的限制，对英语以外的其他课程，我直接进入了高三的学习。这直接将我的留学时间减少了两年。可以说是经济、有效、品质高。

转到这里后，学校的导师（mentor）制度对我来说是一个莫大的惊喜。这一点和公校很不同。在加拿大的一般高中都会有辅导老师，更确切地说应该叫咨询老师，他们并不是任课老师，他们一般没有学分课的教学任务，他们主要对学生在选课、修学分和申请大学等方面提供咨询和指导。但是他们到底起到了多大作用就要视情况而定了。在此前的公立高中里，全校有超过 400 名学生，但是只有两个辅导老师。在这种情况下，辅导老师要认识每名学生都困难，更不要说很好地解决学生们的问题了。我在公校还遇到这样一件事：有一天我正在上课，学校广播通知我到办公室找辅导老师。到了之后，老师告诉我，我之前交的国内成绩单不见了，让我再补交一份。我问他这么重要的东西怎么会丢呢？他说他需要管理超过 200 名学生的资料，并且他是刚到这个学校的，所以才出现了这个问题。在新的学校，有一支庞大的辅导员队伍。他们除了有咨询老师的功能，还有生活辅导、心理辅导、语言辅导、大学申请指导的功能，带有一定的国内的班主任的意味，但比班主任更全面。每位导师只负责管理十余名学生，专门解决同学的选课和大学申请问题，帮助这十多名学生提高英语成绩，解决这些学生的学术和生活方面的问题。这对我们这些漂洋出国留学在外的学生太重要了。因为，这些导师都有着本地硕士学历，并且专修教育和英语专业，又有多年在本地学习生活工作的经验。对我来说，这正是我所最需要的。我的导师基本上每周都给我上 3～4 次定时的专项语言培训，针对我最薄弱的写作和口语来专门实施强化训练。大约半年以后，我顺利通过了雅思考试。最重要的是我觉得自己的英语水平是实实在在地提高了，而不是靠着应试技巧通过了考试。在大学申请方面，她也全程跟踪我的申请，详细地给我介绍了北美知名院校相关专业的具体入学要求和条件，指导我完成大学申请需要的所有辅助材料。在加拿大，从申请大学开始到拿到 offer（录取通知）要历时半年，这其中要完成很多材料的提交和与大学的沟通。老师对我的学习情况了如指掌，可以给予我最及时的指导，使我在大学申请中更具有竞争力。可以想象，如果没有了我的导师，由于缺乏对当地学校和大学申请制度的了解，在大学申请方面即使我付出很多的

时间和努力，也未必能跟本地长大的孩子站在同一起跑线上。我去过公校，我明白跟本地的孩子比起来，有时并不是能力和水平的差异，而只是语言和文化上的障碍。如果是在公校，没有导师支持，我想我进入名校的路途将会很坎坷。学分课方面，我也对老师心存感激。拿英语课为例，学校有三名英语老师进行高三英语的教学。老师们都很负责，会为所有班级定下统一的教学内容、教学进度，以及评分标准。他们也会请一些往届的师兄、师姐与学生谈一谈他们的学习经验。另外，在每学期末，校长和教研组还会对老师上报的学生成绩进行审核，也会向老师提出一些教学上的问题。每个学期末，学校都会进行匿名的教师评分，让同学们给老师打分提建议，这也是我在公校没有经历过的。

我不否认公校有许多认真负责的老师，但是也有相当一部分老师的教学是比较随意的。比如，当时我所在的公校，相同的课程有两名不同的老师担任教学。其中一名老师有详细的教案，严谨的教学态度，合理的课程安排，以及严格的评分标准，这些都会使学生受益良多的。但是另外一名老师的教学风格就完全不同了。在课上，没有系统的教案，没有充实的课堂内容，评分标准也比较随意。这两名老师的情况可以说是大多数公校的缩影：同样的课程，不同的老师，教学进度以及教学内容有很大的差别。这对许多学生来讲就是一种不公平。在加拿大，公校老师就是一个铁饭碗，学校是不能对老师进行过多的要求和干预的，因为老师有他们自己的工会。如果老师们觉得学校对他们要求过于严格，他们会提出自己的不满，觉得受到侵犯，甚至会以罢工相威胁。如上文提到的，在加拿大短短的一年多的时间里，我就见识了教师罢工事件，有些地区的教师甚至还是在同学12年级即将毕业升大学时集体罢工。我觉得由于体制关系，公校老师们普遍非常尊重自己的私人时间。对他们来说，工作是工作，生活是生活，二者的界限非常清晰。记得有一次，我去问公校老师一些问题，但是他告诉我他已经下班了，所以他不会为我解答问题，让我改天再来找他。我在加拿大的留学经历还在继续，我也有信心可以被加拿大的名校录取。对于选择公校还是私校的问题，我觉得要非常谨慎。虽然教学大纲是一样的，但对于国际学生来说，公校、私校的制度是不一样的。当然，并不是所有私校都是质量过硬的，就像并不是所有公校都会令人满意。选择一所好的学校，就是选择自己的未来。关键是做好分析调研，慎重选择。但就我个人的经历来看，我觉得当初选择转校是正确的。

摘自《从公校转战私校》，Sun Zeping, 加拿大新东方国际学院校刊，2014 年春季第六期，3 月 28 日出版

_ 就学成本与时间

很多国内的家长在做决定的时候，需要注意一个很重要的问题：时间。不管是学期制的高中还是非学期制的高中，入学时间都比较固定。另外，很多公立高中接受国际生，需要提前一年申请，到了加拿大后需参加英语水平摸底考试，然后再决定是先从 ESL 学起，还是语言课、学分课一起学。

目前的情况是，只有极少部分英语特别优秀的学生可以语言课、学分课一起学，绝大部分学生均需从语言学起，相应会增加就学经济成本和时间。很多私立高中在入学时间上相对比较宽松。比如加拿大新东方国际学院每年有三个学期外加一个暑期班，四个入学点，即使是在非入学点注册报到，也可以边学语言边旁听学分课，适应全英语的授课环境。

_ 师资与软、硬件

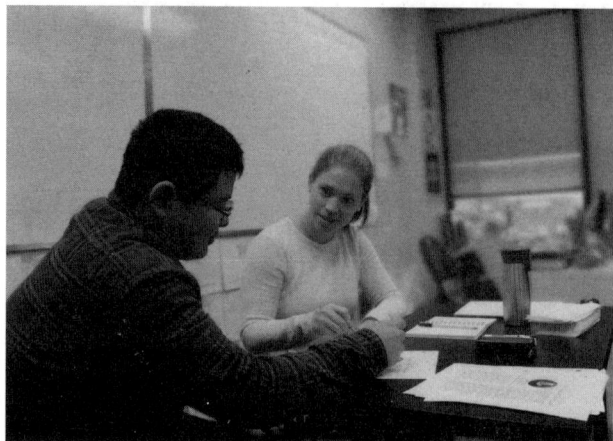

加拿大老师为同学解答疑问

不管是公立高中还是私立高中，只要是教育局审批注册的正规高中，都有资格颁发当地的高中毕业文凭，都在教育领域内接受教育部门的监管和检查。从师资上说，因为不是"铁饭碗"（相对公立学校的教师来说），私立高中间的竞争更加激烈，这就要求学校在硬件和软件上都要更胜一筹，才有可能在竞争中脱颖而出。因此，美国和加拿大的很多私立学校都以校史悠久、质量超群、校友卓著而闻名于世。2009～2012年都有公立高校因生源不足而关门的新闻报道。根据《环球邮报》报道，多伦多公立教育局2015年1月28日公布了所属学校的入学率，在116所中学中入学率低于65%的学校有46所。很多学校面临着关闭的危险。私立学校也是良莠不齐，有的私校收钱卖学分，结果靠弄虚作假进入大学的学生成为受害者——被大学发现并开除，或是跟不上学习主动退学，这就需要家长和学生擦亮眼睛，仔细甄别，找到质量好、正规、负责的学校。

_ 语言和学习环境

这恐怕是家长最关心的一个问题。把孩子送到加拿大来，就是为了在一个全英语的环境跟当地学生同进同出，一起上课、游戏。这样的愿望是美好的。但是，事实上情况是值得家长思量和权衡的。除了第一点，要先从语言念起，不能直接跟当地学生一起上课外，我们看到的情况是：在公立高中，依然是当地学生同进同出，中

中方导师为学生指导

国学生自娱自乐。究其原因，主要还是语言。加拿大人非常友好，但是这样的友好有时候并不是学语言的有利条件。他们在面对英语磕磕巴巴的中国学生的时候，生怕对方不理解，会讲非常简单的英语，听到错误也不帮助纠正，或者干脆友好地微微一笑，走开了。口语如果不流利，融入当地的圈子非常难，即使一开始因为性格外向活泼侥幸没有被"婉拒"，假以时日也会因为无法跟上当地学生的思路而自动撤退。这样一来，反过来会伤害学生的自尊心，使其更加不愿意和当地学生交往。学习是个互动的过程，可是国内来的学生不习惯西方的学习方式，上课听不懂，不爱发言，不会记英语笔记，不爱和老师同学互动，习惯单干不能组团，给老师"能力弱"的印象，成绩自然不会很好。而且在中国，老师、家长都是把任务布置好了，采取盯人战术步步紧逼；到了加拿大很早就放学，一下子没人管了，学生就傻眼了，不知道怎么办。等到能适应西方的学习环境，时间不等人，已经很多科目成绩不理想，直接影响大学申请。

比较可取的做法是寻找一个"缓冲期"，既有英语语言氛围、沉浸在加拿大的文化中，又有各方面的援手帮助学生锻炼口语，熟悉学习习惯，融入其中。我校现在比较成熟的做法是：全英语的本地外国人老师授课环

境，中文导师关怀每个学生的语言和生活，目前看来能做到平稳过渡，全面适应，为将来的大学深造、就业乃至未来的人生路做好扎实的铺垫。

公立学校是为当地学生建立的，所有的教学理念也以当地学生的特点而设立，在校学生的学术要求完全一样，绝不会因为你是国际学生而网开一面，教学中也是设定你就是和当地学生一样的语言水平、学习习惯。很多上公立中学的国际学生，一来就被完全抛入纯英语的环境中，上课完全云里雾里，不会记英语笔记，下课更是无法完成用英语写作业的任务。而校方是绝不会因为你一个人而放慢教学速度的，也不会因为你的母语是中文而改用中文来教学、留作业和考试，更不会因为你跟不上而放松考核的标准。

有人说，孩子适应环境和学习语言的能力是非常惊人的，他们会很快跟上进度，你看大学里的中国留学生，很多都是英语流利，上课发言、小组讨论、课后作业和考试都没有问题。我这里要说明两点：

第一，因为北美大学教育在国际上的领先地位，它一直以来都是世界各国青年学子追捧的对象，所以，大学里各个国家、各个族裔的学生一直都占相当大的比例，大学也很开放，并且有很多辅导学习的项目就是针对语言和文化习惯不适应的学生的，越是好的大学越是如此，越是高层次的学习越是如此。这种情况下，交流的程度越高，开放的程度越高，对语言、文化和习惯的宽容程度也就越高。

比如说加拿大最好的大学多伦多大学吧，如果你读的本科，你可能会更吃力一点，而如果你被研究生院录取了，你的英语不太好，研究生院有一个专门针对英语不好的研究生的英语提高课程，包括听力、口语、学术写作、学术阅读，等等，你可以去修这门课。研究生院还有专门的人员，你可以约定时间去和他们见面，他们会一对一地帮助你修改、讨论你的文章，包括英语写作和论文框架等，给你意见和帮助你分析错误。

我可以这么说，在任何一个地区内（我指的是一个文化社会中），越是低层次的学习，本地化程度越高，以本地文化习惯和就业等实用性、技能性事物为目标的学习就越占主导。因为大部分人被培养出来是在本地就业，为本地服务的，也就是就业是以本地消化为主的。

好的大学是知识结构的金字塔尖，它是全球化的，所以，对本地语言和文化强调得少，宽容度也高。对全球高级人才有巨大吸引力的北美大学更是如此，他们对母语非英语的研究生的服务可以说是体贴入微，当然并不是说他们可以手把手教你英语，基本的英语程度是必需的。如果一个刚到多伦多大学读书的研究生在课堂上完全听不懂教授的讲课，教授下课后会立即发给他一封电子邮件："我发现你最大的问题是语言能力，请立即去研究生院寻求帮助，我知道他们有相关的课程。"大学里对不同语言和文化的宽容度是较高的。

第二，不到二十岁的孩子对语言和文化的适应力是比成人强很多。我一再强调，如果你希望到北美来并融入当地社会的话，大多数人三十岁以后就希望不大了，来投资消费可以，找工作难。年龄越小越好，他们的适应力强。可是适应力强并不代表没有过渡立即适应。最不妙的是时间不等人，制度不等人。北美的教育制度不是中国这样一考定终身的高考制度，美国的 SAT 考试可以考很多次，但还是要参考平时成绩；加拿大更是没有高考，完全看你的平时成绩。基本上，如果有一门没过，想上好大学就麻烦了。

有趣的机器人大赛

　　正如我上文说的，当地的公立高中是为当地学生而设的，主要生源是当地的学生，而且学生多，没有足够的师资和能力特别关注个别学生，也不会为你一个人而放慢进度或者另立标准，更不会因为你是国际学生而宽容，老师打分完全把你和当地学生按一样的标准来，铁面无私。这样有的学生就会有不及格或不好看的分数，即使他们很快适应了，也有几门课过去了，不及格的课就成为他们适应的代价。但这个代价是不可承受的，甚至是惨痛的，因为平时成绩直接关系到未来的大学申请，关系到未来的前途和发展，绝不可以放弃。我认为是得不偿失，丢车保卒。

　　有家长问我，不会所有的孩子都跟不上加拿大公立学校的学习吧？我觉得当然不能这么说，但是，除非你的孩子非常优秀，适应力超强，心理素质很好，英语已经基本达到母语程度（怎么衡量？如果孩子看英语原版的电影非常轻松，基本像看中文电影一样就可以），否则你不要轻易去冒这个险。如果确实是个优秀的孩子，能应付纯英语的学术环境，那公立学校是非常好的选择，在那里能得到很大的提高和锻炼，更深入地感受北美的社会和教育。可是，大多数孩子是平凡的孩子。前些时候有两名从公立学校转到我们这里来的学生就是吃了这个大苦头。比如姚同学，家长不知道这个诀窍，认为公立学校最可靠，把孩子送进去，结果孩子难以适应学习和环境，格格不入，学习掉队。这里讲究自觉，讲究人权，自己对自己负责，别人是绝不会多管你的事的，学校基本对他撒手不管。这对从国内主流教育体系中来的孩子来说就很麻烦了，咱们国内的主流教育基本是任务设定型、严格看管型的，孩子都在家长和老师的严格监管之下。从小学开始就是课堂上老师管得紧，课后布置大量作业，家长陪着做作业，家长签字，和老师频繁交流，逼着学各种课，别说逃课了，每天基本上都要学习到很晚。这样的孩子一到陌生又松散的学习环境中就蒙了。学习和环境的不适应带来强大的抗拒感和挫败感，

10多岁的孩子心智很不成熟，孩子逃学了，家长鞭长莫及，学校也不会和你刻意沟通孩子的情况，不理解中国学生的特点，也不知道怎么帮助这些孩子。这样一逃逃了近两年的学，转到我们这里的时候已经有五门课红灯高挂了。而王同学及其家长就是一个在这方面及时做出调整而成功的例子。王同学来加拿大之前在国内的语言培训机构培训了一段时间，口语已经很优秀了。来到加拿大之后，因为亲友的建议进了公立学校，结果不到一个月就发现不适应的感觉已经让自己无法撑下去了。可是时间紧迫，离12年级毕业只有不到一年的时间了。于是，王同学的父母和本人当机立断，放弃了已经缴付的昂贵的学费而转到我校。第二年的5月他拿到了多伦多大学的录取通知。王同学的父母说，多亏当初做出了转校这个明智的决定。

_ 如何突破文化障碍

中国这一代孩子都是家里的独苗，而中国的家长望子成龙是千年的传统，不管孩子的资质怎样，让他出国留学就是想让他至少能大学毕业。而外国老师看到孩子似乎不是读高学历的料，就直接说："我看他去技校学习一门手艺也很不错嘛！"听了这样的话，中国的家长会当场晕倒，他们花这么多钱送孩子出来留学，绝不是来学加拿大的技工的。这个老外不能理解，他们也不觉得一个适合学技工的学生去学技工有什么不好。再者，当地的文化非常重视人权和隐私，没有学生的同意，学校把学生在校的表现作为学生的隐私和人权来保护，即使对家长也绝不透露半点。况且中国和加拿大时间黑白颠倒，公校的老师没有义务和中国的家长沟通，多数中国家长的英语口语也没有达到能和老外老师流利探讨孩子在校表现的程度。这样，家长对孩子的情况基本是两眼一抹黑，等学期终了，学校通报孩子缺课和挂课情况，悔之晚矣。

　　是的，留学是希望学习到更好的知识技能，能给未来的生活打下更坚实的基础。就像游泳是一项很好的运动，但是一个青少年学习游泳的时候，不是把他丢到水里去就万事大吉了，不可能一下水就能畅游自如。一般是需要多次指导和岸上练习，才可以安全下水。

3.5　成大事亦需拘小节——小留学生加拿大生活须知

_ 初期问题

小留学生出国留学上北美的高中，有些问题是需要面对的：

第一，国际学生语言不好，什么都不熟悉，一般孩子的英语都没有达到能和老师、同学自由交流的水平，再加上中国和西方教育风格存在着巨大差异，往往开始都不能适应国外的学校和课堂风格，不能适应环境，一段时间下来，越来越不自信。想想看，上课听不懂，反应不过来，下课也不知道同学们在说什么，不熟悉，很疏离，整天只能发呆。有的孩子还会产生心理上的问题。而普通高中没有课外服务的制度，不会有专人帮助，也不会把国际学生作为一个特殊的群体来设定特别的课程、语言帮助、心理辅导、考试难度等。

第二，以上情况还是假设在家长能和学校沟通的情况下，而大多数情况下，中国的家长不具备和西方学校沟通的能力。首先，多数中国家长的英语不可能达到和北美当地人熟练交流的水平，无法和学校沟通。其次，即使你的语言很熟练，学校也不愿意你占用他们太多的时间。他们的主要服务对象是本地人，资源已经很紧张了，你再经常找他们，他们会觉得你占用了太多的资源，对本地学生是不公平的。

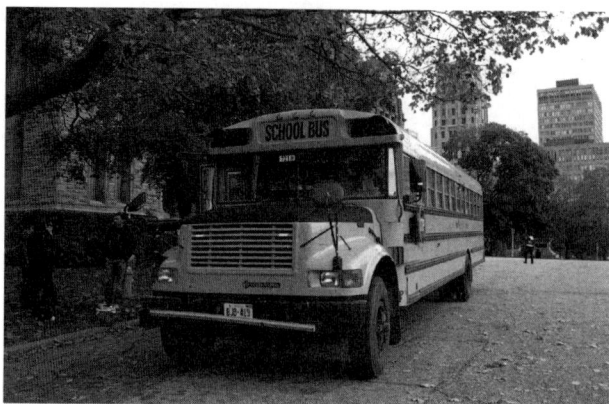

安全放心的校车

第三，人在他乡，总是有失落感。何况是孩子，从没有离开过父母和熟悉的环境，突然就到了一个和自己原来的环境格格不入的地方，又没有家人在身边，没有熟悉的老师、同学，没有朋友，甚至没有熟悉的语言，很容易产生心理问题。

这些年看过的孩子那么多，我知道中国孩子的心理问题是个核心问题。现在的孩子多是90后，家里的"惯宝宝"和"独苗苗"，突然面对这么大的一个人生变化，心里会产生强大的应激变化，心理辅导是非常必要的。而老外的心理和我们中国人的心理不一样，价值评判标准也不一样。

第四，人的本能是和自己相处舒服的人群交往。比如，在学校、公司等地方，你会发现，最明显的是相同族裔的人扎堆。如果你认为这种现象完全是由于语言和习惯的不同就大错特错了。在北美出生的ABC（美国出生的华裔）和CBC（加拿大出生的华裔），他们常常不会中文，他们的母语是英语，和当地人一样，他们很多人从来没有去过中国，他们即使有和当地孩子一样的生长环境和语言环境，也还是不会和白人孩子抱团扎堆，不会和黑人孩子玩在一起，也不会和其他族裔的孩子很近，他们的朋友圈常常还是华人。如果拿本地白人、黑人和中国来的学生这几个圈子让这些ABC和CBC选，他们多数会更倾向于与语言有障碍的中国来的学生成为朋友。

其实，同种族的自然心理向心力非常强大。中国来的孩子到了各种族裔杂处的公立学校，亚裔的学生不多，如果语言再不通，学习习惯、社会文化不同，喜好不同，那么是很难交到大量的朋友的。比如，北美的年轻人在一起的流行话题是很本地化的内容，他们特别爱好运动。比如，加拿大最崇尚的是冰球，对冰球比赛非常热衷，是他们茶余饭后、工作学习之余非常重要的部分，对球队和明星他们都如数家珍。这个时候，中国来的学生就插不上嘴。在课堂上听不懂，也不能理解他们的课堂风格，听不懂他们的笑话，等等。一来二去，国际留学生常常被边缘化，沉默寡言，产生心理问题。普通中学设有专门的职能部门，会针对中国学生的特殊情况做特殊的心理辅导。我感觉，即使他们有预算，也很难找到符合条件的人员做这个特别人群的辅导，因为涉及的知识和技能太多，既要了解当地的情况，又要了解中国的情况，而且是实时掌握中国的情况，这非常难。

所以，我一直认为，到公立中学留学的中国学生一定要非常优秀。语言好、功课好、心理素质好、自理能力强、自觉性高的孩子才能比较好地生存。生存下来的孩子能学到很多东西，也能更近地感受北美文化。

_家长，你该为孩子了解什么

我一直跟家长和孩子们说，留学的时候，特别是高中生的留学，牵涉大笔费用，更重要的是牵涉孩子的未来，要慎重选择。不像在我们家门口择校，这种远距离的国际择校，需要重视几个问题。

一、充分了解对方的教育体系，尽可能地多了解几个学校，手里有多个备选项。有时候，因为背景不同，中国的家长很难理解北美教育的一些现象，难以用自己在中国的经验正确判断。比如，北美的高中学生人数不多，学校规模不大，但是中国的中学动辄就上千人。那是因为北美的人口基数很小，加拿大的总人口是3400万左右，而中国人口密度高，仅仅上海一个市现在的常住人口就有2300万左右。加拿大的土地面积又比中国

大，所以，人口密度小，学校规模相对于中国就要小。

二、充分了解自己的孩子，看看他适合什么样的学校，家长和孩子达成一致。就像我上文说的，看孩子是什么样的资质、性格特点。比较优秀又自律的孩子，心理素质和性格都很好，就可以放心地让他随便选择学校，只要他自己喜欢就行。而成绩不是很有把握，英语不流利，家里比较娇惯的，更倾向于中国式管理和教育的，则需要慎重考虑公立高中和私立高中。

三、向在那里学习过的同学了解情况，不要被宣传迷惑。现在的中介良莠不齐，有时候自己也是云里雾里，却一味拍胸脯、打包票，只求完成招生任务，所以要多长个心眼，多打听。有时候看上去很美的学校并不一定是个好的选择。要仔细甄别，少走弯路，不能人云亦云，胡乱跟风。我们学校有一些学生，就是先留学到了加拿大，在其他地方学不下去了，又转学过来，短的来了几个月，长的则有几年。看着这些孩子讲他们的失败故事，我们常常跟着惋惜。他们本来可以节省大量的时间和金钱，结果却在个人简历上增添了不光彩的内容或者造成了难以挽回的后果。有时候我们也束手无策，没有办法收留他们，因为已经教不出来了。

四、常常有渠道可以沟通，以便了解孩子的情况，比如孩子和家长沟通顺畅，或者当地有亲戚朋友关照，或者有学校的老师时常可以沟通。最理想的学校是有专职的懂中、英文的老师负责和家长沟通，负责孩子的学习和生活，这有点像 VIP 服务。其次是有家长在身边陪读，虽然不懂北美的教育，但身边有家长的孩子出大状况的可能性要小很多。即使是高中生，孩子也还是孩子，多数自律性差，离开父母这么远，独立生活和学习，可能还是头一回，没有父母、老师的指导，容易出状况。不是把孩子放出去，给了足够的学费就万事大吉了。我们中国的这一代孩子，自理、自律能力差，心智不成熟的多，我们还是需要扶他们一程的。

_ 住宿要找好

　　到了异国他乡，首先要解决的问题是吃和住。住校的好处是和同学步调统一，安全性好。住校要注意服从生活老师的管理，与同学相处融洽，不晚归，按时熄灯睡觉，熄灯后不要大声聊天吵嚷影响其他同学的休息。特别是不能在室内吸烟，在加拿大，室内吸烟是违法的，一旦烟雾报警器响了，那么警察、火警就会立刻上门，轻则罚款，重则赶出宿舍，甚至触犯法律，后果极为严重。

　　在我们以往的经验中，曾发生过有人非要住寄宿家庭，而且非白人家庭不可的情况。有的学生甚至直接提出只要白人的医生、律师等高阶层人士家庭。首先我想指出一个基本事实：不缺钱或者没有特殊需要的家庭是不会愿意让陌生人来寄宿的，尤其是在特别注重隐私的西方社会。白人律师和医生是高收入家庭，结果显而易见。所以中国家庭完全不了解西方社会。

　　为了孩子的安全考虑，我们学校里规定年纪特别小的孩子是不能住在学生宿舍里的，必须要住寄宿家庭，以便大人照应。学校里有个卖零食和饮料的自动售货机，为了解决学生课间饥饿、口渴问题设立的。可是这个售货机里的零食卖得特别快，尤其是在刚开学的那段时间，两天就卖得空空的，需要相关机构来补货。后来我发现，那些寄宿在非华人家庭的学生，中午的时候在这

设备齐全的厨房

些售货机里买零食当饭吃。原来，他们不能适应当地人的饮食习惯。西方人喜欢吃凉的、生的东西，主食是面包和肉。对华人来说，根本难以下咽。有名学生住在一个白人家庭里，这是我们千挑万选出来的家庭，那个家庭素质不错，对该学生非常好，也比较有经济实力。中午给他带的午饭是他们认为很高档的生冷的三文鱼和面包，可是他吃不惯。为了不辜负他们的好意，他只好把午餐带到学校再偷偷倒掉，然后买自动售货机里的零食吃。他抱怨说，他总是不习惯寄宿家庭的食物，总是吃不饱，饥肠辘辘，难以集中精力学习。而华人家庭，吃得非常合口味，这些学生学习起来就更有精力，缺点是不能近距离感受纯粹的西方家庭和文化。所以各种寄宿家庭都有优点和缺点。

和寄宿家庭相处时常是件很困难的事。可能是中国目前的教育目标和特殊的独生子女政策使得中国来的很多学生除了学习之外，什么都不用操心。他们从小到大，除了学习，其他事情都被包办了，所以自理能力很差，不能正确处理基本的生活问题，对自己的事情自己负责也没有什么意识。比如住在寄宿家庭里，自己独用一个卫生间，洗完澡也不知道把卫生间稍微清理一下，头发、杂物到处都是。长此以往，洗脸盆、浴缸全被堵住了，就当没看见接着用。直到房东忍无可忍和学生提出来，让他们清理干净。要知道，房东只是提供住宿，并不是清洁工。

北美别墅式的房子都是以木头为主要材料的，特别怕水，所以

温馨舒适的宿舍

一定不要把水弄到地板上。北美的人工贵，维修费用也昂贵。比如在中国，一般的洗澡间和厨房都有地漏把水漏出去，但北美一般民居的洗澡间和厨房是没有地漏的，有时孩子不注意，就会造成和寄宿家庭之间的不愉快。

_ 培养自我管理意识

在加拿大，一旦年满 18 岁，社会就认为你是一个有独立民事行为能力的人了，这时候就可以申请信用卡、订购手机计划、租公寓，等等。与之相对应的是更大的责任。比如我们的很多学生在申请了信用卡后没有养成月月看月结单的习惯，不能按时还清应付金额，结果时间长了，利息累积起来都是一大笔钱了。还有的学生因为不清楚自己信用卡的限额，结果把信用卡刷爆了，从而影响了语言考试的报名。有一名学生用自己的信用卡报名参加雅思考试，结果等来了考试中心的一封 e-mail（电子邮件），说是刷卡不成功，超过规定的限额了。结果这个学生赶紧提供了一张新的信用卡，不幸的是，因为耽搁了一天时间，他想报的那次考试已经报满了，而下一次考试要再等两周，这就会影响到他申请大学的进度。由此可见，养成良好的理财习惯、定期检查信用卡的使用情况的重要性远远超乎我们的想象。更重要的是，通过使用信用卡和按时结清欠款，可以建立自己的信用记录，而一个人的信用记录在北美的社会是一笔无形的巨大财富，对将来的买房、买车、贷款、工作等都有巨大影响。举个简单的例子，如果你去租房，房东是需要查你的信用记录的，如果你的信用记录不好，你连租房子都没有资格。而这种信用记录是越早建立越好，需要大家认真对待。

另外，如果看中了某一款手机，和 A 公司签了三年的手机计划，过了一段时间，又看中了 B 公司提供的另一款手机，又想和 B 公司签手机合同，可是合同就是合同，你和 A 公司的三年手机计划要想提前结束是要付一笔违约金的，否则你不缴纳每月的费用，日积月累加上利息又是一大笔费用。

春节也有蛋糕吃!

还有一件事，就是每年的报税问题。在加拿大，每个独立的自然人每年是需要向税务局报税的。如果你不懂怎么报，社会上和学校里都会有机构和个人提供帮助报税的服务。加拿大收的税比较重，但他们认为学生，包括国际学生，是还没有挣钱能力的人，对他们收与有挣钱能力的人一样多的税很不公平，所以学生每年经过报税，可以获得很多退税，也就是退你的税钱。一年的退税也是一笔不少的钱呢。

还有卫生管理。在学校教室里，其实每个教室都有垃圾箱，可是每天上课后，很多同学将饮料瓶、废纸到处乱扔，或者往抽屉里一塞，哪怕走几步路随手扔到垃圾箱也不愿意，更不用说起身离开教室前把椅子放回原位了。为了训练学生，过去我们的外国校长不得不在每天下课后在教室里训练学生们把自己当天产生的垃圾清理干净。以前每天给我们打扫卫生的是个希腊的中年女性，叫玛提娜，她每天晚上要打扫到 9 点半才离开。有好几次，她走到我的办公室投诉，说学生把教室弄得非常不像话，超出了她清洁工作的范围。她认真地盯着我，脸上气得微微泛红，说："我是个扫垃圾的，我喜欢打扫卫生，这是我的工作，但我不喜欢这样扫垃圾，不是以这样的方式! 这是对我工作成果的不尊重。"

_ 注意自身安全

小留学生孤身在外，安全是最重要的问题，这是一切的基础和前提。

没有人身安全，就没有一切。

在中国，学生被欺凌的事件近些年变得十分普遍，校园暴力事件的视频在网上比比皆是，人们的愤怒并没有减少这样的事情发生。施暴者年

华裔陈警官受邀来新东方进行多次安全知识讲座

龄低龄化，不分性别，甚至发生殴人致死的惨剧。如 2015 年 7 月，贵州一个 15 岁的孩子因为拒绝别人抄袭的要求而被打致死。随着留学大潮的到来，这种现象甚至被带到了国外，比如最近发生在美国的中国留学生绑架案。据被害人刘某介绍，某晚，她的同学发微信约她到罗兰岗的冷饮店商量事情。她与这名同学早前有过冲突，为防意外，她约了一位男性好友陪她开车前往。见面不久后又来了几名中国小留学生。在此期间，刘某被对方要求跪下长达 20 分钟，还让她用裤子擦地。但事情并没有就此结束，相反，这只是整个虐待、绑架案的前奏。对方支走了那位男性友人，开车载着刘某前往罗兰岗公园。一下车，十几名女孩便对刘某拳打脚踢，她们抓住刘某的双臂，扒光她的衣裤……另一名女孩还想用打火机点燃刘某的头发，因刘某的身上被泼了冷水才没有点燃。一群女孩把刘某的头发剪掉，还命令她把头发捡起来吃掉；有的女孩还把她按在地上吃沙子，憋得她喘不过气来；还有的女孩用手机拍下了刘某的狼狈样子，其中包括她吃头发和赤身裸体的照片。整个折磨过程长达五小时，刘某被打得遍体鳞伤，脸部淤青肿胀，双脚站都站不稳。这群人胁迫刘某向警察谎称是男性朋友殴打了她，声称如果她配合说谎，她们都会为她做证，否则她不仅没有证

人，还会受到更多的皮肉之苦。现在，施暴一方的一些人已经被拘捕，剩下的则逃回了中国。

北美是法治社会，法律会约束学生不去做不可接受的事情，也更会保护学生不受伤害。在上面的案例中，如果绑架罪名成立，施暴者可能面临终身监禁。所以，来到北美留学首先要学会的是不使用暴力，任何事情都可以冷静地处理；其次，要不容忍暴力，遇到暴力或者感觉受到威胁要马上求助警方。

生活中其他方面的安全也很重要，以下是我校顾问陈警官提及的几个安全小贴士：

1. 法律面前人人平等，只要犯了错，哪怕是多伦多的市长也会被开罚单，歪门邪道肯定行不通。

2. 在加拿大报警（匪警、火警、交通及医疗紧急情况）：切记，报警电话是911，而不是110。非紧急的报警电话是416-808-2222，小事不打911。报警时如果是座机，可以不说地址，但如果是手机报警，一定要将身边的标志性建筑物报出，因为手机定位的误差为一公里，不宜因小失大。与人发生冲突纠纷，要等警察到场并理性处理，切不可情绪激动，否则可能被警方控制，或送精神科检查治疗。

3. 交通安全：16周岁以上可以开车，但行驶时必须带好驾照、车主证和保险单，缺一不可。不可超速行驶，醉酒驾车的刑罚相当严重。酒后驾车和醉酒驾车的区别在于酒精的含量，但G1、G2驾驶绝对不能沾一滴酒，不然刑罚会很严重。冬天下雪，夜里行车视线不佳，建议学生一方面要在穿着上显眼一些，另一方面不要在不该过马路的地方过马路，因为时速50公里时至少需要10米的刹车距离。自行车被视为车辆，同样必须遵守交通法规。比如，不准自行车进入受限的高速公路，过马路时需要下车推行。一定要带头盔并保证自行车前后刹车工作正常，前后要有反光灯。

4. 人身财产安全：了解诈骗，提升防范意识，学会甄别陌生人的"友好"。保管好重要证件和财务信息，个人信息不可轻易泄露给他人。切忌未经允许的肢体接触，即使是推一下、打一巴掌，都可被视为"暴力行为"，后果非常严重。

摘自《多伦多警官为我校学生开展安全讲座》，2015

近年来出国留学的学生大多是独生子女，没有单独生活的经历，多数是由家中长辈精心呵护长大，饭来张口、衣来伸手，自理能力和社会经验都不足。在异国他乡，一定要绷紧安全这根弦。我特别谈一下和国内不太一样的人身安全的要点。

1. 不要炫富。在异国他乡，炫富是非常危险的行为，非常容易成为别人的目标。

2. 积极努力地和当地人交朋友，了解当地的文化。多了解当地人的想法，更容易保护自己，有时候就是因为行事作为和当地人格格不入才引起少数极端人士怨恨的，引起别人的对立情绪。

3. 对交往的人要特别有警惕之心。其实在中国也是一样。夜店、酒吧、赌场都是犯罪分子经常出没的地方。不要和陌生人单独行动。网络也是一个需要特别小心的地方，你根本难以判断对方是什么样的人，况且你是涉世未深的学生，对方是从未谋面的其他族裔人士。特别是那些爱玩的女留学生，尤其要多长个心眼。

4. 在国外学生们因为经济的问题，常常一起合租房子。有时候，熟悉的合租伙伴因为一些原因搬走，学生往往舍不得每月白白多花钱付一个房间的租金，需要另找合租伙伴。在选择新合租伙伴的时候要特别小心，不要给坏人机会。

5. 紧急联络人。这个信息非常重要，可以是家人，甚至有时会被要求是家人之外的人，这个人一定得是在紧急情况下联络得上，且能施以援手的人。留学生抵达海外之后也应该马上给家人提供一个这样的"紧急联络人"，比如房东、室友、同学、老师、学校的电话。

6. 更新地址。留学生在外租房，搬家可能是经常的事。除了记得给自己的健康卡、驾照改地址之外，第一时间应该是通知家人和身边的朋友，让他们知道最新的住址信息。

7. 警察局电话。在美国和加拿大，对 911 这个号码大家即便没打过也是耳熟能详的，知道它是报警电话。其实，每个地区都有自己的警察分局，每个分局有自己的办案电话，这个号码是以区号打头的 10 位数普通电话号码。

_ 租房须知

尊重社会契约是一个人的基本修养。很多孩子上了大学后选择自己租房在校外居住。在加拿大，通常租房时要支付房东第一个月的租金和预付最后一个月的租金，搬家时要提前一个月通知房东，这样房东就有至少一个月的时间寻找下一位房客。对房客没有什么大影响，对房东则可获得便利。这是互惠互赢的事。虽然这样的租房契约可能因为很普遍了，房东出于对房客的信任往往没有以书面的形式确定下来，但是只要租房时你预付了最后一个月的租金，就相当于你默认了这种社会契约，就是事实上的合同。

可我听说发生过这样的事：有人搬进房东家不到两周，因为又想和朋友出去合租公寓，要立即搬家，不但要把预付的最后一个月房租拿回来，连第一个月后两周的房租都想拿回来。如果不给，就和房东软磨硬泡，或者给房东找麻烦。还好，房东是个不太较真的人，给了钱让他们搬走，但是对中国学生的印象非常差。如果房东很较真，可能会带来法律上的纠纷，学生怎么说都处在下风。首先，就事论事是自己不讲理；其次，叫警察或者打官司，留学生人生地不熟，很吃亏；第三，学生当前最大的任务是学业，在这种事情上花费太多时间、金钱和精力，得不偿失；第四，搞不好可能吃官司，情况就更难办了。

_ 租房住更要注意自身安全

相比较而言，加拿大的治安已经是很好的了，但是也不免偶有犯罪发生。以下就以加拿大多伦多市为例，让我们看一下近年来的犯罪率比较。总体来说，就一个数百万人口的国际化都市而言，其暴力犯罪率为十万分之三左右。（资料来源：多伦多警察局网站）

多伦多警察局犯罪率统计

年枪击案发生率统计					和去年及以前数字对比	
更新时间：2012.06.08 08:11	2009	2010	2011	2012	百分比变化	绝对数量变化
案件数量	110	83	81	111	37.0%	30
受害者	146	107	95	133	40.0%	38
涉及死伤的枪击案						
死亡	12	6	13	12	-7.7%	-1
受伤	64	38	42	42	0.0%	0
死伤总数	76	44	55	54	-1.8%	-1
没有伤亡的枪击案						
没有受伤的案子	48	45	29	58	100.0%	29
未知	22	18	11	21	90.9%	10
未伤亡总数	70	63	40	79	97.5%	39
杀人案	2009	2010	2011	2012	百分率	绝对变化
刺伤	8	4	2	3	50.0%	1
枪击	12	6	13	12	-7.7%	-1

(续表)

其他	2	11	9	6	-33.3%	-3
总数	22	21	24	21	-12.5%	-3
年末枪击案统计数字					和去年及前年对比	
更新时间：2012.06.08 08:11	2008	2009	2010	2011	百分率变化	绝对数量变化
案件个数	238	256	263	225	-14.4%	-38
受害者	336	338	335	277	-17.3%	-58
枪击受伤统计						
死亡	36	37	31	28	-9.7%	-3
受伤	172	143	139	113	-18.7%	-26
没有受伤	95	102	99	92	-7.1%	-7
未知	33	56	65	45	-30.8%	-20
总数	336	338	334	278	-16.8%	-56
杀害案件年末统计	2008	2009	2010	2011	百分比变化	绝对数量变化
刺杀	16	14	12	7	-41.7%	-5
枪击	36	37	32	27	-15.6%	-5
其他	18	11	18	16	-11.1%	-2
总数	70	62	62	50	-19.4%	-12

杀害案件年末统计	2008	2009	2010	2011	百分比变化	绝对数量变化

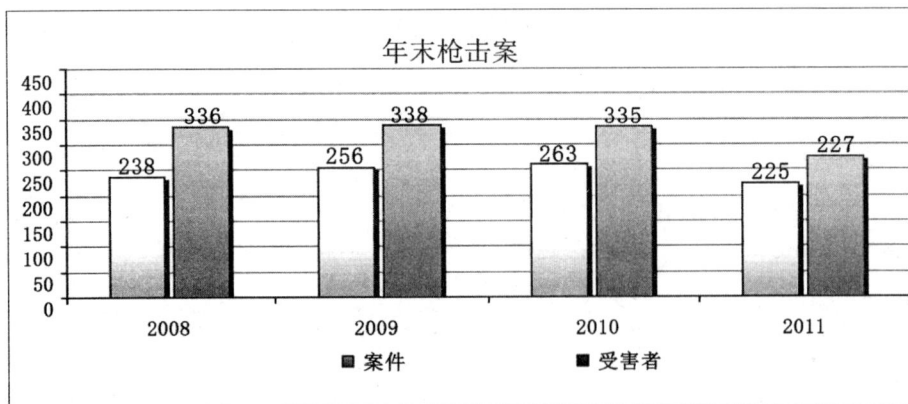

年末枪击案

	2008	2009	2010	2011
案件	238	256	263	225
受害者	336	338	335	227

年末杀人案

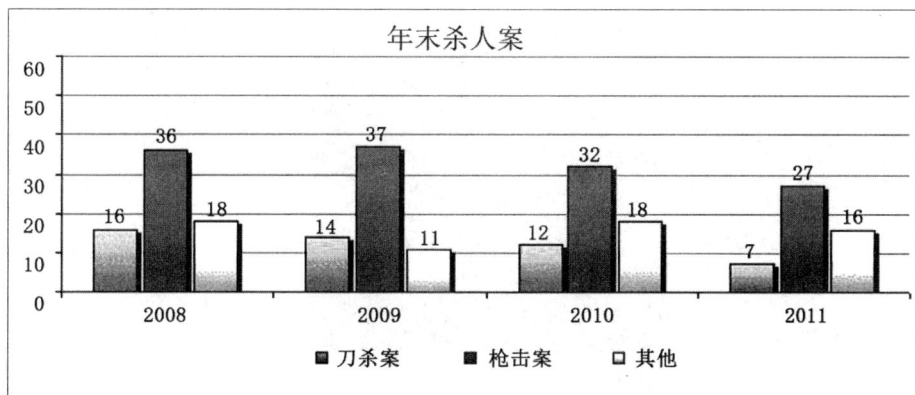

（图例：刀杀案　枪击案　其他）

初次离开父母的小留学生们，来到陌生的世界，充满了好奇，又有些害怕。他们既想尝试新的事物，又不知道如何保护自己。在这种情况下，学生最好能多听取身边有北美生活阅历的值得信任的成年人的意见，比如在我们学校，每个学生都有辅导老师，这些辅导老师都是有丰富的北美及海外生活和留学经验的老师。他们不仅负责给学生辅导语言，还在生活上引导学生，解答疑问。所以学生要多跟老师交流，遇事不要自作主张。最后，用陈警官的话再补充一下：在租房时，一定要对房东和室友有足够的了解，并签订租房合约，千万莫因图便宜而草率选择住处。如果住址或联系方式变更，一定要立刻通知自己的家人和朋友。

_ 宿舍介绍

住校——小留学生的最好选择。现在的趋势是绝大部分学生都选择入住学生宿舍。我想可能大家都考虑到安全和方便这两个最重要的因素。孩子们还小，许多还没有满18岁，心智不成熟，加之从小娇生惯养在温室中，在异国他乡难以独自应对一些情况。集体住宿、统一管理对学生的安全、自我管理和学习提高都很有好处。一般住宿的楼里都有摄像探头随时监控，也有烟雾报警器，若有异常情况大楼保安会迅速

春节聚餐活动，吃得都顾不上聊天了

赶到，若有进一步需要，保安会报警，警察在两分钟左右就会赶到。所以学生住在这里，统一安排、统一管理，相比散住在外面的学生，大大提高了人身安全的保障水平。我想，这些可能是大多数要求住校的家长最在意的事情吧。住在宿舍里还有另一个优势，就是学生们学习过程中遇到难题，很容易找到同学来互相探讨、解决难题，有很好的生活和学习气氛。这对学习的确有很大的帮助，还能交到很好的朋友，找到家的归属感。

选择住校，家长也要了解一下宿舍的情况：去教学区方不方便？有没有校车？安不安全？性价比高不高？宿舍有没有专人管理？周围环境如何？等等。

第四章　留学过渡篇——为大学学习和生活做好准备

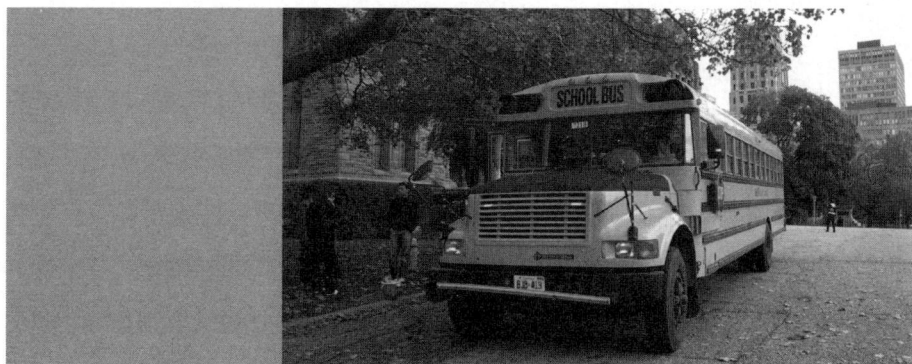

4.1　学好英语是开启成功大门的钥匙

不是所有学生都适合留学，不是所有学生都可以上北美大学，这应该是个常识。但不知道为什么，那么多人会相信不需要英语就能进大学这种鬼话！其实退一万步想，你英语不行，即使把你送进北美大学里，按照北美大学宽进严出的体制，英语不行的人能毕业吗？

_ 千叮咛万嘱咐，强调过渡期的语言关

在我们这里，首先是把提高中国学生的英语水平放在首要位置的。其实，绝大部分中国学生都很聪明，数学和逻辑水平要比大部分北美学生好，但就是英语不如人。然而，北美大学里英语是学习和工作的工具，这个工具不如人，可想而知是很难的。但是，很多学生家长又会想，那我直接到白人的学校和环境中去，英语肯定学得快。错！

我曾经在大学里自学高级听力和口语，就听原版的口语录音，没有翻译。听了两年，耳朵听出了耳鸣，但是听力、口语还是没提高——听懂的，还是能听懂；听不懂的，还是听不懂。我感觉这些声音已经极其熟悉，但就是不知道在说什么，更不用说使用了。

到了北美后，有些在那里待了好多年的朋友带了我一段时间，会用中

文给我解释一些语言和文化上的常识，再在现实中用，我发现学英语就快多了。后来，我在北美准备考托福，离考试只有三周时，我做听力考试题目时还只能对一半。逼急了，我把历年托福考试听力的原文都拿出来看，把不会的知识点和关键词汇对照字典等工具分析成汉语，再返回成英文，真正地利用汉语把这些英语知识点搞透，结果很快就听懂了大部分托福听力题。三周后，我的托福听力是 90 分，虽然没有满分，但是进步速度让我自己都震惊了。因此，我总结出了一个很简单但很多人都没看到的道理：汉语是我们的母语，是我们学习时最有效的工具语言，当一个人的英语还比较差的时候，一味强调纯英语的语言环境并用纯英语教学，他听都听不懂，如何吸收、如何学习、如何进步呢？更别指望他能够互动交流了！所以这时候适当用一些汉语来帮助学生提高英语水平，也就是未来大学要用的工具语言的水平，效率是最高的。当学生的英语水平达到能够使用英语作为学习的工具语言时，再慢慢把汉语抛开。

这个机制用到留学生教育，特别是适应海外环境上，是最合理、科学、高效的，其实就是让学生在全英语环境中有个过渡期。原来在国内英语差的学生到大学的语言中心去，相当一部分人原来不会什么，很长一段时间过后，基本还是不会什么，因为老师说什么他都不懂。其实对于大部分高中留学生而言，他们的英语远没有好到能够作为工具

外国老师与同学的实验互动

语言来快速学习新知识、新技能和融入新的生活环境的程度，所以他们需要一到两年的中英结合的缓冲期，让他们能够提高到把英语单独用作工具语言，把英语作为解决日常生活的主要工具的程度。

以我自己为例，进北美商学院前，我在北美已经工作了两年，做过销售和市场营销，也在政府部门工作过，并在非盈利机构服务过，还帮人选举过议员。经过这两年的锻炼，虽然口音还是依旧，但是学习和沟通是没问题的。所以我在商学院期间，就广泛地参与本地各种机构的活动，甚至兼职负责一个商业传媒的市场推广。到毕业时，我已经建立起比较上层的人脉关系。

所以，如果没有一个良好的过渡期来提高英语水平、熟悉北美生活，即使是国内名校毕业的高级白领也会面临困难，更何况是高中都还没毕业的中国留学生？

因此，学校最好有两个教学团队，一个是外方团队，负责学分课，纯英文教学；一个是中国人团队，有北美硕士学位以上的学历，负责学生语言培训、职业规划和生活辅导，提供一对一的帮助，保证我们的高中生在过渡期学习成绩和英语水平稳定提高。这样，学生一年下来，从学术能力到英语水平，比在公立学校的留学生都强了很多，更不用说国内高中毕业后直接到北美大学留学的中国学生了。

所以留学时一定要特别小心，不要偷懒，不要抱侥幸心理，不要一味求快。其实，学习和教育没有捷径可走，你一定要付出心血、时间才可能进大学，才可能学到东西，才可能成才，才有机会成为成功的"海龟"。还有一点，就是千万要把出国和留学区别开，不是出了国门就成功留学了，千万要避免留学成游学！

_成功的护身符——语言，语言，还是语言

S是个时尚女生，家庭条件优越，从小学钢琴，聪明美丽。在中央音

乐学院读书时，身边狂蜂浪蝶翻飞，S不为所动，心中有更远大的音乐梦想。毕业后，S留在北京一所高校的音乐系任教。为了实现去钢琴故乡德国的梦想，再加上听说德国的大学费用很低，后来S毅然办理了辞职手续，参加了个德语速成班后，告别热恋中的男友，怀揣美丽的理想漂洋过海到了德国。

但是现实并不如梦境一样美好，虽然有着中国的钢琴硕士头衔，但没有合格的德语还是上不了理想的大学。在语言学校待了两年后，S垂头丧气地回到中国，好在男友还在"灯火阑珊处"，但教职早就不可能回来了，不在体制内，没有洋学位，再找工作几乎不可能。两年的留学，花费无数，但是没有任何收获，工作也丢了，留下的是惶恐的眼神、不自信的心。后来，S以做钢琴家教为生；再后来，也停了，去做了留学中介。好在不离不弃的男友变成了老公，公司开得小有成效，又出资让她开了家咖啡馆。不久，咖啡馆也歇业了。孩子出生后，S更是沉默寡言，没有任何方向，郁闷地养孩子。情绪不好当然孩子也养不好，一起聊天的时候，她像是变了个人，没有了以前的精明神气，常常愣愣地发呆。想起她以前意气风发的样子，总是让人唏嘘。

其实，"钢琴公主"的问题就在于没有了解清楚、没有准备充分就贸然出国，一头栽在了语言上。我希望把"语言"这个非常重要的条件重点突出一下。凭常识大家都知道，语言是学习的基本工具，你连老师说什么都不知道还怎么学习呢？就比如你是个聋哑人，你一定会到聋哑人的专门学校，而不是去一所普通学校。

大家都知道出国留学要通过托福、GRE（Graduate Record Examination，美国研究生入学考试）、GMAT（Graduate Management Admission Test，经企管理研究生入学考试）、SAT、雅思这样的语言考试，考试的目的就是看看你能不能达到在大学里听得懂、跟得上的语言水平。大学没有办法一个

一个地去与学生面试交谈，检查你的语言水平，就采用了考试这个简单的方法，最终目的是测试你的语言水平。所以如果你能证明你的语言水平对于完成学业来说没问题，那么省去考试这一关也没有问题。我们学校就安排过一些同学直接去大学和招生的主管面谈，结果非常好，他们就被免考语言类考试，直接录取。有些十几岁就过来念高中的小留学生会有些语言上的优势，他们学习语言的能力强，特别是口语进步得很快，又是身在北美，近水楼台先得月，只要在北美接受三到四年的英语语言的培养，就可以直接和招生办面谈，口语好的优势就能发挥出来，就可能避免考试的烦琐准备和被动接受考题，而且在面谈中，作为谈话的一方是有主导谈话走向的可能的，可以避免自己不擅长的方面。

我想强调的是，语言是留学能否成功的首要因素，不仅语言考试要准备好，实用口语和听力也极为重要。

_ 靠语言中心不如早早攻下语言关

我要特别聊一聊的是"双录取"这种出国留学的方式，我认为需要仔细考量学生自己的能力高下再做决定。这个项目对于一部分学生适合，对于另一部分学生而言，这个项目需要慎重考虑。有个最基本的道理，就是天下没有免费的午餐。要有收获，就必须付出。正规的学校、正规的专业，特别是那些当地人都抢着上的大学和专业，根本没有理由录取一个连语言关都没有过的留学生。所以要上正规的大学、正规的专业，还是得踏踏实实安下心来考好成绩，做好申请材料。走捷径投机取巧，绝对是不行的。当然，就想花钱出来玩一圈，"醉翁之意不在酒，在乎山水之间"的除外。

双录取又叫有条件录取，就是部分北美大学针对语言不达标的学生发有条件的录取通知。收到有条件录取通知的学生，除了英语语言没达标外，已经满足进入该大学学习的标准，只要进入该大学的语言中心学习英语，通过该大学最高级别的语言分级考试，就能够顺利转入该大学的正规学位学习项目，成为正规的大学生。有段时间，中国街头到处都是免托福、免雅思、无须英语考试成绩就能进北美大学的广告。但动脑筋想想，如果在大学的语言中心，英语老是考不到最高级别怎么办？正规大学的正规专业能网开一面，让语言不达标的学生坐进课堂吗？绝对不可能！那怎么办？答案很简单，再学一期语言，再考！还考不过怎么办？再学一期语言，再考！极端的有在语言中心已经学习数年还在那里读的。对这些人而言，大学的语言中心就成了续签签证的工具，留学已经成了游学。更有部分人干脆就买个假文凭，号称大学毕业回国去了。有些孩子，总是在语言中心转不出来，受到严重打击。大学语言中心的老师绝对不会像中国的老师一样，在个人心理和行为上关心你、帮助你的。成天花着家里的血汗钱，无所事事，甚至堕落下去，我们说的留学垃圾就这么产生了。

我曾经接待过一个在大学语言中心出不来的小留学生，他甚至都有尼亚加拉大瀑布赌场的 VIP 卡，这意味着如果他到赌场的话，可以享受许多免费的服务，比如免费的奢华酒店住宿、免费的赌场楼上的休息室、免费的奢华赌博场所，等等。这是怎么来的？是他花巨资赌来的！他一夜能赌输掉几十万加元！钱还是小事，关键是孩子毁了！常常会有这样的小留学生找到我们学校，要求转到我们学校。事前我们会做一些评估，比较好的可以录取，因为明显感觉到，习惯变坏的孩子要想扭转回来，需要付出非常大的力气，效果非常不明显，还要考虑到会不会影响现在在校的学生。其实，有些大学的语言中心是赢利性的，这就是国内成绩不好的学生选择这个项目往往就上不了正规大学的原因。但是，对基础不错、比较懂事、学习比较自觉的学生而言，通过这个项目进入大学不失为不错的选择，可以早点到国外去适应环境。缺点就是，你学得再好，也不能选择其他更

毕业典礼上的快闪活动

好的大学了，升学方向已经定死了。因此，我建议大家如果以这种方式出国留学，首先需要对自己有个准确的评估。

正是部分双录取项目的问题提醒我们对招生流程要严格把关。我们的招生流程里首先是针对学生的摸底考，然后评估出这个学生在我们这里到底需要多久才能把高中 12 年级的学分课、英语语言考试成绩（托福或雅思）给考出来。对不合适的学生，我们在招生过程中就会淘汰掉，并劝他不要急于出国，在国内把语言基础打好然后再出国会经济很多。我觉得这样比较适合国内的大多数学生。

我需要提醒大家的是，并不是孩子出了国门进入西方教育机构，就一切都没有问题了，可以自然而然、顺理成章地成功留学。对于大多数中国孩子而言，自然放养般地放在纯西方的教育机构里，都是有一定风险的。许多孩子选择错误，就容易被耽误，最后什么也没有学到，回来的时候和走的时候不一样的就是年长了几岁，会些口头的外语，懂得哪里买便宜的奢侈品，哪里有国内没有的玩法。实质性的东西，能拿出来用的东西，没有。

4.2 独家秘籍——如何突破语言关

_ 成功还需贵人助——老师如何帮助学生学习语言

怎么解决这个问题：让我们的孩子既能跟上当地高中课程，能适应语言环境和学习文化习惯，又能以好看的分数申请到满意的大学，真正达到接受世界顶级教育的目标？我们的孩子不是神童啊！这成了萦绕在大家心头的一个课题。经过多年的实践和思考，我提出了"拐杖式"教学的思路。就比如一个人受了伤，在恢复过程中需要暂时借助拐杖，一旦他的伤痊愈了，就可以扔掉拐杖，健步如飞。

_ 孩子，让我牵你的手慢慢来

国内的小留学生到加拿大来学习，原来非常适应的环境和习惯变化了，连最基本的语言都不能用了，要用另外一种语言来学习交流。文化氛围也不同了，与原来的环境有天壤之别。由于大多数孩子从没有离开父母和长辈独自到很远的地方，更不用说是另外一个世界了，心理上会产生很大的问题。

不要说已经有自我意识的青少年，就是一个成年人突然离开他原来的环境，到一个语言文化、社会环境都不同的地方，也会自然地产生心理不

适的反应。就连在海外留学或者居住了一定时间的华人，回到原本熟悉的祖国，语言不成问题，社会文化环境也非常了解，也照样会产生"culture shock"（文化冲击），甚至产生强烈的负面情绪，难以应对。

我有一个朋友从中国移民加拿大已经有 20 多年了，刚来的时候，他的大儿子才四五岁。他把孩子送到当地一个普通的公立幼儿园，按说小孩子的适应力应该很强，但是过了不久，他就发现孩子早上一到上幼儿园的时间就呕吐；晚上回来的时候也非常不开心。那段时间，孩子非常沮丧，像变了个人，胆小、怕生、沉默、抑郁，像受了伤的小动物。朋友非常担心。一次在上课中途他去看孩子，发现孩子孤零零地站在一个角落。朋友和老师交流，老师多有抱怨，说孩子反应慢，不听从老师的指令，叫他站不会站，叫他坐不会坐，要家长带到医院去检查检查。朋友听了既伤心又气愤，说不是他对老师的指令没有反应，是孩子根本听不懂啊！环境变化巨大，孩子又得不到足够的特别关注，这样孩子该多受伤害啊！夫妇俩立即决定送孩子到另外一所幼儿园。那里虽然规模小些，但每个老师教的孩子少些，分给每个孩子的精力和关注多些，关键是老师非常耐心细致，热爱孩子，孩子很快走上了正轨，变回了活泼外向的本来面目，而且早上也不呕吐了。朋友感叹说，不是说学校的排位好、名气大就一定好，关键还是看合不适合。

孩子们小小年纪漂洋过海求学，刚来的时候不能适应，我们要用一些方法给他一个学习和适应的拐杖，帮助他渡过最初的难关，"扶上马，送一程"。虽然英语不好，听不懂一些课，一些作业不会做，交流有障碍，心理不适应，但还是能使他拿好分数，加快适应，不被短暂的表现不佳拖累，能顺利申请，能如愿考上自己梦寐以求的大学。我们的帮助就是那根拐杖。当他考上大学离开我们的时候，已经是如同恢复了的病人，能健步如飞了。而且，大家都知道北美的好大学和好专业的淘汰率是非常高的，考入好的大学、好的专业，并不代表一定进了保险箱，要适应这里的大学学习，而且要有好的学习习惯，善于学习，才能在大学的学习中轻松获胜，不被淘汰。我可以非常骄傲地说，我们今年 6 月毕业的学生全部上了大学，其中的 91.01% 拿到了加拿大最好的大学——多伦多大学的录取通知，而且以往从我们这里毕业的学生，没有一个被大学淘汰的，原因就是学生不但获得了好的分数，还学会了良好的学习方法和习惯，这将使学生终生受益。

_ 什么是"拐杖式"教学

中国的高中学生要想上北美大学，要解决三个非解决不可的问题：一是高中毕业证和不错的 12 年级成绩，二是英语考试成绩达标（托福或雅思或该大学入学考试或该大学英语水平考试），三是出色的申请文档。中国的孩子有自己的普遍特点，与当地的学生差别很大，需要设计特别的教学方法。我们根据中国学生的特点设计了这个教学方式，以帮助中国的高中学生一站式闯过这些上北美大学的难关。我们要做的就是从经验、人员、教学系统配置、合作大学等方面，保证配合学校教学培训计划的学生顺利毕业并升入理想的大学。一站式的教育服务，把学分课、语言考试、大学申请咨询这三个进大学的要素三合一整合在一起，使学生最高效最高质量达到升入理想大学的目的。不过，前提

导师和小班教学体系

是学生和家长必须接受和配合老师的指导，并保持对升学的热情。

　　加拿大公立高中一般只提供学分课程，学生还是要自己到校外去寻求英语培训，或者需要寻求大学申请的额外帮助。特别是公立高中主要为本地学生提供服务，对国际学生和本地学生一视同仁，资源不会倾向于国际学生，就是说，老师不会因为你是国际学生就对你的要求有所降低，或者手下留情，他们会完全按照当地学生的标准要求国际学生。国际学生从中文环境、中国教育系统一下子到英文环境、北美教育系统里学习，会有很多从语言到课程上的不适应，其实是需要额外的特殊帮助的，但公立高中是不会提供这种帮助的。用英语上课、写作业、考试、课堂回答问题、课下交流，一般国际学生很难在刚到加拿大时就把这些完成得和加拿大本地学生一样流畅。这必然会带来不良的结果，很多学生的分数很差或者干脆挂科。众所周知，加拿大没有高考，而是按照高中的平时成绩申请的，一旦平时成绩不佳，就会给大学申请带来很严重的后果。

_ 如何解决英语难题

　　英语问题一直是我强调的重中之重。在雅思听力方面，大部分的入门级学生都会感觉发音速度很快，很多题跟不上。前面的题还没有听清楚，后面的题又错过了。也就是说，听和看题这两件事一般不会同时进行。老师会帮助学生进行专业的双向思维训练，让学生学会"一心一用"的做题方法。经过训练之后，许多学生可以做到"一心一用"，能更加准确地抓住原文的主旨。

　　口语也是很多雅思初学者的一块"硬骨头"。有些学生英语基础很好，阅读和写作都能做到有很稳定的准确率，但是唯独在口语方面不能达到6.5 分以上，其实这个问题也是很多中国大陆学生的共同问题。因为国内高中的英语教学通常是以高考为指挥棒的应试教育，而高考又不考口语，所以国内大部分学生都是口语不好。我们毕业生里面就有一位陶同学，他的英语基础很好，而且很喜欢阅读英文的报纸、杂志和小说，阅读能力很好，理解力也很强，写作也不错，就是口

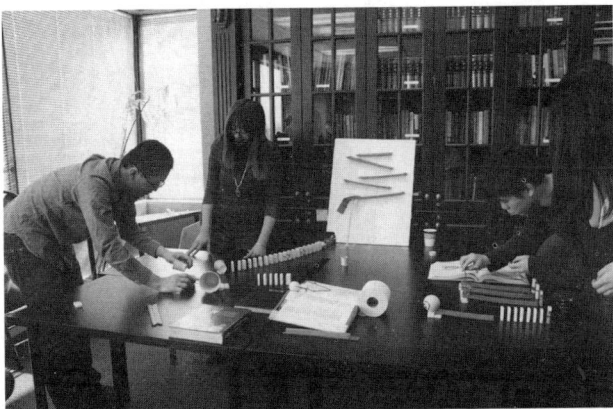

有趣的团队合作

语考了四次都没有突破 6 分。经过特别的口语辅导训练后，在毕业前的一次考试中，他终于考出了 6.5 分的好成绩，而他的阅读和听力都是 8 分，所以总分冲到了 7 分。

阅读理解的问题就更多了，很多学生觉得阅读理解是一个无法攻破的堡垒。原因是生词太多、内容专业化程度高、对于背景不熟悉，而最重要的则是篇幅长、题目多，一个小时不够用。针对做题速度慢的问题，我们的老师会从词汇量、句子结构、解题技巧等方面寻找原因来提高阅读速度和阅读准确率。

对于写作来说，很多新生都感觉到无从下笔，而有的学生又急于动笔写，而忽视了整篇文章的布局，结果经常跑题，写完之后不知所云。有的同学在写作文的时候比较急躁，经常犯的错误就是不注意审题，还没有了解题目的意思就急着动笔写；另外，就是不注意整篇文章的连贯性，没有列出大纲就急着写内容，结果是写着后边忘了前边的内容，想一句写一句。针对这些，可以采取先学习如何列写作提纲，把每一段的内容都列出来，再根据大意来填写内容等方法。

有一名李同学，比较内向，不喜欢表达。这样的性格也影响了她的听

力和口语。如何有针对性地提高呢？老师经过和学生聊天，发现她的特点
是学习效率较低，喜欢一个人发呆，经常拿着一本书似乎是在阅读，其实
是走神了。这样做之后，她自己就会有内疚感，经常惩罚性地让自己熬夜，
这样第二天就精神不好，更加影响上课效率。了解了这个情况之后，老师
给她制订了教学计划。老师告诉她说"欲速则不达"，要把基础打好，然
后一步一步提高，所以不要着急，要从基础开始扫清障碍。经过反复的思
想开导，她终于意识到要有切合实际的学习计划。另外，老师还给她制作
了一份时间表，确定放学之后哪个时间段干哪些事。让她把这个时间表贴
在宿舍的墙上，每天放学后就看着严格执行。同时老师还专门为她"开小
灶"，针对她的问题，从基本的东西入手。老师从介绍雅思有什么样的题
型入手，包括听力的场景、阅读的题型这两个很重要的部分。与此同时，
老师要求她在课余时间加强单词量的积累。首先注重听力的场景词汇，先
把听力按照场景分开了，之后再让她练听力。我们先看这个部分是讲的哪
个场景，是租房还是买车？是图书馆还是南极洲？等等。然后我们就可以
知道大概哪些词是比较常用来填到有关场景的。第二是阅读的高频词汇。
阅读其实同样有一些大的主题，文章一般是与这些主题相关的。所以有些
词语会很频繁地出现，这些词语对于我们理解文本和题意有很大的帮助。
在对于雅思有了一定了解之后，老师布置她做大量的练习。在练习过程中
找到她不擅长的题型然后针对这个题型进行训练。在最开始训练时，老师
让她进行整套题目的训练，同时计时来练习时间感。但是在针对训练时，
我们只挑出那一种题型然后不停地练，以掌握解决的办法。贵在坚持。经
过两个多月的坚持之后，她的成绩果然有了很大提高，听力提高得最快。
她自己也增强了信心，而且慢慢摸索出了学习英语的方法。她曾经感慨
地对老师说："在国内，老师就一味地批评我，说我笨，学习慢；但是我
现在不再为学习而自卑，而逃避了。一点点的改进，切实的进步，虽然比

别的同学慢一些，但是我感到自己走在正确的路上。"最后这位同学顺利地被多大录取。

_ 异国弥补"短板"——一个中下游成绩男孩的成功

许多教育专家指出了目前中国教育的女性化特征这个问题。幼儿园、中小学的老师大多是女性，学校崇尚并作为考核标准的安静、守纪、细致等特点，都是典型的女性化特点，与天性活跃、好动、冒险、粗犷、创造的男性特点背道而驰，而且强调背诵的应试教育就是鼓励女性化特征的教育。这样的教育氛围里，男生以己之短和女生之长相比，必然是女生占尽优势。

其实，一个平衡健康的社会是需要男女特质和谐共存的，任何一方的缺失都会带来长远的隐患。一个社会的女性特质是为守，男性特质是为攻，这也是人类作为一个生物种群能够成功走到今天的原因之一。我们对国外大学的学生群体观察后深刻感觉到，中国学生在创造力、热情、勇气、粗犷、领导力、长于对抗性、富于冒险精神、责任感、活跃、勇敢、攻击性、体力等男性特点上，可能不如其他族裔的男生。不可否认的是，从整个人类历史和现代世界范围来看，占一个社会主导层面的，还是男性特点。

天性中的男性特点在中国教育中大大被边缘化而得不到发展。裴同学就是一个例子。他的理科成绩不错，但文科不太好，很多男孩都有这样的偏科现象，这是男性思维的一种表现。2008 年 6 月，他在中国北方的一座城市读完高二，成绩位列全班第 60 名，处于中下游水平，英语是他较差的科目。

2008 年 9 月，他来到我们这里。在 10 个月的时间里，他一边修读加拿大高中的学分课，一边在托福辅导老师的帮助下补习英语，准备托福考

试。2009 年 1 月初，他第一次参加托福考试时只有 56 分，学生和家长都
很灰心丧气。考虑到该生在国内的英语基础，学生家长和学校商量，希望
先修完学分课程，再用另外一年的时间专门考托福。托福老师耐心地做学
生和学生家长的思想工作，鼓励学生在修学分课的同时，一鼓作气攻下托
福考试。结果该生在 2 月底的第二次托福考试中一举考出了 92 分的好成绩，
达到了多伦多大学的英语入学要求。最终该生 12 年级学分课的平均分为
85 分，拿到了约克大学管理专业录取通知和 1000 加元的入学奖学金，以
及多伦多大学士嘉堡校区管理专业和多伦多大学密西沙加校区商科的录取
通知。

值得一提的是，该生个性外向活跃，富于领导力和管理能力，而且有
很好的演讲与社交能力。经我校安排，他两次接受加拿大全国性的主流电
视台采访，在节目中畅谈有关国际留学生的问题，他在这个方面的优势得
到了很好的发挥，自己的信心也更强了。

其实，在真实的社会生活中，公众演讲能力、管理能力、领导力等是
极为重要的成功要素。要是让我来衡量的话，在一个人的成功因素中，这
些因素可能比背诵和记忆更加重要。最后，该生选择了管理专业，我认为
这是非常适合他的方向。作为未来的管理者，他在这里一年获得的相关能
力的发展，可能比他以前花费的所有时间都有效。所以，我的总结是，对
于那些成绩中等甚至不好，但在某方面颇有潜力的学生而言，高中出国留
学未尝不是一个很好的选择。

附：裴同学感言

记得那是 2008 年 9 月 5 日，在飞机上颠簸了 13 个小时，已经让我
没有了离开时的兴奋。不过，第一次踏上异国他乡的我，并没有感觉到
独自在外的孤独感。接机、入住、开户，一切在周到的帮助下有条不紊
地进行着。

经过两天短暂的调整，我马上就投入到学习当中。和我想象中的一样，课堂气氛相比国内活跃很多，同学们踊跃发言，老师细心解答。但是，单词量不足、羞于开口使我与老师的交流

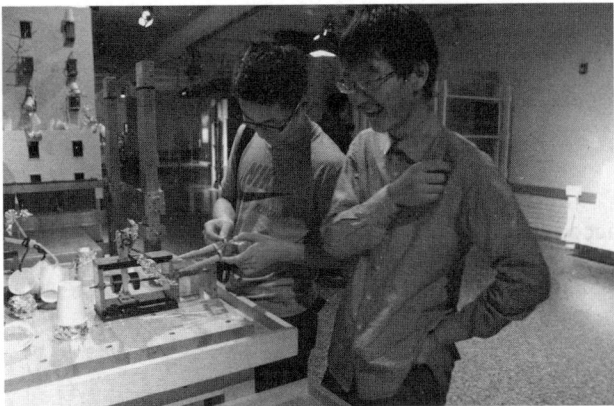

有了伙伴不再孤单

产生了障碍，同时也阻碍了我的学习进度。不过细心的老师，尤其是我的个人托福导师发现了我的难处，主动找我沟通，并且提前开始了每周末对我的个人辅导。慢慢地，在上课时，特别是高中英语课，我基本可以跟外国老师流利地交流了。与此同时，师生之间的关系也变得十分融洽。男生每周定时和数学老师打篮球，促进语言进步的同时，也更多地了解了西方的文化传统和习惯。

众所周知，通向国外名牌大学的重头戏就是托福了。在加拿大有一点优势，就是可以直接拿国外高中成绩和托福成绩申请大学，不用考 SAT。但就是托福对我来说也是一块难啃的骨头。不过辅导老师坚持每天给我批阅一篇作文，三天听写一次单词，一周检查一次阅读资料。并且在讲解答案的过程中，把阅读技巧一一传授给我，我的阅读和写作水平在短时间内突飞猛进。

经过两个月的辅导，我第一次踏上托福考场。不像众多同学满意而归，我的第一次托福经历可谓是灰头土脸。顿时陷入了绝望。在第一次考试之后，老师和我的导师召集我们一起交流经验。我最薄弱的地方是听力，但就是在这次交流之后，我从 partner（搭档）那里知道了提高听力最有效的

听写途径。我拿到了许多珍贵的听力资料，尤其是托福online（网上在线）练习题。在自己练习的同时，不断学习记笔记的技巧。卧薪尝胆了两个月，第二次托福，我拿到比上次多40分的成绩，达到多伦多大学的录取要求。

学生可以选自己以后专业方向的课来修学分，比如我选择了accounting（会计）作为我高中的选修课之一。当我在大学里同样进修accounting时，就感觉accounting预科对大学的课程帮助很大。在专业选择和职业规划上，校长的指导全面而又细致。记忆犹新的是，当时校长说大学的四个假期应以两次国内和两次国外来规划实习，这对学商科的我来说，可以充分了解国内和国外市场的不同和变化。

大一结束之际，回想在高中有苦有乐、充实的日子，不禁莞尔而笑。朋友和老师的关心，让在外奋斗的我不再孤单。一年的学习给了我通向梦想大学的阶梯，也让我在人生中这个重要的转折点学会了坚持与坚强。

_ 实践与沟通——两足并行才能站稳

戴同学来到我校时18岁，是来自山东烟台的一个大男孩。他在国内已完成高二的课程，来多伦多上12年级。在2011年4月12日收到美国艾奥瓦州立大学的录取通知，专业为生物，方向为环境与生物。

戴同学最初的英语基础较为薄弱，词汇量较小，做托福阅读文章的13个问题，大约只能答对50%。他听力的底子很薄，除了对话中能捕捉到一些片断信息，4个lecture（演讲）基本无法连贯理解下去。戴同学的写作在语法和措辞上能明显地看到汉语的痕迹，一些思路也很中国化。他发音较为标准，但因为词汇量的问题，表达清楚自己的想法对他来说是一个挑战。

针对阅读词汇量的问题，我们主要采用自己编写的阅读词汇表，要求他每天必须记住定量的识别词汇，牢记定量的使用词汇。听力和作文方面，根据他的特点，用量身定做的方法帮助他迅速提高。近三个月的时间里，戴同学的语言水平在稳步提高，听读写保持同时进步。三个月过后，戴同学参加了第一次托福考试，成绩为 58 分。由于前面听读写的训练基础扎实，套题训练进行得很顺利，因此口语在突飞猛进地进步，他自己变得极为自信。

一个多月后，戴同学又参加了一次托福考试，成绩为 78 分。戴同学现在依然处于飞快的进步中，尤其是听力部分。他的学分课成绩一直保持在 80 分以上，这得益于他自己的努力和学分课老师及语言课老师对他的帮助。戴同学是一个很愿意沟通的学生，喜欢和各学分课的老师沟通。他养成了一个良好的学习习惯：在着手做老师布置的任务之前，会与老师做沟通，确认他对任务的理解，以免由于语言问题造成误解。戴同学也喜欢就作业中的措辞与语言老师探讨，写作业对他来说是一件快乐的事情。

加拿大是一个多元文化社会，有着很便利的条件去做喜欢的社会实践。戴同学最开心的社会实践是他在教堂的唱诗班演奏萨克斯，这使得他有机会与当地人和当地文化有了最直接的接触。

大学申请过程是一个相对漫长的过程，计划较早，着手迅速，中间要涉及修改和完善工作。申请之前，师生一直在探讨专业问题。戴同学对自己未来的学业方向不是特别明确。由于从小学习萨克斯演奏，戴同学很希望将来在大学里能在音乐上继续深造，

认真聆听前辈经验的分享会

但这一想法在与他父亲沟通时遭到强烈反对。在与戴同学进一步了解他相对喜欢的东西时，老师发现，他对环境有着一般孩子没有的忧虑感和责任感，并希望有一天能在这方面有所成就。在与他的家长进一步沟通后，最终选了六所加拿大大学、两所美国大学的七个专业，包括环境、生物、音乐等。我们的想法是，戴同学和他的家人在做出最终决定前应该多些选择。

我们申请美国大学较晚，部分原因是戴同学的家长有了新的想法（戴同学有亲戚在美国，他的父母想让戴同学大三时转到亲戚所在的学校）。我们申请了专业排名全美第四的艾奥瓦州立大学的生物专业，4月12日戴同学就收到了艾奥瓦州立大学的录取通知。

_ 过语言关——我行你也行

通过语言考试是进入北美学府的必经之路。在我校独特的mentor（指导）教学模式下，许多同学在老师的帮助下，雅思成绩大幅提高。下面就是一位同学对这一过程的讲述。

雅思6.5分过关记

我在2012年11月来到加拿大，并且成功地完成了从雅思5.5分到6.5分的一步跨越。在这里我想和大家分享一下我是如何在mentor的帮助下，辅以自身努力，完成这一过程的。

在来加拿大之前的那个暑假，我其实也在国内新东方上过课。因为当时的目的仅仅是获得一个用来申请签证的语言成绩，所以在那两周的培训期间我并没有尽全力去学。虽说课上我会跟着老师的思路走，但是课下很少复习或者背单词。可能因为这些原因，在接下来的9月份的雅思考试当中我只获得了5.5分，与预期的6还是有一定的距离。而在那之后的 11 月，我来到了国际学院，也正是在这里我明白了学习雅思的真正方法。

在开始雅思写作课程的第一天，我的 mentor 并没有让我马上开始写作练习，她先给了我一系列雅思

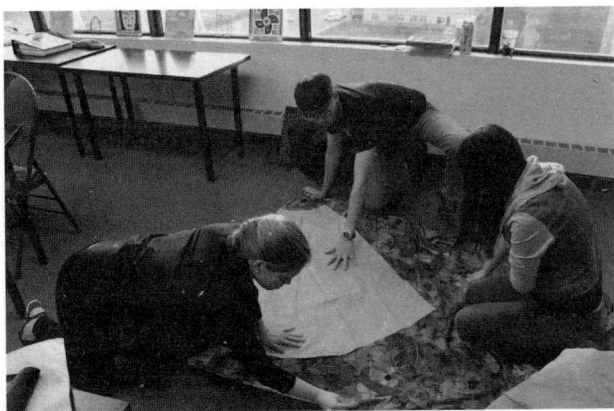

老师、学生齐动手

大作文的题目并让我写下我想到的素材或者正反两方的论点。这一点与国内的雅思培训完全不同，这里的老师们会通过循序渐进的方式引导学生建立思考的步骤，而后才是大量写作格式的训练。就像我的 mentor 一直告诉我的，每一个人都可以背所谓的雅思范文，但是评分者也不是傻瓜，如果希望可以在写作方面获得 6 分或者更高的分数，那就必须在文章中清楚地表述自己的思考。不仅如此，课后的练习也同样重要。我一直都非常自豪自己的雅思作文练习册，每一篇都是三张 A4 纸订在一起，第一页是题目，第二页是我自己所写的文章，第三篇是范文以及我自己所做的批注。建立这样一本笔记的目的就在于时刻提醒自己一直在犯的错误，从而减少在最后正式考试中犯错的可能。我在这里强烈建议正在备考雅思的同学们尝试一下，这种方法不会耗费太多时间却能让你获益非凡！

接下来是关于雅思听力的复习建议，几乎每一名 mentor 都会选择在讲解听力时进行精听，这个时候我们就有机会学习和掌握不少自己原来不明白的单词。我观察过一起上课的一些同学，有些人在老师分析听力时完全走神，也有些人认真记录每一个考点，而通常后者正是最后可以顺利通

万圣节搞怪人物大集合

过雅思考试的。我们不能把每一次听力考不好的原因归结于那一天的状态不好或者麦克风不清楚。在我看来，听力成绩不高的主要原因是个人精力不集中或者词汇量不够大。而针对这两点，我给出的建议是多看当地的电视和好好背单词。而针对看英语节目，许多同学有一定的误区。在我个人看来，大家不需要一开始就看新闻，因为我们肯定听不懂大部分的内容，而且这样很容易引起对于英语听力的恐慌。我开始选择的是 reality show（真人秀），这种节目既有一定的趣味性，同时也能很好地提高大家对英语节目的兴趣。此后，我们可以尝试观看一些纪实性的节目，最后再慢慢过渡到新闻节目。相信这些方法一定可以帮助大家提高听力成绩。

接下来就是大家最关心的阅读了，但是这一点我给不出什么非常独特的建议，无非就是两点：单词量和你所训练的习题量。就我自己而言，阅读能够顺利过关，就是多做题好处的最大体现。就像所有老师说的那样，只要你认认真真去完成每一篇阅读，就会有或许让你惊讶的结果。

最后就是口语了，其实就像其他三项考试项目一样，口语也有它的格式，只要根据 mentor 告诉你的必须说到的几个点来做，再加上自己对答案的拓宽，其实这个项目还是非常容易提高的。但在很多同学面前有一个很大的障碍，那就是极度缺乏自信心，担心自己发音不准或者语法不好，从而导致自己根本不敢开口。其实这种顾虑是不必要的，即便是

native speakers（母语是英语的人）也每一天都会出错，更何况我们这些
小留学生呢？总而言之，不要害怕犯错，因为我们总是可以从错误当中
学到很多东西。

　　当然，我希望大家英语学习的征途不要因为雅思通过就终止了，因为
就像我的 mentor 所说的那样，雅思只是一个进入大学的途径，而真正的
英语学习在我们的日常生活当中永远不可以放松。

_ 雅思写作从 5 分到 7 分并不难

　　每个学生遇到的问题都不尽相同。写作在未来的大学学习中的重要
性不言而喻。请看本校钟同学是如何在老师的帮助下把作文成绩从 5 分
升到 7 分的：

　　对于很多同学来说，雅思可能一直是申请大学过程中一道难以逾越的
鸿沟，尤其是雅思的写作，谈及都为之色变。其实雅思写作并没有那么难。
我刚来时，雅思写作勉勉强强达到 5 分的水平，可如今在自己的努力以及
老师的帮助下，短短几个月的时间，写作提高到了 7 分。下面就由我来分
享一下我的雅思写作
快速提高的秘诀。

　　首先，平时的积
累是决定你写作分数
高与低的第一要素。
写作需要有知识的沉
淀，这就好比鱼儿必
须要有水才能生存，
鸟儿必须要有木才能

多才多艺的小伙伴

筑巢。你必须有大量的积累才能得心应手，才能写出令人眼前一亮的作文。雅思写作的积累自然指的是提高词汇量以及掌握丰富的句式结构。如果一篇作文写下来都是一成不变的"there be"句型，那么别人读起来会觉得十分单调，分数自然上不去。我曾经写过一篇作文，在想要表达"因为"的时候全是用"because"，想要表达"关于什么"的时候都用"about"，自己读一遍都觉自己的文笔太稚嫩。经过老师的辅导后得知，"because"可以用"as"来替换，"about"能用"in terms of"来替换，如此简单的修改便使作文"鲜活"了不少，再也不那么单一、乏味了。诸如此类可以替换与变化的短语以及句子还有很多，这都需要靠我们平时的积累，只有多积累，才能写出丰富多变的句型与短语，临时抱佛脚是行不通的。

其实作文不仅需要积累词句，还需要积累素材，只有拥有丰富的素材库，在考场中的发挥才能游刃有余，才能做到有的放矢。俗话说"读书破万卷，下笔如有神"，这在雅思写作中同样适用。众所周知，雅思作文往往要求学生围绕某个话题来展开讨论，比如讨论古建筑应不应该被拆除。如果你没有丰富的知识储备以及辩证思维的话，考场上碰到诸如此类的问题便会觉得不知道如何下手。我曾经就遇到过"要求讨论语言统一的利与弊"的题目。当时乍一看觉得应该不会特别困难，哪知一动笔才发现，想出一两个点容易，可再多想几个就有些困难了，而且由于考试时间的限制，人就愈发紧张了。可见，平时一定要多准备素材，可该怎么准备呢？这就需要我们对生活多留心，子曰："学而不思则罔，思而不学则殆。"对身边发生的事情和现象多问个为什么，勤思考，多搜集各方面的资料。很多雅思作文的话题都是取材于现实生活中的一些现象，如果你平时对生活发生的事多关心留意的话，那么起码在话题讨论的问题上应该不会有太大的困难。

其次，练习与应用亦是提高雅思写作必不可少的一个环节。积累的知识不运用的话，那这些知识便得不到巩固，很容易被遗忘。比如，雅思的小作文一般都是要求描绘 line chart（线形图）、pie chart（饼形图）等图表。其实描绘的句型、词汇，写得多了就会发现基本都大同小异，题目变的只是数据，描述的方法都是万变不离其宗的。再加上描述图表是一个很客观的事情，不需要加上自己的主观评论，这就使小作文比大作文在展开话题讨论方面简单很多。因此，如果把小作文的每个类型的题目都写上若干篇，充分练习，那么就很容易掌握写小作文的方法，提高写作速度和质量。而且写的同时还能继续加深记忆已经积累的词句。

华罗庚说时间是由分秒积成的，善于利用零星时间的人才能做出更大的成绩来。我觉得雅思写作亦然，雅思写作是由词句组成的，只有善于积累以及练习的人，才能取得满意的分数，至于分数的多少，那就取决于平时的积累以及练习的量了。

_ 阳光总在风雨后——雅思考试破茧化蝶的过程

老师记录了周同学的雅思成绩从 5 分到 6.5 分的爬坡过程，这个学生获得了四所世界知名大学的 offer，并最终选择了多伦多大学的商务管理专业。

周同学入校时 19 岁，是来自河北石家庄的女孩。她在国内已经完成高中二年级的课程。2011 年 10 月，她来我校读 12 年级。她最初的英语基础比较薄弱，第一次参加学校组织的雅思模拟考试只得了 5 分，尤其是听和读两项比较弱，分别为 5.5 分和 5 分。由于词汇量较小，她一开始做阅读题目时最多只能对 16 道。除了能捕捉到一些片段信息，她大部分的听力题目都不知道选什么，尤其是短文部分基本上听不到什么答案。口语

和写作的思路也非常中国化，虽然她有一些好的观点，但是因为词汇量的问题，表达清楚自己的想法对她来说是一个挑战。

针对阅读词汇量的问题，我们主要采用学校自编的阅读词汇表来加强单词的学习。刚开始的两周中，她每天都按词汇表记忆老师安排的定量单词并且造句。同时，每天坚持练习英语听力，并做阅读练习；在睡前会练习把一天的学习生活用英文给自己讲一遍。周同学非常上进，除了每天课堂上积极配合以外，课后的时间也利用得很好，经常拿一些题目来问辅导老师怎么做以及正确的解题思路。辅导老师教会她怎样去做练习，从文中寻找和分析答案，并经常跟她分享学习英语的心得和方法。在不到一个月的时间里，她再次参加模考，雅思总分提高了0.5分，尤其是阅读有了很大的进步。

然而，要想达到雅思成绩质的飞跃必须有长时间的积累，而且考试成绩的高低也总是受其他一些因素的影响。在接下来的12月初到1月底的三次雅思考试中，周同学的成绩一直是5.5分，她的阅读和听力发挥一直不是很稳定，她总是会问："老师，我每天都练习听力和阅读，早上睁开眼第一件事情就是打开电脑听英语，阅读我也每天都做，怎么还考不过呢？"那段时间里，辅导老师除了不断鼓励她之外，其实也为她着急，担心她会因此不愿意再参加雅思考试。之后，仔仔细细地分析了她几次的成绩后，感到她除了要继续加强基础，提高阅读听力成绩以外，也需要调整心态，好的备考心理状态也非常重要。

那天上完雅思课后，辅导老师专门找她谈心，问她最近是不是感觉压力比较大，她说着眼泪就落了下来，她说觉得自己似乎还是动力不足，经常想念国内的高中同学和朋友，非常怀念高一高二时她和以前的同学并肩作战的日子，有时候还觉得自己不应该出国。可能是因为这些情绪在孩子心里憋了太久，她越哭越厉害，老师一边帮她擦眼泪，一边鼓励她，告诉她有这样的心情和感触是非常正常的，毕竟是换了一个全新的环境，而且这个时候也正是最锻炼她心智的时候。只要好好调整心态，相信自己，一切都会好起来的。其实，周同学的语言进步已经非常大了，而且本来她比其他的孩子就晚来一个多月。只要她能克服负面情绪，取得更好的成绩肯定是没有问题的。在接下来的一个月里，她的状态好了很多，学分课课间辅导老师在楼道里碰到她，她都主动打招呼，还告诉老师当天课堂上的收获和一些趣事。看着她的精神状态好了那么多，老师也由衷地为她感到开心。

2月的雅思考试，还没等通知她报名的时间，她自己就主动和老师说："老师，我要继续参加2月的雅思考试！"辅导老师非常清楚地记得，她那次的成绩有三个6分，听力6.5分，就差0.5分雅思考试就过了，但她一点也没有灰心丧气，她看到成绩后说："老师，我要继续考，下次我肯定能过！"

看到孩子不断进步，而且还能这样积极上进，老师真是从心里为她感到高兴和自豪。当时，距离周同学接下来的一次雅思考试还有一个月，辅导老师为她定制了详细的雅思备考复习计划，从听、说、读、写各个方面准备和加强。那段时间对她来说是非常辛苦的，因为一方面要学好12年级的学分课，另外一方面还要准备雅思考试，压力可想而知。

周同学在寝室的墙上贴了很多励志的小句子，有英文的，也有中文的，这种积极上进的精神深深感动着老师。周同学当时问："老师，您说要是这次我还是没有考过怎么办呢？不是说6分到6.5分是很难的吗？"老师拍拍她的肩，跟她说："老师绝对相信你的努力！"其实，一个月的时间要从6分到6.5分确实是有难度，毕竟语言考试成绩还受到其他一些因素的影响。但有周同学这样的决心和毅力，她迟早都会拿到6.5分！

3月17日的雅思考试成绩出来后，辅导老师和周同学一起在网上查

分数，当6.5分的成绩映入眼帘时，孩子激动地叫了起来："过啦！6.5分，老师，我雅思通过啦！"老师当时也激动得说不出话来，真是为孩子感到开心和兴奋。这就是教书育人最大的幸福吧。

_ 和雅思做斗争，其乐无穷

姜同学历经九次雅思考试，数百小时的辅导，终于达到大学录取的要求，成功获得13所大学的offer，并获某大学1.3万加元的校长奖学金，最终她选择了多伦多大学主校区的商业管理专业。以下是姜同学突破雅思考试的心路历程。

姜同学是学校里一个颇具传奇色彩的女孩。之所以说传奇，主要有两个原因：其一，她的哥哥和姐姐都是我们学校的毕业生，现在分别就读于多伦多大学和辛力嘉学院（加拿大最大的学院之一）；其二，她曾经九次参加雅思考试，历经千辛万苦，终于修得正果，成功斩获6.5分，打败了大学申请道路上最大的一只拦路虎。

最初接手姜同学的时候，老师或多或少还是有些压力的。她非常希望能够追随哥哥的步伐，进入多伦多大学学习。但正如我们常说的，理想和现实之间通常是有差距的。她的英语基础相对比较薄弱，这一点在她的口语方面体现得尤为明显。因为天性比较害羞，平时不太愿意主动和当地人进行交流，缺少锻炼的机会，再加上词汇量不足，老师清楚地记得刚开始对她进行辅导的时候，英语对话进行得异常费力。往往是，她小脸涨得通红，也无法清楚表达自己想说的话。针对这种情况，我们为她制订了详细的学习计划，同时要求她每天坚持收看电视新闻节目，阅读英文报纸，在扩充知识面的同时，丰富自己的词汇量。在教学的过程当中，老师一方面根据自己在加拿大多年的学习和工作经验，为她总结了大量地道的英语表达，另一方面在课堂上积极创造机会，帮助她学会使用这些表达。经过半年左右的学习，姜同学的英语口语有了显著的提高，用"士别三日，当刮目相待"这句古话来形容一点也不为过。

让老师感到庆幸的是，姜同学继承了她哥哥的优良传统，无论是学分课程还是雅思辅导，她总能够密切配合老师，认真地完成各项作业。记得有一段时间，为了提高她的写作能力，老师几乎每天都会给她布置一篇作文，要求第二天早上必须交，并分析总结。在学分课任务非常繁重的情况下，姜同学还是努力做到了。每次拿着被老师批得面目全非的作文，她都会开玩笑地和老师说："老师，你下手太狠了，我都看不出来这篇文章是我自己写的了！"也许正是这种魔鬼式的训练为她后来雅思作文获得 7 分的高分奠定了扎实的基础。

孟子曰："天将降大任于斯人也，必先苦其心志，劳其筋骨，饿其体肤，空乏其身……"姜同学便是这句话最好的佐证。她的雅思成绩从入学初期的 5 分，经过半年左右的辅导提高到了 6 分，然后便进入了漫长而痛苦的"瓶颈期"。她离胜利是如此接近，却总是擦肩而过。从第五次考试开始，她似乎陷入了一个怪圈：每次考试只要任意一个单项提高 0.5 分，她都将会顺利过关，然而，命运似乎和她开了一个天大的玩笑。清楚地记得，那段时间大家似乎患上了"查分恐惧症"，可以在网上查询成绩的时候，前一天晚上她的辅导老师都会失眠，以至于后来她都不敢亲自查分了。功夫不负有心人，在经历过八次考试的失败之后，她终于扬眉吐气，将雅思考试一举拿下，画上了一个完美的句号。

为了稳定军心，当姜同学的雅思成绩稳定在 6 分的时候，老师便动员她填报了两所美国大学——肯塔基大学和天普大学。这两所大学的排名相对不错，而且雅思 6 分即可申请。于是在 2011 年年底便指导她将申请所需材料收集齐全，并且给她写了一封推荐信。随后的几个月当中，协助她

和大学进行了密切的沟通，确保整个申请过程万无一失。我们的努力没有白费，在 2012 年的 2 月，姜同学相继收到了这两所大学的录取通知，她因此也成为本届学生当中收到大学 offer 的第一人。到目前为止，姜同学横扫美加，已经收到了 13 份美国及加拿大大学的录取通知，其中包括多伦多大学所有的三个校区、西安大略大学、麦克马斯特大学等耳熟能详的名校，最终完满达成了追随自己的哥哥上多伦多大学的心愿。

生活当中的姜同学，也展现了不同寻常的一面。记得去年 9 月的某一天，她走进办公室问老师能不能帮她修改一篇演讲稿。老师笑着说："你要竞选美国总统啊？"她大声说："我要参加学生会主席的竞选！"刹那间，大家仿佛觉得眼前的这个女孩一下子长大了，再也不是以前的那个害羞和内向的小女孩了。此外，她利用课余时间学习开车，顺利获得了加拿大的驾照，这在本届学生（尤其是女生）当中也是不多见的。

_家一般的集体，挚友般的老师

以下案例是包同学和他的导师的故事。该同学收获了世界六所知名大学的 offer，最终选择了多伦多大学主校区的罗特曼商学院社会科学专业。

2014 年 8 月底，中国上海，从机场告别父母，过安检，一个人上了飞机。背包满满的，脑袋却是空的。我向来神经不敏感，这种离别的时刻不营造点悲伤的气氛又有点不合时宜，不知道是不是由心的，挤了点眼泪出来，看了看窗外，空洞地望着这片待了十几年的热土，不想告别。飞机起飞，盯着窗外的一切渐渐变小，从平视到俯视，不想移开双眼，直到视野里白茫茫的一片，昏昏沉沉地睡成一摊死肉。

飞机上 13 个小时活脱脱的折磨，腿伸不开脚撒不开，看个电影又没字幕，食物虽然能入口但是也绝对不会有欲望要第二份。挨过了这13个小时，终于回到地面，这时候才恍恍惚惚意识到，啊，原来这里就是加拿大。

回宾馆收拾完东西已经快夜里两点了，睡了四个多小时，跟着校车去了学校。到了学校没多久，Tao把我领到四楼，交给了Lynn。Lynn做了自我介绍，我在心里默默喊了好久的林老师，直到后来才知道原来mentor姓姚不姓林。看见Lynn第一眼，脑海中冒出两个字：富态——不论资产，论精神财富。加了她的微信，知道她有两个孩子，脑袋里又冒出四个字：人生赢家。我至今还没明白为什么她还坚守在岗位上，她说是为了养家糊口，我们猜测她似乎是在实现人生价值，她怒吼叫我们别黑她。

中国中小学生行为规范用长篇大论告诉我们遇见老师要夹起尾巴做人，于是我用假装出来的文静骗取了Lynn对我短暂的放心，后来事实证明这份文静实在是多余。Lynn组最不缺的就是自由。不是放散牛般的自由，而是当你把一个人或者一群人彻彻底底地当成"自己人"后，不担心关系因任何事破裂，不担心爱因任何东西消减，可以肆无忌惮地嚣张，理直气壮的自由。Lynn组，更像家，我们tutor room（指导教室）以外的教室对我们来说都被定义为"外面的世界"。每天都要上学分课，每天都要出门，每天去tutor room，像每天都要回家。不管多晚，不管多忙，家

感受时尚之美

不能不回，这是千百年来的人文思想，并且到如今我们还依然为这样的思想而自豪。

Lynn 的好数不过来，Lynn 组同学的好数不过来，相比写出来，更想把这些事当成 Lynn 组的秘密。肥水不流外人田，这整整一年的时间，庆幸自己不是外人，庆幸自己没错过这片肥水。

异国高三这一年，现已过完一半，第一次离开爸妈这么远，却开开心心地活到现在，从心里感谢学校，感谢 Lynn，感谢各位学分课老师不杀之恩，感谢身边的人和事，感谢命运让我在最美好的年龄遇见你们。

_ 同学眼中的良师益友——mentor

我们有个特殊的教育服务就是提供了 mentor 服务，这正是办学成功的原因之一。每一位刚入学的学生，学校都会给他们分配一名导师辅导语言课程。当他们风尘仆仆地来到多伦多，也许是因为时差，也许是因为想家，也许是因为对陌生环境的恐惧，很多学生一夜无眠；也许有的学生没有失眠，但无论是谁，在来到多伦多后的第一个清晨，早早就在学校的门口迎接他们的就是自己的导师的亲切笑脸。从今后一直到学生拿到 offer 离开学校，导师一直和学生紧紧相随。其实在学生坐上飞机到来之前，该同学的导师已经被分派好并开始工作了。导师们都非常尽责，每周为同学们安排课表，及时和家长沟通学生学习情况以督促学习。

葛同学写到：

有些同学可能会认为老师和家长联系是件很头痛的事情，其实不然。原因有二。

语言关是进大学最重要的一关，如果不过就无法进入好大学上好专业。经历过的同学才会知道，其实一开始努力过了语言考试总是比拖到最后还没过来得轻松很多。因为到了最后，人的压力很大，身边的人都考出来了，只有自己没过就会很心慌，这样更影响考试。语言这一项是迟早要过的，所以与其拖着还不如一上来就配合导师完成任务，尽早申请到好大学。老师与家长沟通是为了使同学能更有动力和压力去完成任务。我们身在国外会面对很多诱惑，常常让我们忙着玩而不想学习。导师与家长的直接沟通交流可以促使我们更加努力学习，给我们一定的压力和满满的动力去通过考试。

只有到了这里你才会发现原来导师和同学们是打成一片的！导师们虽然有时候是严肃的，甚至要求严苛，但他们都很可爱，易亲近。他们不仅教我们知识，同时也是我们生活上的导师。

我的导师是个很平易近人的女老师。她的英文知识很丰富，教学经验也很足。她的每一节课都能让我获益匪浅。小到掌握一个生单词的拼法，大到掌握一类题型的解决方法。在她的用心辅导下，我的雅思很快就拿到了 6.5 分，并且 COPE 也拿到了 105.5 分。有时候在学分课上我和老师发生了一些误解，我的导师会帮我去和学分课老师沟通。生活上，由于初到多伦多才几个月，很多事情都不懂得从何办起，都是导师手把手指导我。比如，有一次我买的电话充值卡出了问题，导师帮助我打电话调解。这里的导师都非常友善，他们都是为了我们能够进入一所好大学而和我们一起努力，我喜欢我的导师，我也喜欢导师制。

_ 北美学分课需要主动性和创造力的结合

加拿大高中设置的学分课和"奇卡"学分课的学习就相当于国内的语、数、理、化、生这些科目，同样都被称为学分课，但是学习方法与授课方法不同。举一个简单的例子，国内的高中数学会有函数、微积分、几何等，一本书可能会涵盖所有这些科目，国外的学分课则会更细致深入。比如，数学

是一门很大的学科，其中，函数、数列是单独一门一门的课，每门课的学习更深入，对各门知识的理解也会更透彻。因此这种学习能更好地与大学学习衔接，当进入大学某个系的时候，打好的基础能帮助中国学生更好地适应国外大学的学习。其次，授课方法也和国内教学有所不同，在国外上课当然是用英语授课，所以掌握英语是必不可少的。而且外国老师带领学生学习的思维方式也不同，外国人习惯用逻辑思维，强调独立思考和能力的培养。

顾名思义，学分课当然会有分，那么分该如何算呢？在中国，学生的最终成绩中期中或期末考试成绩占了相当大的比重。而这里最后的分是包含很多内容的：test（单元测验）、quiz（小测试）、exam（期中、期末测试）、assignment（作业）、presentation（演讲）、communication（沟通的情况）。下面具体介绍一下加拿大高中学分课评分标准——"奇卡"。

所谓"奇卡"（KICA），是英文 knowledge（知识）、inquiry/thinking（思考）、communication（交流）和 application（应用）的首字母缩写。四项标准中 K（知识）和 A（应用）各占20%，I（思考）和 C（交流）各占30%，和中国中学教育以知识为主导的方式差别巨大。每一项标准大致分为四个等级，具体见下表：

评分项目	一级 （50～59）	二级 （60～69）	三级 （70～79）	四级 （80～100）
K:knowledge（知识）				
对所学内容的理解和掌握，包括概念、事实、定义、过程、原则、理论、方法、技术等。	有限地掌握所学内容	一定程度地掌握所学内容	较好地掌握所学内容	充分地掌握所学内容
I:inquiry/thinking（思考）				
1.项目策划能力，如研究方向、信息搜集、策略选择、项目组织能力等；2.信息处理能力，如分析、评估、推理、综合、多角度观察、总结信息的能力等；3.批判性和创造性思维能力，如形势评估、决策、研究能力等。	展现有限的思考能力	展现一定程度的思考能力	展现较好的思考能力	展现出色的思考能力

（续表）

评分项目	一级 （50~59）	二级 （60~69）	三级 （70~79）	四级 （80~100）
C:communication（交流）				
在不同场景针对不同对象，有效地使用各种手段，口头和书面表达的能力，如课堂演示、图表、模型、网络、广告页、信件、备忘录、报告等形式。	展现有限的交流能力	展现一定程度的交流能力	展现较好的交流能力	展现出色的交流技能
A:application（应用）				
应用知识和技能的能力，包括使用软件、工具、职业标准、技术、程序等，针对具体情况多方位应用知识的能力。	展现有限的应用能力	展现一定程度的应用能力	展现较好的应用能力	展现出色的应用能力

在四个级别当中，每一级又详细地分为三级：一级下（50~52），一级中（53~56），一级上（57~59）；二级下（60~62），二级中（63~66），二级上（67~69）；三级下（70~72），三级中（73~76），三级上（77~79）；四级下（80~86），四级中（87~94），四级上（95~100）。三级中是安省学生的平均成绩。

以"社会学、心理学、人类学入门"这门课为例。下面是对电影《撞车》进行电影评论作业的评分标准（rubric）：

影评分析评分标准（Film Critical Analysis Rubric）

Criteria 评分项目	Re-do（0~49） 不合格	Level 1 一级（50~59）	Level 2 二级（60~69）	Level 3 三级（70~79）	Level 4 四级（80~100）
K:knowledge（知识）：考查学生对电影里表现出的心理、社会和文化内容的理解程度。	对电影里表现出的心理、社会和文化内容的理解不准确、不充分	对电影里表现出的心理、社会和文化内容的理解有限	对电影里表现出的心理、社会和文化内容有一定的理解	对电影里表现出的心理、社会和文化内容清晰、较好地理解	对电影里表现出的心理、社会和文化内容的理解充分、详细，富有见解
I:inquiry/thinking（思考）：考查学生做相关研究的深度及恰当引用电影中例证的能力。	缺乏相关研究，没有恰当的引用电影中例证	相关研究有限，引用电影中的例证不够恰当	有一些相关研究，较为适当地引用电影中的例子	较好地进行相关研究，恰当的引用电影中的例证	进行充分、详细的相关研究，十分恰当地引用电影中的例证

（续表）

Criteria 评分项目	Re-do (0~49) 不合格	Level 1 一级 (50~59)	Level 2 二级 (60~69)	Level 3 三级 (70~79)	Level 4 四级 (80~100)
C:communication（交流）：考查学生影评的文章结构、论点论证及语言表达能力。	影评的文章结构混乱、论点论证及语言表达不清	文章结构不够清晰、论点论证及语言表达能力有限	文章结构尚好，表现出一定程度的论点论证及语言表达能力	文章结构较为合理，能够证明论点，语言表达能力尚好	文章结构严谨，论点清晰，论证严密，语言表达能力好
A:application（应用）：考查学生把学科内容应用于分析电影的能力及语法、拼写和标点应用能力。	未能把学科内容应用于分析电影，语法错误使读者无法理解作者观点	把学科内容有限地应用于电影分析，语法、拼写和标点应用能力有限，影响读者理解作者观点	把学科内容部分地应用于电影分析，语法、拼写和标点错误不多，偶尔影响读者理解作者观点	能够把学科内容较好地应用于电影分析，语法、拼写和标点错误较少，不影响读者理解作者观点	能够把学科内容很好地应用于电影分析，展现作者深入的见解，语法、拼写和标点错误罕见，不影响读者理解作者观点

　　老师根据以上评分标准批改、评分后，会把作业连同 rubric 一起返还给学生，学生就可以看到每一项的得分及老师具体的评语。对此，学生一定要认真阅读，了解自己的长处和不足。比如，某项作业占本学分课总分的 7%，学生的得分是 69。也就是说，该生此项作业在本学分课总分中占了约 5%。再看 KICA 的成绩具体分布为：K 项的得分是 89（四级中），I 项得分 72（三级中），C 项得分 58（一级上），A 项得分 60（二级下）。学生就可以清楚地判断出，这项作业的优点是 K（知识）的掌握，I（思考）达到了安省的平均分，而弱点则是 C（交流）和 A（应用），说明要特别在沟通交流和应用两个方面有所提高。另外，认真阅读老师手写的评语也非常重要。加拿大老师常喜欢用英文书法的圆体字写评语，字母的写法跟印刷体差别很大，有点像中文的草书和楷书的差别。如果看不懂，可以请教 mentor，以便更好地理解老师的评语，及时总结提高。千万不要认为只看到分数就够了，早点看懂各种手写体，对于高中阶段和大学阶段了解老师对自己学习成果的具体评价和指导非常有帮助。

留学生要十分了解奇卡标准，改变中国式教育下形成的思维定式，从被动听讲式的学习方式改变为主动参与的学习方式，改变死记硬背的学习方法，适应加拿大学校的教育理念，因为老师重视的是奇卡的各个方面。这样的评分方式和大学基本一致，经历这样训练的学生进入大学后可以很快适应大学的学习，取得学业上的成功。

多伦多的高中的学期设置也跟国内的不一样。简单来说，一年有三个学期，分别是 9 月到 11 月、12 月到次年 3 月、4 月到 6 月。因为中间的一个学期有不少假期，所以显得长一些。但是课时都是一样的。每个学期最多可以修三门学分课，每周每门学分课有 4 节课，也就是说，如果修三门课的话，每周有 12 节课。但是每天有 3 节课，也就是说每周有 15 个时间段上课，所以每周最少有 3 节空出来的课时，这些时间就会用来上语言辅导。当然，如果语言成绩已经符合大学的要求的话，就不会再上语言课了，会轻松很多。

对于学分课的课程，很多同学都非常重视，但加拿大的课程对学生的要求与国内大有不同。刚来的学生对一些情况不太适应：上课的时候老师会很频繁地跟同学沟通并提问，而学生回答时也不用起立，也不用举手，等等。还有一点，在这里每节课有两个半小时的时长，中间会有休息，不同老师的休息时间段不同，大概 15 分钟，所以学校也没有铃声，也不会硬性安排上课时间。老师也经常带一些饮料去上课，学生也可以带一些小吃和饮料，非常随意。另外一点跟国内不同的就是，学生可以自己选择学分课，也可以自己安排课表，也就是说，每个人都有自己的课表。例如，早上的时候，可能在物理班跟一些同学上物理课，下午的时候就会跟另一些同学在另一个教室学生物。通常来说，课程的选择都是自由的，并且很有意思。

但到了考试的时候，每个老师都是非常重视的。我个人认为，这里的

考试并不是那么简单，因为每次考试都会影响到最终的成绩。但每个老师对于考试的要求都不尽相同，评分标准也不会完全一样。有时作业的完成情况也会被考虑到成绩中去。甚至有的老师会专门帮某些同学组织一次考试，也许就一两个人。有很多因素会影响到学生的成绩，很多时候，同学们都要相互协作，因为在课程中，有许多作业都是要求合作完成的，需要许多方面的能力，这也是最有意思的地方。

_ 转变思维模式——人生的重要蜕变

面对新的教育模式、新的授课方式，学生们一定要转变思维模式，以开放的心态迎接新的教学方法。加拿大授课的方式和传统的应试教育有根本性的理念差别。老师讲课不是"一言堂"，以传授知识为主，而是以学生为中心，培养学生的多项技能，全面发展。学生需要由过去的"被动接受"向"主动学习"进行转变。除了课堂上的互动外，老师还常常布置学生就某一主题做研究，然后在班上演讲或提交读书报告。学生们为了完成自己的报告，要上网或去图书馆查阅大量的资料，制作PPT，写论文和读书报告，论文和报告后必须附参考书目录和引文出处，与大学生或研究生提交的论文要求一致。老师布置的课外作业也常采用project（课题）和presentation（演讲）的方式，课题需要和小组里的同学共同完成，培养学生的团体协作能力。根据老师的要求，小组共同商量策划，给每个人分配任务并分头准备，讨论

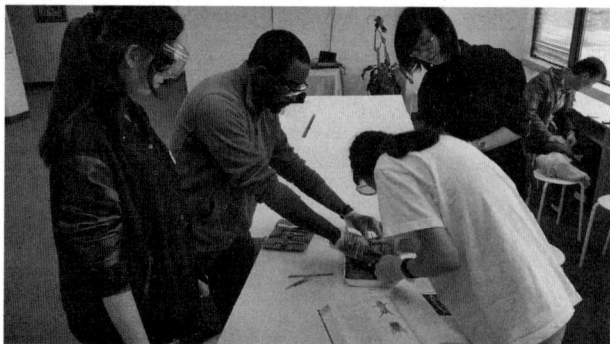

一起研究生物的奥秘

汇总，最后在班上通过演讲或表演演示出来。学生们通过这样的教学环节，不仅锻炼了与他人合作的能力和组织能力，也锻炼了公众场合演讲的能力。这样的教学方式和大学的学习非常相似，经历这样训练的学生进入大学后可以很快适应大学学习，取得学业上的成功。

最后，要注重和老师的沟通和互动。在学期开始时，老师会把课程大纲、要求、评分标准都发给学生，让学生有清楚的了解。但由于语言的原因，学生常常不能完全明白。如遇任何问题，尽管向老师提问，加拿大的老师都很随和，喜欢和学生交流，鼓励学生发表自己的看法。太安静的学生可能会让老师误以为没有听懂或没有掌握所学内容，影响评分。

加拿大的高中虽然不像国内中学的超强度上课，但想学好也并非易事。学生需要了解加拿大高中的要求和特点，有良好的学习主动性，积极投入到学习当中，才能尽快适应留学生活。

在国外很注重团队合作，所以无论是语言学习还是学科学习都会包含这些合作项目。例如，物理老师会布置一个团队的项目，然后需要组里的成员合作完成整个项目。整个期间每个组员都需要参与设计和制作。除此之外，要学会自主学习。中国小留学生一个人在国外，没有爸妈看着，自然会产生一定的松懈心理。所以要学会自律，自己要求自己完成每天应该完成的学习任务。当然，这里还有一个重要问题，就是学生如何学会跟老师沟通。在中国留学生当中，不愿甚至不敢与自己的学分课老师交流其实是一个比较普遍的现象。举一些简单的例子：老师布置完作业，自己没有听懂具体的要求却不敢主动当面向老师问清楚；特别想知道期末考试的成绩如何，宁可在同学那里痛苦纠结或者到导师这里"倒苦水"，也不愿直接向学分课老师咨询；上课迟到了甚至旷课了，都不知道找到自己的任课教师表示道歉并做出合理的解释。不能否认，有些学生可能担忧自己的英语不过关，害怕无法把自己的意思表达清楚，但是依我与他们相处的经验

来看，似乎有着更深层次的原因。

文化差异应该是最主要的因素。以儒家思想为核心的中国文化强调的是一种"内敛"的理念。我们是在一种含蓄、内秀的文化氛围内成长的，我们的价值体系里充满了"内向性"甚至"压抑性"的思维模式，比如"木秀于林，风必摧之"。这种价值观反映在我们日常的行为上就会表现为明显的"从众心理"，也就是看看别人怎么做，然后紧跟其后，生怕自己因为跟别人不一样而被"隔离""屏蔽"甚至"招致灾祸"。如此，自己内心真实的想法无法表达，备感压抑；如此，就会出现"当面不说，背后乱说"的现象。反观本土的加拿大文化，差异大矣。这里更崇尚"外向"文化，即我们俗话说的"有啥说啥"，不要藏着掖着，要大胆地说出自己的真实想法。不用担心别人是否会赞同，也不用考虑自己的想法是否"符合某一个标准"，因为自己的内心就是标准；这里更关注"多元化""个性化"，你有充分表达自己意愿的自由和权利，当然，前提是不能损坏别人的利益或违背公共道德；这里喜欢哪怕当面争个面红耳赤，但事后依然谈笑风生，不会担心事后"别人给我小鞋穿"。一言以蔽之，加拿大文化略多"阳刚"之气，而中国文化稍多"阴柔"之美。两种文化各有千秋，但是对于留学生而言，"入乡随俗"才能让留学生活更为顺利。

鉴于以上的简单分析，我们的小留学生在面对当地的"洋"老师时，也应该积极调整自己的交流策略了。无论是课堂上还是生活中都应该表现得更为大胆和奔放。当课堂上遇到听不懂的内容，应该第一时间询问老师，没有人会因为你提了个质量不高的问题而嘲笑看不起你，等你到了大学课堂里，你会发现你的洋同学们有时正经八百地提出的"傻问题"能让你笑痛肚皮，他们却安之若素、一往无前。如果自己的提问会引发全班同学对某一个问题深入探讨，则是加拿大本土文化所推崇的，在英文中叫作"contribute to the class"（对课堂有贡献）。老师定会对你刮目相看，投来赞许的目光，从此你变得更加大胆，有些西方人眼里的"leader"的角色的意味了。当你想了解自己的学习表现在老师眼里到底如何时，你就应该勇敢地走向前，友善而坚定地询问"How was I doing"（我做得怎么样），顺便再向你的老师请教"What should I do next"（下面我该怎么做），你的老师定会乐意效劳，详细告诉你他的真实想法，说不定还可能为你制订一个不错的提高计划呢。当你感到老师的上课进度有些快，你已经有些吃不消的时候，就不应该只是抱怨不止了，因为你应该学会正面出击，直接向你的学分课老师提出你的忧虑和困难，这也是当地文化希望看到的"open attitude"（开放的态度）。当你毕业离校的时候，你终于相信：留学，不只是一张文凭的差异。

_ 成为时间的管理者——自我管理是北美中学生的必备素质

国内的中学生一般无须安排自己的时间，学校已安排好一切，早自习、上课、晚自习，周一到周日上午，每周只有半天的课余时间，而且寒暑假也会被各种补习课所占据，因此孩子们不会自主地安排自己的时间。在北美，学生的自由度相对大些，可以自行选课，合理地安排自己的学分课，只要在毕业时满足学分要求即可，同时对学生安排自己的学习及时间管理的要求也相应地提高了。因此到北美上学，学生们还要学习如何自己管理时间，有效地提高时间利用率。

李同学之前在北京一所普通的高中就读，他每天的时间几乎都是在学校上课或自习，完全没有自己的时间。自从他2010年12月来多伦多开始11年级的学习，能感觉到他对于当地学习的不适应，从而产生紧张的情绪及压力。开始时学校帮他选了10年级英语、数学及一门社会学，李同学在国内数理化学科的学习较弱，来加拿大希望毕业后申请到大学商科学习。

另外，他的压力较大。一般国际学生都会有来自家人的压力，因家人

寄予了太多的希望，孩子自己也会很紧张每次的考试，而且对多伦多中学的教育不了解，很不适应，还有就是语言的问题。在国内学生的成绩好坏主要是由期中和期末的两次考试决定，平时作业完成得如何、课堂上的表现如何，都不会影响学生这门课的最后成绩。但在北美，老师则更看重学生平时的表现，课堂上是否积极地思考、回答老师提出的问题，课后是否认真完成作业，作业的成绩也会影响最终的总评成绩，而且还需要学习如何管理自己的时间，因为没人再帮助安排课余时间。所以李同学刚到多伦多时，还是沿用在国内的学习思路，较忽视课堂上的表现及与学分课老师的互动，课余时间安排不科学，时间的利用率很低。

由于初来乍到，加之想家和国内的朋友，一回家，他就把电脑打开，登录各种聊天工具，由于时差，国内的朋友正好都刚上线，所以他根本不可能专注于完成作业、学习英语。频于与网上的同学聊天，时间一下子就耗费过去，等写完作业已是午夜。他每天都感觉很累，成绩不甚理想。尽管如此，我们鼓励李同学坚持提高语言能力，先着手加强词汇学习。他很配合，尝试各种方法，例如将不会的词汇输入到手机里，利用上下学坐校车的时间，随时记忆；还有通过海量阅读，强记单词。他还常看新闻及脱口秀节目，若碰到不会的生词，立即查看，输至手机里，以备记忆。所有的努力，都在坚持中开花结果。

在 12 年级开始时，我们建议他选些商科的课程，首先他自己有兴趣，还有这些课程可以进一步强化他的阅读及写作能力。同时他还可以再修一门数学，这样学习压力不是太大，都是他自己能够掌控自如的。出乎意料，课后经常看到他和任课的学分课老师在交谈。事后他跟老师讲，因导师时常鼓励他去与学分课老师沟通，所以现在课后一有时间，他就会尽量与任课老师交流，例如谈论各自的课余生活。他了解到有的老师喜欢冰球及棒球，而且还告诉了他一些赛事的时间，回家他有时间就打开电视看相关比赛以提高听力，而且可增加词汇量及锻炼表达，等再跟老师聊天时，内容会更加丰富，加强了他与学分课老师的交流。除了课外的话题，他一旦课上有问题，课后一定找老师问清楚，在北美，这种师生的互动很重要。

对李同学来讲，最重要的是他学会了合理地安排自己的时间，以前他总会浪费很多时间，自从 12 年级上半学期开始，他已经很注意强迫自己集中注意力，提高学习效率，优化自己的时间管理。由于在修的课程是自己感兴趣的商业课程，所以他会不断地与老师探讨，甚至跟经商很多年的父亲讨论，以便更好地理解所学的内容，优质地完成作业。功夫不负有心人，他在 12 年级第二学期的学分课学习中取得了非常骄人的成绩，获得了加拿大七所大学的商科录取通知，如多伦多大学主校区及士嘉堡校区、瑞尔森大学、西安大略国王学院、约克大学及卡尔顿大学，而且还得到了各种数额的奖学金。

_"数学大神"说数学

数学是中国学生的传统强项，但是在英语环境下，没有了汉语，以前如此熟悉的数学名词突然换了面孔，而老师又是只会英文，面对那么厚的数学书，我们的学生又是如何应对的呢？肖同学可是大有体会：

当语文留在大洋对岸，当英语成为日常生活的基本技能，作为国内传统铁三角"语数外"中硕果仅存的一个，数学成绩的好坏直接影响着我们的平均分能否达标。面对上 90 分很难的商科诸项，面对晦涩难懂的理化生（物理、化学、生物），以及灾难性的 12 英（12 年级英语），还有什么能比数学更好拿分的呢？

相信在数学中一路披荆斩棘、势如破竹的大有人在，然而如何才能在数学上将效益最大化？如何才能尽可能多地获得一科分数来保证自己未来

的大学申请？如何才能做一个人人羡慕的"95+er"呢？就此问题，我寻访了多位上届的数学大神，联系自己在数学学习中的经历，写下此文供各位参考。

一般来说，我们在12年级可学到的4U数学课程有四个：Advanced Function（高级数学，即下文 AF）、Calculus and Vector（微积分与向量，即下文 CV）、Data Management（数据管理）、Accounting（会计）。其中 AF 与 CV 为绝大多数大学专业要求的必修课程，所以本文的重点将放在这两科上面。

对一个留学生而言，语言能力是一切课程的基础，数学也不例外。想必大家都在国内学过英语，背过单词，但是对于一些学术上的专有名词，类似 polynomial function（多项式函数）、antiderivative（反导数）之类的单词，大概还是不知所云，甚至对一些基础的数学词汇也不是那么熟识。这样的话，无论在课上听讲还是在课后看书做练习都会产生不便。在上 AF 之前，学校都会给大家发一个整理好的基础数学词汇表，不需要刻意背诵，只要利用校车上的时间把这些单词每天过一遍，一周后这些就不再是问题了。不过这并不是全部，在平时看书或做作业的时候所遇到的陌生数学名词也应当查清后记录下来，要知道 Euclid Contest（欧几里德数学考试）和上大学后的数学考试里面都是不允许用词典的。上届学生 Stan 在 Euclid Contest 中就因为不认识 prime（质数）而导致做错了整整一道大题，非常可惜。所以积累应当从平时做起。

考虑到我们的留学生背景，大部分老师会在开始给我们上课时有意降低语速，培养我们对语言的适应能力。但不可避免的是，有时还是会出现上课听不懂或跟不上的情况。每到这个时候，咨询同学和老师自然是不必说，现就读于滑铁卢大学的上届学生 Jeffrey 给大家介绍了一个小窍门，就是善用录音录像设备。很多时候，大家在记笔记时不能有效地理解老师同步的讲解，毕竟第二语言还没有熟练到这种地步。在这种时候，打开录音笔或者给黑板拍一张照片回家再总结整理都是很不错的方法（要征得老师的同意哦！）。但是这些方法未免有些治标不治本，最为根本的解决方法在我看来还是预习，通过阅读掌握第二天学习的大致内容和基本词汇会让你事半功倍。

其实，在数学上想拿90分以上的成绩并不难，毕竟大部分的内容都已经被国内高二的学习覆盖了，然而在这种情况下的细小分差是如何产生的呢？最重要的两个字就是"过程"。数字无穷无尽，通过数字变化产生的不同问题更是无穷无尽。由此可见，比"知其然"更重要的，是"知其所以然"。通常每位学分课老师在授课过程中，每一个部分都会详细解答至少一道例题，例题通常会比较简单而有代表性，但是不要因为简单就忽视，哪怕问题的答案你可能不需要思考都能给出，也请你认真地思考老师的步骤、格式和解题思路，这些都会成为你脱颖而出的关键。上届师兄Stan以亲身经历现身说法，哪怕结果全对，但因为对过程的忽视导致难以拿高分，实在是太可惜了。

除了自主的学习和师生间的互动，同学间的各种讨论也是十分有效的学习手段。在上届学生中，先后一共建立了两个数学社团。大家讨论自己感兴趣的数学问题，研究不局限于课本的数学知识，在Euclid Contest之前举办了一系列专题培训和讨论，在数学老师的热心帮助和行之有效的日常制度管理下，激发了许多同学的学习兴趣并提高了大家的学术水平。

AF和CV的内容比较基础，大部分都是国内高二早已学过的内容（是否学过视不同地区的教材而定），在学有余力的情况下，大家不妨放眼于一些课外内容。在每年3、4月的时候学生会有机会参加滑铁卢大学著名的Euclid Contest。如果能在考试中取得不错的名次的话，对大学和奖学金的申请都很有帮助。上届大牛Sam便是因为在Euclid Contest中的出色表现而被滑铁卢大学的数学专业授予了7000美元的奖学金（不过最后他选

择去了多伦多大学）。

最后简单介绍一些从上届数学大神那里得来的关于大学数学专业的小贴士：滑铁卢大学的数学系是全加拿大最好的，尤其是 actuarial science（精算）、computer science（计算机科学）和 certificated professional accountancy（CPA，专业会计）冠绝北美，可惜最后一项对留学生开放有限，有意学 accounting（会计）的同学可以报名 accounting and financial management（AFM，会计与金融管理）；大学的微积分基本上每个系都是要必修的，能学好高中 CV 便能使你在大学比较轻松地度过第一个学期；linear algebra（线性代数）是另一项很重要的大学数学课程，与 vector（向量）和 matrix（矩阵）联系比较紧密。

大家的数学水平再差也不会差到哪里去，要不你都不好意思说你是中国人。汉语的优越性在数学方面是英语远远不能相比的。只希望大家能从本文中有所借鉴，有所思考。希望能与大家一同进步，考入自己理想的大学。

_ 如何面对"期末危机"

费同学是我校 2015 届毕业生，他多方面的成绩使他成为我们学校较为突出的学生。他最后选择了滑铁卢大学的计算机专业。一般，加拿大的高中不像国内高中那样"压力山大"，但这里的学分课学习也有自己的特点，到了期末，各方面的压力接踵而至，让我们看看他是如何应对"期末危机"的。

在加拿大的教育观念下，期末这只怪兽与中国截然不同。在这里，来自期末的最大威胁并不是期末考试本身，而是这段时期大量的计分项目：assignment ISU（自主学习单元）、poster（海报）、presentation……绝大多数老师喜欢前松后紧的学期规划，因此，几乎一学期大于50%的分数来自final的短短两周。老师们普遍认为，这是锻炼学生抗压能力和同时安排一大堆事情的能力的绝佳机会。所以当你听到老师微笑地说："Come on, this is the end of the semester."（好了，这是本学期最后一节课。）你就立刻可以明白，你的4小时睡眠加无周末的繁忙时期来了。

final虽然恐怖且难熬，但并不代表我们没有办法应对它。首先，从心态上说，千万不要被它吓住，而应该让自己变得积极且兴奋。例如，你可以给自己这样的心理暗示："又到了拿分的好机会，也许现在努力一周比平时努力一个月对分数的提升还要明显。"这样你就会有很大的动力来面对期末，而不是抱怨与紧张。当然一个良好的身体状况也是必要的，所以当大家觉得期末快要来临时不如出去走走，调整好身心状态，满血面对挑战。

期末的挑战来自方方面面，首先是大量的小组合作项目（group project），这种类型的作业如果出现在平时也会带来很多麻烦，但是出现在期末就变得更加难以安排。因为每个人都有自己的复习计划，也有来自不同科目的小组项目，所以对于小组领导来说，很难找到一个大家都有空的时间。如果你是小组领导，请记住，先下手为强，当这类作业出现时，请立刻规划好时间表并和所有组员确定下来，这样你就走出了迈向成功的第一小步。另外就我个人经历而言，每一次组织小组活动，都会遇到一些组员以"我要去银行""我要剪头发"一类的理由使你安排时间的难度大大增加，作为小组的领导我对这样的问题是十分反感的，我相信其他组员也是。所以如果你希望在组内和别人能够更好、更愉快地合作，建议在final的时候还是更多地投入到学习中来。

期末的ISU也是另外一只恼人的小妖精，这是需要你自学一个单元或者完成一些课外的内容。不同老师的ISU形式不同，一般分为：做题、演

讲和海报。但是所有老师都有一个共性，那就是他们会在你最忙的时候把ISU布置下来且占分比重极大。ISU的标准一般是10小时，但是依我个人经验，如果你想完成一个出色的ISU一般需要10~40小时的时间，因此你不可能把ISU放在一起解决。那么考验你分配时间的能力的时候又到了，你需要给自己制订一个策略或计划，将ISU分为1~2周去完成，且做到不完成当天计划不睡觉。我身边有太多的拖延症患者用他们的血泪史证明，如果你把ISU放在最后一起解决，那么后果就是欲哭无泪，束手无策。如果你连最基本的完成都做不到，那么高分就更不用想了。更有甚者对ISU没有足够的重视，甚至会忘了这件事。而ISU在总分中的比重往往堪比一次单元测试或更高。所以总结起来就是要足够重视并合理安排。

4.3 难关——我们共同跨越

作为留学生，会面对各种问题。当老师面对有问题的学生时，需要保持一名教师的崇高的热情和耐心，还要有一些行之有效的方法。

从"屌丝"到"大神"的距离

2009 年 9 月，小过从上海来到我们学校，分到了我们组。他比别的学生大两三岁，一米八几的个子，长得高大结实。这个学生从一开始就告诉我，他到加拿大来读书是为了自由，对他来说自由高于一切，任何妨碍他享受自由的事都是在伤害他。当时我就告诉自己一定要尊重这个孩子，毕竟，如此强烈地热爱自由的孩子不多。

但一段时间过后事情变得有点棘手，因为我发现妨碍他自由的还包括上学分课和语言课。于是，学分课老师的缺席警告不断，我们语言课这里又经常在满世界找人。其他学生缺课还会心虚，会费力想个理由，小过每次缺课的理由都显得理直气壮，就是"睡觉"。"睡觉"是他追求的自由当中很重要的一部分。

刚开始时尝试问他"为什么又迟到"，小过斩钉截铁地说："这是我睡觉的时间！"

"下午1点了，还在睡觉？"

"是的，那就是我睡觉的时间。"

"可这是我们上课的时间。"

"可这是我睡觉的时间。"

"……"

"今天来已经不错了，占用了我睡觉的时间。"

"……"

…… ……

"昨晚几点睡的？"

"3点。"

"怎么会3点才睡啊？！"

"打游戏。"

"……"

这是我们之间的经典对话。

记得当时学校的老师们不知和他谈了多少次，大到人生事业，小到道德原则。小过读过很多书，所以很多道理他不需要我们多讲，反而他强词夺理起来头头是道。有几次外国校长要求我带他去看心理医生。学分课成绩很不好时他也有压力，会暂时放弃对自由坚定的追求而坐在沙发上哭。他一直拒绝考语言，申报高校时他也只报莫霍克（Mohawk）学院。在他临走前我休了产假，托付给教学主管老师带。后来得知他顺利地去了莫霍克学院，我松了一口气，当时我只希望他能在那个学院生存下来。

再得知他的消息是两年后了。之间听说他回来过几次，但因为我当时在休假，也没能见到他。几周前，小过回到学校来看望以前的老师。他喊我的那一瞬间我很恍惚，因为实在无法把眼前这个神采飞扬的小伙子和两年前那个颓废的学生联系起来。小过谈了很多，当年因为没有语言成绩，他去了要求不高的莫霍克学院。第二年转回多伦多的一个学院，然后又转入多伦多大学，现在在读会计。据说现在他是学霸级的人物，专业课分数名列前茅。本科毕业后他想读研，打算去美国，然后留在北美发展。他觉得世界很美好。他说在我们这里的那一年虽

科技由我创造

然在学业上没有什么特别好的表现，但那一年对他来说比什么都重要。在Hamilton（哈密尔顿，多伦多西边的一座小城市）漫长的冬季里他没什么人可以讲话，就反思他以前的日子。他说在我们这里的那一年其实是他最美好的时光，有多东西深植于心。怎么美好他也说不出来，但那一年对他来说真的太有意义了。

故事留给我的感想

小过的案例是一个非常复杂的案例，不像别的孩子大多都是突飞猛进。在辅导这个学生的一年时间里，从始至终我都没有什么成就感，也看

不到什么进步，回想起来感觉充满了艰辛和挣扎。对于他浪子回头般的转变，为探究其原因，我思考了许久，下面是我作为导师的一些想法。

1. 接纳的心态

接纳的心态非常重要，因为这直接影响到对待学生的态度。我们虽然在性格上是不同的人，但在灵魂上是平等的。被接纳是我们在人类社会中愿意生活下去的第一个诉求。作为第一个与初来异国他乡的孩子有频繁接触的人，友好地接纳能给他们带来极大的安全感和尊重。小过来了没多久，我就发现了他的与众不同。首先是冷漠（或超然）。第一天我帮助好几个学生去银行开户，在等待的时段里抓紧时间给他们做 orientation（介绍）。其他孩子都很感兴趣地听，只有小过坐在离我们较远的沙发上，冷眼看着我们。其次，说话的态度。小过在回答问话时喜欢昂首，使用否定语气，语速不快但强硬，给人一种不愉快的感觉。后来小过被分到了我们组，组里的其他孩子虽然性格各异，但都有着初到异国他乡的兴奋感，可他没有。最初的一段时间里，小过的格格不入变得很明显。根据以往累积的经验，又翻看了一些青少年心理常识方面的书，我感觉可能有几种原因：父母管束过于严格；受过伤害，防备心较强；独立性极强，不太觉得别人说的话对自己有什么帮助；心理脆弱，所以装作表面强硬；等等。我一直在探索帮助他的合适的方法，包括一组孩子同时上课时，我一直努力淡化他的这种离群索居的感觉：在谈到组里学习的事情时，我会不经意地提到小过，在讲解写作时如果有的同学提出的观点有待商榷，我会问小过的看法，再问其他的同学是否同意小过的看法，竭力让他们在自然的状态下有一种交流，也让其他同学意识到他不是什么异类，可能只是和大家的看法不同而已。在整整一年的时间里，我没有放弃过这种努力，当时的成果不是很明显。别的同学在谈到小组活动时依然会漏掉他，需要找他的时候也经常没人有他的任何信息。但两年后我知道这种努力不是徒劳的。

2. 不要把学生套到一个框架里

我个人认为，东西方文化在对待人上面有一个不同之处：我们中国的文化比较宽容，通常把不同于我们的人理解为由于性格方面的原因；在北美，与别人不太一样的人则可能会成为研究的对象，然后这类人的普遍特征会被总结出来，再取个名字，成为一种病症。我没有资格说对与错，我只能说这种做法我不是很喜欢，因为我觉得这不公平。首先我们谁都无法站在一个能正确论断别人的高度；其次，如果我们很轻易地接受一个孩子有这方面那方面的心理问题的说法，我们就会心安理得地去以不同的方式对待他，对我来说这是一种很卑鄙的做法。小过来了没多久就展示了他旷课的"爱好"：语言课不用说，学分课也旷，学校常给他发警告信。外国校长不止一次找我谈过话，要求我带小过去看心理医生，认为他有抑郁症。我先与孩子的父母进行了沟通，父母不太赞同孩子有抑郁症的说法，我也汇报给了外国校长。我又咨询了一些专家，听取他们的意见，我还查了一些有关抑郁症的资料。最后，我和小过坐下来很坦率地交流了一次。他认为自己没什么抑郁症，没什么消极的情绪，只是想一个人过一种自由的生活，不受干扰。这也是为什么他一定要住一个单室套间，因为那里只有他一个人，都是他的空间。接下来我自然是讲道理，从来的目的到奋斗的目标，并建议他从单室套间搬出来。结果是他的表现好了一段时间后又开始旷课，我只能再重复先前的警告，和父母沟通，找他本人谈话，找学分课老师沟通。这些努力当时都看不到什么效果，他也并没有从单室套间搬出来。但今天，我很欣慰自己没有放弃对待他始终如一的教育方式。

3. 对学生的理解

谈到理解，可能想到的是我们要有能力去同感受学生的喜怒哀乐，但我想这也包括理解和宽容一些我们不赞同的事。记得有段时间，小过表现得特别心神不宁，出勤率不好，一切好像又回到了从前。那段时间，我心

里也有比较大的压力。在一次上课前，同组的学生在偷偷议论着什么，很神秘的样子。在我的追问下，他们说小过刚和在国内的初恋分手了。我告诉其他学生这件事不要当八卦出去讲，学校是禁止学生谈恋爱的。学生也给我看了小过旷课那天他在自己的社交网络的个人账号上发布的照片，充满了暗沉、阴郁、绝望的情绪。有一张是站在高楼顶上向下看的照片。这些让我特别担心。平时，他并不是一个绝望的孩子。同时，我想淡化这件事情，以免被别的同学议论。一方面，我并没有直接和他谈论这件事，我知道他是一个比较倔强又好面子的孩子。那段时间我给他额外补了很多的课，谈了很多的事，有时候是琐碎的，也许是学习中遇到的问题，也许就是一条小新闻，也许是一部热播的电视剧，但我想把各种劝导不知不觉地、潜移默化地融入到谈话中，希望能安慰他并转移他的注意力，帮助他渡过这个小小的难关。另一方面，鉴于当时他非常不稳定的精神状况，我把这件事汇报给了学校，找到他在学校里唯一的朋友的 mentor，希望他的朋友多和他聊聊，平复他的情绪。我一再建议他搬出来与同学一起住，然而他最终也没听我的。直到今天，我也不确定我淡化这件事情的做法是否正确，但有一点是肯定的，如果我把这件事当作一件负面的事情来正式和他谈，那不会是一个很恰当的举动。

4. 耐心

这几年作为 mentor 的经历让我感觉耐心是我们工作中最不可或缺的一部分。在问题学生的学习过程中，"问题"通常会自始至终存在。我们面临的不仅仅是他们学分课的缺席导致我们要联系本人和家长，想各种策略；也不仅仅是他们语言课的缺席会使我们为他们考语言干着急；更不仅仅是申请大学要考虑录取线、学生的兴趣、家长的意见等诸多因素；我们还要面临的可能是学生在至少一年的时间内的出尔反尔、撒谎、逃避等问题。小过在耐心方面给我上了一年的课。在与他多次的谈话中，他常常会不动声色地听我讲很长一段话，然后告诉我他根本不同意我的说法，对他来说自由高过一切，而自由就是他自己的自由意志，任何干扰他享受自由的事物（学分课、语言课、同学、老师……）都是在伤害他。整整一年的时间，他从未改变过他对自由的追求。为了自由，答应来上课却不来，甚至是申报大学时找他都很难。

5. 站得直是我们的力量所在

和一些孩子一样，在自己的学分课受挫后，小过也曾提起过他也许可以花点钱在外面"修修课"来提高自己的成绩。我告诉他那是绝对不可以的。分数只能靠自己努力，有些投机取巧的做法不仅在道德上站不住脚，在法律上也是不允许的，还给自己埋下了祸根。在这一点上，我从没有动过妥协的念头，因为我能够想象，如果有那么一次我同谋了，默认了，除去对学生的前途是否负责任不说，对学校（学校对此有很严格的规定）我也无法交代，重要的是以后再遇到类似的问题，我不会有什么力量去告诉他我们应该走正确的路。

结尾

我想说的是，作为一个 mentor，我们看到的也许不仅仅是这一两年与学生一起学习的过程，其实它更是一段与学生心灵同行的时光。与两情相悦的一见钟情不同的是，我们有时候可能没办法在学生迷茫挣扎的时候给他一道闪电般的灵感，让他顿悟从而奋发图强。那时我们能做的可能只是陪在那里，告诉他们不要放弃自己，因为还有人没有放弃你，起码学校没有放弃你。这种静静的等待是值得的，也是重要的。正如小过在发给我的邮件里所说的："虽然我不怎么上课也没好好学习，但是您和学校的老师们都没有放弃我，还热心地帮助我找到下一所学校能够继续学习，从而使得我的留学之路还能继续，我觉得这一点对于我今天的发展来说至关重

要。有很多人问我，走到今天到底有什么诀窍。其实，我想说的是，我的母校，那就是我从'屌丝'到'大神'的诀窍。"

_尊重学生的个性——给学生一个自由宽松的学习氛围

在这个案例中，康同学的托福辅导老师讲述了在和学生相处过程中，平等和互相尊重对于学生成长的重要性。该生获得了七所世界著名大学的 offer，并且获得多所大学的各项奖学金，其中最高额达到了 8000 加元。最后她选择了滑铁卢大学的精算专业。

康同学来之前就读于重庆南开中学，2011 年 9 月 3 日来到我们学校读 12 年级课程。来时各科成绩均好，稍微偏重理科。因为成绩较好，人比较傲气，在很长一段时间里对我不冷不热。

来校后第二个月，康同学考了一次托福，成绩为 86 分（听力 15 分，阅读 24 分，口语 23 分，写作 24 分）。本来自信的康同学在自己的听力分数面前有了小小的受挫感。接下来的一段时间里她在听力方面的训练相对多了些。2011 年 12 月 10 日她参加了雅思考试，取得了 7 分的好成绩（听力 6 分，阅读 7.5 分，口语 6.5 分，写作 7 分）。看到她雅思成绩的那天，我由衷地替她高兴，也为自己高兴。

接下来和康同学的接触变得有意思起来。以前我带她语言培训的时候，她总是避免与我过多接触，从不主动到办公室来，在走廊里远远看到我会躲开。渐渐地，她会在课间休息时主动跑到办公室来，很多时候并没有什么具体的事情，这时我就和她聊聊她的学分课。

在和康同学交流的过程中，我发现她是一个表面高傲但内心敏感的孩子。她有时坐在一边不愿意说话时我就知道她在什么事情上受了挫。一次，她谈到她觉得和某一门学分课老师之间有点问题，非常不开心。我能理解，如果不解决这种事情，她的学习和生活将会受到很大的影响，毕竟她离家乡万里之遥，凡事容易把自己放在弱势的地位来考虑。我建议她去找学分课的校长助理谈谈这件事，她觉

看我的排山倒海！

得这不会有用。我没有多解释，告诉她我陪她一起去，让她只管实话实说。校长助理认真听取了康同学的讲述，并去做了认真的调查与了解。事情最终得到了圆满的解决。从这件事中，康同学获得了极高的自信心。从此再遇到类似事情时都能很有分寸地去交流解决。

因为能够专心在学业上，康同学的学分课成绩一直处在一个上升过程中，她的 12 年级平均成绩为 88.6%。最终，她选择进入滑铁卢大学学习。

现在，每当在走廊里看到康同学热情地向我挥手或者笑容满面地跑来办公室，我都会在心里由衷地高兴。看到一个孩子在不到一年的时间里就有如此的改变和成长，我很为她骄傲。我的一点心得就是，对于一个聪明的孩子，我们也许不需要讲太多，让她知道当她需要帮助时我们就在那里，这也许就够了。

_ 摆脱自卑和压力

我们再来看看吴同学的雅思辅导老师是怎么说的。该生在三所知名大学的 offer 中选择了麦克马斯特大学，就读技术自动化专业。

　　吴同学来自江苏南京一个知识分子家庭。家庭条件很好，从小在养尊处优的环境中长大，集父母、祖父母的宠爱于一身。2011年夏天，他只身一人出国留学。初来加拿大，很多地方都不适应，比如吃的东西不合口味，到超市买东西听不懂别人说话，在学习英语方面也遇到了很大的挑战。他的英语语法基础薄弱，所以作文中有很多语法错误，同时不敢张口说话，惧怕说错被别人笑话。但是他面临着家长的很大压力——希望他雅思通过6.5分，同时要考取名牌大学——多伦多大学。而他本人对自己的未来感到一片茫然。第一次见到他，我问他对自己未来的学习和职业目标有什么规划，他想了想说："还没有。"而且我发现他非常不自信，对自己的学习能力估计过低。后来我才发现原因，原来他以前在国内，老师总是把他视为不守纪律的坏学生，经常批评他，所以导致他看不到自己的优点，不能发挥长处，限制了能力的发挥。

　　我和他谈心之后，了解了他的想法和面临的压力。同时每天的雅思辅导按部就班地进行，在做题的同时补习初中和高中的语法知识以及音标发音规则的知识。虽然时间比较紧张，我还是抽出时间来给他做思想工作，鼓励他多和外界交往，这样既可以锻炼人际交往能力，又可以锻炼口语水平。由于在国内的学校里经常被老师当众批评，所以他非常没有自信，对自己的优点没有足够的认识。我抓住他的优点，及时地鼓励他。有时候他上课迟到，没有完成作业，我也会私下里和他交流，找原因，而不会当众批评他。

　　这样，慢慢地，他建立了自信，对学习英语也更加有兴趣了。我发现了他的进步，立刻为他量身制订了个性化的雅思学习计划，同时把计划发给学生本人和家长。这样，老师、家长和学生三方共同努力，加紧复习雅思，尤其是阅读和写作这两个最难攻破的堡垒。我在讲解技巧的同时注意结合学生个人的学习方法，尊重学生的学习习惯和学习偏好，努力让学生带着兴趣完成作业。

经过两个多月的辅导之后，吴同学报名了第一次雅思考试。报名之后，我发现他非常紧张，我立刻进行心理疏导，让他放松心态，轻松上阵考试。结果他第一次考了 6 分。以他原有的基础，这个成绩已经很好了，但是家长仍然不满意，家长的预期是一次就通过 6.5 分。这种不太切合实际的预期给学生带来了巨大的心理压力。我意识到这一点，就及时和家长通过电话、电子邮件沟通，向家长讲解他如何努力学习，这个成绩处于一个什么档次，以及将来还需要如何复习才有希望通过雅思考试。经过和家长的努力沟通，家长终于了解了加拿大大学对于语言的要求，也了解到吴同学的努力，也给了他很多的鼓励。最后，吴同学终于在第二次考试中达到了 6.5 分的好成绩。

4.4 家长的配合——成功背后的秘密武器

_ 家长如何配合帮助学生渡过最初的适应期

"儿行千里母担忧",把亲爱的宝贝送到地球另一端的异国他乡求学,对每一位父母来说都是极不容易的决定。虽然舍不得,但为了孩子有更好的前途,无私的父母不得不硬着心肠让孩子离开家,飘洋过海到北美来读书。留在空巢的父母在家里牵肠挂肚,不知道孩子每天都在做什么,心里的压力和焦虑比孩子在身边时有过之而无不及。作为学校的管理者,我看过、听过、经历过许多这样的情况,也深深体会"家有小留"的家长们的心情,常常是看在眼里急在心头。我想以一个老师的身份,给第一次离家外出的小留学生的家庭提一些意见和建议,希望家长能配合老师帮助学生渡过最初的适应期。

首先,要跟孩子经常保持联系和沟通,让家成为孩子的稳固后方。当孩子怀着对西方教育和未来的憧憬踏上异国的土地,兴奋的同时也带着对未知世界的担心和恐惧。经常跟孩子沟通会让孩子内心有安全感,有被支持、被关爱的感觉。就像飞得高的风筝一定有一条坚固的线牵引,"家"这个温暖的港湾会让孩子更有力量,良好的亲子关系是孩子学业和生活成功、快乐的基石。

有些孩子起初经常跟父母联系，时间久了，自己适应了，就以学习忙等各种理由搪塞父母，降低联系的频率。更有甚者，只有等到需要钱时才主动联系父母，让父母一面心寒，一面无可奈何。还有的家长需要请求导师帮助"施压"，孩子才能被动地去联系父母。其实，不管工作有多忙，跟孩子保持定期的沟通都是必要的。开始时每天联系，等孩子适应了可以适当降低联系频率，但至少每周要联系一次。至于沟通的话题，因为每个孩子都是独特的，自己的孩子自己最了解，所以沟通内容因人而异。但一般说来，要多对孩子的生活嘘寒问暖，叮嘱孩子多注意饮食、身体，让孩子觉得温暖。对于学习方面的要求，要根据孩子的情况，注意把握好分寸，不要让孩子认为家长不关注，也不要让孩子产生逆反心理，导致不愿意跟家长沟通。

刚开始上学分课时，因为是全英语授课，多数孩子都会遇到听不懂的问题，由此可能产生挫折感，对学习失去信心。这时候，家长要鼓励孩子，以积极的心态，投入到学习当中，不懂多问，多练习听力和口语。正常情况下，一个月左右就会逐渐适应全英文授课。

当孩子遇到问题或挑战向家长倾诉时，家长一定要沉着冷静，心里再急也不能乱了方寸。如果连家长都慌了，孩子更觉得没有依靠、没有安全感，对事情的解决没有帮助。孩子毕竟还不成熟，对很多事情的认识不够准确，而且容易受同学的影响。家长要一分为二地看待问题，不要盲目相信孩子所说的一切。对于孩子讲的问题，家长首先要耐心地倾听，等孩子把情绪释放后，再冷静地帮孩子分析，用启发性的问题启发孩子自己想办法，培养独立解决问题的能力。除经济支持外，留学的孩子更需要家长在道义、情感上的帮助，以及价值观的引导。

其次，要跟孩子的 mentor 保持紧密的联系和沟通。孩子到加拿大后，学校会给孩子分配讲中文的 mentor，mentor 除了负责孩子的语言学习和大

学申请之外，还会定期跟家长联系，沟通孩子学习和生活上的情况。家长要配合老师，向老师详细介绍孩子的性格特征、爱好、学习习惯、优缺点等，协助老师了解孩子的情况，以便有针对性地对孩子进行辅导，帮助孩子尽快适应加拿大的学习和生活。

mentor 会定期给家长打电话，沟通孩子的情况。家长有任何问题，都可以随时通过电子邮件直接跟老师联系，或者在多伦多上班时间（即周一至周五，上午 9 点到下午 6 点）打电话到学校。家长经常关注孩子的学习情况，对孩子的学习是很好的督促，是配合老师的好方法，可帮助孩子尽快适应加拿大的学习和生活，使孩子充分利用留学资源，发挥出自身潜力，飞得更高、更远。

_ 成功教育一半在家长

父母，尤其是对中国的父母来说，他们的观念可以决定孩子的一生。大家都知道中国的父母非常重视教育，重视教育投资，一般有条件的中国家庭，从孩子小的时候起就对孩子的教育倾注了大量心血。但是华人的从众心理比较强，对孩子个体特点的思考比较少，一般就是上好的学校、课外上大量的辅导班等等，"别人做的我就做，只求对得起孩子"。孩子对自己的未来也思考较少，一方面是年纪小，另一方面也是家长强势的话语权容不得孩子自己表达。再者，中国特定的教育制度，使得家长在孩子发展的重大时期起着左右方向的作用。我们常常看到，在高考前后的一小段时间里，家长才开始讨论孩子填报什么样的学校、什么样的专业，象征性地征求孩子的意见，大多以家长的观念和经验决定孩子的未来。有些地方是家长和老师共同决定，而更甚者是学校根据升学率的策略要求，给孩子们决定报考的方向。所以，在这个大人强势的氛围中，家长的责任是非常重大的，家长的很多观念、看法、经验、习惯都会对孩子产生巨大的影响。

父母是孩子的第一个老师和贴身典范，对孩子的教育，父母的影响可谓巨大，在北美留学也一样。然而把孩子送到海外，情况则起了很大变化，原来天天见的孩子，现在"远在天边"。父母会担心不能及时了解孩子的学习、生活情况。为了解决这个问题，我们制定了一整套学校与家长沟通的规章制度。规定包括：学生到校的第二天，老师会跟家长打第一通电话，目的是第一时间建立起学校与家长之间的沟通渠道；之后，老师每周跟家长通一次话沟通学生学习、生活情况，倾听家长的想法和要求。必要时，尤其是大学申请期间会不限次地沟通，确保大学申请能够最大程度地反映家长和学生的意愿。在这个制度下，家长有了"第三只眼睛"，可以最及时地了解孩子的情况，一旦遇到问题，则可及时加以解决。我们坚持学校要和家长紧密沟通，并已经得到了很好的效果。

在这里，我想以我的经验，在出国这个问题上就一些普遍的现象提醒家长们多多注意。

家长自己要遵守北美道德法律、规章制度，请勿溺爱孩子。下面简单举几个小例子。

假成绩单，改分数： 有学生作弊被抓，家长还说孩子就是数学不行，不抄哪行呢？但是在西方，作弊就要被开除，而且会入学生档案，这就妨碍了学生一生的发展。生活中这样的例子有很多。2014 年 12 月 17 日，滑铁卢大学一名 20 岁的华裔女生在安省 Kitchener（基奇纳）法庭出庭应讯，她涉嫌支付 900 加元雇用了 26 岁的约克大学博士生代考数学，这位学生被控假冒和伪造文件。若最后罪名成立，她不仅会被学校开除，还可能被驱逐出境。另外，2012 年，西门菲沙大学（SFU）10 余名选修同一课程的华裔学生被判集体作弊，学术诚信档案上亦被留下永久记录。而就在 2015 年，居住在美国的 15 名中国人因为涉嫌共谋作弊，帮助外国学生获取美国大学入学资格和美国签证，已经受到起诉。共谋作弊的"枪手"

利用伪造的中国护照骗过主考官，让主考官以为他们就是考生本人。2011
到2015年期间，被告人为"枪手"提供伪造的中国护照，让"枪手"参
加SAT、托福和GRE等考试，让学生以虚假成绩获得签证并入学。美国
司法机构提出35项指控，包括共谋、伪造外国护照、欺骗美国教育考试
服务中心和美国大学理事会等。有关罪名使其面临着最高20年的刑期或
25万美元的罚款，串谋罪也有最高五年的刑期。

督促学生出勤：根据移民法，学生签证的前提是全职学习，不然就失
去了在这个国家学习的资格，所以家长务必协助督促学生全职学习，不能
逃课。我们学校在专门开发的软件iEdu（俗称"家校通"）上每天都有每
个学生的出勤情况报告，就是希望家长能更直接地了解孩子的出勤情况，
和学校共同督促孩子。iEdu是我们为了适应新形势下的办学要求，根据学
生远在国内的家长需要第一时间了解学生学习情况的需求，斥资开发的一
套软件系统。它有多项功能，包括学生选课、学生考勤、课程安排、学分
分数上传、系统通知、教师与家长文字及语音留言等功能。通过绑定操作，
家长与教师可以同步知晓学生各方面情况。例如，学生迟到、缺课，教师
会及时上传"家校通"，家长远在千里之外就会即时收到信息，而不会因
为沟通不及时让不良情况累积到不可收拾的地步。

我们发现需要费大力气教育的，有时候甚至不是学生，而是学生的
家长。家长并不了解北美的文化习惯、法律法规，凭借自己在中国社会
获得的经验，指挥自己的孩子。但是不一样的社会体系，情况完全不一
样，在中国社会通行的规则，在北美可能就完全行不通，反而害了孩子。
我一直向家长强调和学校保持紧密真诚的沟通才是让孩子在北美留学成
功的保证。

总之，家长对于留学在外的孩子要做到又抓又放。

抓：钱、成绩、出勤等，不要给太多的钱，盯紧学习和上课出勤。

放：社会实践，独立生活。就是在社会实践和独立生活方面给予一定的空间，让他们自由锻炼，在一定程度上自己拿主意。一个原因是孩子身在北美，比家长了解当地状况；另一个原因是孩子需要独立成长，需要自己的空间和锻炼的机会。同时学校也会保持和家长的沟通，保证孩子在正确的框架下迅速成长。有意思的是，很多孩子在这里学了一年之后，拿到录取通知回到中国度假，家长发现孩子和离开的时候不一样了。他们已经长大了，成熟了，有自己的思想和行为方式，为他们进入北美的高校做好了心理和社会经验的准备。

我的观念是，影响孩子的学习习惯比影响他的学习成绩更长效，也更有利。所以，我更关心的是他的学习习惯和个性的塑造。

从学生家长写给我们的信当中，我们也可以看出放手有时是更有智慧、更有勇气的爱。以下是杨同学家长的一封信。

放手，也是爱

去年的中秋节，我正忙着给儿子准备行李，因为过不了几天，我一手带大的儿子就要远赴加拿大去完成他的学业。虽然此次我和老公会一同前往，但我还是一遍又一遍地整理着：什么还没带，什么还该买，哪个箱子放哪个，重量是多少。儿子开玩笑地说："妈妈你有强迫症。"其实我知道，我可没那个病症，只是想以忙碌来掩饰一下心底那份日渐增生的怅然。

俗话说，儿行千里母担忧。何况，我儿子行的岂止千里。

那一阵子，老公只要一有空就会做上几道菜。糖醋排骨、红烧鲫鱼、小炒牛肉……这些都是儿子的最爱。"妈妈，这个好吃，你多吃点。"儿子越来越懂事，好吃的总是先让给我。看得出，他兴奋之余也有一点小小的紧张，以及一份不舍。

　　九月的最后一天，当我们抵达多伦多机场时，夜幕早已降临。黑夜里，一个陌生的地方，一个陌生的国度，心里不免多了些茫然。好在学校安排了接机，直接把儿子和同机来的同学接到了宿舍，还帮我们叫了个中国司机，把我和老公送达预订的酒店。

　　原以为儿子到达学校后会有一系列的手续需要父母协办，这也是我们坚持要送儿子来的其中一个缘由，却不知所有手续（住宿、通信、银行卡等）的办理都由学校安排好了，他们负责协助儿子办理，真是周到！第二天，儿子的辅导老师就打电话给我说孩子的分班已定，让我们放心，过两天办完相关手续就可以正式上课了，并互相留了联系方式。这下，我和老公心里踏实多了，虽身在异国他乡，心里却多了一份暖暖的感觉。

　　儿子忙着办各种手续、上课，我和老公却计划着要趁这半个多月的时间，好好了解一下这个从此与我们家结下缘分的国度。于是，我们俩翻地图、查资料，加上出来之前在家里做的功课，列出了一张行程表。

　　刚开始的几天，我们都是早出晚归，或步行、或坐公交、或乘地铁，几乎把多伦多走了个遍。几天下来，我和老公欣喜地发现，让儿子选择到加拿大来求学还真是没选错！这里处处彰显着文明的尺度。在这里，诚信是一个人做人做事的基准，人们把诚信看得比什么都重要。这样做的结果就是我们所看到的：人人都自觉，人人都遵守规则。在这里，职业不分贵贱，人与人之间没有太多的攀比；在这里，随处可见陌生的笑脸，可闻亲切的问候；在这里，自然不加修饰，却那么和谐，人进食，鸟也可以分一口……动态的、静态的，一切都让人感觉那么轻松、自在。

　　更让我感动的是，几乎每一次在我用蹩脚的英语点餐、购物或者问路的时候，对方都会刻意放慢语速并耐心地听我一个单词一个单词地拼凑。好在这里的华人不少，有两次在我卡壳的时候，旁边立刻就有好心的华人同胞过来帮我解释，而且他们安慰我的话也惊人地相似："别着急，慢慢来。没关系的，刚来都这样。"一句温馨的话，顿时缓解了我的尴尬。

幸运的是，这一次我们来得正是时候。大家都知道加拿大是举世闻名的枫叶之国，金秋十月正是赏枫的黄金季节。阳光明媚的加拿大天空下，放眼望去：淡黄的，金黄的，浅棕的，深棕的，粉红的，玫红的，大红的，绿中带黄的，黄中带红的……或层层叠叠，或互相参杂，把枫叶王国的美渲染得淋漓尽致。流泻于树缝间的阳光，轻柔、温暖。那种美，我无法用言语表达。但美之极致，不正在于用文字和语言都难以概括的那一部分吗？大自然是何等了不起的艺术家，它只需将时间无声无息地流逝，便可自然而然地调出神奇的色板，画出一幅幅气势磅礴的油画。我想，加拿大的一半风情都在这枫叶里蕴藏。

在枫叶的映衬下，圣劳伦斯河优雅而平静地流淌着，古老的城堡安详地依偎在河岸边，光与影完美地结合着。悠闲的人们随意而坐，手中端着他们最爱的咖啡；静谧的千岛湖美得让人忘记了呼吸，清澈的湖水，澄明如镜。波澜不惊的湖面上，偶有一群野鸟掠过。更有那汹涌澎湃的尼亚加拉，让你能牵着彩虹的手，大声地告诉全世界：来吧来吧，你将不枉此行！

是啊，不枉此行！包容豁达的人文，优美自然的环境，收放兼顾的社会制度。加拿大有太多值得我们赞赏和潜心学习的东西了。我想，这正是加拿大吸引我们将儿子送来求学的原因。

真舍不得走，但离别就在眼前。儿子转身离去的刹那，我泪如泉涌……"放心地放手吧，加拿大很不错。"老公尽力安慰我。

是啊，放手，何尝不是一种爱。再见，加拿大，从此我与你有了份牵扯不断的缘；从此，多了份远隔万水千山的思念……

_家长，请管住给钱的手

让家长参与到留学生的日常教育中来，是留学成功的关键一环。最常见的家长为小孩能够专心学习提供的支持莫过于控制给学生的零用钱了。现在的留学生和 10 年前不一样，以前的学生财务困难，钱不够往往是个问题。我记得我们这一代或者 20 世纪八九十年代的那些留学生，常常要打工赚取生活费用，一些老留学生说起当年自己的留学生活都会感慨万分。当然，那个年代咱们中国不富裕，国外的学费对一般的老百姓来说是天价。自费留学的很少，大多是考取的奖学金，或者国家公派。所以，留学生们需要自己赚取生活费，他们知道生活的不容易，珍惜自己的拥有，抓紧时间努力学习，大多成为非常优秀的人才。

我有位朋友是中国大陆 20 世纪 80 年代来北美留学的老留学生，原来也在国内上山下乡插队，吃过很多苦，现在美国大学任英语系教授，主要教授美国的本科生英文写作课程。同时，他也是一位用英语写作的作家，已经在美国出版了很多英文小说。华人尤其是母语不是英语的大陆华人能在美国大学教授英语并发表英文小说，可以说是非常不容易了。这里一定有很多奋斗的故事，但他很少说他自己的故事。

一个秋天的下午，我去他家看望他。那时侯，他刚刚在美国的大学教书，家小还在多伦多，每个周末都要开六七个小时的车回到加拿大的家。他的家在安大略湖边一条风景如画的英伦风格的小街上，午后的阳光照着满地的黄叶，糅合了不远处湖水的气味，非常清新。他的家是一栋独栋的小楼，藏在丰茂的植物后，白色的矮篱笆、白色的门，开门的他好像很疲倦。他太太说，他昨天很晚才从美国开车回来，早上很早就起来在书房写东西了。我认识他很多年了，他就是这样，不知疲倦地工作。在中国的时候，他刚刚上山下乡回城，每天晚上都要学习到夜里两三点钟，早上八点就要去几个街口外做体力活，但他从来没有懈怠过。那天，他很放松也很高兴，晚上一起吃饭的时候，他谈到很多他在美国学习的经历。当时中国还比较穷，家里对他的留学不可能有任何财务上的支持。他是怀揣200多美元到的加拿大，虽然他有奖学金，但是必须打工才能获得生活费。那段生活非常辛苦，他在超市干过，送过外卖，洗过车。刚来时，他在一家比萨饼店送外卖，因为老板的苛刻和他的饥饿，有一次他半路上把外卖的比萨饼吃了好多，然后只好自动辞职。虽然这些经历磨炼了他的英语和与当地人打交道的能力，但非常辛苦，还要常常受当地人和其他族裔的排挤、欺负。当时的中国还没有现在的国际地位，中国人在海外的也很少，通常很孤独。每天下了课他就去打工挣钱，晚上回家又要学习到夜里两三点，早上去上课。他太太一边带孩子，一边也要打几份工和学习。他太太说，当时他们周日去超市买东西都是一路小跑，拿了东西就付款，绝不会有悠哉挑选的机会，这样的生活，没有体验的人是难以想象的。

辛苦了10多年，他终于拿到美国名校英语系的博士学位，也获得了一所美国大学的录用通知，长舒了一口气。他的太太说，当知道他拿到录用通知的时候，她就立即辞掉了一份工，哭了。他感叹地说，现在提起这些往事还会觉得心酸，要是有足够的钱，不用为全家一日三餐和房租烦恼，就会有足够的时间和精力去学习，会把读书的时间缩短至少一半，早就毕业工作了。他叹了一口气，喃喃地说，哪里像现在的小留学生那么幸福！

他说这话的时候，我想起了另外一件事。以前，我还在读书的时候，认识一个小留学生，父母亲是生意人，没有太多的时间陪伴他，他从小一直在外公外婆身边长大。老人溺爱外孙，爸爸妈妈对不能陪伴孩子心存内疚，于是，要什么就给什么，尽量在经济上满足他。孩子长大后，变得非常难以管教，而且沾染了很多不好的习气。

眼看孩子就要废了，家长没有办法，怀着一线希望，把孩子送到国外

念高中，希望独立生活的经历能够改变孩子，使他懂事成才，接管家族的事业。但是，因为没有正确的认识，他们给了孩子一大笔钱。这个孩子到这里的第一件事是买了一栋豪宅，第二件事是买了一辆名牌跑车。别人问他："你还没有驾照，买跑车干什么？"他的回答是："就放在家里，看着舒服。"第三件事，是买了一大堆的 LV（路易·威登，著名奢侈品品牌）、Gucci（古琦，意大利著名时装品牌）、Prada（普拉达，意大利著名时装品牌）、施华洛世奇、爱马仕，等等，寄回国内送人，因为价格比国内低很多，觉得占了很大便宜。后来，他一晚上能在赌场输掉上百万元的人民币。上课不专心，就想着怎么玩，怎么花钱，呼朋唤友打豪华加长轿车去看电影。很多当地人在特别重要的时候才预订这样的车，一小时要好几百加元，一晚上要好几千加元，而他只是让车接他去电影院，电影散场再来接他回家而已。当然，这样的孩子脑子里面不会有很多空间放学业的内容，而是想的都是怎么消费花钱。结果，他发现在升学这件事上，光有钱是没有用的，知识用钱是买不到的。

后来，他妈妈发现他在加拿大屡出状况，但在国内对他鞭长莫及，于是把生意全部交给他爸爸打理，自己飞赴加拿大，就在他的身边看着他，孩子和妈妈的冲突很大。好在孩子还没有沾染上毒品等不良习气，这是万幸。后来，当然是升学无望打道回府了。真的无法想象他妈妈带他回国时的心情。这也是我下决心要做一个"拐杖式"教育体系的原因之一，帮助父母不在身边的小留学生，帮助不能在身边管教孩子、在国内鞭长莫及干着急的家长。

我举这两个例子是想说，很多老留学生很不容易，他们缺的是钱，又有家庭的负担，由此直接影响到学习，影响到就业和未来。而我们现在的小留学生的情况倒过来了，年纪很小就出国留学，没有家小的负担，脑力、精力都很充沛，从年龄上讲，是学习和适应环境的好时间。也是基于对这些情况的深刻了解，我们学校规定孩子不可以打工，因为高中是孩子升学最重要的一个阶段，是人生的重要关口，是冲刺的阶段。短短的一两年，我们学校和家长需要保证孩子的学习时间，让他们完成学业。他们这个阶段的目的只有一个，就是升入满意的学校。

_ 沟通——注重孩子的心理变化

小留学生们怀揣着自己和家人的梦想来到异国他乡求学，突然不见了日日在侧唠叨教导的父母、师长，突然天天对着金发碧眼的异域洋先生，突然发现原来自以为如走路吃饭一样自如的沟通大打了折扣。和父母的跨洋交流中有了一点不被理解的挫败感，和学分课老师面对面又会陷入不知所云的惴惴。对于青少年，特别是十几岁就出国留学的高中生，这是个非常重要的课题。

我们学校有一名赵同学，性格叛逆，最喜欢和老师、家长对着干。这个学生基础还是可以的，但是雅思一直徘徊在 6 分左右，难以提高。家长给了他很大的压力，给他的任务就是必须要考过 6.5 分，否则就不许回国。然而，这种压力并没有转变成他的动力，反而让他更加反感，更加努力和家长对着干——偏偏不来上课，也不完成雅思作业。他的这种做法就是明显拿自己的前途和家长赌气。这种举动对正处于青春期的男孩来说也并不罕见，老师看着他这样做很着急。他马上就要毕业了，考雅思的机会也越来越少。对于这种情况，我们的导师就开始做家长的思想工作。经过多次和家长的沟通，家长的态度有了一些转变，终于采纳了老师的建议，把压力转变成对于学生本人的关心和爱护。比如，每次打电话给学生不是给他施加压力，而是嘘寒问暖，让学生知道家长是爱他的，同时告诉他自己的前途掌握在自己手里，自己要对自己的行为负责。经过了漫长的思想拉锯战之后，学生的学习状态好多了，也渐渐有了学习的动力。经过密集的练

习之后，他最后顺利地通过了雅思考试。

家长要和学生保持畅通的、有技巧的沟通，这样才有助于及时了解孩子的动向和思想的变化。在我们和家长的沟通过程中，发现很多中国家长对处于青春期的孩子束手无策，很多甚至是在国内管不了就给直接送国外来了。因为我校的教育特色，我们给每个学生配备了说中文的导师，家长往往觉得如释重负，直接就把教育的责任转嫁给学校了。可是学校毕竟只能照顾、教育学生一段有限的时间，家长们只要注意沟通技巧，尊重孩子的意愿和需求，理解他们的困惑和迷惘，就完全可以做到和孩子进行很好的沟通，而不是前怕狼后怕虎，什么事都要央求我们的导师去和孩子沟通。

这几年的实践证明，关键是家长不要用不变的眼光和感情对待子女，不要还是把他们当小孩，其实他们正在长大成人，家长需要摸索出一套新的和子女沟通的方法。既要经常鼓励他们，又要适当地指出他们的不足；对于家庭各方面的压力和困难，可以和他们正面积极地沟通，让他们对家庭和父母以及自己有责任感；尝试着平等地和他们沟通，尊重他们自己的想法和合理要求。

_合力，才有效果

我们发现，有些同学的家长认为教育的责任在学校，把孩子往学校一送，给足钱，就万事大吉了。其实这是完全错误的。如果家长能够配合学校共同做好学生的工作，积极和学校保持沟通，对孩子的成长极为有利。

根据我们多年的经验，培养孩子必须要各方合力共同发挥作用。除了学校的努力，还需要家长的积极配合，孩子才可能避开成长道路上的诸多风险与诱惑，健康向上地成长。张老师提供的案例就充分说明了这个问题。

　　舒同学是我校 2014 届毕业生。他刚到学校时的表现中规中矩，各方面都比较正常。没过多长时间，可能是由于对学校有了进一步的了解，当初的学习劲头有所减弱，他开始放松自己的学习，缺课渐渐多了起来。老师发现后立即与家长沟通，通报舒同学的情况。舒同学的家长非常负责，立即与学生通话，做学生的思想工作。他的妈妈告诉他一个人的一生总是经历着各种各样的选择，人们会在不经意间做出选择，而最可贵的是做选择要认真仔细、目标明确。就是几次关键的选择决定着人生的走向。妈妈告诉他，他所有的表现决定着他未来的人生旅途。同时，张老师也找孩子谈心，她承认孩子在学习的过程中有倦怠的情绪是很正常的。此外，她尽力打造轻松愉快的学习环境，活跃课堂氛围，尊重舒同学的特点，挖掘他身上的优势，帮助舒同学明确学习的目标和方向。在后来的日子里，经过家长无数次的叮嘱和疏导，我们发现舒同学逐渐变得理智和成熟，变得有主见、有判断、有选择，并清晰地知道自己的未来要自己做主。大学申请阶段，家长也积极与老师沟通。根据学生的学习成绩和兴趣爱好，老师与舒同学协商，报了几所大学。最后，舒同学选择了渥太华大学。

　　我们多么希望所有的家长都和舒同学的家长一样，这样，我们在前方为孩子能够考上满意的大学而努力的老师就能获得更有力的支持和鼓励，也能获得更有益的消息和资源，能更高效地冲锋陷阵。那么，孩子的未来就更有保障。孩子能上好的大学，军功章里有学校的一半，也有家长的一半啊！

4.5 多伦多的衣食住行

_ 住宿与吃饭

　　多伦多是全世界文化最多元的城市，这里有太多不同文化背景的人，也就有了不同的饮食文化，我想在多伦多中国人的饮食并不少见，在市区有唐人街，别的地方也有很多中国餐馆，都很不错。如果简单点的话，一顿午饭也就几加元，比如在一些饮食广场或者快餐厅。但一些餐厅会比较贵，像自助餐什么的，都在 20 加元左右。需要注意的是，这些都是加过税的价格，可能还会加小费。在超市往往会买到不错的东西，饮料、牛奶、面包、小吃、蔬菜、水果以及肉食品都不错，但说实话，要做起饭来还是比较麻烦的。因为不太可能有自己的车，所以买这些东西会很麻烦。

_ 多伦多交通常识及安全出行须知

　　多伦多交通系统发达，公共交通网以三条地铁为主干，再联接 3000 多辆四通八达的巴士（TTC）、高架电车和有轨电车。高架电车、有轨电车和巴士的营业时间自早上 6:30 到深夜 1:00。超过深夜 1:00，TTC 有深宵交通服务，称为蓝夜网（Blue Night Network），大约每半小时开出一班，途经的车站都设有反光的蓝色特别标志。由于加拿大地广人稀，加上家家都有一辆以上的自用汽车，公共交通系统不如亚洲国家方便，所以除地铁外，其他公共交通工具发车频率并不高，有时每条路线将近半小时才开出一班；除市中心有较多乘客外，其他地区乘客并不多，等巴士的乘客必须用较多的时间候车。

搭乘多伦多巴士最方便的是一票到底的制度，乘客只要付一次车资，便可转乘其他公共交通工具。人们在地铁车站或其他销售点购票后便可在车站里或巴士上索取转乘车票（Transfer Ticket），在一小时之内转乘其他公共交通工具。但要注意的是，转乘车票只适用于同一方向，如果是返回方向，转乘车票无效。

值得注意的交通问题是行人过马路的安全问题，尤其是对于那些初来乍到的留学生。前不久某学院新来的留学生因急于过马路没注意交通灯而发生车祸惨剧，这足以让所有的留学生提高警惕，加强马路安全意识。我们学校在每期学生的开学典礼上都会反复向学生强调日常出行的安全问题。

这里我们向学生及家长提供一些马路安全小贴士：

· 行人要根据信号灯指示沿人行横道穿越马路，不要在马路中央随意穿越。很危险的一种情况是，在车流缓慢的道路上，行人从慢驶的车辆缝隙中间穿越马路，很容易被另一车道的车辆撞到。

· 如果有车辆在等待你穿越马路，最好和司机有眼神的交流，确保司机知道你的存在并愿意暂停让你通过。等车辆完全停稳之后再左右观察通过，不要以为别人都能看到你。

· 遵守交通信号也是很重要的一点，很多人看到没有车辆就不管信号灯强行通过。要知道司机有在马路优先使用权的情况下，往往将注意力盯在信号灯上，或者在注意倒数的秒数，不会注意是否有行人，许多事故

都是这样发生的。

· 在路口右转的车辆也往往是致命的杀手。那时候司机一般是注意他左方是否还有直行的车辆，如果没有的话就会即时驶出右转，往往不会看到右边要过马路的行人。

· 穿着颜色鲜亮的衣服也是行人避免受伤的良策，这样的穿着会让车辆从远处注意到行人的存在。

_ 手机和衣服——日常生活的一瞥

关于手机和衣服的一些问题，每个人都有不同的想法。如果想在多伦多建立一个手机用户名，需要达到 18 岁以上并且拥有两个或以上的 ID（身份证件），比如护照、信用卡、驾照。主要的手机使用方式是购买计划。例如，每月 30 加元、周一到周五通话 200 分钟、短信无限、连续 2～3 年的一个手机计划，可以送一个手机。需要注意的是，一般周六、周日以及周一到周五的晚上 7:00 到次日早上 6:00 是完全免费的。

说到衣服，这里的衣服有贵的有便宜的。国内带的衣服都能应付，所以一般都没什么问题。需要注意的是，公交车里、房间里的温度都是恒定的，所以不论冬季还是夏季，在房间里的穿着都差不多以短袖、T 恤为主。如果发现房间温度不够的话，比如冬天太冷，是可以找房东商量的。如果房东不予理会，实际上是可以报警的，因为房间的温度是法律规定好的。

_ 保险及生病——看病不是小问题

加拿大的医疗系统和中国有很大的不同，医院里没有门诊，不要指望生了病可以直接到医院挂号看门诊。加拿大这里执行中国医院门诊功能的，就是散在大街小巷里的一个个诊所，这些诊所是家庭医生或者专科医生自己开的。你必须先看家庭医生，然后家庭医生会根据你的病情，或者给你治疗或者把你转诊到专科医生那里。一般来说，自己开诊所的家庭医生和专科医生年资都比较高，水平相对来说也不错。另一方面，医院里是有急诊的，如果你发生了急诊状况，可以直接到医院的急诊寻求救治。一般来说，不推荐直接上急诊，除非确实发生性命攸关的危险情况，否则，你的病情在急诊护士看来并不危及生命，他们会根据你的病情把你排在靠后的处理序列上，会让你在急诊室等上 7～8 小时，然后建议你还是去找家庭医生。另外，医院是病菌病毒相对集中的地方，是各种疾病交汇的场所，尤其是在流感季节，院内感染的可能性也较大。

医疗保险：每个同学一入学，学校就为同学购买了 200 万加元的保险。学生必须妥善保管自己的医疗保险保单及号码，并注意保单上的过期日期。如果过期，要及时续签。如果生病，一般不要直接去医院，因为医院一般只接受急诊。学生要先去医生的诊所，而且去之前要打电话预约。Walk-in Clinic（走入式门诊）可以不需要事先预约。

药品：加拿大的药分为处方药和非处方药。处方药需要携医生的处方到药房购买。药房是独立营业的，内有专业的药剂师为你配药，和诊所是没有关系的。而且常常是不光经营药品，还是经营其他日用品的连锁超市，如 Shoppers Drug Mart。

在北美看病贵是个不争的事实，根据移民局的要求，留学生一定要买健康保险。学生一定要随身携带保险卡。如果身体不适或发生意外，要及时向保险公司汇报，否则费用要自己全部支付。一般的做法是到医院后 24 小时内打电话给保险公司，提供保险卡上的号码，保险公司会发来一个档案号码，治疗结束后把收据寄给保险公司报销。

一位同学对加拿大的医疗体系的评价：

感觉这里对传染性的疾病监控非常严格。在我生病之前，由于同行的同学生病，我们不能去学校，只能等到潜伏期过后，并拿到医生的证明才能去学校。但不幸的是，就在两周的潜伏期快要结束的时候，我发现我也被传染了。就这样，我们两个还得休息两周才能去学校，一前一后就耽误了一个多月。

这次的经历也让我了解到了不少医疗方面的知识。总的来说，在加拿大看病还是很贵的，包括医生的费用以及药品的费用。而且看病的流程也跟国内大有不同，家庭医生一般都要预约，急诊室的医生也只会给你一些简单的药品，可能只是维持一两天的药量，药品是要到药店里买的，但不便宜。如果需要急救，最可能的是拨打911，比如突然晕倒、昏迷、急性病发作等一些严重的情况。我听同学说过这个事，据说是200加元左右，这个收费是将病人送到医院的价格。到了医院，根据病情的不同，估计花费会不同程度地更高。所以一般情况下，学校、老师都会建议同学买保险。保险的具体情况会因人而异，所以还是自己了解清楚最好。

紧急情况联系人

在北美，无论是学校，还是工作单位，都要求学生或员工提供两个"紧急情况联系人"及联系方式，以便如有紧急情况发生，能及时联系到相关人士。对留学生来说，除了提供国内家人的信息之外，在所在的城市最好有至少两个联系人，一个可以是监护人、亲戚、家长的朋友，另一个最好是有密切联系的同学或室友，并且要把这些信息告知国内的家人。学生自己常常安全意识不足，觉得自己快要或已经成年，不会出问题。但这些信息都至关重要，不可忽视。

多伦多虽然安全，依然要加强安全和法律意识。安全问题从来都是学校日常管理工作中至关重要的一环。在新环境下，我们的学生经常没有足够的安全或法律意识，以至于某些学生法律意识淡薄，有时甚至走在违法的边缘。随着多伦多华人数量的不断增加，警民之间联系的重要性也日益凸显。但由于文化和语言上的差异，华人移民特别是华人留学生很难有效维护自身的合法权益，此时安全和法律意识就显得更为重要。为了给我校学生普及安全防范和加拿大法律知识，我们多次请我校顾问委员会委员、多伦多市警局华人资深警官来我校举办专题讲座。这是必要和有效的，并获得了同学和家长的欢迎。

4.6 参加社会、社团活动——培养独立意识和领导才能

除了注重学生的语言辅导、学分课的教学之外，我们还鼓励学生积极参与社团、社区义工活动，提高学生的自信和独立解决问题的能力。这一点在中国的社会中可能没有被重视，但在西方社会就显得特别有意义。这也是很多家长和同学不太了解的。

_ 多彩的学生社团

2015 年，我们根据学生的兴趣爱好并结合课外学习，陆续开设了艺术社团（Art Club）、数学社团（Math Club）、电影社团（Movie Club）和哲学社团（Philosophy Club），还有正在筹备的电脑社团（Geek Club）。下面就一起来看看各社团近期的活动情况吧！

艺术社团，由我校外教 Jamie 老师带领，每周五举办一次活动。学生的积极性很高，每周五都能看到 10 多个热爱艺术、心灵手巧的同学在老师的指导下创作各类艺术品，有水彩画、树枝雕塑、电脑绘图等各色装饰品，把学校走道装点得让人眼前一亮。近期，艺术社团刚完成了"The Nest"：多伦多冰暴过后，同学们拾取了枯枝，变废为宝，做成了一个既环保又时尚的装饰品。新学期开始，另一个项目"Sew Cute"正在进行，

让我们期待通过针线
和布料，艺术社团带
给我们的不知道会是
什么样的惊喜。

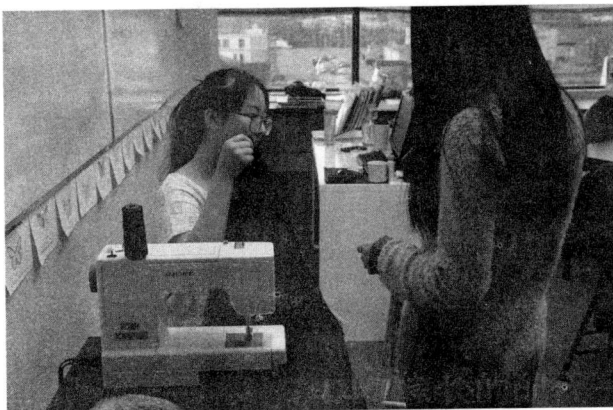

变身缝纫小能手

在 2013 年 6 月新
学年到来前，Hooman
为爱好数学的同学们
开设了数学社团，在
培养同学们的数学学
习兴趣的同时，也为同学们参加 2014 年欧几里得数学竞赛做准备。我校学
生 Nicole、Craig、Johnny、Sophia，以及其他的一些同学积极参加并讨论各
类数学元素，如几何证明、数论、逻辑和概率理论等。除了 Hooman 老师
以外，学校其他的数学老师，如 Dragos 老师也时常被邀请开设讲座。社团
同学们也在积极备战 4 月的欧几里得数学竞赛，争取竞赛成绩再创新高。

电影社团由我校的 Theresa、John 和 Hooman 老师共同创立，活动
为每两周举行一次。一般播放具有教育意义又不失趣味的热门影片，如
《了不起的盖茨比》。再加之学校新校区的开放，多功能图书馆已投入使
用，全新的多媒体影音系统配合 100 多寸的大屏幕使同学们更能享受视
觉盛宴。

学校社团不是只有老师能创办，同学们只要有合理的想法并递交一份
详细的社团提议策划书，通过学校审批后便能开始运营。我校的 Yang 同
学在 Hooman 老师的协助下创办了哲学社团，为有想法、爱思考的同学们
提供了一个头脑风暴的场所。而 Cheng 同学怀揣着对电脑科技的热爱，以
及积极帮助同学的热诚，准备创办电脑社团。到时候同学们可以带着"老
弱病残"的电脑或者电子产品参与该社团活动，寻求解决的办法。

　　加拿大的名校录取学生时要的不仅仅是成绩，还要了解你的综合能力，如领导能力、沟通能力、创新能力等等。学生的申请文书中经常要回答"你能为你的专业带来什么？"这样的问题。如果你只有学习成绩，面对其他综合能力更强的候选人时，你就有可能处于下风。

　　我们可以通过我校 2014 届学生会主席王同学的竞选回顾，了解如何鼓励学生多方位培养自己的综合能力。（王同学获得多伦多大学、滑铁卢大学、麦克马斯特大学等名校的录取，最终选择就读多伦多大学的机械工程专业。）

我的"当官记"

　　时光偷换，暗与流年，一年的时间匆匆忙忙已经悄然而逝。回首这一年，往事历历在目，仿佛依然能够想起第一天来到加拿大时的那份惶恐与不安。孤身一人来到一个新世界的兴奋感瞬间被陌生的环境浇灭。不过，新环境的温馨让我快速地适应了这里的学习和生活节奏。回望过去的 365 天，我最大的感慨便是成为学生会主席的历程。

　　当初我完全没有想过要竞选学生会主席的职位，因为刚入学的时候对陌生环境的恐惧导致我不愿意主动与人交流。在旁人看来，我似乎只是一个成绩好一点但并不是很外向的家伙，是否具有领导能力就更加体现不出来了。但是，渐渐地我认识并熟识了自

竞选学生会主席中

已导师小组的成员，感觉自己仿佛进入了一个小家庭一般，彼此的沟通与关心使得自己对外界环境的疏远和排斥减轻了不少，整个人也变得积极开朗起来。

不过，最难以克服的还是如何战胜内心的恐惧感去参加竞选。当我知道参加竞选的同学需要在全校师生面前发言的时候，我感觉被一道闪电轰得外焦里嫩。这不是要我的命吗？！居然还要演讲！我会不会紧张到说不出话来？我会不会晕在讲台上面？各种不妙的感觉一起涌上心头让人窒息，心中的紧张感更是如同压了巨石一般。不过在和小伙伴们诉说了内心的不安后，这种紧张感得到了一定的缓解，毕竟是人生中一次难得的挑战，与其将其视作一条不归路倒不如反将其视为自己的一颗磨砺石，不问结果，享受过程……在不停地催眠自己的情况下，我不但渐渐地把心中的忐忑放下了，甚至还将这场竞选简化为重在参与的挑战性游戏。但是父亲的一句话颠覆了我这种轻慢的思想："人不打无准备之仗，事情的成败在于你用怎样的态度来对待它，既然你选择去竞选，那就必须对你的选择负责。否则，你之前内心的挣扎以及你自己的选择都将变得没有任何意义。"一语惊醒梦中人，我马上开始准备演讲稿以及相关的细节。不光在网站上找到有关奥巴马竞选的视频，还给自己添置了一套西服，为的就是"尽人事，听天命"，不给自己留下任何遗憾。

如果说前面的心理挣扎是一种对人的折磨的话，那么台上

我也要当学生会主席！

的五分钟才是真正试炼的开始。在台下看到有些竞争对手手足无措的样子感觉有点好笑，但真正当我自己上台的时候才有切身体会。虽然身着西装产生了轰动的效应并获得了雷鸣般的掌声，但这丝毫不能减缓我心中的紧张，甚至烂熟于心的演讲稿也记不清了，头脑中一片空白。但很快，我就恢复了常态，我不再去关注下面同学的表情和眼神，只专注于找回平时练习的感觉，以至于等我渐渐反应过来时才发现台下上百人一点声音都没有，这种静谧形成了一股巨大的压力将回过神来的我又打成了脑中一片空白，迫使我低下头看演讲稿提示。我磕磕绊绊地总算顺利地完成了演讲，结束的一瞬间感觉心中的大石终于落下了。

奇妙的是，在投票的时候我便有一丝当选的预感。果不其然，在朋友和老师们的祝贺声中，我成为 2014 届学生会主席。原本以为终于尝到了甜头，殊不知，伴随着甜蜜而来的是更多的无奈和烦恼。俗话说官越大责任越大，这句话在我当选后的日子里充分地体现了出来。

当选后没多久就是万圣节了，我不得不做出一些"政绩"来。记得当时我一想到这个问题就觉得一个头两个大，毕竟来加拿大只有三个月的时间，想要找到合适的庆祝万圣节的地方就不得不浏览大量的英文网站，规划好一系列事项，包括时间、名单、大巴预订、收费等。虽然有副主席和集体活动部长的帮助，但我还是感到"亚历山大"。以大巴预订为例，我们找的是一家美国的巴士公司，摆在我面前的坎是 Communication Problems（沟通障碍）。由于需要和大巴公司清楚地说明大巴到达的时间、目的地和费用等问题，我不得不采用打电话的方式，这最让我郁闷了。不过幸运的是，与我通话的工作人员似乎知道我是外国人，把英语说得字正腔圆的，这使得交流的困难程度比想象中的减轻了许多。几番折腾之后，总算把麻烦事都解决了。

不得不说，担任学生会主席有苦也有甜。每当组织活动时，我都不

得不花费大量的时间
和精力进行统筹安排，
有时也会因为想不出
什么好的点子而趴在
桌上哀号。当实在抽不
出时间而不得不放弃
某些活动时，甚至会
遭到不少人的埋怨和
误解。我曾经听到的最

为学弟学妹答疑解惑

伤人的话便是一位同学当面对我说："你没什么能力干吗还要当主席？有
病！"很多的无奈和委屈也只能打碎牙齿咽下去。

　　但是，凡事都有两面性。在和同学以及老师的沟通中，我学会了如何
更好地表达自己，化解负面情绪，让自己的心智一步步走向成熟。同样，
虽然在组织学生活动时会花费不少时间和精力，但是回报颇丰。我的自我
管理能力和办事条理性都得到了很大的提高，这将为我今后的大学生活有
序地展开奠定良好的基础。同样值得一提的是团队合作意识和能力的培养。
学生委员会是由三个人共同组成的，因此在组织活动时三个人必须相互配
合，各司其职。某些烦琐的细节，一个人处理起来会花费大量的时间、精
力，但三个人组成的团队便可化繁为简，逐个击破，事情就会变得简单许
多。大学学习过程当中的很多 project（学习任务）都需要团队共同完成，
对团队协作能力与意识有着很高的要求。担任学生会主席的经历，无疑能
够帮助我提前适应这种要求。

　　一年就这样匆匆过去了，回想起刚当上主席的那份喜悦，再想起这一
路上遇到的各种曲折，我突然发现要想变得成熟，就不得不勇敢地独自面
对风雨。这期间或许有苦有痛，但学会承担和忍耐比什么都重要，这就是

你走向成功的基石之一。

王同学是许许多多毕业生中的一个代表，他们带着梦想，远渡重洋，在一群充满热情、专业能力突出的 mentor 的帮助下，在一个全新的教育模式的助力下，克服重重困难，努力学习，大胆尝试，抓住一切机会锻炼自己的能力，为自己的大学生活奠定了坚实的基础。我曾经坐下来跟他长谈：

· 你在国内读中学时，是个什么性格的学生？生活常态是什么？会参加课外活动吗？

在国内读书时我个人还是挺活泼的，很喜欢和同学相处，但是并不怎么参加其他活动。主要是因为国内学习压力太大，没有时间处理这些事。而且，基本与学术无关的事情老师和校方也是反对做的。就生活来说，更是千篇一律。教室、食堂、宿舍三个点每天定时来回转悠。虽说听上去枯燥乏味，但因为大家都在一起倒也乐在其中。

· 你参加学生会主席竞选的原因是什么？ mentor 给了你什么帮助？这次竞选对你产生了什么样的影响？

参加竞选总觉得能够给自己一个更好的机会，同样也能够证明自己有优秀人才的资质。可能是因为迫切想证明自己不比别人差吧，当时我就逼着自己认真抓住每一个机会去体现自己的强大。我很认真地准备了演讲，争取拿到这样的位置，而责任感是在当上主席之后才发现有多么沉重的，一切并不如想象的那么简单，我一开始并不适应，很多事情都做不好，渐渐地才步上正轨。

mentor 很耐心地帮助我修改演讲稿并给予我鼓励，这份鼓励也是对我的一份期待吧，像一剂强心针促使我更认真地对待这次竞选。演讲是竞选中的一个重要环节，这个真的非常锻炼人，你需要良好的心态来及时处理尴尬的局面，不光锻炼人的韧性而且磨炼人的脸皮。这种面对大众的演讲锻炼了我的勇气和毅力，同样给我在今后应付这种场面带来了非常大的信心。

　　· 进入大学后，你怎么看待这次竞选？

　　非常感谢这次竞选，原因在于当选之后需要配合学校的老师处理很多事情，而这需要比较强的英语沟通能力和理解能力。这个过程给了我非常多的和外国老师交流的机会，从而口语和听力受到了很好的锻炼。在大学生活中，没有很强的 Listening Skills（听力）和 Communication Skills（沟通能力）是致命的。尤其在课堂上，听不懂加不知道如何表达自己不会的地方就等于挂科。同样，与人打交道的能力的提升也建立在能够有效交流的基础上，长时间的锻炼让我即使在外国人的圈子中也能如鱼得水。

　　· 你觉得我们 mentor 体系的优势是什么，与国内有什么不同？

　　几乎近似于 VIP 的教育模式能够让"因材施教"的教育观念体现得淋漓尽致。mentor 手中只有 10 名或者更少的学生，这样能够让 mentor 更加全面地了解每名学生所具有的长处和短处，从而在教育的过程中就有了着重点，并能够非常有效地给出建议。而在国内的体制中，至少在我生活的地区，高中每个班都有 70 名左右的学生，而老师通常只能记得成绩非常好的和成绩非常糟糕的学生的特点来让其他学生学习或者避免，而很难具有针对性地对每位学生提出相应的策略和方法来有效提高成绩，而这里的这个体系就非常有效地解决了国内无法解决的问题。

＿国外求学生活让独生子女真正独立

　　目前大部分来北美求学的孩子在家里都是独生子女，从小被父母视为宝贝，基本上在家从不干家务，通常都是饭来张口、衣来伸手，生活完全

手快有！手慢无！

依赖父母。但只身来到北美学习，远离父母，孩子们不得不自己面对生活中出现的所有问题。交通、银行、通信等，他们每天都要处理各种问题，同时还要适应当地的食物。有些孩子不得不自己做饭，学着如何照顾自己。在此生活了一两年，孩子形成了非常独立的性格，而且面对任何问题，已然可以做到"兵来将挡，水来土掩"。所以有人说，如果想让一个孩子快速成熟，就把他送去留学吧。

刘同学的导师为我们介绍了该生从一个依赖父母的孩子成长为一个独立自信的大学生的过程。刘同学获得了七所世界知名大学的 offer，最终他选择了美国威斯康星大学的生命科学专业。刘同学在家也是个"惯宝宝"，尽管他试图接受当地的食物，但毕竟长着一个中国胃，他不得不开始自己做饭。他尝试着通过视频跟妈妈学习如何做自己喜欢吃的中国菜，而且学习理性地安排自己的零花钱，基本上一周去一次超市，采买足一周所需的食物回来自己做饭，还跟同屋的同学一起分享自己的劳动成果。有时我们还看到他自己带饭，向我们展示他的厨艺，骄傲地说这是他近期跟妈妈做的新菜。最让我们感到欣慰的是，他在课余时间并没有沉溺在电子游戏之中，而是培养业余爱好，如摄影。他曾在国内参加过摄影大赛，自从他来到多伦多，经常会背着他的摄影包，到处行走，用镜头记录自己在加拿大的生活。在照片当中我们看到过多伦多爱伦温室花园、卡萨罗玛城堡、High Park（海柏公园）、皇家博物馆，以及参加各项义工活动的现场，这些照片记录着他在多伦多的点点滴滴。同时，他还在学习之余找当地老师学习小提琴。他小时候在国内曾经学过小提琴，但由于学习压力越来越大，不得不放弃。在多伦多通过合理地安排学习时间，他每周可以学琴两小时，重拾童年的梦想，这对英语沟通能力提高也非常有益。

　　此外，刘同学积极地投身各种学生活动，并参与学生会主席的选举，凭借其在多伦多的所闻所见、优秀的口才及极具煽动性的演讲，在选票中获得绝对的优势，荣任新一届学生会主席，从而组织各项活动，为新老同学提供服务，帮助他们尽快适应在北美的学习及生活。通过这一系列的工作，刘同学进一步培养了自己的领导能力、组织能力及沟通能力。通过努力，刘同学前后收到美国威斯康星麦迪逊分校及美国迈阿密大学的录取通知。

4.7　异国他乡的生活及收获——案例分享

＿感悟

以下感言来自 2013 届毕业生潘同学。给她发来录取通知的大学包括：多伦多大学、滑铁卢大学、西安大略大学的毅伟商学院（提前录取）、波士顿大学、罗切斯特大学、约克大学。她最后选择了西安大略大学的毅伟商学院。

2012 年 6 月 27 日，我怀着忐忑又憧憬的心情登上了从上海飞往多伦多的飞机。无论是我自己、父母，还是家人朋友都为我的未来捏了一把汗。我来的原因是哥哥从这里考上了多伦多大学的工程学院。妈妈对去美国还是加拿大也做了详细的比较：相比去

看谁先眨眼

美国读高中，加拿大更安全，需要的时间短、费用低；同时，这里会有一个更好的语言过渡。

第一节课，紧张的我早早就来到学校等着老师上课。然而与我所习惯的中国式授课完全不同的是，学生在课上与老师可以有更多的互动，更民主，而且永远没有唯一的答案。重要的不再是一两个考试，更是每一次作业和课堂表现。比起观念中高高在上的老师，这里的老师真的更像朋友：可以一起谈论社会时事，帮同学们答疑解惑，甚至聊当下流行的音乐和电影。

尽管学习很辛苦，但日子还是多彩的。我们有偶尔的小聚餐，有老师扮演圣诞老人的圣诞派对，也有所有人一起上阵的搞怪的万圣节，还会一起去湖边滑冰，总之大家总有办法有理由一起 have fun（找乐子）。

后来就进入了申请大学的时期，这个时期是高三时期最重要的阶段。每个同学都有一位专门的导师，每位导师也都对加拿大的大学很了解。他们不厌其烦地为所有同学指导。我很幸运地碰到了我的导师 Zoe。我们申请了多所加拿大的名校，每一个我认识的学分课的老师都很尽力地帮助我，给我写推荐信，甚至是校长，尽管她要为整个学校的事务操心，可还是在两天内给我写了推荐信；还有英语老师帮我修改了申请文章。我的导师 Zoe 也指导我填了无数的表格。当时，我还申请了四所美国大学，程序更加烦琐，在自己的努力和所有老师的热心帮助下，我才得以在很短的一段时间内完成所有的大学申请。在 Zoe 的鼓励下，我还决定申请加拿大最有名的商学院之一，西安大略大学的毅伟商学院的提前录取。为了这个机会，我们又多写了好几篇 essay（论文），填了好多表格。

虽然我没有和其他的导师一起申请的机会，也有些学分课老师因为科目的原因没有接触过，但这所学校所有的老师的目标都是帮助我们申请到好的大学，使我们接受好的教育，所以每个老师都尽其最大的努力帮助每

一个同学。

我最终不但拿到了多伦多大学的罗特曼商学院和滑铁卢大学的 offer，还收到了美国的罗切斯特大学和波士顿大学的录取通知，最让我们所有人激动的是我最终拿到了毅伟商学院的提前录取机会。

这一年对我而言是硕果累累的一年，也是里程碑式的一年。这一年，我开拓了眼界，领略了不同的教育和文化，同时这段经历也使我更加坚信，在以后的路上我能经受住更多的考验和挑战。

以下文章来自我校 2013 届毕业生李同学。该生录取大学：多伦多大学工程学专业、天文学专业，滑铁卢大学数学专业、纳米科技工程专业、数学物理专业，麦克马斯特大学化学工程专业。最后他选择了滑铁卢大学的纳米科技工程专业。

此去西洋

"此去西洋，深知中国自强之计，舍此无可他求。背负国家之未来，求尽洋人之科学。赴七万里长途，别祖国父母之邦，奋然无悔！"

——刘步蟾

9 月初，皮尔逊国际机场，阴雨天。一队历经波折的年轻人满怀兴奋与忐忑，第一次降落在这片陌生的国度。接机老师有些胖，有些木讷，很像《大逃杀》里面悲情的反派男主角。在他的车上，大家多少都有些沉默，呆呆地望着窗外，不知道都在想些什么。或是怀着对未来的憧憬，或是怀着对未知的迷惘，等待他们的是 10 个月在异国他乡的集体生活。

大概对所有人来说，新国度新生活的开始都大同小异吧。回忆起刚来的时候，恍如隔世。有时候真忍不住对这段时间的生活大发感慨。

　　我猜到了开头，但没猜到过程，更没猜到结果。身边的大部分同学都处于同样的年龄段，17岁到19岁——正是那躁动而敏感，由青涩走向成熟的青春时期。不知道是该诅咒命运让我们不能平平稳稳地渡过，还是该感谢命运让这段动荡的岁月为我们的人生添上了别样的风采。

　　一切都和原来不同。身边的新同学来自各地，操着各种各样的方言和各种方式的英语：北京英语、上海英语、山东英语、广式英语、淮扬英语……生活中接触到的是不同性格、不同年龄，甚至不同肤色、不同语言的人。更重要的是，一切都要靠自己，靠自己半生不熟的英语与半吊子的自理能力，在一片全新的环境中生存下去。于是经常碰到的状况是，听不懂外国店员的话，弄不熟看上去很美味的比萨，更不必说语言成绩和学分课的压力了。

　　生活陡然的变化着实令我手足无措，一向性格开朗的我竟然变得有些寡言少语。那段时间，我格外喜欢听着轻音乐孤身一人走在同学们的身后，嗅嗅新鲜的空气，望望湛蓝的蓝天，也颇为自得其乐。我安慰着自己，草原上独行的永远是狮子，成群结队的都是绵羊。有一天夜里，我从睡梦中猛然惊醒。我烦躁地走出房间，注视着星空，看着天狼星和猎户座对我眨眼，"西北望，射天狼"这句诗很滑稽又很自然地跳进了我的脑海。我已经多久没有体验过那样的豪迈？我已经多久没有想起过我来之前的梦想？我知道我不能再这样下去了。于是我开始摘掉耳机和同学们一起肆意地嬉笑；于是我开始尝试哪种米和水的混合比例做出的饭最好吃；于是我开始更多地接触这个全新的世界。然后，我发现一切都变得不一样了。草原上独行的永远是狮子，但是独行的狮子永远也打不过群狼。

　　虽然听上去很矫情，但是避不开的就是成长。

　　来到这边，自然会遇到很多困难：快餐店死活也听不懂的印度口音，无比努力却优劣无常的语言成绩，和朋友半夜听龙井的《归》听到哭的思

乡之情……但除此之外，是别人无论如何也收获不到的精彩与感悟。刚来时，我告诉自己，我不喜欢这个城市。而如今，我行于杨柳岸畔，我流连于古堡之间，我自然地享受着这一切。

愿以电影中百年前刘步蟾留学海外时说的话与大家共勉，它时刻鞭策着我们不忘最初的梦想：

"此去西洋，深知中国自强之计，舍此无可他求。背负国家之未来，求尽洋人之科学。赴七万里长途，别祖国父母之邦，奋然无悔！"

已然4月，依旧春寒料峭，匆匆行人紧了紧帽衫。他暂且停驻了脚步，遥遥地凝望着远方的地平线，目光微亮。他向着远方的烟火再次迈开了脚步，更加坚定，更加有力。那里或许是他的目的地，或许不是，他在走着，他在路上。在留学的道路上，在对梦想的追寻中，身前身后，人来人往。

以下文章来自我校2015级毕业生何同学，她觉得2014年在她的人生旅途中是那样充实而忙碌。

匆匆那年

匆匆那年，2014，我的匆匆那年！

一瞬间，心里像打翻了五味瓶，酸甜苦辣全部涌了上来。

我的家乡是国内有名的火炉，依稀记得2014年6月底，山城的盛夏酷暑难耐。而当自己一个人推着行李走出多伦多的机场时，迎面而来的不仅有碧蓝的天空和秋日般的凉爽，更有一种莫名的虚空与孤寂。我知道，人生的另一道大门已经缓缓开启，而且是我的独角戏，一切都需要我一个人来完成。

在多伦多的学习生活，真真便是那"匆匆"二字，几乎堪比国内同学备战高考的岁月。7月开始上暑期学分课，一门数学和一门英语，同时进行雅思培训。出国前，一直听同学们讲加拿大的数学简单，无法与国内相比。可是刚刚开始就发现，之前所听到的都是误传或不准确的。这里所学的内容并不轻松。出国前我是名文科生，所以所学的数学内容较理科生的偏简单，甚至有些内容没有学过。加拿大的中学是不分文科和理科的，课上所选的是未来大学专业所要求的课程，这样数学课所学的内容大家是相同的。首先，我先拿到了一份数学方面的术语词汇表，中英对照，对于我这名在国内一直是用中文学习的学生来讲，这个词汇表非常及时和重要，它教我用英语来学数学，来思考数学问题、回答问题，以及提出我的问题。数学老师讲课很细，刚开学那几周授课的进度也不快。估计是知道我们是 ESL 学生，需要时间来熟悉英语及术语，老师还在课上做些相关的数学题，以便让我们进一步掌握所学的内容。接下来的几周，同学们开始轮流做 presentation 来解释自己的解题思路及步骤，以提高沟通能力。这些在国内都无须做，因所做的一切是为高考做准备。

　　另外，老师还将我们分成几个小组制作过山车模型，以此更好地理解数学课所学的理论。在周末约上小组成员聚集在宿舍的自习室，大家集思广义，顺利地完成了过山车模型。所有这些都会燃起我对数学的兴趣。尽管我是文科生，这样的教学法依然增强了我学习的信心，尤其是第二学期微积分的学习，让我确定了今后大学专业的方向——统计学。

　　"荏苒冬春谢，寒暑忽流易"，转眼已是

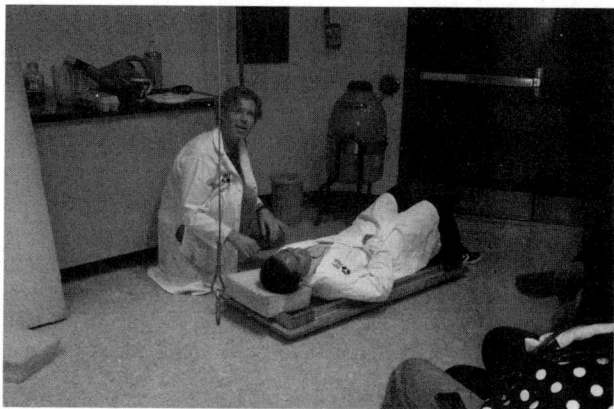

学习急救知识

第三个学期，高中12年级的学习即将结束，刚刚熟识的老师和同学们也要说"再见"了，心里一阵淡淡的离愁。对我的老师，对我的同学，都有些不舍，是他们给了我勇气，在学习遇到困难时，鼓励我坚持下去，帮助我从国内高考的状态调整到适应这里的学习环境，为今后大学的学习做好充分的准备。

正如徐志摩的《再别康桥》所说，当年的他，轻轻地来，轻轻地走，轻轻地挥手，不带走一片云彩。但对于我来讲，近九个月的学习却让我收获颇丰，无论是学习还是其他方面，都让我成长。如今的我，匆匆地来，匆匆地走，带走些许的欢乐。愿一路风景，岁月留香。

第五章　留学高潮篇——北美大学仅一步之遥

5.1 初识大学申请

_ 大学申请也有文化差异

大家最关心的当属加拿大的大学情况了。众所周知，加拿大有不少世界一流的大学，也有很多集中在多伦多附近，比如多伦多大学、西安大略大学、滑铁卢大学等等。这些大学都位于安大略省，所以在申请方面都遵循统一的标准。

首先，对国际留学生来说，语言是进入大学的必要条件，通常来说大学在语言方面的要求是比较严格的，也就是说，大学会要求申请人在截止日期之前提交有效的语言证明。最常见的语言考试就是雅思和托福，一般来说，雅思要过 6.5 分，单科不能低于 6 分；托福要过 90 分，单科也有要求。而且，每所大学，甚至每个专业对语言的要求也不一样，比如滑铁卢大学会要求雅思成绩不低于 7 分，单科不低于 6.5 分；约克大学的舒立克商学院会要求雅思成绩不低于 7.5 分，所以根据每个人所报的大学的不同专业或学院，语言的要求都不一样。

虽然不少大学的语言成绩提交的截止日期都在 4 月，也有延长至 6、7 月甚至 8 月的，但还是尽早提交语言成绩为好。在截止日之前，有足够的时间让国际学生去参加语言考试，不过语言考试的费用并不便宜，雅思要 310 加元，托福稍便宜一点。

在提供了有效、合格的语言成绩之后，学分课就变得非常重要了。一般来说，数学、物理等一些国内接触较多的理科科目对中国留学生都不是很难，如果有难度也是集中在专业英语的表达上。相对来说，一些对语言要求比较高的科目，比如商科的一些科目，英语课就有相当的难度。国内的同学往往会不适应这里写作业的方法，回答问题的方式，甚至作业的格式。例如，这里通常会写 Essay，这对绝大部分人来说都是有难度的。所以不少人会向语言老师求助，这也是很好的方法。

另外，学生的语言辅导老师，也就是 mentor，会在很多方面，尤其是大学申请时指导他们。因为对大部分同学来说，在兼顾自己语言考试与学分课的同时，很难再与大学不断联系，完成大学申请的必要工作。所以，mentor 会在每个人大学申请的时候协助他们完成申请的一些工作。比如 mentor 会提醒同学什么时候提交语言成绩，参考一些资料然后提供一些申请大学的建议，等等。

_ 大学申请之全程纵览

对于广大的中国学生和家长而言，加拿大大学最大的卖点之一是无须高考，可以凭借高中成绩直接申请入学。殊不知，整个过程看似简单，实则暗藏玄机。通过长期与学生和家长的交流，我们发现他们当中的不少人对加拿大大学的申请过程和要点知之甚少，甚至闹出了不少笑话。因此，我们有必要将加拿大大学申请过程当中的常见问题进行罗列，希望这些问题在未来的学生和家长身上不会重演。

过了 OUAC（安省大学申请中心）的申请截止日期，是不是不能修改我的大学申请了？

实际情况并非如此。OUAC 的申请截止日期仅仅是第一次填报和递交

的日期。换言之，你只需要在此日期之前初次填报并且在线递交你的申请，获得参考号码（Reference Number）即可。即便在截止日期过后，你仍然可以使用你的参考号码和个人密码登陆OUAC，对你的大学申请进行添加或删除等操作。就这一点而言，显然比国内大学志愿的填报规则灵活不少。但是，需要提醒同学们的是，部分大学和专业的申请截止日期比较早，如果你们打算申请此类大学和专业，一定要尽快下手，一旦这些专业在OUAC上面的状态变为Full（名额已满），那你们只能放弃了。

我的mentor告诉我，每个学校可以选择申报三个专业。如果我打算填报某所大学的商科，是不是可以同时申请三个不同的专业，如会计、金融和人力资源管理？

理论上你这样做是完全没有问题的。但是需要提醒你的是，一般情况下，同一所学校同一大类下不同专业的录取标准几乎是没有区别的。以渥太华大学为例，如果你符合会计专业的录取标准，那么也会同时获得金融和人力资源管理专业的offer。换言之，如果你被会计专业拒绝了，另外两个专业也将是死路一条。因此，你在填报志愿的时候一定要充分考虑不同专业的录取要求，拉开层次。譬如，如果你已经申请了渥太华大学的会计专业，但是不确定能否被录取，那么你不妨同时申请社会科学大类下的经济学专业，通常后者的录取标准会略低于前者。同理，如果你非常希望就读多伦多大学主校区，申请了多伦多大学主

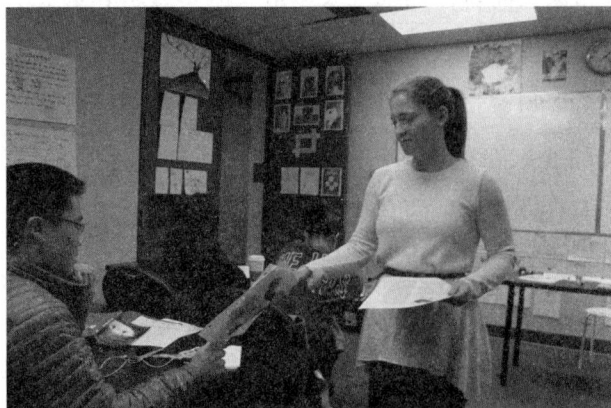

老师在为学生分发讲义

校区的工程专业。考虑到多伦多大学工程专业竞争通常比较惨烈，为了确保至少能够获得一个 offer，你不妨同时申请主校区的计算机科学专业。总而言之，在选择大学和专业的过程当中务必要多跟家长和 mentor 进行沟通，在 mentor 的指导之下理性地进行选择。

多伦多大学主校区比较正规，其他两个校区提供的专业以职业教育为主，学生毕业后是不是不能直接申请研究生？

记得在电话里面第一次听到某位同学的家长如此评价多大士嘉堡和密西沙加校区的时候，我几乎忍不住要"吐血"了，这让就读于那两个校区的广大同学情何以堪啊！事实上，多大的三个校区同属于多伦多大学体系，无论你就读其中哪一个校区，获得的毕业文凭上面标注的均为 The University of Toronto（多伦多大学）。此外，就教学质量而言，三个校区之间是没有什么区别的，更不存在士嘉堡和密西沙加校区以职业培训为主这一说。如果非得说有什么不同的话，主校区的专业设置更加齐全，以工程专业为例，仅在主校区开设，如果你打算就读该专业则必须申请主校区才行。其实，根据我们对我校近几年毕业生的大学录取情况的统计，对于同一专业而言，主校区和其他两个校区之间的录取标准正在逐渐缩小。例如，士嘉堡校区的包含实习机会的管理专业录取分数线已经接近 90 分，直逼主校区罗特曼商科的录取分数线。

进了大学之后，发现当初填报的专业并不是最适合我的那个，我该怎么办？

这一点你大可不必担心。以商科为例，很多大学不同的商科专业的大一课程设置非常相似。换言之，如果你被录取进入了会计专业，但是发现你对金融似乎更感兴趣，你完全可以在大一结束的时候申请转入金融专业，并且不会因此白白浪费一年的时间，毕竟两者对大一所修课程的要求非常接近。但是建议在选择大学专业的时候尽量谨慎一点，如果你被录取

的是计算机科学专业，但是想转入商科，显然就不得不走一些弯路了。

填报大学的时候没有语言成绩怎么办？语言成绩是不是越高越好？

就语言成绩而言，显然是越早提交合格的语言成绩越好。但是如果在填报 OUAC 的时候你的语言成绩尚未达到大学的要求也不用恐慌。许多大学对于递交语言成绩的时间没有一个明确的 deadline（截止日期）。通常情况下，如果能够在 4 月底顺利通过托福或者雅思考试，这将能够确保在 5 月下旬收到大学的录取通知。如果那个时候还没有考过的话，也不用自暴自弃，因为即使在收到有条件（需要完成 ESL 课程）的录取通知后，如果在入学前通过托福或者雅思考试并且第一时间跟大学进行沟通和协调，他们很有可能将你手头的录取通知转换成无条件的。不同的大学和专业对于托福和雅思的要求也各不相同。通常情况下，你只需要满足所申请专业的最低要求即可，你完全可以将原本用于准备语言考试的时间转移至学分课程的学习或者从事义工活动当中去。

学分课成绩没有达到所申请专业的最低要求怎么办？

不少同学在填写志愿的时候对自己的学分课成绩过于高估，以至于在其他同学纷纷收到大学录取通知的时候，自己却颗粒无收，甚至收到了部分大学的拒绝信。这些同学若想化解危机必须采取主动出击的策略。比如，你申请了麦克马斯特大学的工程专业，但是平均分只有 80 出头，显然无法满足工程专业的录取要求。此时，你完全可以通过 OUAC 将工程专业调整为录取要求稍低的 Bachelor of Technology（技术学士）专业，从而确保能够尽快获得 Offer。不可否认，有的大学会根据申请者的实际情况自动进行专业调剂，但是经验告诉我们，守株待兔不如主动出击，掌握主动权才是硬道理。

如何才能获得大学的 ESL 双录取？

对于少部分毕业前仍未达到所申请大学语言要求的同学而言，虽然

ESL 双录取有一定的风险，但也不失为一个可以考虑的选择。在过去的几年中，越来越多的加拿大大学开设了针对母语非英语的学生的 ESL 项目。通常情况下，若想获得 ESL 双录取，申请

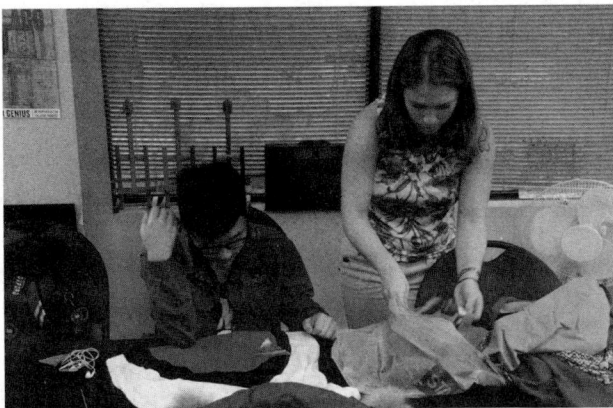

艺术设计课老师在为学生做指导

者必须熟悉所申请大学的具体要求。以约克大学为例，申请者的学分课平均分必须达到 80，提供相应的托福或者雅思成绩，并且需要另外申请该校的语言学院才能获得 ESL 双录取的 offer。而卡尔顿大学的要求相对简单，申请者学分课平均分只需达到所申专业的正常录取要求，同时提供相应的语言成绩，则将自动收到 ESL 双录取的 offer。需要提醒大家的是，大部分 ESL 项目有不同级别，入学前会举行 Placement Test（入学测试），测试的结果直接决定了你将从某一个级别开始读起。从这个角度而言，读 ESL 的同学一定要充分利用暑假时间恶补一下英语，争取入学考试能够考出一个不错的成绩！

_ 如何申请奖学金

每年，有不少我校的毕业生都能获得大学提供的数额不等的奖学金，有些学生甚至获得了高达 2 万加元的大学入学奖学金。总的来说，如果你想获得奖学金，学分课成绩一定要过硬。事实上，不少大学有着明文规定，不同的学分课平均分对应着不同的奖学金级别。通常这种类型的奖学金不用单独申请，大学会根据你的成绩高低自动进行发放。但是，也有部分类

型的奖学金需要单独申请，填写相应的表格，回答一系列的问题，然后评审委员会会对申请者进行遴选，择优发放奖学金。此类奖学金通常竞争较为激烈，不太容易获得。需要提醒大家的是，不少入学奖学金是按照四年进行发放的。如果你大学的学习成绩不太理想，没有达到规定的最低要求，则会失去继续获得奖学金的资格。

_ 如何申请大学校园内住宿

对留学生而言，如果能够在大学的学生公寓里住上一段时间，无疑能够帮助你更加深入了解和体验大学生活。通常情况下，大学校园内的学生公寓需要提前申请，一旦错过申请的截止日期，学校将无法保证你的申请会被批准。很多同学可能不太熟悉大学学生公寓的情况，其实完全可以登录大学的网站查看不同公寓内部的情况、收费标准以及入住的要求等。如果条件允许的话，你甚至可以参加大学举办的"Open House"（校园开放日），在学校工作人员的带领下对学生公寓进行实地参观和考察，获得第一手信息。你的申请一旦被批准，你将需要签订租住合同并缴纳订金。如果你不能按时签订合同并缴纳订金的话，那么为你预留的床位将会被取消。在完成这一系列手续后，等到9月大学开学的时候，你就可以拎着你的各种家当愉快地入住啦！

_ 大学申请之全面定位

在我校，学生每年年底开始的申报大学工作是一项重要的工程。在这个阶段，导师的作用很重要。作为导师，如何做到给学生以最佳的咨询和指导又不介入太深而喧宾夺主，一直是我们特别注意的。三方一致性——学生、家长、导师，其实，学生的目标大学的最后确定应该以学生的想法为基础而达成一致。作为导师，首先要理解学生的想法——学生选定一所大学看中的是这所大学的哪些方面？家长在定目标大学时是否与学生一致？如一致，专业是否也一致？如果学生家长和学生本人在目标大学的确定上有分歧，导师不能贸然站在学生一边或者家长一边，而应该用自己的知识和案例给学生本人与家长提供信息方面的帮助，使他们最终做出一致的决定。一般说来，家长和孩子的利益是一致的，不会出现意见无法协调的情况；切合实际，高和低都要有所考虑。不考虑自己的学分课成绩，一味要上名校，或者一味战战兢兢，不敢朝高的方向努力都是不行的。在申报大学时，保底的大学要申请，稍高一些的大学也要申请。我们上一届小组的一名学生到组里时，发现他没有报多伦多大学。我们研究了一下他的学分，发现他的平均成绩大约在 73 分左右。但鉴于他正在修最后三门课，而且其中两门成绩相当不错，我们建议他加报多伦多大学的两个分校区。成绩出来后，我们发现那两门课的成绩果然可以让他的学分课平均成绩拉到 76 分。这个学生后来拿到了多伦多大学密西沙加分校的录取通知。

专业与兴趣爱好的问题——一个学生申报一个专业可能出于不同的考虑，不一定真正出于自己的热爱。所以，在申报前我们有义务让学生和家长知道，在加拿大的大学里，如果选择了一个自己不感兴趣的专业，未来大学的学习中便会存在很大风险。有的学生在大学里兜兜转转六七年还无法毕业。除了个人努力程度的原因之外，兴趣也是一个很大的因素。几周前，我们偶遇了一个认识的多伦多大

老师分享自己的故事

学的学生，他提到了要转学的事。当年他拿到了多大著名的工程专业的offer，结果3年下来他发现自己对这个专业其实并不感兴趣。这名学生为当年没有更多考虑自己的兴趣而后悔，觉得浪费了时间和金钱。所以，建议在考虑申报专业时应该将兴趣与未来实际的打算结合起来考虑，设法找到一个最佳的平衡点。

专业与将来发展的问题——在学生申报大学和专业的时候有一个因素很重要，那就是学生将来是打算留在北美发展还是回国发展。很多家长希望孩子将来毕业后留在北美发展，那就业前景就是在申请大学时要考虑的问题了。有些家长和学生不太在意所学的专业但看中学校的名声，这种情况下就要协助家长做好权衡工作。

专业与大学要求的问题——在加拿大，大学的每个专业都会对申请人在高中所修的课程有一定的要求，除了分数线方面，还包括哪些课是必修课的问题。所以在学生申报专业前，导师要做好功课，整理出目标专业的课程要求、分数线等资料。若等报完之后才发现学生所报专业要求的预备课程没有修，就会耽误大事。

大学之间转学的问题——很多学生和家长在申报大学时非常紧张，害怕一旦被目标大学拒绝就再无缘理想的大学了。其实在加拿大，大学体系是相当开放的。大学之间可以转校，专业之间也可以转换。只要努力学习，学分课的平均成绩不错，机会永远等在那里。

"他们说"和"网上说"的问题——时常在申报大学的时候听到学生和家长说"他们说这个大学不好""网上说那个专业没有前途"……这些信息很多时候是有误导性的。我们不止一次听到有家长讲"网上说多大的两个校区都是职业学校，门槛低，我们不想去"。然而事实并非如此。这两个校区有些专业办得不错（如士嘉堡校区的管理专业）。所以，做好研究的功课，给家长和学生提供真实客观的信息是我们作为导师需要去做的。

　　申报大学只是学生朝着大学迈进的第一步，后面的工作更加挑战耐心和智慧。做好第一步，会为以后的工作奠定良好的基础。

_ 大学申请之案列分析

案例一：就业前景应与兴趣相结合

　　有些家长希望来加求学的孩子进入大学学习商科，学有所成之后可以帮助进一步发展家族企业，或认为商科很好就业。另外，相当多的家长会让孩子念工程专业，这样无论在加拿大还是回国都会有很好的前景。当然，所有这些想法都非常正确，但不能忽视孩子自己的想法以及他们的兴趣。虽然有些专业很热门，但孩子毫无兴趣，而且也不是他们所善长的，若坚持让他们去学四年，结果可想而知。相反，结合学生自己的愿望及已取得的学分课成绩来帮助他们进入他们理想的大学和专业是十分必要的。去年，我校有一名女同学 A 申报大学，她家在国内有家族药品企业，父母希望她学商科，毕业回国去打理家里的生意。但 A 在学习过程中发现自己对商科的课程不感兴趣，在学习的过程中相当痛苦，以至于学分课老师认为她是问题学生。A 同学很努力地学习，但发现这不是她的兴趣和专长所在，最终放弃了与商科有关的课程。同时她发现她更喜欢生物、化

同学们正在研究电子设备

学，即使每天要碰到很多生僻的生化单词，她也很自信能学好这些课程。所以我们在她填报大学时建议她填报食品营养或药物学等专业，同时申报在安省此专业毕业生具备报考营养师资格的大学。此后，因目标非常明确，所以她在学分课的学习上非常投入，生物、化学等相关课程取得了不错的成绩。最后，A同学拿到了多伦多大学和西安大略大学等高等学府的录取通知。

案例二：尽量认清理想和现实的差异

在申报大学时，我们都希望梦想能够照进现实。每个人都希望能进入自己理想的大学，但更重要的是学会清醒地了解自己的学习情况，客观积极地选择适合自己的专业及大学，千万不要好高骛远，错过机会，耽误自己的前程。B同学的数学基础较弱，教他微积分的老师认为他就不是"math person"，意思是说他完全没有数学的概念，但他和家长都坚持学商科，希望毕业后好就业。在申报大学时，权衡他的数学成绩，尤其较为重要的微积分成绩，我们还是建议他增加社会科学方向的课程，否则他有可能会收不到任何商科的录取通知。不算数学成绩，B同学的各科成绩平均分接近80分，他在社会科学课程上表现不俗。申请的结果令人意外，虽然他没有收到任何商科的录取通知，但他竟然收到了多大分校的经

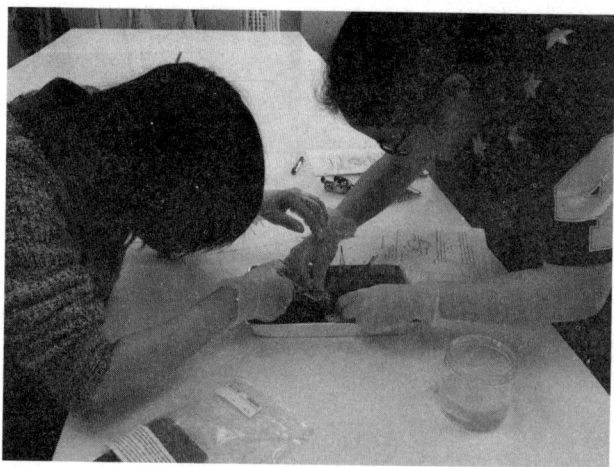

同学们在做解剖实验

济学专业的录取通知。B说他从未奢望过能拿到多大的录取通知。他的父母也特别高兴，执意让他进多大，放弃商科。这时候家长及孩子才清楚地了解了什么是他适合的专业。

案例三：细节是成败的关键

朱同学的父母都是工程师，学历很高。他们对她的期望值很高，她申请的学校全是加拿大顶尖大学的商学院，包括多伦多大学的罗特曼商学院、西安大略大学的毅伟商学院、皇后大学商学院。这些大学的商学院在学分课和语言成绩之外，还很看重学生的课外活动，因此通常都会让申请学生填写一些申请表，概括自己在课外活动上取得的成就和学到的东西。朱的课外活动非常丰富，她在社区游泳中心当过救生员，在敬老院给老人弹钢琴，还在复健中心当义工，因此她应该是非常有力的候选人。但在她的申请过程中，出现了一些小插曲。她在申请毅伟商学院的时候被要求提供这些社区活动的联系人的邮箱地址和电话号码，以便大学验证所填内容的真实性。没过多久她就收到大学的邮件，表示在与她提供的负责人Kathy联系时，发现Kathy根本不认识她，希望她能对此提供一个合理的解释。她看到邮件以后，立马就慌了。她在这个游泳中心做了一年半的义工，Kathy和她的关系非常好，这中间肯定存在什么误会。在及时和Kathy联系后，她才发现Kathy平时都是用她的英文名来称呼她，并不知道她的中文名叫什么，所以才出现上面所说的情况。Kathy表示会立即给毅伟商学院发邮件澄清这件事。朱同学这才保住了这个宝贵的录取资格。

另外还有一个案例，并不是本校的学生。小贾在3月就上完了所有的课程也考过了语言考试，完成申请递交后就回中国静候佳音。5月的时候收到了滑铁卢大学的录取通知，小贾欢天喜地地旅游去了，回来却是晴天霹雳，他发现他的录取被取消了，原因是他没有在截止日前确认他的录取

（获得西方大学的录取后，需要在一定时间内向大学确认接受录取，才能真正获得入学资格），小贾全家一下都傻了。家长找到我们求助，由两名老师紧急开车到两个小时驾程之外的大学，经过多次努力总算让小贾能在9月正常入学。

大学申请做好设计和铺垫，还需要注重细节，否则一个不注意就会功败垂成，以上两个同学是幸运儿，不幸的同学，有多少是在这个环节中被击败的呢？

5.2 选择大学与专业

_ 自己的大学自己定

从 2 月开始，各大高校的 offer 就如雪片般层层涌向我校。在漫长而忐忑的等待后，莘莘学子终于迎来了收获的季节。五六份 offer 只是一般般，七八份 offer 一点也不新鲜，同学间还流传起了集齐七份 offer 便可以召唤神龙许愿一类的笑话，整栋大楼都充斥着轻松和幸福。然而与此同时，不少人却又望着满满的 offer 纠结了起来，择校问题成为同学们"幸福的烦恼"。

A 同学早早便收到了一直以来梦寐以求的多伦多大学王牌学科工程学专业的 offer，在一切都收拾妥当后，他却突然意外收到了来自滑铁卢大学纳米技术工程专业的 offer，而这个专业他以为自己是不会被录取的，这一下子 A 同学可发愁了。

还有 B 同学，她顺利地收到了加拿大会计学排名首位的布鲁克大学会计专业的录取通知。似乎一切都非常完美，然而她的父母认为该大学没有名气，希望她选择国际声誉更高的多大的一个普通专业。来自父母的压力使 B 同学陷入了两难的境地。

其实这也是最为典型的两种择校冲突：相同水准下不同专业的冲突，

以及名校非王牌专业与非名校王牌专业的冲突。

其实，我们的学生在面对这种困境的时候也会仔细考虑，慢慢总结了一些自己的心得体会。下面的这位同学在选择大学时总结的经验就值得借鉴：

为了能使后来者多一些借鉴参考，我结合自己近3个月的心路历程和来自"过来人"学长们的建议，将一些心得记录下与大家一起分享。

首先，专业为重，名校次之。这基本上是我择校最根本的一个原则。无论是选择自己感兴趣的专业还是选择发展前景好的专业，专业永远都是选择的核心。能进到名牌大学的名牌专业自然是最理想的情况，然而在实际中往往不能达成这样的理想。许多家长都认为多伦多大学是最好的大学，所以能去便去，去不了才会选一所其他的学校凑合一下。大部分人刚来加拿大时也是这样想的，其实这是一种很片面的想法。名校出名也是在于它的某些名牌专业。如果单纯地只是想圆一个名校梦，那太简单了，名校也有招生门槛很低的差专业。我想本校的大部分学生不费吹灰之力就能上，大家也绝不屑于去上的。还有那些自动调配的专业。考不上理想的专业，名校可以给你自动调配到一个其他专业，不难看出这样的专业质量如何。在评价一个专业如何时，分数线并不是全部，需要综合考虑各方面的因素。我建议大家找自己的导师或者管校友会的老师询问该专业就读的往届学长的联系方式，从他们手中获取一些第一手资料，或许会很有帮助。

其次，读研还是工作，这是个问题。在做决定的时候，如果我们能对自己的未来做一个简单的规划便能够很大程度上减少未来的风险。结合自身情况，在毕业之后希望直接工作还是继续读研，申请学校的最优选择会有很大的不同。而这恰恰是我们经常忽略的。如果是读研的话，首先需要考虑的是两个问题，一个是研究生是否要和本科读同样的专业，另一个是研究生是否要和本科在同样的学校。我们会听到某同学对自己未来的规划是本科在 A 校读某名牌专业，然后考 B 校的另一专业的名牌研究生。比较典型的例子有工程转商、数学转工程等。然而，实际情况真的如此理想吗？我在滑铁卢大学的"Open House"期间就此咨询了一位教授，教授表示虽然这些在理论上可行，但是他们在实际招收研究生时肯定会更倾向于从本校同专业的本科生中选取。但也有大学或专业在招收研究生的时候更倾向于招收其他学校或者学术派出来的学生，因为这样可以充实本身的学术思想和精神，带来新鲜的血液。不管怎样，如果大家对未来的规划是继续接受教育，那选择一个拥有高水平研究生院的学校就十分重要。在这方面，多大、UBC、McGill（麦吉尔大学）等国际名校具有无可比拟的优势。

如果希望毕业后直接参加工作，CO-OP（大学带薪实习项目）则成为一个关键性的考量因素。以滑铁卢大学为例，滑铁卢的工科全部为 CO-OP，学制为 4 年零 8 个月，共 14 个学期。其中 8 个学期是在校学习，6 个学期是实习。这样一来，学生们在毕业后就能直接拥有两年的工作经验，比起同届的毕业生来说便握有了一个不小的优势。该大学的 CO-OP 系统比较完善，其中又分为企业和学生两部分，企业发布招聘需求，学生提交简历，招聘需求中明确专业要求和专业知识的水平要求，从大一新生 junior（初级工程师）到大三、大四专业知识丰富的 senior（高级工程师）的工作应有尽有。此外，CO-OP 学生相对其他毕业生的另一个优势在于国家政策的支持。根据加拿大政策，平均成绩在 80 分以上的学生可以使招收单位每年减免 3000 加元的赋税，使学生和企业双赢。综上所述，如果希望毕业后直接参加工作的同学，选取一个拥有 CO-OP 的大学十分重要，而这其中又以滑铁卢大学最为出众。当然，滑铁卢大学也是拥有极高水平研究生院的国际一流大学。

　　还有，回国还是不回国，这也是个问题。相信大家回国的时候免不了被亲戚朋友问到一个问题：毕业之后回不回国？这个问题大家可以很严肃地问一问自己。虽然未来的变数很大，但是此时能有一个较为明确的目标可以使我们比别人更快一步。如今就读于多伦多大学等国际名校的学生回国似乎更为吃香。毕竟就连我们在来加之前也只知道多大。如果你是在 Guelph（圭尔夫）大学读农业，或者在布鲁克大学读会计，虽然专业水平突出但学校名声不响亮。回国之后招聘单位有可能认为你就读于某所野鸡大学。虽然随着国际交流的日益加深，这样的情况相信会越来越少，但是总体而言，如果希望毕业后回国发展的话，还是选择一所多伦多大学这样具有很高国际声誉的学校为佳。而希望留下者则另当别论，以易找工作、实用性专业为准。鸡头或者凤尾，依自己未来的发展方向做选择。

　　然后，大学排名只是个传说。相信大家在评价一所大学时，它的国际排名或者国内排名会成为一个很重要甚至是唯一的评判标准。在这个问题上，还是建议大家更理智一些。我们首先要知道这些排名是怎样得出来的。国际著名的大学排名机构在评判时会综合考虑学校的很多方面，例如研究水平、创新能力、各专业综合水平、论文发表情况等，其中各项所占的比重会略有不同，这也是为什么不同排行榜会有差异的原因。而《麦考林》杂志的加拿大大学排名又细分出了"综合大学排名""医学博士类大学排名"等不同榜单，互相之间比较起来更是困难重重。如果单纯看待国际排名的话，在很多榜单上渥太华大学都比滑铁卢大学要靠前很多，但在实际选择中相信大家都会有与榜单排名不同的判断。其中一个较为典型的例子便是多伦多大学。在全球大学的排行榜上，多大常年徘徊于 15 至 20 名之间，位列全加拿大第一，而多大能占据如此显著的位置在很大程度上要归功于它突出的研究生水平和医学博士水平，但是这显然与我们将要选择的本科关系不大。多大的本科综合水平确实也相当不错，但很少有能占据加拿大第一的专业。多大的数学、计算机专业不如滑铁卢，生物专业不如皇后大学，农业专业不如圭尔夫大学，石油专业不如阿尔伯塔大学，商科不如西安大略大学和约克大学，会计专业不如布鲁克大学。又如滑铁卢大学的数学专业和计算机专业冠绝北美，它的商科却相当弱……多大就像是一个全优生，门门功课都有 90 分的水平，所以能占据总分第一的位置，而滑铁卢这样没有医学院的学校就像两科 100 分、一科不及格的偏科生、特长生，在总分排名上只能敬陪末席。

　　最后，语言是把双刃剑。对于诸多语言成绩未达标的同学而言，大学的语言课真是让人又爱又恨。爱，是它提供给我们一个语言未达标也可圆理想大学梦的机会；恨，是它的枯燥且时间漫长。有的同学复读了一年又一年，就是读不出来，空看着岁月流逝、荷包渐瘦。浪费了金钱事小，时间、精力、机会的损失才是不可衡量的。话说回来，不同大学的语言课程又有很大的不同。语言课的学习阶段有很多种，有的是在暑假即可完成，有的则需要在第一个学期或者第一年完成。但像西安大略大学和皇后大学等学校，它们将自己的语言课承包给了其他的校外独立机构，这种语言课一般需要一年的时间，而且有不能通过则要复读的风险。像滑铁卢等学校则是将语言课开设在有合作关系的临近学院，按专业的不同分为 ELAS（4个月）和 BASE（8 个月）两种。有些大学的语言课确实能使人收获良多，也有些大学的语言课为了多收费会刻意让你不能通过，或者把你分到更低水平的班级中从而延长你的就读时间来以此赚钱。具体哪些大学的语言课会有此等行为我不便多讲，相信同学们自己的导师最知其中猫腻，大家可以向他们寻求建议。在某些情况下，选择一所语言课较为优秀且容易通过的大学完成语言课的学习，在一到两个学期后再转学到目标大学也不失为一条变通的捷径。

我在此与大家分享的大多是一些硬核问题，像兴趣和前景这类见仁见智的讨论就不在此进行了。总结起来不过就是一句话：做好对未来的远景规划，理智看待各类信息。总而言之，择校有风险，决定需谨慎。

_ 名校情结

选择学校，优良的品质当然是最重要的，如果是一所名校，就意味着它有很好的信用、历史、口碑、教授团队、教学质量、教学设施、课程安排等，品质是有保证的。

选择教育，其实就像买东西一样，为什么总是有人追求品牌产品，实质是一样的，就是希望能得到更多优质服务的保证。因为你自己没有办法先享受服务再购买，所以这个产品的"名气"就起了很大作用，是学校多年来良好评价的结果，是学校自身一直努力的结果。因此，选择名校至少让人觉得能受到更好、更稳定的服务。

教育也是一种产品、一种服务，只是和一般的产品不一样。教育产品有其特殊性，不可能接受完了教育这种服务再去购买。教育的产品是知识，其他产品可以退货，知识是不可以的。所以，社会上对名校格外崇尚是有理由的。一般好的学校都是正规学校，在教育部网站上列了很多国外的正规院校，就是一种保证，让留学生们不会被"克莱登"这类大学欺骗。认准正规资质的院校是选择留学院校最基

庄严的 2015 年毕业典礼

本的一点，而名校则给了我们更多的保障。

　　所以，中国家长和学生的名校情结也是有一定道理的。当然在国外，人们也很崇尚名校，但并没有达到非名校不上的程度。比如我常常提到的，通用电气的总裁杰克·韦尔奇就宁可放弃著名的马萨诸塞理工学院而挑选一所平平常常的大学，理由是"宁做鸡头，不做凤尾"，在普通大学可以获得更多的重视和资源，从而更加自信。而中国的家长和学生比较一致地趋向选择名校，名校可以带来更多学习以外的收益。所以，到我们学校对直奔名校升学率高这个特点而来的学生屡见不鲜。其实，人才并不一定是名校出来的。阿里巴巴的 CEO 马云就是这种情况，他是从一所非常一般的大学毕业的。当然，名校的起点高，是好的事业发展的敲门砖，建立精英校友网络，这都会给自己未来的发展带来更多的胜算。但也要看自己的选择，大量事实证明，名校会出庸才，一般的学校也能出人才，重要的是要选择一个适合你的专业。

　　姜同学在北京某重点高中读完高二，成绩中上。如果继续在国内读下去，可能最终能进入国内二本以上的大学。为了能争取到进入世界名校的机会，2010 年 7 月他来到多伦多，开始了高三的学习。

　　该同学在国内时，高中的理科成绩就比较好，所以计划学习一年后能进入多伦多大学的工程系学习。该同学的英语基础也比较好，但听力和口语存在的问题比较大。由于在国内已经开始了托福词汇的学习和准备，所以词汇量比较丰富，这也使得该同学做托福阅读题的基础比较好。至于写作，起初基本没有什么语法错误，但是对托福写作思路把握得不够到位。

　　针对上述总结的基本状况，我们对姜同学的托福辅导重点首先放到了写作和听力上。对姜同学托福辅导一段时间后，姜同学自己说，现在看看自己刚开始写的文章都觉得水平太差。在加强写作的同时，英语辅导老师也加强了听力方面的力度，鼓励姜同学多听英文节目，并尽量多听托福的

考试题和模拟题。姜同学是比较认真和扎实的学生，按照老师的指点一步
步踏踏实实去做。

姜同学在接受英语辅导的两个月后，报名参加了第一次托福考试，用
他自己的话说，没有想要考过，就是想试试考试的感觉，从考试当中学习
一些东西。在准备不是很充分的情况下，姜同学参加了第一次托福考试，
总分 85 分，阅读 25 分，听力 20 分，口语 18 分，写作 22 分。作为第一
次参加考试的学生来讲，这样的成绩已经相当不错了，对姜同学也是个极
大的鼓励。第二次考试安排在了一个半月后，他取得了 103 分的好成绩，
阅读 29 分，听力 26 分，口语 20 分，写作 28 分。达到了加拿大所有大学
的录取分数线，当然包括姜同学一直希望能就读的多伦多大学工程系。

现在回想起那些备考托福的日子，姜同学颇有感慨地说："那些日子
还是挺辛苦的。"

姜同学感觉加拿大高中的学分课并不难，可能比国内涉及得广一些，
但是不深，只要国内学得还可以，在这里又比较认真，应该完全可以学得
不错。加拿大老师的教学方法跟国内还是有一定区别的。比如，这里的课
程没有像国内那样的期中考试，而平时的小测试通常都要记入最后成绩，
这些可以占到 70%，期末考试通常只占 30% 左右。所以功夫必须下在平
时，认认真真对待每一次小测试、每一次作业，绝不能放松。另外一点，
加拿大高中的 Teamwork（小组作业）比较多，几个学生一起完成一个项目，
这在国内是很少有的作业形式。刚开始有很多学生，包括姜同学，都不太
适应。还有 Presentation，也是加拿大学校常用的考察形式，其实是学生
就某个题目做一个限时的讲演或展示。这两种形式学生都会比较生疏，经
过一段时间就会慢慢适应。

姜同学在为期 9 个月的 3 个学期内修完了学校要求的 8 门功课，而且
成绩优秀。大学录取所需的 6 门课平均分为 93 分，如果除去难度最大的

12 年级英语，其他 5 门课（主要是数理化）的平均分达到 96 分。姜同学早在 2011 年 3 月份就收到了他申请的几乎所有大学的 offer，包括他最想进入的多伦多大学工程系，其他的名校包括皇后大学、西安大略大学、阿尔伯塔大学、麦克马斯特大学。其中阿尔伯塔大学更是早在 2 月就发来通知书，并授予姜同学 13000 加元的奖学金。姜同学最后选择了世界排名前 20、工科排名世界前 10 的多伦多大学工程专业。

该选什么样的专业

我在做讲座的时候，常常有家长或者同学问："到底要选什么专业呢？"我会问他们："你们愿意选择哈佛大学消失的土著居民语言专业，还是选择一所普通大学的计算机或商业金融专业？"或者会问："你喜欢清华大学的陶瓷专业还是一所普通大学的热门专业？"其实专业决定职业，职业决定一生的事业和幸福。我的看法是专业的排名比大学的排名更重要。

我曾收到过一封来信，一名学生说要到滑铁卢大学上学了。我真为他高兴。滑铁卢大学是加拿大著名的大学，以数学、计算机等理工专业闻名于世。学校位于安大略省，也是加拿大的硅谷所在地。大家知道的黑莓手机的总部就在那里，它也正是依托这所大学的高科技强项而发展壮大起来的。

滑铁卢大学的数学系和计算机系的门槛很高，淘汰率也很高，是许多以高科技领域为发展方向的学子心中的圣殿。这名学生到我这里后，我才了解到他要考取的是滑铁卢大学的商科 MBA。听上去非常好：一所著名的大学，一个热门的专业，加在一起，这是一个很好的选择。但我从来没有听说过滑铁卢大学有 MBA 项目。这名学生告诉我，这个 MBA 并不是一个正式的项目，这是学校第一年招生。因为不被教育部承认，所以他没有办法获得加拿大政府给学生的贷款，面对价格不菲的学费，他一直忙于筹措各种费用。

我不知道这些年滑铁卢大学的 MBA 项目发展得怎么样，是不是已经被教育部承认。当时，我非常惊讶他做这样的一个选择。他以前在国内做高级翻译，收入很高。到了加拿大，他把自己锁在房间里 3 年，没有出去玩过，也没有出去打过工，一心一意申请大学考 GMAT。他非常节省，住在一个月 250 加元的房间，生活费只有吃和最基本的交通费，每月一共只花 350 加元，但 GMAT 总是不能考到理想的成绩。3 年后，他的体力、耐心、财力都已经耗尽，最后选择了滑铁卢大学的 MBA 专业。可能是由于名校情结吧。两年后他毕业了，投了很多简历。他为了找工作四处碰壁，还好有一家咨询公司到他们大学招人，需要有中国背景而且有他那样专业背景的人，真是非常巧。他终于熬出头工作了。后来，他很感慨，说起他其实选择读滑铁卢的 MBA 也很忐忑，不知道花了那么贵的学费会有什么样的结果，但总算幸运，那么凑巧地找到了一份工作。许久之后，我们碰到了，他告诉我，他到那家公司工作后才知道，公司其实是因为他在中国大陆的背景而招聘他的。因为公司正好要向中国大陆发展，希望找个做过翻译又最好是曾做他那个专业的翻译的学生。其实，公司一直以来主要还是把他作为翻译来用，常出差到中国。他想起当初找工作的时候，很是后怕。

再给大家举一个例子，我校 2010 届有一名叫 Shawn 的毕业生同时获得了多伦多大学士嘉堡校区科学专业和麦克马斯特大

团结就是智慧

学工程专业的 offer。同时被两所顶级名校录取本应是件令人高兴的事，但是 Shawn 和他的家长犯起了愁，一度非常纠结。原来，Shawn 本来报考的是多伦多大学主校区的工程专业（加拿大排名第 1，全球排名前 20），但是因为竞争过于激烈，他未能如愿，被调剂到士嘉堡校区的科学专业。

为此，该同学和他的家长和我们的专职辅导老师进行了马拉松式的沟通，国际长途电话一聊往往就是一小时。辅导老师在进行了大量调研的基础上，结合自己在加拿大的学习和工作经验，建议 Shawn 选择就读麦克马斯特的工程专业。理由主要包括如下几点：首先，学习工程专业一直是 Shawn 的目标，他非常喜欢这个专业，而且他的父亲具有深厚的工程专业背景，这对他未来的学习和就业无疑会起到很大的帮助。其次，麦克马斯特大学规模虽然不如多伦多大学，排名也没有很靠前，但是它的工程专业一直是它的王牌，无论是师资、设备还是就业率都不逊于多伦多大学。尤其值得一提的是，Shawn 被录取的专业采取的是和当地一家学院联合办学的模式，大一、大二的基础阶段主要学习理论知识，大三、大四的时候必须到那家学院修读一些实践性的课程，从而培养自己的动手能力。此外，该专业还会给所有学生提供实习的机会，这就意味着如果 Shawn 选择麦克马斯特大学的话，毕业的时候不仅能获得一纸文凭，同时也会积累不少相关的工作经验。毫无疑问，这将成为他求职时的一个重要砝码。再次，麦克马斯特大学所在的汉密尔顿市和多伦多相比规模要小得多，诱惑变少了，相对来说更加适合学习。最后，Shawn 和他的父亲经过慎重考虑，接受了老师的意见，放弃了多伦多大学，选择了更加适合他的麦克马斯特大学。

专业选择最重要的是和自己的未来职业方向挂上钩。要先多问自己一些问题，比如"我喜欢什么""我擅长什么""我想在哪里生活""我要什么样的生活"。去了解自己有意向的专业和将来的工作环境与生活也是一个重要的内容。每年年底到学生准备申请材料的时候，就会有很多学生到

我这里来，希望我给一些专业选择上的指导。有一名学生对我说："我要上材料系。"我问他原因是什么，他说因为这几年老是听到这个词，挺新潮的，而且能改变人类的生活，总是出振奋人心的新闻，搞这个研究一定很酷。我让他回去调研几个问题：1. 这个专业大致学的是什么内容；2. 毕业后怎样找工作；3. 工作的环境怎样；4. 会给自己带来怎样的生活。两周后，这名学生又来找我说："老师我不学材料学了，因为经过调研后我发现，学材料学就要进实验室，要做很多枯燥的工作，我不喜欢，而且将来也是这样，我不想一辈子待在实验室里。"

其实，选择专业方向，就是选择自己未来的生活。比如这名学生，他在没有调研之前只看到材料学出成果时那么光鲜的一刻，却不知道在成功和鲜花背后有着怎样的枯燥和坚持。人们看到蜘蛛轻松吃到撞在它网上的猎物，却不知道为了织这张网，蜘蛛需要艰苦地劳动很久。选择一个方向，首先要调研，了解这个专业是自己喜欢并擅长的吗？自己喜欢这个职业带来的生活方式吗？在外人看来商业咨询员是很光鲜的工作，收入很高，但他们不知道从事这个职业的人长年累月出差在外，工作不定时，很少能照顾家人和联系朋友。有的人不能忍受这种孤单和辛苦的生活，自然不能选择这个专业。

我希望大家做好计划，把该做的事情都做了，比如说考个好的分数、申请好的学校、做好财务准备和心理准备等。上述置之死地而后生的局面，很难遇到。幸运的是，今天的小留学生已经很少会被迫面对这样的局面了。我总是对他们说，大家拥有了上一代老留学生没有的优势和条件，一定会比老留学生取得更大的成功，因为有大量的富有经验的留学过来人帮你选择专业和选择学校，有好的语言培训机构帮你考出满意的成绩，父母给你准备好留学的金钱。你们在高中就有机会到国外来，提早适应国外的生活；父母不在身边的时候，有老师的关心和爱护，再也不会走弯路，一定要珍惜这样的机会，自己一定要努力。

5.3 其他考量因素

_ 留学地点

在中国，一般好的大学都在大城市，比如北京、上海、广州、南京、武汉等。城市越大，有名的学校就越多。农村的孩子上大学就一定是进城去，绝对不是下乡去。这是中国特有的现象，资源相对向大城市集中。北美的情况却不一样。北美的大学有的在大城市，有的在很小的镇上。有时候，可能就是一座孤零零的大学城；一到假期，整个小镇就空荡荡的，没有人了。中国的家长和学生从来没有遇到过这样的选择，常常很纠结，到底是去大城市上学还是去小镇呢？这和我们已有的经验不一样。在北美，大学的质量可以说和所在地的规模没有任何关系，但这并不意味着我们可以忽视这个选择。因为，它也非常重要。

学在大都市——首先，多元文化荟萃。像纽约、多伦多这样的大城市，繁华热闹，特别是在移民国家的美国和加拿大，你可以接触各种各样的种族和文化，像个大杂烩，可以丰富你的留学经历。在多伦多，夏天是最热闹的季节，每年 7、8 月的街头节，各种文化和团体都会走上街头展示自己。比如，加勒比节、亚洲节等就是各个地区的文化展示，像个小型的世博会。想买东西，有便宜的路边小店也有繁华大街上的奢侈品牌旗舰店；

活跃的课堂气氛

有中国的炒饭、日本的寿司，也有印度的咖喱和穆斯林的食品。你可以吃中餐、日餐、韩国菜，也可以吃法国、意大利、墨西哥餐，而且都很正宗。可能这个门里是低眉顺眼、泉水叮咚、丝竹悠扬的日本餐厅，旁边进去就是高鼻子、蓝眼睛供应带血的牛排、烤土豆的西餐厅。这是一种非常有趣的感觉。晚上，酒吧、俱乐部人头攒动，年轻人的世界，越黑越热闹，在这里可以看到北美的时尚一族。此外，还会常常举行许多大型活动，比如选举活动或者电影节，你有可能见到你平时在电影、电视里才能看到的面孔。有时在街头，你甚至会发现某个著名人物在低头默默疾走。在小城市或大学城就绝对不会有这样的机会。

其次，衣食住行方便。我要特别强调的是吃。别看"吃"好像是一件小事，到了国外你会发现这是一个很大的问题。咱们中国人真的是中国胃，吃牛排、汉堡、生菜、比萨，可能在中国偶尔去尝尝鲜还行；看着装修奢华、服务高档的餐厅，会觉得非常享受，而且充满了异国情调。但是，首先，在北美你看到的肯德基、麦当劳、比萨店和你在中国看到的样子绝对不一样；其次，在中国吃的都是被中国化了的西餐，和正宗的北美食物味道差别很大。再次，如果你天天吃，你自己和你的胃都会受不了。有个朋友在美国密歇根州的一座大学城上学，来看我的时候，大倒天天吃带血的肉和面包的苦水，抱怨连自己做中国菜吃的机会都没有，因为根本没有中国超市，更别说中国餐厅了。在多伦多的时候，我天天请他吃中国菜，他狼吞虎咽的样子让人同情。他开车回美国之前，到中国超市买了一车的中国菜。结果在他离开几小时后我就接到他的求救电话，他在美国海关被扣了，菜全部被没收，还被罚了款。他痛心疾首，又得回去吃牛排、面包了。

在纽约、多伦多这样的大城市，华人很多，中国超市、中国餐馆就多。以前，这一块是香港人的天下，因为香港人多，到处是粤菜馆和广东话。现在在国外的大陆华人也越来越多，甚至有的地方超过了香港人。所以，正宗的各大中国菜系的餐厅也多了起来。在北美这些大城市，中国人的超市有很多，许多超市堪比国内的大型超市，整洁干净、品种繁多。在国内买不到的东西，常常在那里可以买到，你一点儿也不用操心，完全可以做一顿可口美味又正宗的中餐，就和你在中国的家里做的一样，而且价钱有时比国内还便宜。对留学生来说，吃是非常重要的事，吃不好，体力和精力都跟不上，就别谈学习了。

最后，工作机会多。相对来说，纽约、多伦多这样的大城市或者美国硅谷、加拿大滑铁卢这样的高科技集中区，找工作容易，机会也多。大城市是公司、机构等扎堆的地方，比如美国的金融街华尔街在纽约，而加拿大的金融街贝街在多伦多；硅谷和滑铁卢则是高科技机构集中的区域。此外，实习的机会也多。有时这些大公司、大机构需要一些临时性的工作，那么一定会去附近的大学找人。一旦在这些公司或机构有了展示自己的机会，即使是临时性的，甚至是义工性的工作，都比一个雇主都不认识的申请人获得工作的机会大得多。每年暑假的时候，多伦多的贝街就充满了多伦多大学和约克大学商学院的学生，他们在暑假里为这些大公司打工以获得工作经验和展示自己的机会，为日后找工作打下人脉和工作经验上的基础。而当这些大公司和机构临时需要人的时候，常常是直接到旁边的学校里贴招聘启事，或者向熟悉的教授要推荐。这样，学生在既不影响学习又方便生活的情况下，工作学习两不误，将来再找工作的时候就会有一个漂

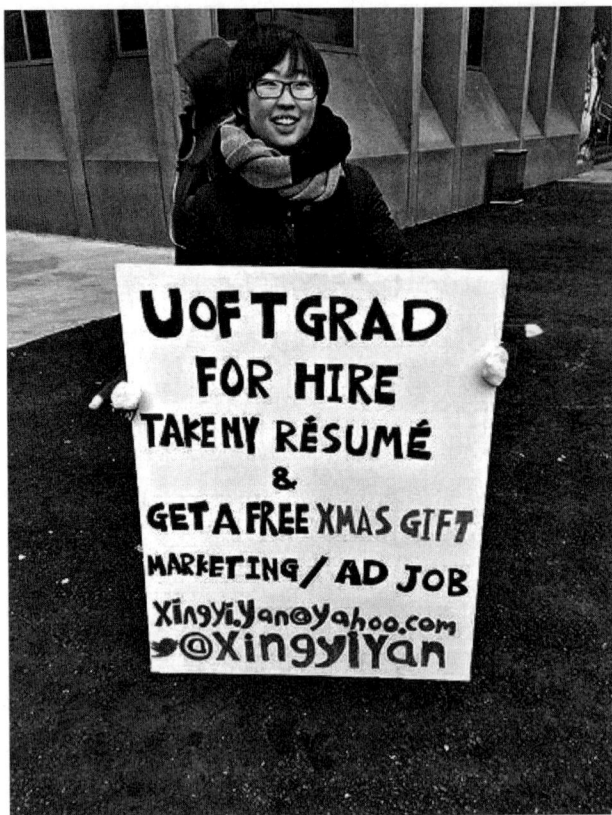

亮的简历，找到工作的机会大得多，也高效得多。

有一年冬天，一位多伦多大学刚毕业的中国女留学生找了几个月的工作，发的几百封简历如石沉大海。走投无路之下，她就在多大校园即贝街附近举牌求职。天寒地冻，她需要穿三双袜子保暖。7 天之后她就获得了 14 个面试；一个月后，她终于圆梦成为全球四大广告集团旗下的广告公司 Reprise Media 的搜索分析师。公司的负责人说："我们感受到她的活力……"

我有个朋友是加拿大西安大略大学的 MBA，而另一个朋友是约克大学的 MBA。西安大略大学在离多伦多两小时车程的中型城市伦敦，而约克大学就在多伦多。西安大略大学的朋友在毕业后才开始找工作，自嘲在学习期间都成乡巴佬了，很少进城，完全毕业后才有机会找工作。他毕业 5 个月后才找到工作。而在约克的朋友就在多伦多上商学院，随时参加各种招聘会、商业活动和协会。在校期间，他在多伦多的大酒店做兼职工作，毕业典礼前就接到了全球著名酒店连锁企业——四季酒店的录用通知。再比如全球鼎鼎有名的美国弗吉尼亚大学的达顿商学院，因为地处偏僻，各类机构招人都不愿意去，甚至学校免费提供飞机接送和食宿也没能吸引大量的招聘高管到校招聘，害苦了学生。反观一家纽约当地的商学院，在国际上没有名气，但由于地处华尔街附近，各个投行和其他机构经常需要临时员工帮忙，它的学生在校时常常有各种专业的兼职工作，做得好很快就可以获得正式工作的承诺，该校就业率反而超过大多数名校。

学在小城市——首先，语言环境优越。一般在方便生活和找工作的大城市，华人也很多，华人的特点还是比较倾向于群居扎堆的。所以有时候在华人聚集的地方你甚至不用会英语，因为路上亚裔的面孔多，而且大多数是大陆的华人。语言环境差就很难快速掌握英语。如果不是主动刻意地在英语环境中交流，常常是读完了书还不能很流利地用英语交流。而在小城市，周围华人不多，当地的居民说的语言都是纯粹的英语，语言环境好，语言进步会很快，尤其是口语和听力。在学习环境上，因为没有太多的干扰和去处，一般都有很浓郁的学术氛围，可以专心研究学术，心无旁骛，这样在学习上可以进步快一些。

其次，生活成本低。小城市的衣食住行都比大城市低。比如住宿，在大城市和人一起分租一间的房租，可能在小城市可以租一套宽敞的房子，而且环境优美、安静惬意，世外桃源和象牙塔的感觉会更强烈。再说消费的机会也少，所以能节省不少费用。

学生在图书馆认真阅读

还有，安全系数高。小城市的另外一个优点就是居民都很淳朴，他们见到的亚裔比较少，对亚裔会比较友好，也很单纯，非常绅士。我认识的一名老留学生，十多年前在美国的一座大学城上学的时候，那里全是老外，基本没有亚裔的面孔，他们看他这个亚裔学生就像我们改革开放初期看到老外一样，很稀奇。在小城市发生犯罪事件的比例小，即使在图书馆学习到很晚才回家也不用怕。当然自己还是要当心。这里是可以自由持枪的社会，生命是最重要的。而在大城市的大学，比如多伦多大学的学校里有警察局，并且学校里有个规定，如果你在学校学习或者工作到很晚，可以给学校的相关部门打个电话，保安或警察就会开车把你安全送到家，而且不用花钱。这样的措施就是因为大城市的治安不好，为了学生的安全而设置的。当然，这也反映了北美大学人性化的一面。

_建立校友网络

还有一个很重要的方面，选择学校其实就是选择你的校友，选择你未来的人脉关系。我们中国人是非常讲究关系的，中国社会中的一些关系，比如血缘关系、同学关系、战友关系、同事关系等，组成了一个巨大的社会网络。同学关系是对一个人一生有着巨大影响的关系，可能你一生的挚友就是在学校结交的。如果你们是校友，即使以前不认识，在另一个场合见面的时候是不是会感到亲切呢？有一个社会精英对我说："在众多水准类似的候选人中，如果有我的大学校友，我一定倾向于选他。"原因首先是心理上的亲近感，其次是对这个大学教育的认可。他说校友是这所学校毕业的，每所学校都有自己的文化风格，也有一套特别的挑选新生的标准，他们更容易类似，他熟悉这所学校的教育和风格，更容易推断出这个校友也和自己类似，并可以把握将来对方的工作表现，降低用人风险。虽然这有些武断，但校友之间自然的亲切和纽带，带来的是心理上的相互认同和爱护，在事业上的相互提携和支持。

在美国耶鲁大学的校园有一条叫 High Street（高街）的街，就是美国最神秘也是最有权势的同学会——"骷髅会"的所在地。如果看"骷髅会"的会员名单，你就会明白为什么一旦一名学生被准许加入了这个组织，就是迈上了通向美国社会金字塔尖的阶梯。这份名单中有 3 名美国总统、2 名最高法院的大法官、摩根斯坦利的创办人、《时代》杂志的创办人、洛克菲勒家族的多名成员、多位美国名校的大学校长，还有无数美国议员以及内阁高官。中央情报局成立之初几乎就是"骷髅会"成员的天下。他们站在美国社会的金字塔尖上，掌握了大量的权力、财富和资源。最为重要的是他们相互扶持提携，他们有从开始入会就培养感情和相互帮衬的传统。这个同学会形成的庞大互助网络对美国社会产生了巨大影响，给了成员一个"通向财富和权力的捷径"。

"骷髅会"实际上只是一个普通的大学兄弟会组织，常春藤的名校中有很多秘密的同学会组织，比如耶鲁的"卷轴和钥匙协会"（Scroll and Key）、"狼首会"（Wolf's Head），哈佛大学的"坡斯廉俱乐部"（Porcellian Club），剑桥大学的"剑桥使徒"（Cambridge Apostles）等，都是性质类似的组织。他们能够为会员提供的最有力的财富，恐怕就是一张覆盖了精英阶层的关系网。

我们反对学生们像他们一样组织什么"兄弟会"样的组织，但希望大家在留学的时候有一个建立同学关系的意识，建立你的社会人脉。比如你的同班同学，你同一个项目组的同学，已经工作的成功校友，甚至你的教授。比如，搜狐网的创始人张朝阳的第一笔投资就是来自于他的几位教授。在高中、大学期间，留学生要主动去建立和发展自己的人脉关系。

_身体状态

    自己在体力、精力、脑力上是不是能应付得来，也是留学生必须考虑的（可参照职业规划部分的内容）。一些优秀的大学是全世界顶尖学生的集中营，竞争特别厉害，要拼智力、体力、耐力、心理承受力。各方面抗压能力和素质都很好的学生，到里面当然是如鱼得水，要是有些方面有缺陷，就需要考虑考虑了。首先是心理承受能力。人生来有他的特点，有他适合的方向，并不一定非要在学校里获得承认。我以前听说一名学生的事情，非常令人惋惜。这是一名清华的学生，他在原来的地区和学校非常优秀，心理感觉一直非常好。但到了优秀学生扎堆的清华，他发现自己再也不是第一名，他没有经历过这样的挫折，心理上难以接受，生活得非常痛苦。最后他在宿舍的窗台钩子上拴上绳子，结束了自己短暂的生命，大家都扼腕叹息。每年冬天最寒冷的时候，正是哈佛大学学期结束的时候。在复习周最后一天，期末考试前一天的深夜 12 点，在哈佛院子的北部，本科生宿舍那里，会涌出一批裸体的本科生，有男有女，他们冒着严寒聚集在院子里，先是大声尖叫，然后绕场裸奔一周。这是哈佛的传统，叫"Primal Scream"（裸奔尖叫），参加者大多是一年级的本科生，一年两次，都是在期末考试前一天深夜。这项传统其实就是为了发泄紧张情绪，是巨大精神压力下的心理宣泄，这样做的理

学期末的演讲报告

由是，如果你连裸奔都不怕，期末考试又算什么呢？这成为哈佛的一大奇观，引来很多校外人士的围观。

1999 年校方曾明令禁止，但屡禁不止，一到期末考就照常进行，而且这是一年级学生的传统。可想而知，在国外，一个高中生进了大学之后心理压力有多大。不单哈佛的学生有这样的传统，在密歇根大学有一个类似的传统，叫"Naked Mile"（裸奔活动），也是在期末课程结束的时候，学生半夜集体裸奔一英里。另外，邻近哈佛的马萨诸塞理工学院的学生在学期终了的时候会爬上楼向楼下扔旧钢琴。其他如耶鲁大学、普林斯顿大学，在期末考试前天晚上，学生也有类似的传统活动。连本地的学生升入大学之后都感到这么大的压力，何况是中国来的留学生呢？面临着文化、语言、学习等巨大的压力和负担，一定要有相应的体力、智力、心理来应付，否则就得不偿失了。一般越是优秀的学校，压力越大，对学生的相应要求也越高。另外，一个自己擅长或者喜欢的专业领域也能令学生爆发出巨大的能量，百折不挠，越战越勇，学习的压力不但不觉得苦，反而很快乐。

5.4 北美学校专业解析

_ 三大王牌专业

1. 工程专业

面对诸多专业选择，不少同学感到迷茫，不知如何选择，对于各大专业的前景和申请情况也不甚明了。在诸多专业中，工科类的专业是一个非常大的类别。为了让大家对工科有更加全面的了解，下面就工科专业的前景和申请做一个详细的说明。

为什么要学工科——学工科的优点不胜枚举。简单来说，包括就业前景明朗、起薪高、就业面广、大学课程含金量高、所学知识可以转移到其他行业，以及可以成为一个非常酷的专业人士等。加拿大有多所全球顶尖的工科院校，而且不少工科专业在大学期间有 CO-OP 机会，理论与实践并重。

工科的就业前景到底有多好——首先，石油和采矿作为加拿大的支柱产业为就业者提供了大量的高薪职位。石油工程专业毕业的学生就业前景尤为明朗，年薪普遍达到六位数加元；另外，采矿工业也是近年来人才紧缺且收入丰厚的行业。加拿大的《麦考林》杂志上的一篇文章详细介绍了英属哥伦比亚大学采矿工程毕业生的就业情况。杂志称该专业的学生可谓是"找到了金矿"，学生实习期的工资普遍达到了 6.5 万年薪，3 到 5 年内的工资可增长到 10 万加元年薪。

备注：本文部分内容参考以下网站：

http://www.canadianbusiness.com/lists-and-rankings/best-jobs/canadas-best-jobs-2014-kids-dream-jobs/?gallery_page=3#gallery_top

http://www.macleans.ca/news/canada/striking-gold/

其次，另外一个人员需求量非常大的方向是计算机工程、软件工程。学生在大学阶段的实习工资普遍达到 20 加元时薪甚至更高，实习工资能够支付相当一部分的学费。据目前在滑铁卢学习计算机工程的多位我校学生反馈，找实习工作毫无压力。他们在学校提供的合作单位中很容易找到对口的工作，有机会去微软、谷歌、苹果等一流公司实习。

最后，北美有更多的就业机会。放眼北美，位居全球 500 强企业中的汽车工业巨头，以及石油、电信、IT 行业的领军企业均在北美。在北美学习工科的出路和机遇不言而喻。然后，对于在工科和商科之间难以抉择的同学来说，本科阶段学习工科，毕业后再读一个商科学位的研究生可谓是黄金组合，在职场上将有无可比拟的优势，是无可厚非的"高精尖"人士。反之，本科阶段学习商科，研究生阶段学习工科的职业规划却是很难达到，是本末倒置的。

什么样的人适合学工科——我校有不少学生学了工科专业，基于对这些同学的了解和进入大学后的学习情况，我们认为学习工科的同学至少要具备以下素质：

首先，对工科有兴趣。唯有兴趣可以带领你走得更远，没有兴趣寸步难行。其次，数理化很强。数理化够强是进入工科的必备条件。进入大学

以后也需要学很多数理化方面的高端课程。再次，得是学霸，至少是准学霸，肯吃苦。工科生的大学生活很刺激，非常充实，并充满挑战。当其他专业的学生还在纠结选什么选修课的时候，你已经拿到了一张非常疯狂的课表，几乎全部都是必修课，没有选修的余地，准备上课吧。最后，心理素质要过关。毫不夸张地说，名校工科是天才云集、高手如云之地。再优秀的孩子也有人外有人，天外有天之感。竞争压力可想而知。换言之，能有机会和全世界的大牛一起学习是一件很让人骄傲而振奋的事。也许几年后的行业领军人物，今天正与你在同一课堂中学习。

工科都有哪些分支——每个学校的工科专业的设置略有不同，几个比较常见的工科分支有：土木工程、机械工程、电脑工程、电气工程、石油工程、化学工程、材料工程。一般来说，每所大学还会开设一些有特色的工程专业，比如多伦多大学的工程学以研究方向为主，滑铁卢大学的纳米工程、系统设计工程，英属哥伦比亚大学的综合工程，约克大学的航天工程。学校也会提供转换方向的可能性，各个专业方向的大一课程大同小异，因此仍然可以在大一以后调整专业方向。

加拿大哪所大学的工科比较好——加拿大有几所常居各大工科学校全球排行榜前列的学校。2014年《泰晤士报》的大学工科排行榜居于全球前100的加拿大工科专业大学有：多伦多大学（全球22）、英属哥伦比亚大学（全球48）、麦吉尔大学（全球59）、滑铁卢大学（全球67）。另外，阿尔伯塔大学的石油工程、约克大学的航天工程、麦克马斯特大学的工程物理学（该校是加拿大唯一一所拥有核反应堆的大学）、卡尔顿大学的航空航天工程也都首屈一指。

进入工科的门槛有多高——很高，而且还在不断提高。以安省毕业的同学来说，学分课的平均分至少在90分以上，数理化等必修课的分数在95分以上才称得上较有竞争力。另外，有些工科的申请过程已经从曾经的全书面材料改成了书面材料加视频面试。因此，学生的英语交流能力、思维能力、解决问题的能力也必须非常过关。国内直接申请的同学还需要提供高考成绩和会考成绩。

为了申请工科，我要做什么准备——首先，要保证出色的学分课成绩，尤其是数理化和英语课，这是学校录取时最为看重的条件之一。其次，培养良好的英语听说能力，目的是为了在视频面试中脱颖而出。再次，积累相关的课外活动和实践经验，多与大学的工科学生和老师交流，有可能的话多参与相关的项目。这些都是可以为申请加分的准备。

2. 商科专业

除工科以外，另外一个非常热门的专业是商科。

商科具体学些什么——比较传统的商科主要有以下几个方向：市场营销、会计、金融、管理、人力资源。这几个比较传统的方向中，人力资源和管理专业侧重于公司运营和管理方法，一般来说对数学的要求相对较低。而会计和金融方向，尤其是金融方向主要就是与数字打交道，对数学的要求比较高。另外，从事会计和金融方向的工作需要一系列资格证书，大多数同学在大学期间或者毕业以后都将有一段漫长的考证经历。当然，从另一个角度来说，这两个方向的行业壁垒，或者说入行门槛也就更加高。

除了传统的商科专业外，还有哪些与商科相关的专业——现在越来越多的大学开始开设跨学科课程，这是一种趋势。我认为这是对学生就业非常有益的。比如滑铁卢大学的环境与商科、科学与商科，布鲁克大学的计算机与商科，卡尔顿大学的商科与计算机系统管理，特伦特大学的艺术与商科，圭尔夫大学的食品农业与商科等。这些专业相比传统的商科更结合了某个行业的专门知识，使得商科学习更加具有针对性；同时，对于特定行业的就业也是有帮助的。举个例子，一个学商科与计算机系统专业的学生比一个只学了商科的学生来说，在竞争 IT 公司的管理岗位时更有竞争

力。而且这些跨学科专业并不开设在商学院下，往往隶属于与商科结合的某个学院，所以录取要求一般略低于传统商科。因此，对于想学商科专业的同学来说，这些"混搭"专业也不失为好的选择。

是否可以在不同的商科方向之间转换——如果没有确定到底要学商科的哪个方向，可否在进入大学以后再做选择？或者可否在不同的专业方向间转换？答案是肯定的。大多数大学商科第一年所学的都是基础课程，也就是要求学生在每个方向都要有所涉猎，而且还需要修一些数学方面的基础课程，到大二甚至大三才开始细分专业方向。当然，要求高的学校会对一些比较热门的方向设置门槛，低年级阶段的 GPA 就会变得非常重要。

商科专业的就业方向和就业前景如何——商科的就业方向非常之广，可能是就业面最广的专业。可以说每个行业，每个公司都需要商科人才。我们耳熟能详的大公司的职业经理人也都或多或少有商科背景。除了非常典型的商科行业，比如会计、银行、保险、理财，其他对商科专业需求非常大的行业还包括广告、市场营销、零售、人力资源、咨询、投资等。此外，自己创业也是不少商科毕业生的选择。所以不难理解，商科毕业生的就业、收入情况根据所处的行业，差异也是非常大的。举个简单的例子，在销售行业中，一个好的销售员的收入是没有上限的。

当然，商科专业的毕业生大部分也需要从底层做起，一步一步地往上升。如果能够进入比较好的大公司，公司也会对员工做一系列的培训，有机会接触各个岗位，逐渐找到最适合自己的岗位。

加拿大哪所大学的商科比较好——加拿大顶尖的商科学校包括：多伦多大学的罗特曼商学院、约克大学的舒立克商学院、西安大略大学的毅伟商学院、皇后大学商学院，这几所大学可以说常年盘踞在各大排行榜的前列。进入这其中的任何一所都需要学生有鹤立鸡群的学业成绩、明确的目标、卓越的领导才能和出色的交流合作能力。其他商科排名靠前的学校包括劳里埃大学、英属哥伦比亚大学等。

申请加拿大的商科专业有哪些要求——对于在安省完成高三学习的同学来说，大部分商科专业对 12 年级的高等函数课和微积分课的成绩有着很高的要求——90 分是一般名校的最低要求。另外，它们还要求过硬的英语成绩。例如，多伦多大学罗特曼商学院对 12 年级英语的要求在 80～85 分。其他不少学校也要求英语至少在 70 分。对于 6 门课平均分的要求，各个学校的商科专业要求也都不低，可以说与工程专业的平均分相仿，有时甚至更高。除了成绩要求以外，商学院也非常看重学生的课外活动，尤其是领导才能的培养。不少大学要求学生递交一些申请书以展现其所参与的课外活动以及从中学到的领导、合作和交流的能力。一些商科名校还有视频面试或者本人面试的要求，竞争非常激烈。

3. 计算机专业

展望未来就业市场的热门专业，计算机科学当拔头筹。实际上，与计算机相关的应用几乎存在于各个领域：从精算到海洋科学，从医学到法律，从探测到时装设计，从娱乐到环境保护。请看下图：

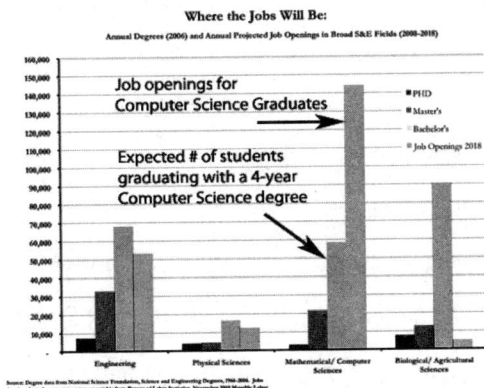

未来就业领域的预测

不难看出，到 2018 年，也就是 2014 年的这届学生大学毕业的时候，市场对计算机科学毕业生的需求量要远远超出这个专业毕业的本科生、硕士生和博士生数量。随着全球化进程的加快，那时候的毕业生将不仅着眼于自己国家的就业市场，更要放眼全世界。

首先，该专业就业市场前景光明。以北美就业市场为例，据 Association of Computing Machinery（计算机协会）的一篇文章可知，到 2020 年，美国每两份理工专业的工作中就有一份是与计算机专业相关的。而且几乎在每一个工作领域中都要使用到计算机知识。2011 年，美国乔治敦大学的一份数据显示，计算机科学专业的工作平均年薪高达 9.8 万美元，位列排行榜第 3。另外，这个领域的毕业生在北美就业后满意度很高。按照最近的一份调查，当被问到"你的工作与你学的东西相吻合吗？"的时候，69% 的人回答"是的"；86% 的人回答如果重新选择，他们还选择这个专业；90% 的人回答他们对工作很满意。可以说，计算机科学专业在北美的就业市场蒸蒸日上。

再看看迅速崛起的亚洲就业市场。亚洲的经济崛起成为 21 世纪的亮点。这个地区的两个人口大国——中国和印度都在致力于发展自己的综合国力。IT 人才成了发展中不可或缺的力量。据 2008 年的一项调查数据显示，印度的 IT 人才的缺口为 65%。为了弥补这一缺口，印度不得不大量高薪引进国外人才。中国自己培养的计算机科学专业的本科学生可以满足本国的需求，但高端人才的需求仍有大量缺口。

最后，五大名校保驾护航。

滑铁卢大学——计算机科学专业公认办得最好的当数滑铁卢大学。滑铁卢大学设有北美唯一一所数学院，这也是全世界最大的数学和计算机教育及研究中心。计算机科学在滑铁卢是数学系里的一个学科。与其他大学只有一个专业不同，滑铁卢大学的计算机科学可谓实力雄厚，拥有自己的 school（学院），称为 the David R. Cheriton School of Computer Science。比尔·盖茨曾经表示滑铁卢大学是微软招聘学生最多的大学。另外，滑铁卢大学还拥有最优秀的 CO-OP 项目。这个项目给学生提供了在学习期间的各种与所学专业有关的实习机会，让学生在学习期间就能将理论与实践相结合。当学生毕业时，不仅累积了宝贵的工作经验，而且在所学领域里不再是从零开始。与其他大学的同专业学生相比，滑铁卢大学的学生格外受就业市场的欢迎。

多伦多大学——滑铁卢大学的计算机专业本科教育可以排名第一，但研究生教育阶段就不一定能超过多伦多大学了。多伦多大学的计算机科学系提供了丰富的学科方向，在理论方面很强。系里有图灵奖（号称计算机科学界的诺贝尔奖）获得者。这个系获得业内最负盛名的集体奖项的次数超过其他任何大学。多大计算机系所处位置极佳，位于多伦多市的中心，是北美第三大信息交流技术中心。合作伙伴包括 IBM 和微软等大公司。这个系的各项设施非常好，所拥有的图书馆被评为北美第三。

阿尔伯塔大学——阿尔伯塔大学的计算机科学系在 1964 年就成立了，无论是在基础理论和应用方面都有着杰出的贡献。这个系现有 200 名研究生、25 名博士后和研究人员，以及 500 多名本科生。比较特别的是，这个系每年都会为各个年龄的孩子举办夏令营。在夏令营里，孩子们可以学习有关计算机及机器人的程序开发等十分有意思的知识。

英属哥伦比亚大学——英属哥伦比亚大学创建于 1908 年，综合实力名列前茅。这所大学的计算机科学系办得成功而有特色，很注重理论和实践的结合，也很注重国际间的交流及学科间的交流，而且 CO-OP 项目为这个专业增色不少。

阿卡迪亚大学——作为本科教育位于加拿大大学前三的阿卡迪亚大学位于新斯科舍省，计算机专业办得也不错。他们每年都会举办由中学生参加的机器人程序比赛。

跟我留学 成就人生

两大特色项目

1.CO–OP 项目

我发现学生在选择大学时常常产生这样的困惑：很多专业都有CO-OP和 Non CO-OP 两种选择，到底选哪一个好呢？两者的区别在哪儿呢？

所谓 CO-OP，是英语 Cooperative Education 的简称，是一种把大学的课堂学习和实际的工作经验结合在一起的高等教育模式，一般被称为"合作教育项目"或"带薪实习项目"。由大学、学生和工作单位三方参与，在培养学生的专业知识和学业能力的同时，使学生有机会在职场工作，教学与实践紧密结合，学以致用，增加就业机会。

CO-OP 的培养模式起源于 20 世纪初的美国。时为里海大学（Lehigh University）教师、工程师和建筑师的 Herman Schneider（赫尔曼·施奈德）提出课堂教育不能满足技术专业学生的需要。经过调查研究，他于 1901 年设计出 CO-OP 的教育框架，并得以在刚建校的卡内基技术学校（Carnegi Technical School）即现在的卡内基梅隆大学（Carnegie Mellon University）开始试点。1903 年，Herman Schneider 进入辛辛那提大学（University of Cincinnati）任教。两年后，CO-OP 项目获准在辛辛那提大学开展并很快获得成功，Herman Schneider 也因此从助教升为工程学院的院长，后来又荣升为该大学的校长。为了纪念他的贡献，2006 年辛辛那提大学将他的雕像放置在了他昔日的办公楼外，并建立了 CO-OP 大厅，纪念为 CO-OP 项目做出贡献的个人和机构。在随后的一个世纪中，不断有美国、加拿大、英国、澳大利亚、荷兰、香港等地的大学设立 CO-OP 项目，并成立了"世界 CO-OP 协会"（WACE）。截止到 2005 年，该协会拥有来自全球 43 个国家的一千多名成员。

CO-OP 项目在加拿大各所大学里已经十分普及。根据加拿大 CO-OP

协会的统计，2007年全加拿大有8万名大学生参加了CO-OP项目。其中最具特色的要数滑铁卢大学。该大学成立于1957年，成立之初就以CO-OP项目为目标。经过半个多世纪的发展，该校已经成为全球最知名、规模最大的以CO-OP为特色的大学，拥有超过1.6万名CO-OP项目学生，合作企业和单位达2.8万多家，学生CO-OP就业率高达94%。

要了解加拿大大学的CO-OP项目，首先需要了解一般大学的学年安排。加拿大的大学一般为4年制，共8个学期完成。实际上，一年可分为3个学期，每学期4个月：秋季学期从9月到12月，然后是2周的圣诞节假期；冬季（或称春季学期）从1月到4月；在这2个学期修完应修的科目。从5月到8月就是4个月的暑假（或称夏季学期），其间学生可以选择休假、打工，或继续上课，如果继续修课，就可以提早毕业。

那么，CO-OP项目是怎样进行的呢？不同学校、不同专业的具体操作有所不同，有的学校让学生利用5月到8月的暑假时间进行带薪实习，这样学生就可以在4年内按时毕业。滑铁卢大学有所不同，完成学业基本上需要5年的时间，所以在校上课和带薪实习是交替进行的。学生一个学期上课，下一个学期实习，如此交替，到毕业时，有的专业学生可以累积2年的工作经验。在北美找工作时工作经验是非常被看重的，经过CO-OP项目的学生就业率要高很多。而且，很多优秀的学生在实习公司表现出色，在毕业前就被提前选定进入大公司工作。

多伦多图书馆之行

这是 CO-OP 项目最大的优势之一。

CO-OP 项目之所以受到欢迎，不仅是教学与实践相结合培养了学生把课堂学到的知识应用到实际工作中的能力，也开阔了学生的眼界，培养了学生的沟通和交流能力。申请带薪实习的过程对学生而言是个很好的训练过程，尤其对不熟悉加拿大求职流程的中国留学生更是必要的学习。

留学生在加拿大工作需要工作签证，进入大学后，学校会协助学生拿到合法的公签；接下来，学校会培训学生如何找实习工作，如简历和求职信的写法、面试的准备等。学校有自己的 CO-OP 网站，所有跟学校有联系的公司的职位都在网站上，学生根据自己的喜好挑选工作，发出个人的简历、求职信和成绩单等，公司如果感兴趣就会要求面试。一般是先电话面试，接下来是本人到场面试。如果双方都觉得合适，就会签订合同，在规定时间到单位实习。除了通过学校的网站，还可以通过其他途径找实习的工作，如公司的网站、报纸、广告、中介等。实习的工作必须跟专业相关，而且必须带薪，否则不能算学分。实习期间要给学校交实习报告，还要单位的评价回馈。几轮 CO-OP 下来，学生都成了找工作的专家，跟普通的大学生相比，优势自然突出。

学生有了 CO-OP 的工作，收入会怎么样呢？不同专业、不同年级的学生收入有所不同，年级越高、经验越丰富，薪水就越高。根据滑铁卢大学的统计，2011 年学生每周工作 37.5 小时的收入在 375 加元到 1250 加元之间；工作 4 个月，收入可达 6000～20000 加元。在锻炼自己的同时又有不小的经济回报，这对学生的学习兴趣和自信心都是很大的促进。

大学的 CO-OP 项目对学生、学校和实习单位而言是赢家。对学生的好处非常明显，学生是学校的中心，学生好了，学校的声誉自然也好。那么对实习单位有什么好处呢？在北美，单位招聘员工是一件耗时又费钱的工作，和大学合作就给公司提供接触、试用员工的机会，使他们更容易招到优秀的员工。

2.ESL 项目

李同学就读于多伦多大学主校区的专门为国际学生设置的语言提高预科班，她要完成所有的语言课程才可以进入社会科学专业学习大学的学分课。由于雅思语言考试没有达到大学所要求的 6.5 分，她接受了大学的有条件录取，先提高语言然后再学习学分课。这对她来说，既是机遇也是挑战。机遇在于，她可以借这个机会提高英语语言水平，为学习大学的学分课做好充分的准备，同时也有助于她融入北美的文化；挑战在于，她不得不比同期入学的同学晚毕业，同时支付高昂的语言学习费用。李同学实际上参加的是大学的 ESL 项目。

那么，何为 ESL 项目呢？有些家长经常产生疑惑，被录取进入 ESL 语言学习项目和大学的正式录取有什么不同吗？ ESL 的全称是 English as a Second Language，中文可以直接翻译为"英语作为第二语言"。ESL 项目是一个统称，泛指大学里面专门为国际留学生设置的、目的在于提高学生英语语言能力的学习项目。如果这些国际学生的雅思或托福成绩没有达到大学的录取要求，就不得不先提高语言水平然后再学习大学的学分课。为了吸引更多的国际学生，加拿大很多大学采取了这个新举措：对于那些托福、雅思成绩没有达标的学生，可以参照其 ESL 成绩予以录取。有些大学需要学生提供雅思或者托福的语言成绩，根据目前的语言成绩决定学生进入某个级别的 ESL 学习；还有的大学需要学生进行大学语言入学测试，根据入学测试的成绩确定学生所就读的语言级别。而每一个语言级别所读的语言课程的长度和费用也是不一样的。有些北美大学也采用"ESL+ 专业"双录取，即有条件录取，学生在加拿大大学里先进行 ESL 学习，成绩合格以后可以免考托福、雅思，进入大学学习；或者结束 ELS

学习之后，进行大学本身设置的语言考试，成绩合格后进入大学学分课的学习。每个大学的 ESL 课程都有各自的名称，比如多伦多大学主校区的 ESL 课程叫做 International Foundation Program（国际基础课程），而渥太华大学的 ESL 课程叫做 English Intensive Program（英语强化课程）。每个大学的 ESL 课程的入学要求与周期也不同，比如多伦多大学主校区的 ESL 课程最低入学要求（以雅思为例）是雅思总分达到 5.5 分，单项不低于 5 分，9 月入学，历时 8 个月左右。又比如多伦多大学密西沙加校区的 ESL 课程的周期和修读方式可以根据学生的雅思成绩有所调整，如果学生的雅思是 6 分并且单项不低于 5.5 分，可以选择在暑假的两个月内进行 ESL 课程的修读，通过之后 9 月直接开始大学课程；也可以选择在 9 月开始大学课程后，周一至周五上大学课程，周六上 ESL 课程。

对于语言未达到大学录取要求的学生来说，修读一段时间的 ESL 课程是相当有帮助的。ESL 的授课有多钟方式，并且内容涉及各个领域。学生可利用此课程提高自身的英语能力。在这个课程中，你将会学到全方位的英语，包括听、说、读、写的技巧等。大学开设的 ESL 课程都有其各自的要求与形式，以下介绍其中一种课程的内容和形式。

在整个 ESL 课程中，学生会被要求完成 Research Report（调查报告）、Seminar（讨论课）、Essay、Case Study（个案分析）等任务。Research Report 要求学生分成几个小组，由各小组成员共同完成设计调查问卷、分发调查问卷并回收答卷之后汇总讨论，最后各自书写结论等任务。在此过程中，学生在英语交流与表达方面会提高得很快，并且还能培养团队协作能力。Seminar 要求学生对某一社会现象或观点先进行研究和分析，然后做一个 20 分钟的演讲，再加上 10 分钟的听众提问和解答。这也是特别针对口语的训练。Essay 就不用多介绍了，是针对某问题写一篇论文，但是论文的写作方法和逻辑都有一定的要求。虽然听起来做这些与国内的学习方式相差很远，似乎很难，但是在上ESL 课程的过程中，老师都会一一进行指导和教授，有任何问题都可以与老师直接沟通。

　　ESL 项目可以提高英语水平，便于融入北美文化，这对于学生来说是个很好的机遇，但是同时也是个巨大的挑战。这些挑战表现在，很多学生无法融入北美文化，用固有的中国思维模式、中国文化中待人处事的态度来行事，结果遇到了很多的麻烦。另一方面，很多中国大陆学生尽管学习英语有十几年的时间了，但是大部分

课堂上奇奇怪怪的道具

精力都用来做语法题，而没有广泛的阅读习惯，听力和口语更是捉襟见肘，这让这些学生在生活和学习上都遇到了很多意想不到的困难。大学的ESL 学习课程设置中大多有文化课给学生介绍北美的文化、历史，同时给国际学生创造一个英语的大环境。老师也很强调语言的交流和应用，尤其是听力和口语的强化有助于学生过渡到大学的学习。ESL 的教材也是博采众长，语言和文化结合起来，内容丰富，信息量大，学生如果能认真阅读，肯定在语言和文化的认知和应用上都会有巨大的进步，也会为大学的学习打下良好的基础。不仅如此，ESL 项目还设计了很多课外活动，在这些活动中，学生可以有很多机会和本地的学生交流学习。

　　但是，ESL 项目的弊端也有很多。首先，学费高昂。ESL 项目到底要支付多少学费呢？以多伦多大学为例，它的 IFP 项目学费大约是 2 万多加元一年，这对于大多数中国家庭来说是一笔不小的开支。西安大略大学的

语言培训项目每一期4个月，共分3个学期。每个学期大约6000加元左右，上下来大约1.8万加元。而渥太华大学10到12周的集中语言培训项目需要4000多加元。不仅如此，每个大学的ESL语言强化项目大多有自己的语言录取门槛。有的大学需要学生达到雅思5.5分才可以双录取，有的大学则需要6分。而大部分雅思已经达到5.5分或6分的同学是很有潜力达到6.5分的，只要加以时间练习，给予适当而有针对性的语言辅导，同时多给自己考试的机会去实践，达到大学的语言要求还是很有希望的。

其次，延长毕业时间。学习ESL需要多长时间呢？针对这一点，每个学校都有自己的要求。比如多伦多大学针对国际学生开设的语言培训项目就需要学生读一年，在这一年的语言学习中，学生需要完成多门语言文化课程，作业、考试一项都不能少，同时大学的学分课还有严格的数量限制。渥太华大学的语言强化培训项目层次繁多，大部分学生需要完成至少12周的语言课程。而实际上，很多学生的语言学习时间远远不止12周，有的甚至长达一年。这个过程中，学校设置了一些考试，如果学生没有通过学校的语言考试就无法从ESL项目中毕业，所以就要继续读下去。再比如，阿尔伯塔大学只有部分专业设置了ESL语言项目，称为Bridging Program（过渡项目），就读的时间从1~12个月不等。这要根据学生的入学雅思分数以及语言培训结束后的考试是否合格来确定是否需要继续进行语言培训。

最后，ESL项目背后掩藏着陷阱。学习完ESL项目所要求的所有课程后真的可以自动转入大学的学分课学习吗？答案是不确定的。北美大学和中国大学不同，就各个培训项目而言，教育部没有统一的规定，所以每所大学都有自己不同的规定。学生要在老师的帮助下一个学校一个学校地去搜索。学生主要关心的就是要上多久的语言培训，语言培训之后是否还需要考试。比如温莎大学的ESL项目，学生完成后，学校根据学生语言考试的分数来确定学生是否还要继续学习语言。有的学生仍然需要提供雅思成绩才可以缩短就读语言项目的时间，早日开始学分课的学习。这就给学生带来了很大的压力，ESL 的学习并不能在短时间内让雅思只有 5 分或 5.5 分的学生拿到 6.5 分，所以学生就不得不无限期地延长语言培训的时间。某些名牌大学，比如阿尔伯塔大学和滑铁卢大学，它们的 ESL 项目设置只是针对某些专业的，如果学生没有申报这些专业的话是不能被录取进入 ESL 项目的。这些信息大多连国内的中介机构都不太清楚，只有专业的大学申请咨询老师才能给学生一个明确的指导。再比如，多伦多某著名大学的 ESL 项目是对社会所有人开放的，并不是针对国际学生和大一新生的。如果学生错误地申请了这样的 ESL，在完成语言培训之后还需要再重新经历申请大学的复杂过程。换句话说，大学的 ESL 项目和大学的学分课体系是分离的，学生完成语言培训后并不能自动转入大学学分课的学习。以上这些都是申请人需要特别注意的问题。所以，国际学生应该竭尽全力攻克语言关，尽量不要就读 ESL 课程。

5.5　加拿大大学先了解

_ 加拿大大学"活"灵魂

对于那些不远万里来到加拿大求学的中国学生而言，加拿大大学无疑是他们心中的"都教授"或"千颂伊"，为了能够和"自己喜欢的人"在一起，他们毅然决然离开父母的呵护和熟悉的语言文化环境，跋山涉水，求学于远在地球另一端的加拿大。在我看来，纵然有一百条喜欢加拿大大学的理由，首当其冲的也必须是一个"活"字。作为一个加拿大大学教育的亲身经历者，我坚信"活"是加拿大大学的灵魂之所在。

以录取为例，不少加拿大大学按照大类进行招生。学生在填报志愿的时候，如果不确定自己到底希望在哪一个专业方向或领域里面深入进行学习，他们可以选择一个大类（如工程类）。等到完成大一基础课程的学习后，他们可以从容地做出选择（如机械工程、电子工程等具体的专业方向）。这种"活"为很多心智尚未成熟、对未来的学习和职业方向缺乏明确规划的高中 12 年级（等同国内高三）学生提供了更为宽裕的抉择时间，减少了走弯路的概率。另外值得一提的是，即便你在递交大学申请的时候已经选定了专业（如计算机），但是经过一段时间的大学学习之后，你发现其实自己真正感兴趣的是其他某个专业（如数学），你完全可以递交申请转入数学专业。不仅如此，你之前完成的很多学分可以一并转入，既节省了时间又节省了金钱，如此一来，你能不喜欢上加拿大的大学吗？如果你属于学霸级的人物，觉得只修一个专业不过瘾，你完全可以辅修另外一个专业，而且你所修读的两个专业可以是毫无关联的。

加拿大大学课堂内的"活"也无处不在。别的不说，光是教授们的装束就非常"接地气"。记得以前在国内读本科的时候，大部分教授上课时都是西装革履，不苟言笑，课堂气氛"相当紧张"。在这里，很多教授的穿着非常随意，文化衫加上短裤和沙滩鞋，一副出门度假、悠然自得的模样，一下子拉近了学生和老师之间的距离。在授课的过程，这些教授也是各出奇招，使枯燥的知识"活"起来。他们会引经据典，将自己的工作经历和研究成果穿插其中，辅以幽默的语言和夸张的肢体动作，你不想笑都不行。他们也会变换考查形式，开卷、闭卷、论文、口头报告、小组项目、辩论等等多管齐下，也许你会感觉应接不暇、筋疲力尽，但同时收获多多。他们课后还会参加学生组织的派对，带上自己心爱的吉他，自弹自唱，嗨翻全场。在很多学生看来，正是因为这些"都教授"的存在，自己的大学生活才会变得如此绚烂多彩。

众所周知，学习远非大学生活的全部，课外生活也能令你的大学时光"活力四射"。作为国际学生，在保证学习不受影响的同时可以通过校内外的兼职工作减轻父母的负担，同时积累一些工作经验，为将来的职场生涯奠定基础。如果你

圣诞晚会跳不停

就读的是 CO-OP 专业，实习工作的重要性更加不言而喻了。此外，如果你希望体验加拿大以外的文化和风土人情，你可以充分利用学校提供的各种国际交流机会，无论是欧洲、亚洲还是大洋洲，这些游学经历都将成为你大学生活当中一段难忘的回忆。你还可以活跃于校园里面的各个学生社团，无论是中国学生协会还是与你所学专业有关的学生组织，作为这些组织的成员，你既能结交新朋友又能锻炼自己的才干，何乐而不为呢？

_ 留学强省大比拼

安大略省和英属哥伦比亚省（或称"卑诗省"）可能是加拿大最为人所熟知的两个省份了。不管是选择留学目的地还是移民的定居地，这两个省份都是很多留学生心目中的首选。因此，有必要将这两个省份所提供的大学教育，从大学的数量和排名、大学的专业和项目的优势、大学申请的难度，以及大学毕业生的就业前景四个方面做一下比较。

从大学的数量和排名来看——安大略省有 20 所公办大学，而英属哥伦比亚省有 11 所公办大学。在《麦考林》杂志主办的 2013 年加拿大大学排名中，安大略省的 20 所公办大学中就有 18 所位列各类大学排行榜。其中，加拿大医学博士类前 15 名的大学中，安大略省的大学占据了 5 席，分别是位列第 3 的多伦多大学、位列第 4 的皇后大学、位列第 6 的麦克马斯特大学、位列第 10 的渥太华大学，以及位列第 11 的西安大略大学。在综合类大学的排名中，安大略省有 8 所大学被选入此类加拿大大学的前 15 名，分别是排名第 3 和第 5 的滑铁卢大学和圭而夫大学，并列第 6 的卡尔顿大学，排名第 8 位的约克大学，位列第 10 位、第 11 位、第 12 位的温莎大学、德劳里埃大学和瑞尔森大学，以及排名第 15 位的布鲁克大学。在基础类大学的排行榜中，安大略省也有 5 所大学入榜，他们分别是特伦特大学、湖首大学、劳伦森大学、安省科技大学和尼皮辛大学。

反观英属哥伦比亚省的 11 所公立大学，有 4 所挤入了《麦考林》杂志的 2013 年加拿大大学榜单，其中英属哥伦比亚大学位列医学博士类大学的第 2 位，西蒙弗雷泽大学和维多利亚大学占据了综合类大学排名的第 1 位和第 2 位，而北英属哥伦比亚大学在基础类大学中排名第 2。所以仅从数量上来看，和英属哥伦比亚省相比，安大略省的大学资源更丰富，质量也更胜一筹。

从专业和项目的优势来看——安大略省的大学不仅数量多，而且有多所大学的多个专业在全球都处于领先地位。例如多伦多大学的工程专业加拿大排名第 1，北美排名第 5，全球排名第 8，仅次马萨诸塞理工学院、加州大学伯克利分校、斯坦福大学和加州理工学院。安大略省大学的商学院也久负盛名，在最权威的商学院排行榜《美国商业周刊》(*Business Week*)的"美国以外商学院排行榜"中的排名一直都非常高。在最新的排名中，皇后大学商学院位列第 2，西安大略大学商学院位列第 6，多伦多大学的罗特曼商学院位列第 8，约克大学的舒立克商学院位列第 9。其中皇后大学商学院曾经连续 8 年排在"美国以外商学院排行榜"第 1，而大名鼎鼎的英国剑桥大学和牛津大学的商学院都排在这 4 所商学院之后。在数学和计算机领域，安大略省的滑铁卢大学可以称得上是世界上最大的数学和计算机人才库了。它是微软招收员工的首选 5 所大学之一。

和安大略省名校林立的情况不同，英属哥伦比亚省的大学中只有英属哥伦比亚大学和西蒙弗雷泽大学两所学校相对来说较有知名度。英属哥伦比亚大学是该省历史最悠久也是最负盛名的一所大学。在世界最权威的大学排行榜之一《泰晤士报高等教育副刊 2011～2012 世界大学排行榜》中，英属哥伦比亚大学位列加拿大大学第 2 位，世界大学排名第 22 位。这所

大学的地理位置十分优越，它坐落在温哥华西面的半岛上，依山伴海、风景秀丽，拥有北美最美丽的校园。两大校区共 22 个院系可以提供非常全面的专业和学科，很多学科如商科、建筑学、生物学等在加拿大甚至世界上均属一流。事实上，英属哥伦比亚省 60% 以上的研究都是在英属哥伦比亚大学的校园里进行的。正因为有这样的优势，这所大学得以为学生提供大量的实践机会，特别是将理论学习同实际研究结合起来的机会。

西蒙弗雷泽大学是英属哥伦比亚省另一所蜚声世界的优秀大学。虽然建校只有 40 余年，但是它已连续 5 年（2008～2012 年）在《麦考林》杂志主办的加拿大大学排名中位列综合类大学的榜首。西蒙弗雷泽大学下设 8 个学院，提供 100 多个学习领域。其中的商科、计算机科学、传媒、教育学、语言学、心理学等科系都十分出名。西蒙弗雷泽大学的 CO-OP 项目在加拿大的大学中也处于领先水平。带薪实习的机会非常丰富，管理与运动学专业的学生可以到澳大利亚管理娱乐设施；社会学专业的学生可以到加拿大知名机构从事调查研究；工程与计算机专业的学生可以到世界最大的视频游戏制造公司参加设计工作。所以这所大学的毕业生的就业率一直都很令人称道。

从大学申请难度来看——和安大略省相比，英属哥伦比亚省不仅大学的数量相对较少，大学的录取要求也更为严格。加拿大没有全国统一的大学入学考试，各个大学主要通过考核申请人在高中 12 年级的 6 门学分课的成绩和申请材料决定是否录取。学生如果想申请大学，在整个高中阶段所修的 30 个学分中至少有 6 门必须为 12 年级的大学预备课程（简称"预科"）。这 6 门课视不同的大学和学系要求而定。这一点上，安大略省和英属哥伦比亚省的要求基本相同。两者的不同点在于对这些大学预备课程的成绩评定上。

在安大略省，学生的各科成绩由平时成绩和期末成绩共同决定，平时成绩占 70%，期末成绩占 30%。期末成绩的考核可以通过考试也可以通过作业进行。总的来说，成绩的评定是由各个学校自主完成的。可是英属哥伦比亚省有专门的 12 年级全省统一考试课程。这些课程的科目与安省的大学预备课程相当，学生在这些课程上的最终成绩要由在学校取得的成绩和全省统一考试的成绩共同决定，学校的成绩占 60%，全省统一考试的成绩占 40%。所以从一定程度上来说，英属哥伦比亚省的高中生申请大学的难度要更大一点。有很多学生不得不选择先就读社区学院再转大学的曲线方案，或者很多国际留学生干脆转去其他省份就读高中的最后一年。

从毕业生就业前景来看——安大略省是加拿大人口最多的省份，同时也是加拿大最重要的经济大省，在全国经济中居支配地位。它的制造业和科技工业都很发达，世界汽车五强通用、福特、克莱斯勒、丰田、本田都在此设厂生产汽车。这里有加拿大第一大城市多伦多。多伦多一年的国内生产总值占加拿大经济总量的五分之一。金融业是多伦多最大的产业之一，全市大约有 50 万人直接或间接地服务于金融业。多伦多的海湾街汇集了加拿大五大银行及一些证券公司的总部；多伦多证券交易所是北美第三大证券交易所。这里还集中了六大保险公司的总部及 119 家证券公司和 61 家基金公司。多伦多还拥有北美第三大信息产业、第四大健康和生化产业，商务服务业规模也非常庞大。从工作机会和经济活力来说，安大略省绝对是大学毕业生在加拿大选择就业目的地的首选。比较而言，英属哥伦比亚省风景如画、气候宜人，是世界著名的旅游胜地，该省的经济对自然资源的依赖更大，主要的产业部门包括旅游和餐饮等服务业、林木业和水产业，经济活力与安大略省相比稍逊一筹，提供给大学毕业生的就业机会也就相应较少。

_ 解读大学排行榜

大学排行榜一直是有心报考国外大学的学生及家长都非常关心的问题，它是报考大学最重要的参考因素之一，往往需要根据这些大学排名来选择学校和专业。大学的排名是反映学校实力和声望的最有说服力的标准。但是在选择学校的时候也不能把排名当作唯一标准。首先，排行榜并非只有一种，个中水平良莠不齐。其次，留学毕竟是一个受众多因素影响的过程，权威的排行榜都有其侧重点，也有其不足之处。其三，留学更是一个个性化的过程，这是任何一个榜单都解决不了的，如果我们只看大学排名而不了解排名的来龙去脉，可能会做出错误的决定。对大学排行有了充分、深入的了解，清楚排行榜里的各项指标的来龙去脉，然后考虑自己的职业发展规划，申请适合个人的大学和专业至关重要。

我想结合加拿大《麦考林》杂志的大学排行榜和《美国新闻与世界报道》

《麦考林》杂志

（*US News and World Report*）的美国大学排行榜进行解读，分析他们各自的利弊。在此基础上结合我们多年的大学申请经验，希望给读者提出一些有益的意见。

加拿大有两个大学排名都是每年发布的。一个是加拿大最大的全国性的报纸《环球邮报》（*Globe and Mail*）排名，另一个是加拿大最大的全国性新闻杂志《麦考林》杂志排名。由于加拿大政府机构不对大学进行官方排名，因此这两个

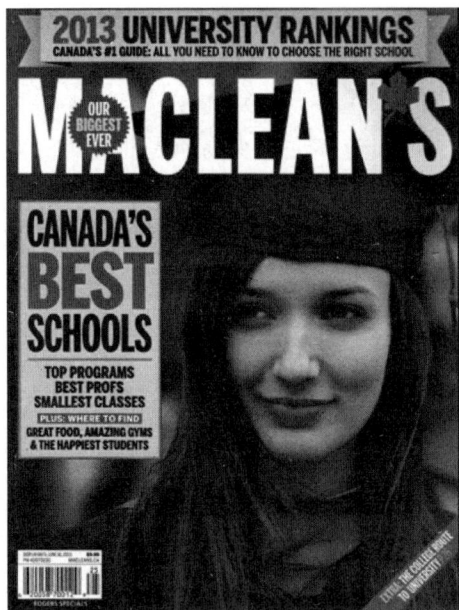

排名已成为加拿大本土学生及国际学生了解加拿大大学的一份重要指南。

《环球邮报》排名有两个特点：一是主要反映了在校学生对各大学的评价（学生意见占50%）；二是简单易读，各类大学不分大小统统排在一起。但是《环球邮报》排名的问题是：由于学生意见分数所占比例较大，使得规模较小、学生数量较少的学校在排名上更容易占到便宜；相反，规模大的学校由于被采访人的意见比较难统一，分数相对较低。

《麦考林》杂志排名也有两个特点：一是把诸多因素包含在内，学校规模和硬件条件的比重稍大；二是把所有大学分成三个等级——顶级是"医学院和博士类大学"（Medical Doctoral），其次是"综合性大学"（Comprehensive），最后是"基础类大学"（Primarily Undergraduate）。此外，该杂志每年还介绍大学学院。详细来讲，《麦考林》杂志排名的标准分为六大类：第一，学生和课堂（Students and Classes）；第二，师资（Faculty）；第三，资源（Resources）；第四，给与学生的支持（Student Support）；第五，图书馆资源（Library）；第六，声誉（Reputation）。我想以该杂志于2012年11月发布的加拿大大学排名的标准详细地给大家解释一下。

第一，学生和课堂。此项占总分数的20%。细分包括学生获奖的比例（Student Awards）（10%）和师生比例（Student/Faculty ratio）（10%）。如果学校在此项获得比较高的分数，表明他们的学生的学术能力强，而且师生比例较小，学生受到教授的关注和帮助较多。

第二，师资。此项占总分数的20%。细分包括教授获奖数目（Awards per full time faculty）（8%）、社会科学和人文科学研究项目资金（Social Scienceand Humanities grants）（6%）、医学及社会科学和人文科学研究项目资金（Medical/Science grants）（6%）。如果在此项获得比较高的分数的学校，表明他们的师资强大。如果你希望在某类学术领域大放光彩，有所作为的话，此项非常重要。

第三，资源。此项占总分数的 12%。细分包括研究资金总数（Total Research funding）（6%）和执行预算（Operating budget）（6%）。如果在此项获得较高分数的学校，表明他们的研究资金充裕。对有志于报读理工科等需要强大资金支持的专业的学生，此项指标非常重要。

第四，给予学生的支持。此项占总分数的 13%。细分包括奖学金和助学金的支出（Scholarships and Bursaries）（6.5%）和学生服务开支（Student Services）（6.5%）。作为身在他乡的留学生来讲，这一项指标异常重要。如果学校能给学生无微不至的关怀和帮助，对于国际学生的学习和生活都有非常大的帮助。

第五，图书馆资源。此项占总分数的 15%。细分包括图书馆预算和藏书量等。对于高校来讲，图书馆的重要性不言而喻。美国华盛顿的研究图书馆协会每年会对北美高校的图书馆系统进行综合评比。根据他们的研究调查显示，在 2012 年，多伦多大学图书馆排名第 3，仅次于哈佛大学和耶鲁大学的图书馆系统。加拿大的另外两所排名靠前的大学图书馆是阿尔伯塔大学（北美第 11 名）和英属哥伦比亚大学（北美第 16 名）。

第六，声誉。此项占总分数的 20%。《麦考林》杂志会向大学师生、高中老师、商界领袖、猎头、企业负责人、人力资源等，针对大学的声誉做问卷调查得出此数据。如果你从声誉分数较高的大学毕业，在找工作时候必会让潜在雇主给你加分。

之前提到加拿大《麦考林》杂志大学排行榜会依据研究资金、提供课程的多样性、研究生及职业课程的范围，将加拿大的大学分成三个等级——顶级是"医学院和博士类大学"（Medical Doctoral），其次是"综合性大学"（Comprehensive），然后是"基础类大学"（Primarily Undergraduate）。那么这三类大学有什么区别呢？下面就来为大家简单介绍一下。

第一类：医学博士类大学。指广泛开设博士学习课程和研究项目并设有医学院的大学。课程设置全面。医学博士类的学校一般规模比较大，而且有百年历史，30%以上的专业能设置到博士学位，有自己独立的医学院。

以下是《麦考林》杂志对医学博士类大学的排名：

Medical Doctoral	Overall Ranking	Awards per full time faculty	Social science and Humanity grants	Science/Medical grants	Total Research funding	Scholar-ships	Student Service	Student Awards
McGill	1	3	1	3	4	1	11	1
UBC	2	4	2	5	8	12	14	2
Toronto	3	2	3	1	1	7	9	5
Queen's	4	1	7	4	6	2	1	3
Alberta	5	5	9	7	2	5	15	6
McMaster	6	7	8	10	3	11	6	6
Ottawa	10	6	6	2	9	6	5	9
Western	11	11	11	9	12	4	9	12
Manitoba	15	13	13	14	13	14	3	14

第二类：综合类大学。指进行多种本科和研究生水平的学术研究，并颁授专业学位至研究院程度的大学，他们没有医学院。比如加拿大计算机专业和精算专业最有名的大学滑铁卢大学就属于综合类大学。

以下是《麦考林》杂志对综合类大学的排名：

Com-prehensive	Overall Ranking	Awards per full time faculty	Social science and Humanity grants	Science/Medical grants	Total Research funding	Scholar-ships	Student Service	Student Awards
Simon Fraser	1	2	2	1	5	6	4	2
Victoria	2	3	3	2	3	3	9	3
Waterloo	3	1	1	3	2	1	14	1
Guelph	5	5	8	8	1	4	7	7
Carleton	6	4	6	5	6	2	10	5
York	8	7	4	6	11	5	1	10

（续表）

Com-prehensive	Overall Ranking	Awards per full time faculty	Social science and Humanity grants	Science/Medical grants	Total Research funding	Scholar-ships	Student Service	Student Awards
Regina	9	14	15	13	9	9	8	12
Windsor	10	11	11	4	10	9	6	10
Wilfrid Laurier	11	8	12	9	15	6	5	14
Ryerson	12	15	10	13	13	13	3	15
Concordia	13	10	5	11	12	13	12	9
Brock	15	13	14	12	14	6	2	13

第三类：基础类大学。指着重于本科教育、研究生项目较少的大学。由于报考的学生多集中在第一和第二集团内，报考此集团的学生较少，故不做详细解析。

对于如何看加拿大大学的排名，还有如下需要注意的几点：

第一，排名都是主流媒体做的，加拿大政府或教育部门并未参与。虽然研究方法比较科学，但是仅供参考。

第二，由于加拿大大学都是政府办的公立大学，大学之间差别不大，和美国的情况不太一样。我们在申请时最好多申请几所，增加命中率。

第三，大家可以看出，影响排名的因素很多。有些重要的因素，比如学校的地理位置等又是排名中所没有的，所以大家在做选择时要多参考其他资源。

5.6　美国大学申报

＿顶级工程院介绍

美国前 20 名大学的工程院都以各自的工程方向著称于世界，拥有当今最知名的教授学者，在所属领域的学术上遥遥领先于其他国家。对去美国念书的学生来讲，工程院系有永恒的吸引力。以 2012 年排行榜样本为例：

第 1 名：马萨诸塞理工学院（MIT，Massachusetts Institute of Technology）：

毋庸质疑，MIT 是科学家的摇篮，这里的所有工程方向都首屈一指，如电气、土木、计算机等工程专业，吸引着全球的顶级精英。学校的网站上清楚地写明希望申请人独具一格，要有自己的想法，而且在申请文书中充分地展现自己，鼓励申请人多参加自己有兴趣的活动，在这些活动中发现真正的自己，而不是为了申请去参加，或者为了充实申请材料才参加。SAT 成绩及高中成绩固然重要，但一定要追寻自己的想法，对将要花 4 年时间学习的专业要有充分的认知和准备。国际留学生只能申请 MIT 的 Regular Action（RA，常规录取），而无权申请 Early Action（EA，提前录取）。每年的 1 月 1 日为申请截止日，而且会有面试。申请人可以多考几次 SAT 常规考试，MIT 会选几次考试中最高的成绩来考虑申请人的申请。虽然 MIT 没有具体的 SAT 要求，但有竞争力的考分是 2200 左右，同时还

要提供两门 SAT 科目的考试成绩，一般建议工程院的申请人选择数学和物理。另外，对留学生要求托福在 100 分以上，但申请人至少取得 110 分才可有信心申请 MIT。MIT 的好处及优点不再缀述，只是提醒申请人在 12 月前取得所有考试的理想成绩。同时尽早做好申请文书，以便申请。

第 2 名：斯坦福大学（Stanford University）：

众所周知，对于申请者来讲，斯坦福大学国际留学生的录取率一直不高，而且要求奇高，尤其是工程专业。若坚持申报这所大学，在高中期间要在学术及课外活动中脱颖而出，同时对 SAT 考试的成绩也须高度重视。同 MIT 一样，斯坦福大学接受 SAT 考试成绩拼分，Early Action 截止日为 11 月 1 日。故申请人应提早准备，在 10 月里取得所有考试的最佳成绩，方可申请提前录取。

第 3 名：加州大学伯克利分校（University of California–Berkeley）：

加州的大学越来越受到国际留学生的喜爱，伯克利也在强调尽管分数和考试很重要，但他们不会只在乎数字和数据。因此申请人不光要成绩好，最重要的是对所学专业有激情，而且在申请时要充分展现申请人自身的领导力及主动性，以及在学术以外的表现，如体育活动或兼职工作，一定要展示自己的兴趣。SAT 和托福考试的成绩必不可少，而且一定要取得高分，同时要有丰富的中学学习及生活才会吸引伯克利招生办的注意。

下面将前 20 名的其他名校一一列出，供大家参考：

第 4 名：California Institute of Technology 加州理工学院

第 5 名：Carnegie Mellon University 卡内基梅隆大学

第 6 名：Georgia Institute of Technology 佐治亚理工学院

第 7 名：University of Illinois-Urbana Champaign 伊利诺伊大学香槟分校

第 8 名：Purdue University-West Lafayette 普渡大学西拉法叶校区

第 9 名：University of Michigan- Ann Arbor 密西根大学安娜堡分校

第 10 名：University of Southern California 南加州大学

第 11 名：Texas A&M University 得州 A&M 大学

第 12 名：University of Texas-Austin 得克萨斯大学奥斯汀分校

第 13 名：Cornell University 康奈尔大学

第 14 名：University of California San Diego 加利福尼亚大学圣地亚哥分校

第 15 名：Columbia University 哥伦比亚大学

第 16 名：University of California -Los Angeles 加州大学洛杉矶分校

第 17 名：Princeton University 普林斯顿大学

第 18 名：University of Wisconsin-Madison 威斯康星大学麦迪逊分校

第 19 名：University of Maryland-Park 马里兰大学帕克分校

第 20 名：Northwestern University 西北大学

_ 关注文理学院

对于申请美国大学的同学来讲，常春藤名校是梦想中的彼岸，这些大学一般都是综合性大学。实际上，美国还有很多不错的文理学院，其规模没有综合性大学大，但其学术研究成果不可忽视，也极具优势，对于一心想成为某专业领域专才的同学，文理学院将会是个非常不错的选择。

首先，规模小，专业精。总体来讲，文理学院的规模都没有综合性大学大，而且有些学院从外观来讲可能只是几座不起眼的三四层小楼，但从这里能走出许多世界顶级大师，原因何在？主要是文理学院虽然规模小、专业有限，但浓缩的都是精品，这些专业都有上百年的历史，建立了优良的教学科研团队并积累了丰富的经验，拥有著名的教授学者。与综合性大学比较，学生数量相对较少，因而师生比例小，学生能得到更多的关注，利于学业发展。举例来讲，2015 年文理学院排名第一的威廉姆斯学院（Williams College）建校于 1793 年，校史悠久，专注于人文类、社会

科学及数学等专业，学生需在这 4 个专业中各选 3 门课而无须再修其他选修课。对于修艺术类的学生来讲，他们会有机会在学校看到世界级的展览及表演，近距离地与顶级艺术家接触，得到综合性大学学生得不到的学习机会。无论是何专业，学生都可以参加音乐、舞蹈及戏剧等各种艺术活动。再如排名第 2 的艾姆赫斯特学院（Amherst College）只有本科，也是集中在艺术、理科、社会科学及人文方面，有 38 个主修方向，如人类学、艺术及艺术史、语言、历史、法律、音乐、哲学、戏剧、生物、地质等，学习机会多于在综合大学学习的学生，因为这里只有本科，教师及教授的教学及研究集中在本科范畴，教授的大部分精力会放到如何教好本科生，而不是只注意带研究生搞课题研究。因此学生会有更多的机会与教授交流，得到有效指导，进一步在专业上提高自己。

其次，小班制，关注高。文理学院大都采用小班制，基本上教师与学生的比例是 1:7，同时为学生提供辅导课，鼓励学生积极参与。例如排名第 7 的卫斯理学院（Wellesley College），许多政界要人曾在此学院求学过，尤其是女性政治家，如中国人熟知的宋氏三姐妹就是从这所学院毕业的。这里一个班总共 17 ~ 20 人，所以对学生的关注度是综合性大学不可想象的。在综合性大学一个班可以有上千人。大部分情况是学生在课后只能通过电子邮件与教授联系，几乎没有机会与教授面谈，甚至只有博士和硕士生担纲的助教帮助解决学生的学业问题。卫斯理学院历经上百年的历史，为有志的女学生提供了非常有利的学习环境，而且与 MIT 有专业课的合作，对理科有兴趣的同学有机会去 MIT 学习。从这个学院还走出过美国国务卿希拉里·克林顿，这里是许多有政治梦想的青年才俊的理想入口。我们曾教过一位学生，在 4 月时收到了几份美国大学的录取通知，当时她就纠结于是去综合性大学还是文理学院。她所报的专业是生物，计划毕业后考研究生，以后做相关的研究工作。在她获得的录取通知中，就有一所排名不错的文理学院，而且这所学院就是以生物方向闻名的。其他的综合性大学的录取专业也是生物，但学术水平一般。我们帮她分析了文理学院的优劣。尽管综合性大学总体排名不错，最终她还是选择了去文理学院求学。对于留学生来讲，大学第一年的英文写作还有很长的路要走，只有通过大量的论文写作才能使英文写作能力有明显改进。相较而言，综合性大学的学生的第一年一般是在上百人的教室里云山雾罩，很难指望在课上或课下找到教授面谈，也很难有机会去参与更多的 Presentation 或 Seminar，对于写作的提高更是渺茫。曾有名学生当年选择去文理学院读政治，经过两年的学习，得益于长期的海量阅读及大量的写作，她的英文有了极大的长进。两年后她转学到西安大略大学继续学习，感叹说在文理学院的学习对于她来讲是翻天覆地的改变。

一般作为一名一年级的新生，对自己到底对什么专业最有兴趣往往没有太多的概念。在文理学院则会有很多的选择，不仅是专业课，同时还可以修很多其他与本专业无关但有兴趣的课程，从而找出什么才是真正感兴趣的，而且有信心学成的专业。对于留学生来讲，尤其是中国学生，在中学接受的是应试教育，缺乏思考。而在美国的文理学院，学生则会得到更多的帮助去思考清楚自己到底想要学什么。

不可否认，所谓综合性的大学排名，很多依赖其在研究方面的成就。在大学排名中，其教授、实验室、发表论文等的数量的大小，都会对其排名产生影响。因此，大学会集中更多的资源在研究方面。而在文理学院不会发生这类现象，因为学院里所有的研究项目、实验室及各种俱乐部均为本科生提供，不会与研究生或博士生分享资源。在授课方面，学生们会被要求参与班上的讨论，直接面对面地与教授沟通，而且在文理学院会经常看到学生与教授积极地探讨学术问题。这些都让教授更多地、真正地了解所教的学生。相应地，也会建立长期的师生关系。即使在毕业后，学生仍

会与教授保持联系，教授们会为自己的学生提供实习、工作的机会，学生还可为其他教授工作或投身他们门下学习。对于留学生来讲，文理学院的导师制为学生提供了学习及生活上的指导，会有效地帮助留学生尽快地适应大学本科的学习，减少文化差异带来的困扰。

　　巴布森学院（Babson College）是唯一一所为本科生开设 Entrepreneurial Thought and Action（创业思想及行动）专业的文理学院。它专门培养极具领导力的人才，提倡学生应具备丰富的实践知识、能力及洞察力，能够在求变中发展，激励团队达成共同目标。巴布森实时提醒此专业的学生现实社会存在的商业问题及其他问题，激励他们不断地创造经济价值和社会价值。这所小型的商业学院招收近 26% 的留学生，学生需修 50% 的人文类课程及 50% 的商业课程，而且第一年学生在学习 Foundations of Management and Entrepreneurship（管理及创业基础）这门课时，就要开始创建自己的公司，同时配有相关的课程以培养学生的兴趣，为毕业后达成自己的事业目标做好充分的准备。在巴布森学院学理科的学生也会选修 27 门商科及文科的课程。也许家长会提出疑问：花这么多学费来美国学创业，值得吗？值！巴布森的教学方法是将创业理念贯彻到学生学习及生活的方方面面。在学校里入学的新生会很快地组建好团队开始新商业项目的研发。学生每周有 14 个小时在教室上课，其余的 154 个小时都会花在商业项目的创造及发展上。对于学生来讲，创业已成为他们的生活习惯，而不单单是一门课。通过在巴布森学院四年的学习，学生们知道如何抓住商业机会、具有冒险精神和创造财富。他们不仅是在完成学业，还为其毕业后成为成功的商人做积极的准备。从这里毕业的学生充满信心地步入社会，寻求为自己创造就业的机会。曾有一名学生在大学申请时申报了巴布森学院的商科专业，当时他还在美国中学里打冰球，而且很职业，参加过比赛获过奖。巴布森学院的冰球队在美国学生联赛中成绩也不错。申请时，他与该校的冰球教练联系，凭借其在中学打冰球的成绩得到教练的认可，拿到了该校的录取通知。进入大学以后，该生开始丰富多彩的学习生活，毕业后在家人的资助下与两位大学同学创业，经营营养饮料的生意，在中美两国推销其产品。他从一个不谙世事的小孩，成长为一名勇于接受各种挑战的商人。

_ 走入美国的 Summer School（暑期课程）

由于当前越来越多的国内的尖子生及他们的家长青睐于美国藤校，进而对于这些藤校提供的暑期课程都非常感兴趣。在一个完全是英文的学习环境中，周围的同学来自世界各地，对中学生来讲这是一次提高沟通及社交能力的非常难得的机会。这些暑期课程有学分课程，也有非学分课及语言课程，一般为期3周至9周不等。各个大学的时间、内容各不相同，为渴望了解藤校的学生提供了非常难得的机会，与自己梦想中的大学亲密接触，进行短期学习。学生还可以利用参加此类课程的机会认识各校相关专业领域的教授及老师，进一步明确自己未来的专业方向，最主要的是为将来的大学申请增加分量。

暑期学分课程的内容十分丰富，包括学生感兴趣的各门学科，如生物、化学、数学，还有人文科学，如文学、艺术等。不同课程的学习时间有长有短、学分不等，学生可以根据自己的喜好选择自己真正有

参观安大略科技馆

兴趣的课程来修读，目的是亲身体会美国名校的学习课程。一旦学生所选的暑期课程全部通过，日后被该校录取，其暑期所选的学分可以转化成其大学的学分，申请一些相关课程的免修。同时，暑期课程经常是教授亲自授课，而非一些在读博士助教。学生在修学分课程时还有机会和在校的学生一起修，而且学习期间住在学校的学生宿舍，可以使用学校的任何学习资源——图书馆、实验室，与在校生没有任何区别。曾有学生在其 11 年级的暑假报名参加康奈尔大学的暑期课程，去之前既兴奋又紧张，怕自己的英文不足以完成其所选的 3 门生物方面的课程。该学生曾参加过托福考试，成绩为 105 分，应该完全可以听懂老师讲的内容，而且自我表述能力也无任何问题。学生亦明白参加这类课程的目的是了解一下名校的学习生活，看自己能否适应。经过鼓励，该学生成功地完成了历时 6 周的学习。其间他积极地参与完成课程中相关的小组作业，与德高望众的教授互动，同时学习如何有效地利用学校丰富的学习资源，完成了 3 门课的学习。回来后他仍然与教授保持联系，有时会就 12 年级的生物学习的问题向教授请教，在其申请大学时，此教授为该生写了推荐信，最后该生被多所美国藤校录取。

美国名校的暑期课程还有非学分课程及语言课程，可以提高英语能力，也会为今后的大学申请带来帮助。并非所有学生在修暑期课程时都能自如地使用英文，有些学生英语水平较差，但向往名校的学习生活，那么参加语言课程就是最好的选择了。上暑期课程的学生来自不同的国家，会为学生创造一个国际化的学习氛围，在老师的带领下更全面地掌握英文的使用。因很多在校生亦会选择暑期课程来增加其学分，由此会组织很多相关的社团活动，来这里修语言课程的学生亦可参加，以此来提高自己的英文沟通能力，同时更全面地了解美国名校丰富多彩的校园生活。

_ 实现美国大学梦

下面我们看一个我校学生申请美国大学的成功案例。

我于 2010 年 10 月来加拿大完成了高中 11、12 年级的学习。最初我对于大学的选择并没有太多想法，只想认真学好所选的高中课程，同时加强自己的语言能力，尽快地适应当地的学习并融入当地人的生活。对我来讲，受父母专业的影响，我非常明确自己未来的专业会是偏生物、化学方面的，至于是留在加拿大上大学还是去美国，我一直没有做最后的决定。

大部分高中的同学继续留在加拿大上大学，并在本科以后申请加拿大大学的研究生或更高的学历，主要还是希望有助于毕业后移民加拿大，甚至拿到加拿大的国籍。相较而言，美国则不太容易申请移民。我觉得，美国学校在国内的认知度普遍高于加拿大的学校，这种情况的结果就是当我回国就业时，同档次的大学，美国教育背景会受到高于加拿大教育背景的认可。实话实说，在来加拿大之前，包括我在内的我身边的很多同学都只知道加拿大有一个多伦多大学，美国大学却可以随口说出一串。从这就可以看出美国学校在国内有较高的认知度。对未来打算回国发展的我来说，显然美国的教育背景比加拿大的具有更大的优势。此外，就我选择的专业来说，美国和加拿大相比有更多的机会，去美国上学可以让我接触到更多的实习和参与科研

聆听图书馆工作人员的讲解

的机会，也可以及时掌握最新的科学和技术成果。从这一点来考量，对于未来计划进行学术研究的我来讲，去美国深造成了不二的选择。另外，我父亲曾在美国艾奥瓦大学做过几年访问学者，他回来后一直鼓励我有机会一定要去美国深造。

对于专业的选择，除去就业前景的考虑，我还认为重要的是个人的兴趣。生化工程专业不同于商科和文科，需要从业人员具备更全面的知识储备、丰富的实验经验，属于专业性较强的专业。我选择此专业最重要的原因是我对做实验及研究生命系统充满强烈的兴趣，而且小时候我就很爱待在父亲的实验室里学习如何使用显微镜及其他各种仪器和设备。后来，我对化学的兴趣越来越浓，而且渐渐地从父亲的经历中懂得选择专业很可能直接影响一生。想象毕业以后每天都在做自己喜欢的事情，这样会更愿意为所做的事投入更多的精力及时间。所以，我认为如果只为就业而选择自己不感兴趣甚至不喜欢的专业，将来从事自己不感兴趣的工作，这是得不偿失的。

在职业规划上，我的想法是进行日用化妆品、护肤品或者药物的研究，这也和我的兴趣爱好密切相关，所以在专业选择上我选择了生物化学这样一个相对基础的专业。美国的学校在这个专业上相对更具实力，而且研究成果也比较丰富。此外，世界最成功的生化公司都诞生在美国，这些大公司与大学间都建立了很强的研发关系，同时也培养了很多伟大的科学家。

做出类似选择的学生慢慢多了起来。这也算是"曲线迂回"。从加拿大申请美国的大学要比从国内申请方便和容易很多。

5.7　大学生存术

北美的大学和国内的大学不同，国内的大学基本是"严进宽出"，一旦进了大学，不要太出格一般都能顺利毕业，拿到毕业证书和学位，所以国内特别重视开学典礼，因为从此你的人生上了一个新的台阶。而国外则是"宽进严出"，毕业典礼特别隆重，被大学录取只是万里长征的第一步，朝着毕业目标前进的道路上充满荆棘，一切才刚刚开始。北美大学有很高的淘汰率，一个不小心就可能被打回原形。下面我就跟大家分享一些在北美大学生存的小秘密。

_ 大学生存术之一：选课全透视

拿到 offer 后大家首先关心的一个问题就是如何选课。如果你读的是工程专业，那么一般不需要选课。由于必修课程太多，你的课程表都是安排好的。其他专业的同学相对来说必修课较少，课程安排比较灵活，所以就需要在规定的时间内选课。下面我们就谈一下在国外大学选课的一些基本常识。

网上选课——北美大学一般都是在网上选课。到了选课的时间，很有必要在第一时间刷屏选课。很多受欢迎的课，很可能早上 5:00 网络开

通，5:10 就已经被选满了。这样你就只能在"Waiting List"（等待列表）上；除非有同学退出这门课程，否则你只能被迫去上其他的课。因此，选课前必须做好充足的研究，了解每门课的情况和自己毕业的要求，有目标地高效选课。我想提醒大家，往届的学长和校友会是丰富、优质的资源，请善用。

课程要求——以多伦多大学为例，课程按照难度大致分成 100～400 Level 不等。100 Level 为基础课，300、400 Level 较难。一般来说 100 Level 的课程是为大一学生设置的，而 400 Level 的课则面向大四学生。当然，由于大学是学分制，在哪个年级选哪门课还是非常灵活的。很多课程都有 prerequisite（前提）要求。也就是说，是否有资格选某一门课取决于你是否满足其要求。比如你要上 linguistic（语言学）200 Level，prerequisite 就是你已经修过 linguistic 100 Level。也有可能 prerequisite 是要求你没有修过某些课程。比如某个天文学课程是专门为文科同学开的，那么它的 prerequisite 就是没有修过大学物理的同学。这些要求在选课的网站上都会写得非常清楚。

全课与半课——大学的课程还分为全课与半课（Full Course and Half Course）。全课就是贯穿整个学年的课程，要上两个学期，修完后可以得到 1 个学分。而半课只有一个学期，修完后得 0.5 个学分。大学毕业要求一般都为 20 个学分，也就是说你平均每年要修满 5 个学分。选全课的好处是你可以少经历一次期末考试。选半课的好处是你可以多上几个不同的课程。

充分利用课程试听——一般来说，大学都允许学生在较长的时间内试听课程。在学校规定的截止日期前退出课程（drop），成绩可以不记录在案。如果感觉课程太难或者不喜欢某一门课是完全可以运用这个优惠政策来帮助自己提高 GPA 的。宁可多交点学费也不要因为一个很难看的成绩影响到以后研究生和工作的申请。也不要因为退了一门课程就感觉跟老师过意不去。即使班级很小，只要向老师说明情况就没有任何问题。

与 Advisor（导师）交谈——每个同学都会被配备一个 Academicadvisor。他是你的课程导师，往往是你这个专业的教授。他会给你一些选课上的建议，帮助你按时并合理地完成大学课程。但是，大学老师不会主动联系你。你必须主动去联系他，最好的方式是通过邮件跟他约时间见面。很多老师都有答疑时间，这是与导师交流的好机会。

在华人论坛找二手资料——随着出国人数的增加，很多好心人在网上为后来人铺了路。比如在 "Rate My Professors" 这样的网上可以搜索阅读关于国外某大学的某位教授的评论，甚至可以具体到上课风格和作业要求。在选课前先看看这些信息会有一定的帮助。另外，在一些北美当地的华人网站上也可以找到以前同学上课的笔记和资料。但这只是一种参考，有批判性地阅读和使用一切来自网络的信息才是真理。

_ 大学生存术之二：学习资源巧利用

教授和助教——也许你曾经听到学长们抱怨过选修某某大一课程的人数实在是太多了，以至于不得不将课堂挪到学校礼堂。如此一来，你有多少机会能和教授接触便可想而知了。但是你千万别忘了，每位教授都有自己的答疑时间，如果你有任何和课程有关的问题，大可不必害羞，只要是在他们的答疑时间内，你完全可以直接登门拜访，刨根问底一番。即便在答疑时间之外，你也可以通过邮件和他们预约见面的时间。除此之外，负责 tutorial（辅导课）的 TA（Teaching Assistant, 助教）也是不能放过的。这些 TA 通常由硕士和博士生担任，对所辅导的课程往往非常熟悉，而且他们很多人的年龄比你大不了多少，因此交流起来也许更加容易。

"万能"图书馆——我在加拿大的研究生生活有一大半是在图书馆度过的。直到现在我仍然非常怀念坐在学校图书馆里那扇巨大的落地窗旁埋

头苦读的感觉。每学
期的第一堂课，老师
通常会把这门课要读
的书籍和文章清单发
下来，其中绝大部分
都能在图书馆里找到。
但是在此我必须郑重
地提醒各位同学，如
果你们不想空手而归
的话，最好第一节课

多伦多大学图书馆

一下课就直奔图书馆去。"早起的鸟儿有虫吃"用在这里再恰当不过了。
文献资料与时俱进，如果能学会善用图书馆的海量信息，在海外求学中就
已经成功了一半。而且，国外名校的图书馆以读者为中心，室内环境优雅，
安静舒适，一般实行借阅合一的开架式布局，没有书库与阅览室之分，一
般文献放置于大开间的阅览区内供读者自由借阅。特殊不外借的文献馆藏
被置于小隔间的阅览室内，设立专门的规则，限制外借。这种灵活的文献
放置方式给读者带来了极大的便利。同时，大学的图书馆里也会提供大量
的电子资源，例如教科书和学术期刊等，通过学校发给你的账户登陆图书
馆网站，便可足不出户地访问这些资源了。

刚刚接触藏书量动辄上千万册的大型学术图书馆，很多留学生都会不
知所措。其实对于初来乍到的留学生，最聪明的做法就是求助"万能"的
Reference Librarian（参考咨询馆员），积极了解各个图书馆所用的馆藏分
类系统和馆际互借等操作方式，尽快适应国外的自助服务方法。不少教授
都会指定图书馆中的某些书作为课堂专用书籍，这部分书籍会被图书馆人
员放在特定的区域供修读相应课程的学生借阅。这类图书是不能长期借出

的，往往一次只能借阅 2~4 个小时，所以新生要注意留出在图书馆阅读这些教辅参考书籍的时间。

名校图书馆的开放时间也非常人性化。以全美学术类图书馆排名第3 的、仅次于哈佛和耶鲁的多伦多大学图书馆为例，主馆 Robarts Library（罗伯兹图书馆）的开放时间按照学校的教学表而安排，在临近期末考试时，Reading Room（阅读室）会通宵开放给学生们自习，馆内备有小食站、咖啡厅、沙发等，方便学生在疲惫时小憩片刻。图书馆里还配备保安人员，不但保证书和资料的安全，也能保证学生的安全。

除了基本的借阅、参考服务，加拿大的各大高校图书馆都为学生提供了实用的 Workshop（工作坊）帮助学生解决学习、科研、职业生涯中的种种疑惑和问题。如约克大学的 Scott Library 就设有研究论文写作、课程选择和学业规划、科研和职业生涯规划等主题的工作坊；而多伦多大学的 Robarts Library 则有论文选题指导、学术写作系列讲座、科研基础技能指导等系列的讲座和工作坊。如此项目多不胜数，全部免费，是新生手边便利宝贵的资源。

学生服务中心——各个学校的命名可能不一样，但是学生服务中心一定是你在大学里发现的最有用的地方。里面的服务可谓包罗万象，在这里，有指导学生们如何做 Presentation 或者如何写论文等和学术及生活相关的 Workshop，有帮助新生修改论文的写作中心，还有帮国际留学生申请学习许可等咨询服务的国际留学生中心。这些资源基本上都是免费的，只需提前预约，所有在校生都可以使用。

网络——最后，千万不要忽略各个大学的门户网站。学校的官网是对外宣传的主要渠道，包含了校园生活各个方面的信息和校园新闻。经常浏览学校网站能够帮助学生们及时掌握学校的动态，还可以利用搜索功能查询最需要的帮助版块。例如，MIT 提供的在线课程就受到了全世界许多大

学生的推崇。每一门课程，从课程大纲到课堂笔记，再到考试内容，可谓应有尽有。如果你在他们的网站上可以找到你正在修读的课程的话，那这些材料将会成为你的一把"利器"，帮助你顺利搞定这门课。对于那些对英语不是非常自信的同学，OWL（The Purdue Online Writing Lab，普渡大学在线写作实验室）将会是你的良师益友。这个网站涵盖了英语写作的各个方面，无论你有什么疑问，在这里总能找到答案。

大学生存术之三：避免"Presentation 焦虑症"

Presentation 的意思是上台发言陈述，国外大学几乎每一门课都会有这个要求。掌握好 Presentation 的技巧对以后的大学学习和工作都有很大的帮助。很多人都有这个疑问，为什么我在公共场合演讲总是容易紧张，而我的当地同学们就很放松，还能跟观众谈笑风生地活跃现场气氛呢？其实北美的课堂教育非常注重学生 Public Speaking（公众演讲）的能力。从幼儿园开始就有"Show and Tell"（展示并介绍），老师让孩子们选一个自己感兴趣的话题画一张海报，然后向全班同学介绍这个话题。在这种教育下，很多当地的学生觉得 Presentation 就是小事一桩，因此特别放松。为了让我们的毕业生适应当地大学的学习，我们学校几乎每门高中学分课都要求学生做 Presentation，包括数学和理科课程，这样就给学生们提供了

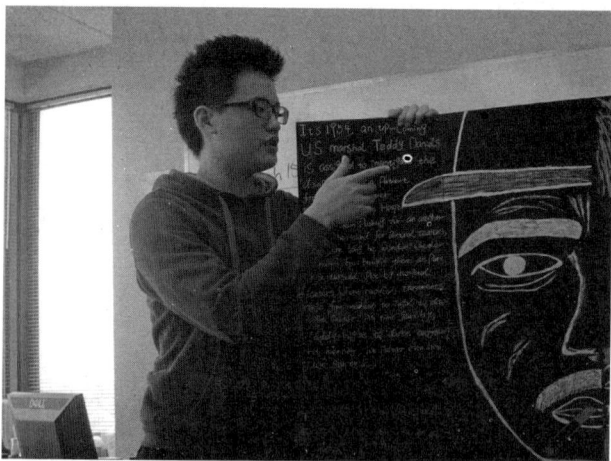

大胆做演讲

一个很好的锻炼机会，让他们能积累经验，并根据老师的反馈进行改进，更好地过渡到大学的学习当中。

做好 Presentation 的两个重点在于要有充分的准备和练习。大学里老师一般会允许学生自己选择 Presentation 的话题，所以一定要选择你喜欢的话题，这样准备的过程也是愉快有趣的。根据经验，以下是一些做 Presentation 期间最常见的问题以及对应的解决方法。患有"Presentation 焦虑症"的同学可以参考下面的建议：

焦虑一：过度紧张，大脑一片空白。

对策一：尝试在现场大声练习你的发言。如果条件不允许就在家里的镜子前大声练习。注意练习时一定要发出声音，不要在心里默念。

对策二：演讲时确保你的笔记时刻在你的目光所及范围内，告诉自己即使忘词了也可以随时查阅笔记，这种心理暗示可以给你安全感，消除紧张。注意演讲稿不要写得太密密麻麻，每段话尽量都要有显眼的小标题，方便你快速找到接下来的内容。

焦虑二：发音不标准，有口音，听众可能听不懂。

对策一：演讲时千万不要因为紧张一味地加快语速。如发现台下听众有困惑的表情，可以适当对刚讲过的地方进一步进行解释。

对策二：使用 PPT 工具，把自己演讲的要点都列在上面。听众如没听明白，可以参考屏幕上的要点。但切忌不要每张都是整段密密麻麻的字，以要点的形式把关键内容简洁明了地列出来即可。

焦虑三：发言太无聊了，听众开始自己讲话。

对策一：确保你所讲的每一点都与主题相关，删掉无关的话题。根据话题的不同，可以采取一些视觉性协助，如视频、音乐、图片等。

对策二：时刻与听众保持眼神接触，感觉到听众开始丧失兴趣的时候，增加与听众的互动，可以适当讲个小笑话或者提个问题。

焦虑四：碰到爱提问题、爱辩论的观众，无论你发表什么意见他们都反对。

对策一：事先预想一下观众可能会问什么样的问题，以便事先准备好答案。

对策二：时刻保持微笑和礼貌，保持谦逊的态度。遇到难答的问题或有争议的问题确实不知道怎么回答时，如果听众中有比较有权威的人物（如老师和专家），可以参考他们的意见。或者可以反问提问者的意见。大方承认自己不知道怎么回答往往比遮遮掩掩、转移话题更能博取听众的好感。

对策三：事先安排一个"托儿"，提一个计划好的问题。你可以事先准备一个完美的答案，这样可以树立自己在这个话题上的权威性，博取听众的好感。

焦虑五：电子设备或网络突然出现故障。如准备了 PPT 结果打不开或者投影仪坏了。

对策一：尽量不要使用不熟悉的电子设备。要先调查清楚场地是否有需要的设备。在 Presentation 开始前应该仔细检查自己的设备。

对策二：如果需要用到网络，应先检查好网络是否好用，加密的无线网络应该先问到密码并连好，避免开始演讲后手忙脚乱。

_ 大学生存术之四：课程论文 "斩立决"

对于很多母语非英语的学生而言，写论文无疑是件非常痛苦的事情。不少毕业生进入大学就读后向我抱怨大学里面的课程论文太难写了，令他们感到"压力很大"。鉴于自己之前也曾遭遇这样的切肤之痛，同时也积累了一点小小的心得，我希望和大家分享一下几个英语论文写作的小贴士。

首先，看清要求。大学里面的论文题目通常都有着明确的要求。譬如，有的课程需要我们撰写 Response Paper（针对给出文章做评论的论文），顾名思义，我们需要先阅读教授提供的文章，总结其观点，然后进行讨论，给出我们自己的看法。在这种情况之下，如果我们不参考指定文章就直接抛出自己的观点，大谈阔论一番，后果显然是可想而知的。同样是 Response Paper，有的时候我们需要阅读两篇相同话题的文章，然后比较作者的观点。遇到这种类型的题目，我们必须在分别阅读两篇文章的基础之上进行横向比较，如果你的文章里面没有体现这种比较而仅仅是将两篇文章作为两个不同的个体分别进行剖析，教授给你一个"C"也是不足为奇的。除此之外，题目要求当中涉及的诸多细节我们也不可掉以轻心。如果教授要求最终的成品文章加上参考文献资料不能超过 10 页纸，他说话算话。如果你的论文超过了 10 页，你的分数肯定会受到影响。

其次，构建框架。对于一个工匠而言，无论他的技艺如何高超，要是没有图纸，他怎样都无法盖出一栋房子。对于大学论文写作而言，我们同样需要一张 Blueprint（蓝图）。这张蓝图不仅需要涵盖所写文章的基本框架结构，同时还得兼顾拟采用的论证方法等细节。仍以 Response Paper 的写作为例，首先我们不妨对所读文章做个简单的小结，然后分别从支持和反对两个不同的方面展开论述。无论是支持还是反对，我们需要提炼作者的主要观点，结合自己的经历进行剖析，层层推进，达到说服读者的目的。最后，我们应当对全文进行总结，肯定所读文章的作者对此研究领域做出的贡献，同时强调自己的观点和作者的观点不尽相同。

再次，语言规范。我曾经阅读过一些加拿大大学的中国学生的课程论文，毫无疑问，不少人语言方面仍然有着很大的提升空间。抛开语法、句法和词汇不说，很多同学对学术英语的了解和使用可谓知之甚少。比如，很多人喜欢在论文里面使用 Don't 和 Shouldn't 等缩写形式，事实上，学术性的文章里面通常是不允许使用缩写的。此外，有的同学在文

章里面使用了"I heard that"这样的句式，从学术英语的角度而言，这样做同样也是不合适的。如果你需要进行引用，请务必标明出处。比如，大家不妨使用下面的句子结构："According to the article by""It is generally acknowledged that"。如此一来，你的文章自然会变得更加赏心悦目。诚然，学术英语写作能力的提高不可能一蹴而就，平时的点滴积累非常重要。强烈建议大家多阅读英语为母语的人所写的文章，将其中比较地道的词、短语和句子等摘录下来加以背诵，并且寻找机会运用在自己所写的论文当中。

最后，反复检查。无论你有多么讨厌自己的文章，在把它交给教授之前，反复检查是很有必要的。除了单复数和标点符号等基本点之外，你还需要从整体上对文章进行检查，例如上下文衔接是否紧密等，并且做出相应的调整。如果你觉得自己搞不定的话，不妨联系一下所在大学的 Writing Center（写作中心），那里有专职的老师可以免费帮你修改论文，这么好的资源可别让它白白浪费啊。

大学生存术之五：坚守学术诚信

恐怖的学术欺诈——从学校到科研机构，从学生到老师，坚守学术诚信都是必然之事。可是实际生活中发生的学术欺诈事件屡禁不止，甚至到了令人发指的地步，用"恐怖"二字形容绝非言过其实。让我们先从这些真实鲜活的案例开始。

名校丑闻

新浪教育频道 2013 年 2 月 3 日：哈佛处罚作弊学生，60 人休学 60 人察看。

据新华社报道，美国哈佛大学文理学院院长迈克尔·史密斯 1 日向学生发送电子邮件，通报去年在一门期末考试中作弊的大约60名学生将接受处罚，休学一段时间。

路透社评述这起事件是近些年美国常春藤联盟名校曝出的最大的学术丑闻。

哈佛大学去年5月曝出丑闻，120多名学生涉嫌在春季学期的期末考试中作弊。《美国国会概况》课程期末考试采取带回家独立完成的开卷模式，考试交卷人数超过250人。那门课程的助教阅卷时发现，近一半人有交流答案或剽窃之嫌。校方随即调查。

史密斯1日向所有学生发送一封电子邮件，说学校学术道德委员会结束对作弊丑闻的调查，决定要求"一半涉嫌作弊的学生"离校。史密斯说，另外一半涉嫌作弊的学生留校察看。强制休学的时间通常由受处罚学生自己决定。在哈佛大学，这项处罚一般持续2~4个学期。

史密斯在电子邮件中说，这么大规模的作弊事件"前所未有"。哈佛大学的一个委员会正着手制作方案，以强化校园诚信文化，提升学生的道德标准。他写道："现在，大家应该共同反省并行动。"

无独有偶，据《新华每日电讯》2007年6月第7版报道，享有"南方哈佛"美誉的美国杜克大学富卡商学院在官网上宣布，该校38名2007~2008届MBA学生涉嫌考试集体作弊，将受到严厉处罚。后经调查，涉嫌作弊的学生大多数来自中国。2007年4月，杜克大学公布了最终的处罚结果：9名学生被开除，15名学生停学一年，10名学生学分课成绩为零分。这是富卡商学院成立以来最为严厉的处罚。依据美国法律，留学生如触犯法律法规可以申诉，但一旦失败，其在美国的签证自动到期，需限期离境，且获得再次签证的概率微乎其微。此类事情一旦发生，无异于自毁前程。受到伤害的岂止是当事人，还会波及正在申请该商学院的其他学生，无疑会大大增加成功申请的难度。

2011年9月中国新闻网引用英国《华商报》文章，详细报道了发生在英国巴斯大学的中国留学生雅思考试作弊事件。当年8月20日，多名中国学生参加了设在该大学语言中心的雅思考试，当监考教师察觉几名学生本人与准考证上面的照片差异较大时，校方立即报警。之后，警察检查了学生的证件，并当即逮捕其中三人。事后证实，有两人被正式起诉。当地警方仍在做进一步调查，此案件可能会涉及更多的中国留学生。

此类事件在此之前已有发生。2009年12月，伦敦布鲁内尔大学（Brunel University）一在读秦姓中国留学生请朋友代考期末考试。当值监考老师在发现照片可疑后立即报警。事情的结局是两人分别被判处6个月徒刑，并被驱逐出境。

秋后算账

1997年1月，赫尔曼实验室的一位博士后举报，两名德国著名的癌症研究人员弗里德海姆·赫尔曼和玛丽昂·布拉赫被怀疑在德国马普分子医学中心工作期间，有4篇论文造假。布拉赫承认迫于赫尔曼的压力伪造过数据，但赫尔曼否认了一切。调查小组介入后发现，论文造假数量越来越多。截至当年8月调查报告发布时，已经发现37篇论文涉嫌造假。赫尔曼和布拉赫最终被迫辞去所在研究机构的职位。

澳大利亚《每日电讯报》2012年3月30日报道：匈牙利泽梅尔魏斯大学日前宣布，匈牙利总统帕尔·施密特因博士论文中存在抄袭内容，已经被剥夺1992年获得的博士学位。之后，施密特总统迫于各方压力于4月2日在国会正式宣布辞职。

这些案例仅仅是冰山一角，我们不必一一查询。可是这些案例足以引起我们的深思。学术诚信是最基本的学术道德，本应人人恪守，可还是有人敢逾越雷池、以身试法。然而，纸包不住火，待事发后悔之晚矣。尤其应当引起我们关注的是案件频频涉及中国留学生，虽然可能只是少数人深陷其中，但这给整个中国留学生群体的学术诚信抹了黑、败了名。在此，真诚地呼吁：时刻警钟长鸣，远离学术欺诈。

不能承受之重的"中国式思维"——在中国，学生往往需要很好的学习成绩才能"过五关、斩六将"，才能到达梦寐以求的"金字塔的顶端"。古代科举制度，"学而优则仕"就是给那些"学优"者提供了一条"仕"的道路，所谓"仕"，就是当官。而这种思维方式已经延续了几千年，一时很难改变。这一典型的中国式思维不知害了多少人，可惜现在余毒尚存。部分中国留学生为了能取得更好的成绩，进入更好的大学，没有凭借自己的辛苦劳动而是选择了"捷径"——抄袭和作弊。作弊有着极大风险，自古考场弊案也不知有多少人掉过脑袋，但还是有人前赴后继、乐此不疲。一直作到今天，作到国际舞台上来，却不知深陷"华容道"。

国外"宽松"的学术环境——我们的学生来到国外留学，突然缺少了中国式的"严密监督"，比如考试时老师监考不严，甚至在某些国家不会安排老师现场监考，全凭学生自觉。这无疑创造了抄袭或作弊的可乘之机。殊不知，很多国家，包括北美都把一个人的诚信摆在首位。诚信会跟随我们一辈子，所以几乎没有人会拿自己的"诚信"开玩笑。这一点体现在生活的各个方面。以加拿大为例，一个人的信用卡要有良好的信用记录，否则需要贷款时会被拒绝；这里很少有人撒谎，因为一旦被人发现，此人的信用级别就会一落千丈；保险公司在办理汽车保险业务的时候往往只是在电话中和客户了解投保汽车的基本信息，整个过程都是凭借着对客人的信任进行的。我们发现，"诚信"几乎是整个社会的基石。而一部分中国留学生抱着侥幸的心理，试图钻空子，最终付出了巨大的代价。随着一个个抄袭事件的揭露，中国留学生在海外的诚信受到了极大的挑战和质疑。

"五花八门"的抄袭——学生进行学术抄袭有很多原因，按照抄袭的特征可进行如下的归类：

无知无畏型：学生在无意当中使用了别人的话语、想法、观点，甚至图片或数据等，没有注明这些材料的来源。但自己不了解引用的规则，在"完全不知情"的情况下进行了抄袭。

投机取巧型：这些学生经常自认为技巧娴熟，随便把搜集来的资料进行简单的拼凑。然后自负地认为抄袭不会被抓住，心存侥幸。

拿来主义型：这些学生认为，既然已经有人完成了某些相关的调查研究，我又何必再花时间和精力在上面呢？不如直接拿来使用，直截了当。

无聊应付型：这些学生本身对某些作业不感兴趣，因此随意从别处抄袭来应付老师。

能力欠缺型：这些学生或是因为缺乏扎实的专业知识，或是没有技能来完成自己的作业或作品，或是为了提高自己的作业成绩，或是感觉作业太多而时间不够，又或者需要取得很高的分数才能进入理想的大学等。在自己不具备实力的时候，种种担忧和压力使他们选择了铤而走险。

各种类型的抄袭，其目的都是一个：不劳而获。而不劳而获最终总是要付出更多的"劳动"才能挽回局面。所以好多因抄袭而身陷囹圄的学生经常会感慨："早知如此，何必当初。"

特别需要指出的是，不光是抄袭别人的人会受到惩罚，被别人抄的同学也属于作弊行为，也会受到同样的惩罚。有的同学不明就里，稀里糊涂把作业或者考试的试卷给其他同学"借鉴"了。殊不知，这样也同样是作弊，性质一点都没有变，得不偿失。

学术诚信是"天大的事"——学术诚信是大学生存和发展的根基。因此，对于世界各国的大学来讲，捍卫学术诚信是"天大的事"。北美也不例外。比如加拿大各大学通常在学校的网站上登载学校关于学术诚信的声明和规定。例如，多伦多大学在自己的官网上写道，多伦多大学严正对待抄袭和欺诈，任何有学术欺诈的学生都会被追究责任并受到严厉的惩罚。多伦多大学把有关学术诚信的政策和条例都囊括在了一个统一的文件中——学术行为规定（The Code of Behaviour on Academic Matters）。

渥太华大学在学校的主页上把抄袭定义为"把别人的话语、观点或统计数据拿来当作自己的直接使用；完全或部分翻译别人的文章而不说明出处也算作抄袭。因为我们无法总是原创，难免会使用别人的观点或作品，但必须以恰当的方式处理，否则就视为抄袭"。任何有学术欺诈行为的学生都会受到严厉的惩罚，包括作业分数为 F 或者零分、当年的学分被取消、多修 3～30 个学分、被除名，甚至取消学位。

由此看来，大学把学术欺诈视为"雷池"和"禁区"。作为留学生，自当认真对待，不要"越雷池半步"，不要"误入禁区"。

因此，学生自己要逐步培养必备的学术诚信。小到一次作业，大到一次考试，都要本着诚实的态度努力展示自己的思想和实力，而不要总是想一些歪门邪道。学术诚信的养成必然需要一定的时间，慢慢培育自己的学术素养，这必然需要学生家长的配合和支持。因此，建议各位家长应该特别关注孩子的诚信问题，无论是做人还是学习，从小就要让自己的孩子"做人要有修养，做学问要有素养"。

大学生存术之六：转学、转专业

在北美留学还有一个好处，就是学制的自由，这在国内的大学是不太可能的。这是一种开方式的教育体制，你可以根据自己的需要转专业、转学校，有很大的自由度。当然也并不是随心所欲的。有的容易些，一般从热门或者高精尖的专业转到普通或冷门的专业容易，从名校转到普通学校容易，从大学转到大专容易；反之则难，有时候可能相当于一次复杂的大

学申请。当然还要考虑到有些普通大学的热门或者有核心竞争力的专业也是不容易进的，以及从中国大学转到北美大学也是比较有挑战性的。

转学学生的录取取决于大学课程的 GPA、申请材料、推荐信和语言考试成绩。GPA 相当重要，它是对方学校判断你在现在学校的表现好坏的最直观的参考资料。学校的好坏影响倒不大，因为中国的大学对他们而言除了最好的几所，其他的可能基本都没有听说过，没有什么直观概念，所以一般的学校之间差别并不大。如果你所在的学校有好的排名，给它的印象就是你是好学生。申请材料显然也很重要，如果你没有令人足够信服的GPA，那就尽量在申请材料上下功夫，扬长避短。

推荐信是一个可能起到重要作用或者可能不起作用的项目，当然也要尽量做好，是谁写的不太重要，关键是内容。申请转学最大的问题是学费和可转学分的多少。大部分美国大学尤其是公立大学声明他们不提供任何 Financial Aid（财政援助）和 Scholarship（奖学金）给国际转学生，所以绝大部分都是自费。有个别学校会提供这些项目，尤其是有钱的私立学校，但是申请这类项目是会影响录取的，有兴趣的学生不妨试试，申请到了当然最好。至于转学分，这个关系到你在美国需要多久才能毕业的问题。很多人以为美国不会承认学生在中国大学修的学分，其实不然。许多在中国修的学分都是可以被转到美国的，甚至包括"马哲""马政经"这种课，关键在你要做一份详细的课程说明。很多时候会有这种情况发生：申请的学生在国内读大二，结果因为转的学分不够而在美国需要从大二重新读起，相当于浪费了一年，这是要做好心理准备的。虽然转的学分不够，学生依然可以靠多选课在 4 年内完成大学学业。但是由于需要多选课，如果选修学分超过上限者将需要为多出来的学分支付额外的学费，据估计每个学分价值 1000 加元左右，所以要尽量争取多转学分。

申请的大致步骤是：1. 考托福或雅思；2. 选学校；3. 准备材料；4. 根

据录取和转学分的情况确定去哪所学校。下面详细介绍一下这些步骤。

1. 参加语言考试

大部分学校对托福成绩的要求只有 90 分左右，好一点的学校会要求 100 分以上。只要分数够就可以。当然分数尽量高更好，但也不必苛求。托福考试仅仅是一个语言能力考试而已，学校会因为你托福分数不高而拒绝你，但不会因你托福分数高而录取你。很多美国大学特别是好大学都会明确写明 SAT 的成绩属于转学生必须提交的成绩。但是如果你现在已经在读大学，而之前你没有考 SAT，那你就不必再考了，你是可以在没有 SAT 成绩的情况下申请审核的。学校要的 SAT 是在高中时候考的 SAT，如果你之前考过，那你必须让 College Board（大学理事会）把成绩寄给学校。

申请 Fall Semester（秋季入学）的同学最好在 8 月之前考完托福，最迟 10 月也要考了，因为截止日期大部分是 2 月 10 日、3 月 1 日和 3 月 15 日，再迟时间会很紧。有一点一定要注意，就是尽量不要让申请学校的事情干扰到自己的学习，特别是期末考试。平时的成绩对转学生是相当重要的，首先会影响申请，其次如果在中国修的学分能转过去的话，这些学分的成绩将会成为你在未来学校的成绩，会影响你在未来学校的 GPA。另外，大一、大二多选些比较容易拿高分又不费时间的选修课，这样既可以拉高 GPA，又可以多得学分，因为相当多的选修课学分是可以转的，如音乐欣赏、电影欣赏这类，不要以为学这些没有用。

2. 选择学校

尽量选那些网站中有提到国际转学的学校，这些学校比较乐意接受国际转学生。另外，注意哪些学校跟你的学校比较熟悉，比如有一些科研上的合作，申请这样的学校时对方至少听说过你所就读的这所学校，也就比较能接受你在这个学校修的学分。专业当然尽量与之前的专业保持一致，不能一致也保持在一个大类里。当然，转专业并不是不可行，因为毕竟很

多专业的公共课都很类似，如果大一、大二修的课都是不太专业的课的话，还是有机会能转学分的。

3. 准备材料

转学的材料主要有推荐信、成绩单、PS（个人陈述）、论文等。所有学校都希望自己收的转学生是原来学校最优秀的学生，选择转到他们学校是因为喜欢这个学校，希望在这个学校有更好的发展，而不是在原来的学校混得很潦倒而被迫选择逃走的。所以申请材料的核心就是为了向对方学校展示出你正是他们想要的这类学生。转学生的 PS 比较死板，基本一律要求写为什么选择转学，为什么原来的学校不适合你，为什么认为我们学校适合你等问题，自由发挥的空间比新生的少很多，必须要在回答对方学校上述问题的同时显出你独特的思维和个性，突出你自己的优势。你可以写现在的学校多么多么限制你的才华发挥，而申请的这所学校能让你发挥才华。推荐信的思路：不光要强调学生在原来学校表现如何好，还要强调学生虽然在这里表现很出色，但是需要一个更广阔的空间去施展他的才华，所以很支持他选择离开。还有些关于兴趣和课外活动的论文，基本和新生的无异，只是要更强调大学期间的活动即可。另外很多学校会让你写一篇定题分析文章以考查你的思维和表达能力，主题可以是一个，也可以是几个让你选一个写。这篇文章很重要，一定要多花心思，来表现自己。还有一个东西大部分学校都没有明确要求，但是对转学分相当重要，就是你所学课程的课程说明。好的课程说明可以挽救很多学分。课程说明要对你修的每一门科进行详细的说明，可以参考每门课的教学大纲和课本的目录。另外，一定要研究下你申请大学的相关专业课程，了解对方的课程以便在写课程说明的时候尽量把中国的课程往美国的课程靠。如果你还有音乐或者其他艺术才能，不妨把你的 CD、照片、画作或其他可以反映你的才华的材料附上，这些对本科的申请还是挺管用的。

4. 选定学校

发放录取通知后过一段时间才会给你发来一个转学分的评估表，告知有多少学分可转。有些学校会说明到了学校再给你评估转学分，这种情况大多还是有学分可转的，只是出的I20（入学和签证面试时的必备文件）会写明是4年，这样办签证就需要准备更多的资金了。大部分学校是"C"以上的成绩可以转，换算成百分制的话大概相当于65分以上。当然，损失一部分学分是肯定的，很多大二的申请人会被安排重新读大二，但其实通过努力多修学分，大部分人还是可以在4年内读完整个本科的。

以下是我校一名学生的转学经历，我们不妨看看学生本人是如何看待转学一事的。

我的加拿大转学经历

大学，这是关乎我们一辈子的事情……

两年前，我作为加拿大新东方国际学院的一名高中毕业生，望着手里沉甸甸的各个大学发来的offer，在喜悦之余却并不知道自己的人生开启的这一扇重要的门后是什么。

接来下，我想和大家分享一下当时我在选择大学时遇到的困难及想法，以及后来从多伦多大学转到瑞尔森大学（Ryerson University）的曲折之路。

想必上了大学以后有些人会和我一样，在大学学习了一段时间才觉得这个专业不适合自己，那该怎么办呢？首先，不要丧失信心、乱了阵脚，先要做个自我评估，将自己目前对这个专业的看法都列出来。其次，积极地去和所学专业的教授探讨自己的迷茫以及不解，并及时和学院的相关辅导中心联系，一起讨论自己所面临的问题。有一些人只要多下些功夫再加上老师的辅导就能解决问题，重新上路。但是还有一些人，例

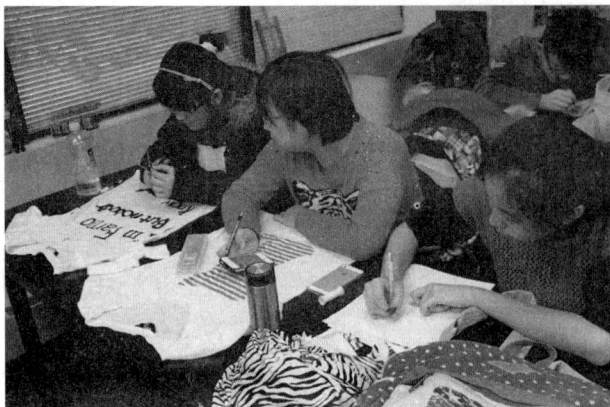

做自己喜欢的事最开心

如我，会发现其实目前的这条路对自己来说是死路一条。

我在多伦多大学的主校区学了近半年的经济学，但我发现自己好像并不能很好地掌握经济学这个学科。当时选择经济学有两点原因，首先是因为高中时期对经济学比较痴迷，并且取得了很好的成绩，再加上多伦多大学也算是一所理想的大学，所以当时就毅然决然地选择了多伦多大学主校区的经济学的 offer。然而进入大学之后，我发现其实经济学没有自己想象的那么简单，它对数学知识以及逻辑思维能力的要求较高，此外还要求有较强的阅读能力以及对统计学的掌握能力，这些恰恰都是我自己的弱项。我在发现这些问题后和教授以及所在学院的老师探讨过几次，也曾经想出过解决方法，例如请私人家教来提高自己的数学基础等，但好像自己就是找不到那扇敞亮的大门，总是碰壁。我又和父母、朋友、老师一起讨论了很久，最终发现，其实现在所学的并不是自己所追求的。

终于有机会好好思考一下自己的前途了，我发现喜欢和人打交道的自己并不适合每天面对烦琐的表格分析经济走势，而是适合偏重社交类的工作。深思熟虑后，我为自己选择了两条新的道路——Retail Management（零售业管理）以及 Hospitality（酒店管理），这才是我真正想学习的、愿意花一辈子去做的事情。当时父母说过一句话："发现不合适了不要紧，但是再次选择的机会并不是总有的，有些机会只有一次。"所以我好好地把握住了这次机会。经过多方研究、上网调查、参加其他学校的开放日等活动，我最终选择了申请瑞尔森大学的零售业管理和酒店管理这两个专业。幸运的是，申请很成功，两个专业都录取了我。当时我考虑到酒店管理有一些局限性，而零售业管理这个专业的方方面面都能覆盖到我们的生活，以后选择的机会多一些，其中也能涵盖自己喜欢的酒店业和旅游业，就选择转到了这个专业。

有一些人会觉得我有这么好的机会进入世界领先的大学，现在又出来，实在是可惜了；有一些人会觉得其实我是在逃避所面临的困难，学不下去才转学的；还有一些人更是以一种鄙夷的目光看着我，觉得一个人在一所学校学不了，在其他地方也好不到哪儿去。其实，最重要的是，路在我们脚下靠我们自己一步步走。当我们深思熟虑，为自己的人生做好规划，得到足够的动力和支持后，不管上什么专业，上哪所大学，只要每天积极面对自己所选择的，为之奋斗，相信你有一天会庆幸自己坚定地做出的每一个选择。

尽管转了大学，但大学的教学方式都基本相同，所以这一点在转学后不会感到不适应。但是，周围的人一个都不认识了，该怎么办呢？首先，我主动和每节课坐在身边的人打招呼、交朋友，因为他们都是老生，都比我熟悉这所学校和这个专业。我试着从他们的口中了解了这所学校、这个专业的特色以及相关的各种活动。

我建议大家多参加学校或者本专业举办的活动，这样能更容易融入到这个大家庭中。就拿我来说，因为零售业管理这个专业对口语要求比较高，所以我在第一时间就报名参加了一个帮助国际学生提高英语口语的组织，每周花2~3个小时和同样是国际学生的朋友们以及高年级的学长学姐们坐在一起聊各种各样的话题，例如美食文化、旅游经历、大学生创业机会等。看似是闲聊天，却能从中了解各个国家的文化，并改善自己口语表达

的不足。

　　当然，也有一些同学出国就是奔着能进入一所好大学来的，但也希望大家能结合自己的特点，多考虑适合自己的专业。毕竟，没有人想拿个顶尖大学的毕业证却从事一辈子自己不喜欢的事情。

第六章　留学尾声篇

6.1　人生职业规划越早越好——我的故事

　　20世纪90年代，我和其他学生一样在高考完了之后的几天时间里填报志愿，糊里糊涂的，手边只有100多页的专业选择参考书，翻来翻去也不知道那些专业是干什么的。心想计算机一定吃香，通信一定也挺好，看大家都一窝蜂报电子计算机等专业，反正自己的理科不错，曾经参加过物理竞赛等，成绩也还行，于是填报。其实我对这个专业一点都不了解，只知道很热门，就业应该没有问题，所以就进入了计算机通信专业就读。

_ 没有好心情，环境再好也白搭

　　其实这个专业在当时的中国很领先，后来我才知道，这个专业最终对口的去向是进入电信部门的程控交换领域，也可以进入互联网软硬件领域。像今天的华为、中兴这样的企业，也是对口单位。当时，美国刚刚提出了信息高速公路的概念，这个行业刚开始大热，是个新兴的领域。选这个专业确实赶上了时代的潮流，加上自己的资质也不错，一切看上去都很美。

　　后来发现，虽然我的理科天分不错，但我对这个专业一点都不感兴趣，甚至可以说是讨厌。我的个性不喜欢与冰冷的机器和代码打交道，

312　·

我喜欢交友、辩论、看书和参加社团活动。总之，我发现自己喜欢和活生生的人打交道，而不是机器。我还清楚地记得，我在做模拟电子线路实验的时候，看到我手忙

畅谈智慧人生

脚乱、一脸不耐烦、满脸通红、紧张出汗的样子，我的女教授非常惊讶地瞪着我说："咦，你怎么会这么紧张？"我心里想：我不喜欢，当然紧张，这些都是什么东西……毕竟是一个重点大学的热门专业，前途无量，我还是尽量逼着自己去喜欢。于是我努力学习，不喜欢也强颜欢笑。但终归还是主观能动性不足，学习成绩一般，也不可能达到这个领域顶尖人才的水平。

在课余时间，我不知不觉爱上了图书馆，看文史哲商名人传记和历史典籍，甚至包括儒家典籍，连王阳明的书我都甘之如饴，深深陶醉。我的一个朋友是北大哲学系的博士，专攻这一块，他曾经说读这些书的时候，读到心力交瘁，纠结到吐血，住进医院。可我就是喜欢这些书。直到今天我都敢说，文史哲商等专业科班出身的人在专业擂台不见得能打得过我。儒家的"修身齐家治国平天下"深深影响了我，同时我也觉得"术业有专攻"，既然进入了这个领域，就要把专业知识学扎实。

大学4年有惊无险地度过了，但是非常痛苦，成绩也一般。只有在课外看所谓的"不务正业"的杂书闲书的时候我才感到快乐，才觉得时间流淌得真快。其实我也想过转专业，但在中国当时的教育体系中不太现实，几乎是不可能的。相反，在国外大学转专业很简单。但当时我只能把这个

专业学完，并在这个领域就业，除此之外，还能怎么样呢？后来我发现，这个专业确实是个热门专业，也是个新兴行业，找工作的时候非常容易。当年华为招了几千人，面试我的企业也非常多，而且开出的薪水相当不错，好像我应该庆幸了……

最后，我挑选了一家高科技软件公司，薪水不错，待遇很好，一日三餐全包，连家里用的手纸都包了。公司基本不会解雇员工，是个真正的"共产主义小康社会"。就这样，我开始了自己的"职业生涯"。

我的生活在外人看来简直像掉进了蜜罐子，但是我就是不开心。我也曾经纠结过，但心底的感觉是压制不了的。每天早上起来的时候，心里总是很焦虑、很压抑，感觉就像小学生暑假过后开学第一天的那个早上。每天我面对着电脑和电信设备都觉得像一潭死水，毫无乐趣。看到同事们解决一个难题、完成一个项目后发自内心的灿烂笑容，我就更为郁闷。因为我完成一个项目的时候，心里是长舒一口气：妈呀，终于结束了……他们感兴趣的是技术类书籍，而我顺手抄起的总是文科管理类的"邪门歪道"，我就像一个异类。

这样的日子过了1年多，我实在受不了了，想想这样的日子，我还要过40年才能退休。我最怕的是因为内心的排斥导致技术难以提高。都知道这个行业是个更新很快的行业，如果知识技术不及时更新，你就会被甩在后面，面临淘汰的命运。我最担心的是，我这样混到中年，当自己的知识和技能不能赶上需求时，我将会下岗，没有工作，年龄也大了……我不敢想象，太可怕了。

_ 在敢于选择和尝试中定位自己

于是，我开始考虑改行，但我没有其他专业的学历，也没有其他的工作经验，我的简历上充斥着纯技术人员的痕迹，无一例外。我也尝试撞大运，发了几十、上百封简历，但全都石沉大海。最后我下了结论，没有相关的学历转行是不可能的。去国外学习再转专业是个捷径，也是我当时能想到的唯一可行的道路。

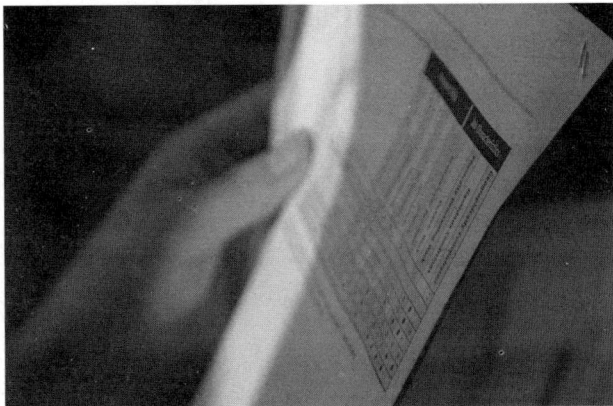

未来的路自己决定

　　我的英语六级在大学就过了，工作语言就是英语，所以英语一直没有丢，于是就产生了通过留学实现职业转换的想法。但是，通过几个月的调研，我发现直接申请 MBA 有难度，我被我的 GPA 拖了后腿。我的大学是所重点大学，又是工程专业，同学的 GPA 普遍不高，其实非常吃亏（在本书的后面，我将会专门提到这个问题）。而且我了解到念商学院需要 10 万美元。在 2000 年左右，这些钱可以买两套房子了，我自己拿不出来，我的家庭也拿不出来，我的心情重新黯淡下来。

　　不过很快又有了一线曙光。当时加拿大的技术移民很盛行，可以技术移民的职业有 300 多个，不像现在只有二三十个，基本上只有投资和留学可以移民，技术移民的可能性很小。很多身边的熟人都在移民，我考虑既然我直接留学会在 GPA 上吃亏，不如走个捷径，而且我的条件早就够了。

　　根据我的条件，雅思到 6 分就可以免面试，成功移民。当我成功移民加拿大之后，我将可以获得加拿大社会的各种福利，包括教育福利。打个比方，作为移民我可以享受比国际留学生少 50% 左右的学费，还可以在上学的时候获得政府的无息贷款，而政府助学金则无须还款，还有加拿大各大银行的有息贷款。这样，移民将解决我单纯留学无法解决的财务问题。

移民之后，我工作了两年，获得了北美的工作经验，加强了我的背景，弥补了 GPA 的不足。GMAT 考试我也获得了高分，顺利进入了很好的商学院。

在准备商学院申请的时候，我给自己定下的职业道路是做管理咨询员，这个职业往往是人们转换到商业领域的一个跳板。因为各个行业都需要管理咨询员，而且我的感觉是他们外表光鲜、收入可观，还可以接触高层人士，对包括政府、大公司在内的组织机构有很大的影响，能为自己将来的职业生涯打下基础。

为了确保这个职业生涯的选择是对的，我参加了各种相关协会，并活跃地参加各种活动，和大量的独立咨询员、高端咨询公司的中高层接触。我缠着我的教授让他把我推荐给了加拿大的管理咨询员协会。这是一个以专业的管理咨询员为主体的协会。协会第一次通知我参加晚餐会的地点在加拿大的华尔街——贝街上，一家有着 100 多年历史的古老俱乐部里。

傍晚，我到达这栋有着巨石外墙的建筑物的时候，虽然天色已经暗下去了，但我还是被它古老庄严的外形震撼着。它映衬在暗红色晚霞下的剪影是那么壮丽；历史积攒在它体内的贵族气息，让你走进它的时候不得不怀着敬畏的心情。走进去，一楼是深栗色的大厅，古老贵族的感觉使人像进入了一座 18 世纪的公爵城堡。上到二楼，有两个气质优雅的白人女子在接待桌边登记来宾，并指给我哪里是晚宴的大厅。走进华丽的宴会大厅，这样的华贵我第二次感觉到是在很久之后的一个加拿大高层政商的小型聚会上。这种情绪深深刺激着我。

我到的时候已经有很多人在场了。那天晚上我是唯一的华人，大家都着正装，三五成群地轻声聊天。之后晚餐正式开始，大家围坐在一张长长的餐桌边。给我印象最深的是，一位咨询公司的副总谈到他刚刚和加拿大帝国银行的总裁吃完饭，全桌的人都是羡慕的眼神——"他这次一定抓到了条大鱼"。这一切给了我梦幻般的感觉：贵族的城堡内，西装笔挺的绅士，贵妇般的女子，非常好的教养，轻声细语地谈论的是经国大事，接触的是高层人士，吃吃饭、聊聊天就手到擒来做成事情。

我觉得这就是管理咨询员的工作。我出来的时候已经下了决心，我一定要做个管理咨询员。但是，在做我的运营咨询项目的时候，这个梦被打破了。这是 MBA 运营管理课的一个实习项目，几名 MBA 学生组成的小组要给一个现实中的不良企业做管理咨询，和真正的任何一个商业咨询项目一样，要正式提交结果，然后教授会在学期末给出成绩。我们小组 5 个人给一家快倒闭的冷藏车改装公司做咨询，他们期望我们能提出专业的意见，挽救他们的企业。我们要到现场拿着仪器记录工作数据，测算车间里各个工作流程的时间，和工人一起摸爬滚打在一线，搜集各种材料，像蓝领一样地工作，回去还要伏案计算、分析，最后写出报告。我最终发现，我梦想中的管理咨询员的生活是那些合伙人以上级别人士的生活，而大量的管理咨询员还要像工程技术人员一样做着底层的工作，比如数据的收集和分析、做图表、写报告等小活儿。除非你有机会爬上合伙人以上的级别才不用做这些，但对我们中国人来说是难于上青天的。我开始感到自己的职业规划有问题，于是参加了更广泛的社团和社会活动，大大拓宽了视野。

我发现原来梦想成为咨询员是个美丽的错误后又陷入了人生的低潮混乱期，不知道自己的正确方向在哪里。幸运的是，经过 10 年的挫折和社会经历，我清醒地认识到，虽然我的方向错了，但重要的是至少我知道方向错了就还有机会补救，重新修正方向；重要的是我比以前成熟了，不会像以前那样，觉得反正已经选择这个方向了，先将就着以后再说，而是马上采取各种措施来重新调研定位方向。而且，北美的高校体系很灵活，你要改变你的专业方向时，制度上允许，也很便利。比如，我后来就改成了市场营销和企业管理方向。根据学校规定，MBA 学生只要在

某方向学习的课程达到 5 门以上就可以认定他的专业是这个方向的，所以我后面就集中选修这两个领域的专业课。毕业时，我就算是这两个方向的专业人士了。

_利用一切外在因素，为自己创造条件

我是如何成功实现在北美学习过程中专业转向的呢？其实，只要你对北美的高等教育系统和专业人士的社会交往规则比较熟悉就不难办到。首先，我需要向各个方向的资深人士甚至权威请教他们所处的方向位置，需要学什么、什么样的人适合、工作内容和工作潜力如何。比如，商学院几乎平均每周都有各大公司的高管来做招聘人才的推介会，这是最好的时机和这些资深人士聊他们的公司和所处的行业对于各个方向的人才的要求和期望，以及他们公司的环境和工作潜力。谈得融洽时，甚至就直接问他们对我想要发展的方向的看法，等等。几周下来，我和十几个公司的高管聊完，就基本把财务、银行、投行、制造业、咨询业等行业排除了；再把战略管理、财务管理、人力资源、运营管理、金融等职能方向排除了，基本定下市场营销和企业管理这两个方向。

我天生比较喜欢和人打交道，比较喜欢热闹，比较喜欢聊天、思辨，喜欢为人师，更喜欢创造新的模式和思维。市场营销的工作内容和环境以及潜力和我天生的爱好非常一致。而从多伦多市场公司半年的销售经历和多伦多加拿大新东方国际学院一年的市场营销工作经历来看，我非常喜欢这个方向，能力上也比较适合；从社会需求上看，这个领域的人才缺口向来是非常大的。有一种说法，当代西方企业是以市场营销为核心的运营模式，而中国还是以制造为核心的模式。以美国的苹果公司为例，它是很大的市场营销公司，或者说就是经营苹果这个品牌，运用市场营销手段设计出引领市场的产品，让全球喜爱他们产品的消费者追随他们，然后由中国企业外包来大

量生产 iPhone（苹果
手机）、iPad（苹果平
板电脑），在全球发售
等。苹果甚至都不需
要有自己的工厂就能
够设计销售数千万台
产品，同时又占据了
绝大部分的利润。而
中国大量的外包企业

校长与学生讨论晚会流程

没有自己的品牌，只是赚非常低的利润。全球都热议中国为什么还没有能
力建立自己的品牌，为什么还只能做利润最薄的加工、代工行业，中国如何
才能真正地成为全球行业的领军者，这些都是市场营销的领域。

　　但是，企业管理这个方向，开始我只是感觉我可能适合，不敢确定，
毕竟以前我没有独立管理过企业。我看了大量的著名企业家的自传，并和
一些在大公司任董事或顾问的教授聊，甚至和大公司的 CEO 聊。比如，
有一次我参加行业早餐会时就和 ATI（Array Technology Industry，世界著
名的显示芯片生产商）的 CEO Dave Orton 坐在一起，他回忆起他在美国
北卡罗来纳州如何白手起家建立他的高科技企业，后来又如何与加拿大的
ATI 合并成现有的公司，一个创业者、一个企业家应该拥有的品质和能力
是什么，什么人适合做企业，等等。

　　ATI 是全球最大的显示芯片生产商，现在和全球第二芯片生产商
AMD（Advanced Micro Devices，超威半导体跨国公司）合并了。在获得
了他们关于企业管理这个领域的看法后，我就开始探讨我是否适合做企业
管理。商学院有职业规划的软件数据库工具，包括性格测试等，我使用哈
佛商学院的软件后的报告也表明，我基本适合企业管理这个方向。毕业后

我接手了加拿大新东方国际学院集团在北美的运营，主要就是因为该业务和我在商学院做的准备、学习和社会活动有直接关系，特别是在教育服务的设计管理和开拓上，明显受到众多北美大公司的资深人士的良好熏陶和影响，所以我在加拿大新东方国际学院的教育模式的尝试、设计、改进、推广、管理上，定下了以服务为核心，以教育结果为导向，质量第一、数量规模第二的发展原则，从而在建立中国人的北美私塾的模式上初步成功。

_ 经验总结

对各个专业方向的留学生来说，最重要的是要熟悉北美学校的教育体系和规则，以及善于利用学校和社会机构向学生开放的大量公益、免费的资源和活动，做好你自己的调研，和你要发展的方向的各个层次的人士互动交流，动态地规划你的职业，从而为未来人生的成功奠定基础。

6.2 经验可以借鉴，成功无法复制——通用的职业规划要点

作为加拿大新东方国际学院的执行总裁，为了保持学校师资和员工的质量，我的一个重要工作就是招聘老师和员工。大家都知道，通过正当的手段能到北美学习和工作的，大都是我们称为"中国社会精英"的人物。想当然的，大家一定觉得在这样一个人才库的基础上招到满意的人才应该非常容易，至少要比在中国本土容易，因为他们已经被筛选过多次了。事实是，到我们人力资源部的简历中，有10%能到我的桌上，而能坐到我面前面试的有3%～5%，能留下来试用的少于2%，真正留下来的连1%都不到。

招人难！我常常自问，是我们的要求高吗？不是，我们只是要求能胜任这项工作的人。上讲台讲课，最简单的就是要学生能学到东西，能应付考试，并使学生能听下去你的课，这是对一个教师最基本的要求。不同的是，我们面对的是北美真实的环境，需要帮助学生高效率、高质量地迅速提高语言、掌握知识，适应北美教学体系，帮他们合理规划自己的未来职业、选择合适的专业和大学，帮他们能够上考场应付考试、获得满意的加拿大高中学分、申请上满意的大学专业，帮他们在北美进行社会实践、初步体验北美的社会和工作。

为此，我非常头痛，有些国内外的声音开始讨论中国的就业难和招聘难现象并存的问题，因此，我也开始反思中国的教育。

_ 没有实践，一切天赋都等于零

我的朋友在一家大银行做高管，他曾经为找一个市场营销经理花了一年多的时间。大多数应聘者眼高手低，心态、期望值高，工作能力和经验少却又不愿意做"垃圾活"。这些应聘者不知道，正是不断地从事细节和底层的工作才能让他们积累经验，不断地接触实际问题，并不断地学习如何解决问题。只有这样不断实践，他们才能慢慢地有能力解决高一层次的问题，也才有可能不断得到提升。

我曾用过两名北美名校毕业的中国的教育学博士教学生小班和 VIP 一对一的英文考试课。在课堂上，如果按照他们的教学大纲和笔记讲，比较流利但不生动，学生抱怨会睡着。他们碰到学生的随机问题时，非常慌张，自己都没有自信。有学生说，有一名博士写板书时手都会抖，搞得大家也很紧张。但是，他们的学识功底非常好，在国内都有多年的大学教师经验，在北美又是研究教育学的科班出身，从教育行业学术背景来说，他们应该游刃有余。很可惜，他们没能把学到的知识用到实际的课堂上来。

究其原因，首先心理上不过关。在国内，老师高高在上，处于绝对控制地位，学生喜不喜欢听，都要听话，不然就可以在分数上惩罚学生。而在我们这里，英语考试分数由第三方机构控制，学校还要根据学生评估老师的水平来定教师的收入水平，这两名教师心里就紧张。其实，在北美的教育体系里，当地学生给教师的挑战更是全方位的，而且教师和学校是不能强迫学生学习的，所以，用引导的方法和学生沟通，让他们对学习产生兴趣是很关键的。但是，教师自己沟通能力不行，心理素质又差，自己和学生对话都不自信，如何能够在学生有较多主动权的环境里说服学生、教育学生呢？

其次，中国教育用的主要手段是填鸭式的死记硬背，没有积极锻炼人临场解决问题的能力，包括迅速发现问题、分析问题、找出方案、主动沟通、解决问题等等。这两名博士虽然是北

恭喜你，毕业了！

美的博士，但之前是在中国读本科和硕士，来北美之前已经定型成"照剧本背台词"的中国讲课教育方式，突然让他们来到开放式的教育环境里来教学，就会产生很多挑战。

实践是检验真理的唯一标准，课堂上学的内容是很重要的，但是要让其发挥作用，还是要运用到实际中去，不然还是白学。而在实践中发挥作用是课堂学习的目标，不为这个目标服务的，就是为学习而学习，是白学。

还不快规划，你已经晚了——人生战略从何着手

众多学生和家长最困惑的是，将来应该学什么专业、在哪里的哪所学校学习、在哪里做什么工作。其实这就是职业规划或人生规划的课题，也可以说是制定个人的人生战略。虽然困惑，但绝大多数的中国学生和家长没有在这上面花很多时间，或者有人重视了却没有能够科学理性地规划，因为这个领域在中国的学校教育体系里面基本是缺失的。政府、企业和公益机构都没有真正地投入资源，设立和学生职业规划、社会实践相关的职能部门。其实，根据西方教育的长期经验来看，职业规划或人生规划有个基本的套路，学生和家长可以依据这个来给学生的未来做规划。

从这个经验来看，要正确地规划好一个人的人生，首先要搞清楚自己是什么人，即你最感兴趣的是什么，你天生的才能是什么，你的人生哲学或你的价值观（或世界观）是什么（即这一辈子你想怎么活）。这些其实是你自己内部的事，和外部没有什么关系，好像很简单，其实最难。古诗云："不识庐山真面目，只缘身在此山中。"当局者迷，旁观者清。

有很多次我问学生："你最想干什么？"大部分学生的回答是"这个不错，那个也行"。如果说就一个答案，很多人就犹豫不敢选了，他们根本就没有考虑过这个问题，更不用说调研分析自己了。而到了高考或留学后选择大学专业时，他们往往就根据感觉来选择。

我记得北美有位人力资源专家讲职业规划最大的误区和缺憾就是：很多女人会花几个月的时间想要不要买某件昂贵的衣服；很多男人会花更长的时间思考到底要买哪一辆车。而对于决定他们一辈子幸福的战略性问题——应该从事什么职业（即职业规划），绝大部分人根本没有花时间认真思考过。人们往往是到了该找工作的时候才发现自己对职场知道得那么少，但已经来不及仔细思考了，因为你急切需要养活你自己了，所以很多人是有什么工作就做什么工作，挑选工作是个幻想。这就造成了大量的人从事自己不喜欢、不擅长的工作，而在我们中国人中，这种现象是非常普遍的。

我们中国现在的教育系统是让学生埋头做题读书，只是跟着学校、老师走，但其实国内的老师和学

为毕业生颁发毕业证书

校（特别是中学）对专业和职业方面的知识基本没有感觉。等到学生选专业或找工作的时候，一看这么多方向领域，根本就不知道是学什么做什么的，但是没有时间、机会去调研各个领域方向，才发现自己对自己的兴趣、专长、能力原来还不是真的了解。这时候往往就凭本能和有限的一点知识来选择，比较盲目，选对的概率不是特别高。这也是为什么在选择专业和找工作时，你会看见大多数学生是那么茫然。但是，要知道，这些学生可是正在选择他们的人生和一生的幸福啊！在做讲座时，不时有学生问："老师，你觉得我学什么专业好？""老师，我以后做什么工作好？"我都是这么回答："对不起，我还不知道你的兴趣爱好和专长，也不知道你的人生观，所以我没有办法回答你这个问题。但是，你如果问的是目前哪几个行业招人需求最大，哪些职位薪酬比较不错，我还可以给你提供一些信息。如果你不喜欢这些行业和位置或不擅长，那么即使进入了这些领域，你也未必幸福。所以，首先请回去好好研究你自己。"

要做好职业规划的第二个方面，就是要调研好社会的需求，这就需要对个人所处的外部社会做调研。社会需求，就是这个社会未来的趋势，需要哪些行业和位置，这些行业和位置会需要哪些类型的人才，这些人才需要拥有哪些知识、技能、经验、素质等等。

有些学生说，现在房地产这么热，这个需求一定大。好！我要学这个方向。这里就有个问题，他们学出来毕业找工作基本是 4～6 年的时间，那时候这个领域还热吗？还有，他们毕业后到退休，要工作将近 40 年的时间，如果是刚毕业的时候热了几年，未来数十年都是冷的，那不就连谋生都有问题了？所以，调研社会需求必须是近期和远期的都要考虑到。其实包括对自己的兴趣、爱好、能力和世界观的分析，也都要把未来几十年的时间因素都考虑在内。

职业规划、人生规划是一个人的战略制定，是方向性问题，这就注定

了需要照顾到长期性，即未来数十年的因素。有人会质疑，有谁知道 20
年、30 年后的事？但是，有规划有调研总比没有规划没有调研好，有规
划有调研也许不能百分之百保证你的职业和人生顺利，但至少会大大提高
你人生成功、幸福的概率。而没有规划没有调研的职业人生，根本是撞
大运，不顺利是非常可能的。而且，这个规划必须是动态的，即一辈子都
要保持思考调研你的职业和人生，如果社会需求或你的世界观真的发生变
化，也能够及时调整，这就比没有规划的人安全多了。

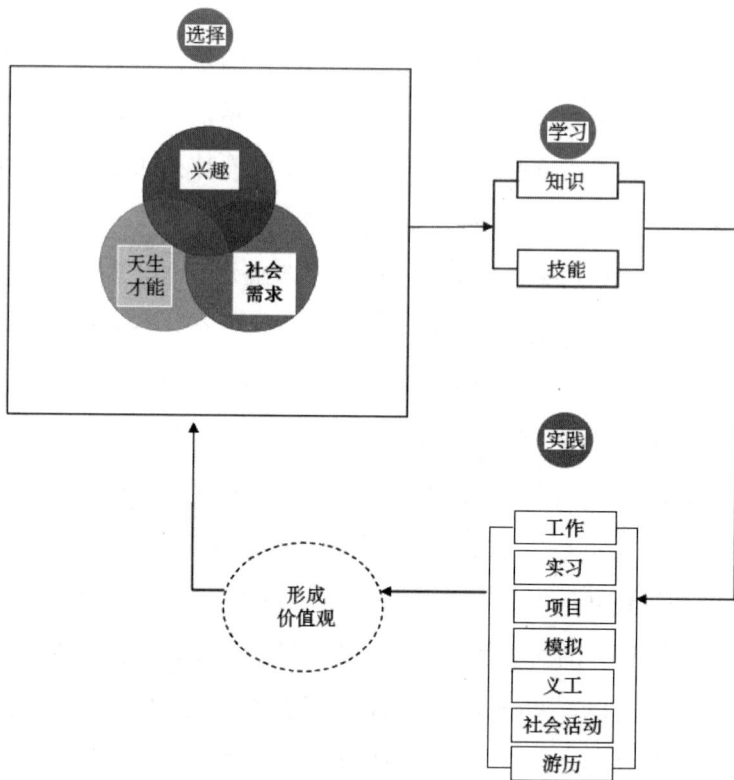

在职业规划过程中，将兴趣、才能、社会需求与你的价值观的动态分析规划和学习实践相结合，基本就能够保证你的人生方向比较切合你的实际。这个大的规划模型可参考前页的图。首先是选择阶段的四个要素，即你的兴趣，或你对什么有激情；你天生的能力，或你在什么方面能够成为最优秀的；这个社会的需求是什么，以及最后——你的价值观。这是由于价值观的形成对于个人来说是非常明显且不断发展变化的，特别受人自身的各种实践经历直接影响。

6.3　四大坐标，定位人生——如何提高成功率

如果一个人选择的职业把这四个要素都考虑在内，也就是说他选择的职业，落在这四个要素都重叠的区域，那么这个职业将是最适合他的，而他的人生成功、幸福的概率是最高的。

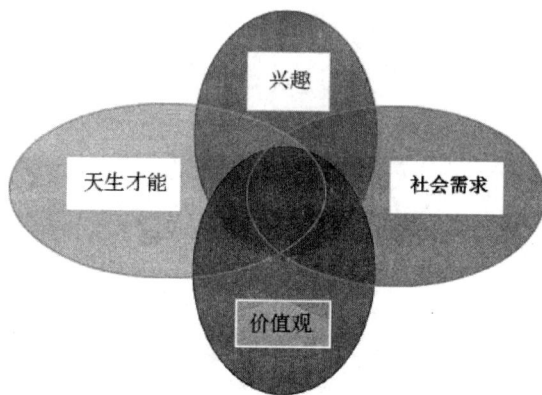

_定位人生的四大坐标

兴趣——引爆心灵原子弹的导火索

在这个时代，所有的成功人士对让他们产生激情的事情都会全力以

赴。关键问题不是运用各种刺激手段产生激情，而是发现什么能够使你热情洋溢，能非常开心、非常主动地去做这些事。

天生才能——撬动世界的杠杆

你在哪些方面能够成为这个世界上最好的，以及你在哪些方面无法成为这个世界上最好的。最有挑战性并且最让人困惑的是，你能够做到最好的可能不是你现在学习的或从事的，这在中国人里非常普遍。

社会需求——你的天空与舞台

所有成功人士都对这个社会需要什么了如指掌，他们知道如何长时间地有效满足这个社会的需求，以最有效地创造持久强劲的收入来最安全地维持巩固其职业、地位或事业（安全感、稳定感），以及尽量长时间地维持其比较高的社会地位。他们特别注意一个指标，就是他们花费的每个单位时间里所获得的收入或所创造的社会财富或所满足的社会需求，都应该对他们的社会产生最大的影响。

价值观——衡量成功与否的标准

职业规划的出发模式里，除了选择阶段的三个要素外，再加上你当时的人生价值观（世界观），就基本能够比较客观正确地反映该时间段你内部的自身资源和自身期望，以及该时间段你所处的外部社会的需求。平衡好各个因素，就是要在你内部和外部的交叉点找好你的人生价值观。

人生价值观，其实就是决定你这一辈子想要怎么活的标准。抽象一点说，就是你个人的人生哲学。比如说，你是想过悠闲一点的生活还是激情一点的生活；你是想默默无闻做个非常普通的老百姓，没太多压力但也没有太大前途，还是想努力奋斗，出人头地，前程远大，但压力也很大，风险也高；你想经常出差，看遍全国甚至全球美景，尝遍各种美食，还是就在一个小城工作，常常和三五知己聚聚，和父母聊聊。还有更重要的是，行善还是行恶；生活在谎言中，还是生活在真诚里。

小设计者在讲解自己的作品

中国的学生家长往往忽略了这个重要的因素，没有确保选择的专业和未来职业不和学生的价值观冲突，就容易埋下祸根。比如，商界是风光，但需要拥有和各色人等打交道的能力，需要经常出差。如果学生讨厌这种生活，你就算把他扶到 CEO 的位置上，也会搞砸。

下面来仔细探讨这四个要素。假设你能够拥有一种工作方式满足下面四种标准：第一，你对从事的工作有着与生俱来的天赋，而且运用天赋后有可能成为最好的（你觉得你天生就是干这个的）；第二，你从事的工作非常有价值，这个社会需求非常大，工作稳定性好，且回报丰厚（干这件事是有报酬的，而且因为是社会大量需要并供不应求，所以这个工作还令很多人羡慕，很受尊敬）；第三，你对从事的工作完全乐意去做，充满了激情，你很享受工作过程本身带来的快乐（你渴望一起床就开始工作，甚至在床上还不由自主地考虑工作的事，你坚信你做的一切）；第四，你从事的工作所带来的个人生活和你想要过的生活一致，你的人生哲学和你的真实生活一致，非常和谐（你过着你想要过的日子，你自己发生的和周围发生的，令你感到愉悦舒服，你觉得舒适地生活着）。如果你的工作是这样的，那么，你就找对了自己的人生定位。

到你热爱的领域去，到能点燃你激情的地方去

我有一个朋友是中国网络游戏开发方面领袖级的人物，随着他的出

现，中国发展最快的网络公司出现了。不到两年的时间，公司除了时间不够久外，其他方面都达到了美国纽约上市的标准。他成为亿万富翁退休时，还不到30岁。其实，他学的是计算机应用，开发游戏完全靠自学。我问他为什么会进入网络游戏这个行业，他悠然地说，因为喜欢打游戏，自然而然地研究游戏，就慢慢地沉迷在游戏开发和体验中不可自拔。这就是一个典型的找到自己热爱的领域的成功故事。当一个人从事这样一个自己热爱的工作时，做事情时就像在玩似的，他能够非常投入，时时刻刻都在工作，而且不会觉得累，工作的灵感会特别多，这样不出成绩都很难。

和他聊天时，他自然而然就会把话题引到游戏和技术中去。我能感觉到游戏和技术已经成为他生命的一部分，感觉到他对游戏和技术的热爱连我这对游戏不感兴趣的人和他聊多了，都想试试打网络游戏。他靠游戏暴富，但是他并不是没有意识地去大量疯狂地挣钱，而是凭着激情和感觉提出以用户体验为核心，建立免费的超级游戏平台，按照社会逻辑来模拟游戏社会。这个疯狂的想法把他的合作者吓坏了。他坚持提供免费的开放平台，但提供收费的装备，最后真的实施后，立即使中国游戏行业重新洗牌，而他的公司迅速成为行业老大。从创建公司到成为业界的领头羊他只花了两年时间，到美国上市，也就3年时间。

反观我自己的早期职业生涯，我和他一样都是IT类技术人员，但是我天生对IT就不感兴趣，甚至厌恶。当年，每天晚上躺在床上，我就开始担心第二天的技术工作，每天晚上都过着高中生高考前夜的日子，生活极其不如意。这样的状态，工作就是能混就混，非常没有专业精神，结果就是工作业绩非常普通，老感觉自己是输家。后来，我在加拿大成功转到了我热爱的教育管理专业中后，日子就走到了另一个极端。晚上还是不能好好睡，但不是恐惧得无法入睡，而是每天兴奋地想着工作的事无法入睡，吃饭也没法好好吃，因为我经常思考着日常管理的事，很多工作上的

好点子就是在吃饭睡觉中产生的。

一个人如果对所做的事没有激情，就会敷衍地去做，甚至逃避，做好是不太可能的；一个人如果对所做的事有激情，就会主动地去做，甚至会疯狂地带动、发动周围的人一起加入，一起兴奋地做事，这样不做好是不太可能的。

珍惜你的激情、重视你有激情的领域才最可能给你带来职业和人生的成功。

_ 明白自己能（或不能）在什么方面成为最优秀的

美国"经济沙皇"、华尔街"教父"、美元帝国的"掌门人"、美国总统背后的"NO.1"，只要他跺跺脚，整条华尔街都会地震；只要他嘟哝一声，全球的投资人都得竖起耳朵。他就是美国联邦储备委员会前主席、四朝元老——艾伦·格林斯潘。

我们从格林斯潘的身上能看到很多职业乃至人生选择的大智慧。格林斯潘从父亲和母亲那儿各继承了一个天赋：数字和音乐。他从小就对在别人眼里无聊的数字游戏如痴如醉。母亲能歌善舞，在她的熏陶下，格林斯潘迷上了音乐，他最初的理想是当一名职业音乐人。

在乐队里，他不仅是出色的萨克斯管手，还是优秀的记账员。他常常利用演出间歇自学来的那些金融税务知识，现炒现卖地帮队友填报纳税申报表。但乐队经常面临断粮的窘迫，终归不是长久之计，加上格林斯潘意识到自己在音乐方面只是"小有出息"，很难再有长进，于是毅然进入纽约大学商学院学习，使自己的另一个天赋开花结果。他先后于 1948 年和 1950 年以最优秀的成绩获得经济学学士和硕士学位，然后到哥伦比亚大学继续深造。在人生重大抉择的时刻，格林斯潘问了自己几个尖锐的问题：我能比其他人都做得好的是什么？我比不过别人的是什么？如果我比不过别人，为什么要继续呢？

　　在做人生决策时，他果断地把个人意志放在一边，对自己做了客观全面的分析。他意识到虽然自己对音乐有无穷的激情，

老师带领同学走进绘画的世界

但无论如何努力都不可能成为顶尖的音乐人。那是不是可以在另一个方面——数学方面，做做尝试呢？其实类似的情况在大多数人身上都会出现，我们往往会看到这边很好，那边也不错。不能理性地分析，只会盲目选择。华人学生在面对选择时往往会犯两种错，第一种人什么都不敢选，只是随着社会潮流涌动，哪里热门就跟向哪里，对职业、对人生的选择简直就像买六合彩，而这些发生在大多数国人的人生轨迹里。还有一些人什么都选，什么都放不下，但每个人的精力和时间是非常有限的，一个什么都想做的人往往什么都做不好，他很难和那些将全身心投入一件事情里的人抗衡，因为这些人除了有激情，往往也明确地知道，自己在这些领域里的激情将得以充分燃烧，所以他们才百分之百地投入激情。幸亏当年格林斯潘当机立断改了行，否则美国顶多是增添了一名平庸的萨克斯演奏师，却损失了一位影响全球经济的金融奇才。他成功的职业选择影响了全球的经济配给。

　　每个人都想在各方面成为"最优秀"的人才，但缺乏全面分析了解自己的意识，大多数人都意识不到自己在哪些领域拥有成为"最优秀"者的潜能。同样重要的是，这些人也不清楚自己在哪些领域不能成为"最优秀"者。这其实就是对自己在战略判断上清晰与不清晰的差别，而这样的差别将导致成功与平庸。

在重大抉择的关头请学学格林斯潘问问自己："我能比其他人都做得好的是什么？我比不过别人的是什么？如果我比不过别人，为什么要继续呢？"我们要理性地做抉择，同时运用集中兵力的策略，将火力用在最有可能成功的领域。

分析和判断社会的需求，满足需求的指标

在福布斯富豪榜里，各个行业做得好的人都会成为亿万富翁，但是有些行业制造了大量富翁，如IT、房地产。从趋势来看，服务行业增长快，而制造业领域大部分在收缩。未来，绿色能源、农业、医疗和教育这些行业的需求将迅速增长，因为社会人口老化，这些需求越旺、增长越强的行业或职位往往意味着巨大的挣钱潜力，同时还意味着更稳定的工作，更受社会尊重。

每个成功人士都对社会的需求和需求的推动力有着深刻的认识，并且根据这个理解，分为两大类来分析：行业发展（产业发展趋势）和职位发展（职位需求趋势，如数量、薪酬增加减少），这点请参照附录职业发展材料。同时，不断咨询各个行业和各个岗位上的人员一个重要的指标：你在单位时间内创造的价值或满足的需求。

老师带我们来看戏剧

以娱乐业为例，如果你在茶馆里表演相声，那么你的价值就是使听相声的几个人、几十个人的娱乐需求得到了满足，如果将你的表演录制下来，在电视、互联网

上播放，那你在单位时间内创造的价值就呈几何倍数增加了。又如，某中学的优秀教师在三尺讲台上挥汗如雨，他顶多只能造福这一个班级的学生；如果学校将该优秀教师的资源共享，便可以使优秀资源的价值大大增加。所以，如何增加自己在单位时间里创造的价值，是值得探讨的议题。

家长和学生们在做职业规划时往往摸不着头脑，我建议大家从两个层面来进行分析：首先要分析行业发展的趋势，以长远的目光来判断，未来的一段时间里哪些行业会大规模发展，又有哪些行业有萎缩的趋势。这时候，大家可以参考一些资料，如美国联邦统计局、加拿大统计局定期发布的行业分析报告，以及各个行业的领军人物发表的行业发展趋势分析等（大家也可参考本书后面的附录）；另外还要考虑到不同职位的发展趋势，如职位需求的数量和薪酬增减的趋势等，也是值得考虑的因素。

_ 你的人生哲学——这辈子要怎么过

我在全国各地做讲座的时候，经常会向与会的家长和学生们提一个问题：如果你在加拿大的大学毕业后同时有两个工作的机会，一个是在纽约华尔街的银行做投资银行家，另一个是在平静的加拿大小镇做公务员，你会怎么选择？选择去华尔街做投资银行家，将衣着光鲜，全球出差，和不同的人、不同的事接触，过着快节奏、压力颇大同时回报颇丰的生活；如果选择小镇公务员的工作，将会是另一番天地：每日朝九晚五，有时间照顾家人，没有复杂的人际关系，可以过着云淡风轻的生活。不同的学生会对这一问题有不同的回答，不同职业的选择其实就是不同生活的选择，这样的选择反映了不同的人生哲学。

在多伦多北部有一座恬静的小城市，我和那儿的市长有过几面之缘。他仕途起伏的故事十分耐人寻味。10 年前在他还是副市长的时候，他所

在的党派当时刚好是加拿大联邦的执政党，他的党派许诺只要他参加联邦大选将百分之百获得一个部长的职位。经过几番思考，市长放弃了这个平步青云的机会。他告诉我，若是去联邦当部长，他会离开多伦多地区到首都渥太华工作，而去渥太华意味着他将离开他最珍视的家庭生活，就没有时间陪他的妻子和孩子。即便有再好的仕途，对他来说也比不上每天晚上能喝着妻子做的肉汤，和孩子闲谈他们学校发生的趣事。10年后，老市长离开，他也只是从副市长顺理成章地升迁到市长一职。倘若10年前他选择了那个绝好的机会，今天可能就不仅仅是领导这20万人的小城市，而是很有可能会领导一个大国。谈起10年前的抉择，他丝毫不觉得后悔。他对目前的生活非常满意，他说放弃功利选择相对稳定健康的生活，是他一生所做的最好的选择。

再讲一个例子。有一个小伙子刚到美国，踌躇满志，一心想进美国一流的商学院。由于囊中羞涩，他只能先在一家餐厅打工，获得些经验并攒攒学费。他之后每天的生活就在菜刀剁菜的声音中度过。一天夜班时，他对身边的一个白人大厨愤愤说道："等老子从商学院毕业，我就进大公司工作，再也不受这份洋罪了！"白人大厨沉默片刻，深有感触地说："那时候你会比现在更加劳累，你会失去自我，有钱都没有机会花，不能睡觉，挣了很多钱但还想要更多，永远停不下来，家庭也会支离破碎……"原来这个白人大厨几年前就是投行界的精英，过着小伙子目前朝思暮想的生活，但投行的工作使他疲惫不堪。他说自己除了品尝美食没有别的爱好，但之前的工作让他每天都飞在天上，终日以垃圾食物果腹，所以他毅然辞去了令人艳羡的工作到餐厅做厨师，为的是能有时间品尝自己做的美食，过自己真正喜欢的生活。

这些故事都体现了人的价值观，也就是你对自己人生做的计划。这也刚好呼应了我国传统的儒家、道家文化中对于人生观的不同解读。儒家推崇"入世"，就是把现实生活中的恩怨、情欲、得失、利害、关系、成败、对错等作为行事待人的基本准则。道家推崇"出世"，就是尊重生命、尊重客观规律，既要全力以赴，又要顺其自然，以平和的心态对人。"入世"还是"出世"可能会影响你对事业、人生的抉择。正如《儒林外史》里说的"有人辞官归故里，有人漏夜赶科场"。朋友们，客观评价自我，了解自己的人生观、价值观，才能在未来面对重大抉择的时候多一分从容。

_ 了解兴趣特长——为未来职业生涯做好规划

做心理测试，了解性格和适合从事的职业

在做专业选择时，老师还会给学生做科学的心理测试。通过科学的测试了解学生的性格和适合从事的职业。其实这是我从商学院读书的时候得到的启示。我初学 MBA 的时候，学院给我们每一名新生都做了性格测试以及讲解每个性格的人适合做怎样的工作、同性格的有哪些著名的成功人士。经过两年时间，我发现当初性格测验的结果非常准确，很多 MBA 的同学最终的表现和当初的测试结果非常契合。我觉得这是非常好的东西，有指导意义。于是我把这种方法应用到本校的学生身上，好东西为什么不惠泽于人呢？

另外一件要做的事就是了解当下就业市场的情况，可以寻求各种咨询。加拿大政府对国人的就业提供了非常多的帮助和信息。例如，www.workingincanada.gc.ca 里面提供了各种行业的详细信息，包括行业在未来10 年的就业前景、平均薪金、资历认证、培训、需要的技能等。

6.4 华人在北美开创事业的荆棘之路

_演绎传奇的 Nancy——一篇文章成就顶尖大学研究员

Nancy 是一位非常令人尊敬的女性，她的故事有时候让人心酸，但更多的是催人奋进，充满了不屈不挠的奋斗精神，这也是我们在学校里努力树立的精神。

Nancy 出身书香门第，父亲是国内通信领域的权威，是享受国务院特殊津贴的专家。她从小就是一名优秀的学生，是全省的高考状元，最后选择了英语专业。在大学时成绩也是名列前茅。2000 年左右她移民到加拿大，英语专业到了国外就失去了优势，但她除了英语别无所长。后来，她考入当时加拿大的顶级商学院读 MBA，成功转型到商科。

在读 MBA 的时候，她非常勤奋，关键是她非常关注课堂外的各种竞赛和活动，这让她抓住了一个开启辉煌未来的钥匙。一次机遇的到来成了她未来职业生涯的基石。有一次，她注意到商学院贴的一条消息，有一家闻名全球的权威机构在举办全球商学院案例写作竞赛。这个竞赛在全球的商学院中非常有名。在一个商科毕业生的简历中，这个竞赛的名次将永远闪光，并给主人带来无穷的机会。很多沉浸在专业课堂学习中的中国学生可能没有注意到这个消息，即使注意到了也可能并不了解其价值，纵然知

道其价值，在学分课
重压之下的中国学生
也很少有人愿意抽出
时间来准备这个竞赛，
写课堂外的案例。我
不知道 Nancy 是怎么
完成的，重要的是她
是一个有心人，有敏
锐的感觉。她调研了
杭州的娃哈哈企业和

寻找设计灵感

整个团队。这个案例最后获得了当年全球商学院案例竞赛的第一名，当时
她可能都不知道这个奖对她的非凡意义。

　　毕业后，她只有一个加拿大顶级商学院 MBA 的毕业文凭，因为没有
商业管理的工作经验，也没有当地的人脉关系，在一个什么都需要工作经
验和推荐人的社会里，要想找一份较高层次的工作是比较困难的。她只能
进入一家房产管理公司做管理和维护整个系统，拿着比较低的薪水，与她
的工作付出、技术含量、学历层次完全不成比例，可以说是被"残酷剥削
和压榨的"。但她勤勤恳恳地工作，用勤奋和低廉的薪水丰富了她在商业
管理领域的工作经验，两年以后，她已经是一名富有经验和有一定资历的
行业人才了。

　　这时候，一个机会蒙着面纱走到她的面前。当时，她在加拿大的工作
已经得心应手，如果她在原来的公司，将一路升迁；如果她选择跳槽到
一家更大更好的公司工作，再发展到高层次的职位也是完全有可能的。之
所以说这个机会是蒙着面纱，是因为在当时的情况下，谁也无法说清这是
个机会，还是个陷阱。橄榄枝是从国内的中欧商学院递来的。那时，1994

年在上海成立的中欧商学院还只是初具规模的新学校。2004 年在英国《金融时报》的国际商学院的排名是 53 名，首次被排为全亚洲第一。2009 年，当我在上海徐家汇的一家湘菜馆面对神采飞扬的 Nancy 时，中欧商学院的排名已经在《金融时报》国际工商学院的排名中位列第 8，是亚洲商学院首次进入全球前 10。谈到她毅然离开加拿大回国，她深吸一口气，笑着说："当时的选择当然是有风险的，那时候没有什么人回国，也不知道回国发展会怎么样。我想，中国人一定要和中国背景结合起来。现在看来，我的这个选择是对的，我是幸运的。"秉承了一贯的勤奋、踏实和认真诚实的作风，她在中欧商学院的工作渐入佳境，很快在业界赢得了一定的名声和口碑。

2010 年，我们再次在上海相聚的时候，她已经是美国一所顶尖大学商学院的全职研究员了，负责案例的写作，是一名资深、专业的商业学术研究人员。我很惊讶她获得了如此好的机会和提升。那所大学的商学院是世界最顶级的，出过许多任美国总统。在那里上学的人都是带着神秘的光环，生活在我们的想象中，更何况是教师和研究员呢！她到底是怎么获得这个职位的呢？通过和她交谈，我知道这又是一次意外的机会。因为她在中欧商学院的口碑，她在工作中认识的一个熟人知道这所大学的商学院在招聘一位有中国背景的案例研究员，觉得她无论在背景资历还是在工作技能和成绩上，都非常适合这个职位，于是就推荐了她。果然，在面试之后，她很顺利地被录用了。表面上看，这是个意外的机会，但究其原因，其实有二：一是她的工作口碑，二就是她多年前获奖的那个案例写作。她的领导后来告诉她，主要就是那个获奖的案例写作使她在所有的申请者中脱颖而出，因为那个案例是基于中国背景的，所获的奖在业内也是个非常权威的全球性奖项，并且这个案例至今还在全球的各个管理学院里被当作教材，被引用和分析。这些正好和他们的招聘要求相符合。

　　我的想法是不光要把学生送到满意的大学，还要给他们树立好的职业意识，保证他们在大学毕业后能在职场上获得成功。我们学校有一个项目，就是定期把各种职业的成功人物请到学校来和我们的学生面对面，给大家做讲座，讲讲成功的道路，讲讲经验和教训，回答他们的提问，帮学生们规划适合自己的正确的职业道路。Nancy 曾短期回到多伦多，我邀请她到我们学校做了一次讲座。

成功点评：

　　一、语言。语言的重要性就不用再提了。其根本的道理是：有了一定的语言基础你才能听懂课堂上的内容，才能快速完成课后的作业，有余力思考和参与课堂外的各种活动，课内课外两不误。

　　我们中国学生从小就被灌输了一些道理，就是"两耳不闻窗外事，一心只读圣贤书""学而优则仕"。国外完全不是那回事，他们非常重视一个人的社会实践能力的培养，只注重成绩并不是好的人才。但是，当一个学生连最起码的课堂教学语言都听不懂的时候，课内的学习就已经让人喘不过气来，更不要提应对课外的内容了。所以，我一直和家长、同学们强调，留学的语言准备非常重要。

　　有两种情况，你可以基本满足有效留学的语言标准，否则，留学是白白浪费时间和金钱，我并不赞成。一种情况是你在国内就已经准备到基本能听懂英语，标准就是在没有任何准备的情况下，你看一部原版的美国电影，能够听懂 70%~80%，就是达标了，到北美生存没有太大问题。但是课堂内容还是要预习，相关专业的单词还是要准备。然而，北美大学的课后作业和课堂笔记，可能光在国内准备是没有办法熟悉并自如应用的。第二种情况是你留学时的年纪比较小，像高中生那个年纪，先有个熟悉的过程，学习的内容相对大学来说，也浅显很多，课堂作业量少、难度低，这

样循序渐进，到大学的时候就会好很多。当然，如果进的是公立高中，就要和第一种情况的要求一样，因为，白人公立高中的教学安排是根据当地学生的标准设计的，和国外大学是一样的。

Nancy 占的大便宜就是她是英语专业出身，她的英语基础很好，缺点是除了英语之外，没有其他专业背景。但她善于以己之长较他人之短，善于利用语言优势，利用自己的中国背景。

二、选择和专注。专注的英文就是"focus"，这是成功非常重要的一个品质。我们可以注意到，Nancy 的方向其实是非常明确的，就是商业管理中的案例写作。我想起很多年前一次高考的语文作文题，是一幅漫画，一个人挖井，总是这里试试，那里试试，但都不能专心坚持在一个地方深挖下去，所以地下的水往往和他挖的井就差那么一点，成功就在眼前，但成功也越离越远。其实道理很简单，人是有限的，精力有限，人生有限，如果处处浅尝辄止，把有限的精力和时间消耗在很长的战线上，每个分散的点上都不会分得足够的兵力。

Nancy 刚到加拿大的时候，有一段时间很彷徨，没有专业优势，她必须重新寻找一个新的方向。MBA 对她的背景来说，确实是一个很机智的转向选择。因为，在西方三大黄金专业——医学、法律、商科中，MBA是唯一敞开胸怀欢迎各专业的学科，因为各行业都需要管理，而且，未来就业薪水都很不错。很多具有各种专业背景的中国学生也都聪明地选择了这个专业。然而这样的聪明还没有上升到智慧，真正显出智慧的是，Nancy 把商业管理大学科下一个小的方向——案例写作，作为自己的重点方向。因为以她的个性和能力，从事安静的和学术分析型的工作较好，她的英语又好，这个小方向恰恰是 MBA 专业中偏学术和文字的工作。她后来一直坚持这个方向，在中欧商学院和现在的大学都是这样。这样，就有利于她的发展。好的职业规划和坚持专注是她成功的保证。

三、在西方获得的独特背景。花旗银行的加拿大副总裁和我谈到Nancy 的时候，赞叹道："我在读 MBA 的时候，看到她写的那个'娃哈哈'的案例，生动又精辟，太好了，简直是我管理中国市场的教科书，让我体会到中国市场的巨大价值、中国市场营销的与众不同、中国人特殊的思考方式和方法。在中国做事和在国外做事完全是在水星和火星那样不一样，我深刻地被影响了。"这个全球竞赛第一名的案例，站在东西方之间，洞穿了东西方。西方人写不出，因为对中国不够了解；反过来，国内的中国研究人员写出来的案例也进不了全球顶级商学院和研究机构，因为没有西方的背景，也不理解西方可接受的方式。她把自己的优势发挥出来，结合了两方面的优势，注定会成功。

四、良好的 Networking（人际圈）。Nancy 是一个温文尔雅的女子，来自水乡的精灵和秀丽，加上书香门第带给她的书卷气和雅致，总是给人如沐春风的感觉。她知书达理、富有教养，从来没有居高临下、跋扈骄横，非常有亲和力。同时，做事踏实肯干、勤奋细致，为人诚实厚道。自然就为她赢得了很好的口碑和关系网。有机会的时候，大家都会推荐她。

发展好的人脉关系在地球上的任何地方都是非常重要的，不但中国人讲究"关系"，在西方世界也是。西方世界尤其重视你的经历，他们常常要从过去来预测和评判一个人，这就造成西方社会的两个重要体系，一个是信用体系，一个是推荐人体系。你会发现，你申请西方大学和申请国内大学有一个地方非常不一样，就是你需要推荐人。西方升学换工作等都要推荐人，或者留下你前领导和老师的联系方式，他们会去了解以前的情况。推荐人是以自己的信用来推荐别人，所以他会非常慎重，人们也非常相信。好的人脉关系加上好的口碑自然会带来好的机会。Nancy 就是在一无所有的情况下，慢慢凭着自己的努力建立了好的人脉关系，给自己开辟了更宽广的职业道路。其实，Nancy 的人脉关系可以说是小火慢炖型的，

自然而然地水到渠成，依靠自己的努力，随着时间的流淌而建立。这是一种稳健的方式。

_ 出奇制胜的江雁飞——一次偶遇铺平 WHO 之路

江雁飞出生于江西，是个地道的农民孩子，家里供他上大学已经非常不容易了。他从江西的一所二流医学院毕业，直接升入本校读硕士。

虽然江雁飞的起点似乎并不如意，但他有个特点，就是坚持学英语，坚持背单词，因为他执拗地觉得学好英语一定有好处。他不知疲倦地学英语、背单词，以一个农村孩子特有的韧性，顽强地啃下厚厚的英语字典，背出英文课文。走路读吃饭读，睡觉也在读、在听。下课，别人在操场上打篮球，他在学；周末，同学们在花前月下卿卿我我，他在学；晚上睡觉的时候，耳边挂着的耳机里传出的绝对不是流行歌曲，而是英语听力，有时候是标准的英语对话声送他进入梦乡。暑假，大家放假了，他短暂回家看看父母，帮着做做农活就回到学校，继续在大火炉一样的宿舍里学；冬天，他干脆不回去过春节，别人在家吃着热气腾腾的饺子过年的时候，他缩在四面透风的宿舍里，为了保暖，他唯一能做的就是把全宿舍的热水瓶搜集起来，全部都打满热水，把热水倒在茶杯里焐手取暖，水冷了再倒掉换热水。所以，每天早上他会孤零零走在偌大但冷清的校园里，踩着积雪，双手各拎几个热水瓶，像少林寺中的和尚练功一样。就这样，冬练三九夏练三伏，他在英语上的突出特点慢慢显示出来。加上他优秀的专业成绩，在同学中间他就不一般了。

如果你认为这是个传统的"悬梁刺股""凿壁偷光"的勤奋学习的例子，那你就误会了。江雁飞并不仅仅停留在"超级勤奋哥"的水平上。有一年，多伦多大学医学院的院长到他们学校访问。作为一所二流的医学院，一所世界名校的医学院院长的来访在当时还是很罕见的，所以上面非常重视接待。多伦多大学医学院是加拿大顶级的医学院，培养出了多位诺贝尔奖获得者，也是我们熟悉的白求恩毕业的医学院。但是院长的翻译第二天就病倒了，大家着急要找一个能担任翻译的人。江雁飞的导师推荐了江雁飞，其实也是捏一把汗的，谁都不知道他的英语到底到了怎样的地步。江雁飞说，当时他从来没有出过国，也很少和老外接触，英语都是听磁带、自己琢磨的。上了场，他发现自己不是很怯场，带上字典，手脚并用。可能因为第二天的接待主要是在当地游览，所以不是很难应付，效果还好。江雁飞非常细致周到，这让多大医学院院长对他有了一个很好的印象。离开的时候，他向中方盛赞了江雁飞，并留下了联系方式，告诉江雁飞，有什么事可以找他，学校里也对江雁飞刮目相看。

他毕业后留在当地的人民医院做了管理工作。有一天，江雁飞突然收到多大医学院院长的来信，问他是否有时间给院长做一小段时间的贴身助手和翻译，因为中国卫生部请院长来北京，院长希望自己有一个熟悉中国情况的助手。虽然只有短短的 3 天时间，但这次经历对江雁飞的人生产生了巨大影响。江雁飞的周到和忠厚让外国专家非常欣赏。最后一天，在院长的房间里，院长对江雁飞说："你希望到多伦多大学来念博士吗？做我的学生。"由于是院长推荐，江雁飞连语言考试都没有参加就在当年 9 月飞赴加拿大多伦多，在女皇公园旁的多大医学院有了自己小小的办公室，专业是医学管理。

其实语言考试的实质是证明你有足够的语言水平可以应付日常的留学生活和学术要求，可以听懂课堂上老师的讲课内容，可以完成作业，可以自由参加同学间的讨论，等等。只要你能证明你的英语到了这个水平就完全可以免去语言考试。比如，托福、GRE、GMAT、雅思，都是依靠一个独立的赢利机构，比如 ETS（Educational Testing Service，美国教育考试服务中心）来组织考试，以评判一个学生的语言程度。但有一种情况例外，

就是这个学生的语言水平让招生的学校和老师非常满意，这样就无须借助语言考试的手段了。

江雁飞在多伦多大学不负众望，帮助导师完成了很多课题，他常常是到中国驻扎半年，完成一个课题，接着又去非洲或者日本，行踪不定。他非常快乐而且越来越自信。他回多伦多的时候一定会邀请我去他的研究生宿舍里吃饭小聚，那是在 28 层楼的一室一厅，有七八十平方米，在世界上最长的一条街 Youge 街（央街）和 Bloor 街（布鲁尔街）的交界处，是加拿大第一大城市最繁华的街口，面朝安大略湖。每次我都会站在他的阳台上眺望多伦多电视塔和脚下的车流。

一个初夏，他突然来电说又回到了多伦多。他告诉我他的毕业论文完成了，马上就要拿到学位，去向也定了。他一直和朋友们唠叨毕业后要回国就业，所以我很好奇他会去哪里。他说，他已经被世界卫生组织录用，6 月就要离开多伦多了。"我想我们中国人应该在世界组织中有更多的声音，我想了解国际性的组织，但我会回到中国，希望拥有更多的才能并获得更多的历练。"他在多伦多大学读博期间，结合自己的中国背景做了很多和中国相关的课题，正好 WHO（World Health Organization，世界卫生组织）需要一个有中国背景的医学管理学科的人才，所以他的导师推荐了他。江雁飞的案例使我想到 WHO 总干事陈冯富珍，他们有着很相似的背景。陈冯富珍出生于香港，具有加拿大的医学学历，毕业于西安大略大学的医学院。结合她的加拿大学位和中国背景，最后她成为了 WHO 的总干事。你可以说她非常有运气，但运气的背后，有谁思考过为什么吗？

成功点评：

一、语言。江雁飞虽然没有好的条件和环境，没有好的家境，没有中国名校的光环，也不是学英语的，他非常普通，就是生活在你我身边的普通同学。他是我们普通大学普通专业的普通学生容易仿效的，成功并不是都属于基础好的天才，只要你努力就行。他的成功平易近人，普通学生同样能像他一样成功。江雁飞的成功最重要的一个特点，也是他成功的奠基石，就是英语。没有英语，后面的一切故事都不会发生。

我强调的是，学语言没有任何捷径可以走，只有一条，就是重复，勤奋地重复，尽可能早地建立起第二语言的大脑处理中心。我们的母语在上小学以前就已经固定了，可能你一辈子都没有办法和母语一样熟练地使用第二语言，一样不假思索地应用。除非一些语言天才，但那毕竟是少数。普通人在12岁之前，如果语言环境好的话，能相对比较轻松地在大脑中建立第二语言处理中心，20岁左右还是比较好的时刻，而三四十岁之后就很难了，学习语言的难度随着年龄的增长而加大。所以，我们发现我们的学生大多是15～20岁之间，在我们这里通过"拐杖式"教学，一年之后的英语水平，特别是听力和口语，比在当地待了很多年，但是三四十岁后才来到加拿大的成年人好很多。我希望大家在年纪小的时候，多努力些，可以事半功倍地学好英语。如果江雁飞以他现在这个年龄，即使他的体力和年轻时一样充沛，和年轻时一样废寝忘食地学英语，他也不可能达到之后的成功，因为他学得太迟了。

二、Networking。在江雁飞的案例中，我想说的是 Networking 的全球性和持续性。现在是全球化的时代，我们建立全球化联系的机会比以前多，而且建立这种联系的地点也不一定非要在国外。比如江雁飞，给他带来事业转机的人脉关系是在中国一个偶然的机会下建立的。这个良好的人脉关系，从中国到加拿大一直跟着他，一直送他到世界卫生组织。我建议，在脑子中有这样的一根弦，在关键时刻要善于突出自己、推销自己。西方看人的风格和我们中国不一样。我们中国的传统是"温和含蓄""谦虚谨慎"，而在西方世界里，不善于表现自己的人，不容易被别人认识。比如，我们

中国学生在国外大学课堂里，也"温和含蓄"地笑而不答，这样在西方的评价系统里就是没有思想、没有看法、没有能力，当然也没有好的分数。西方评价学生有一个词是"aggressive"，在中国就是"具有侵略性，爱出风头"，但在西方的大学，很多时候它是中性和积极性的评语。在这个全球化的高速时代，人们没有太多时间认识"含蓄"背后的你，如果你希望融入这个全球化时代，就要学会利用西方的风格，把自己的优势展现出来，抓住任何可能的机会，建立自己的人际网。

_ 回首向来萧瑟处，也无风雨也无晴——廖信的出国和归国之路

廖信现任全球领先的 IT 咨询和服务公司 Infosys 的大中国区市场总监。之前他曾担任博彦科技的市场总监并负责了该公司上市的相关市场公关活动。回国前，他工作于多伦多并担任《财富》200 强企业德州仪器的互联网营销项目经理。廖信本科毕业于北京航空航天大学电子工程系，并拥有加拿大戴尔豪斯大学电子计算机工程硕士学位和英国牛津大学商学院 MBA 学位。

出国：必然是无数个偶然的集大成者

江西赣州是中国一座不很知名的三线城市，火车、电视、电话在 20 世纪末的这座城市仍然是新鲜的名词，人生规划、海外、托福和未来的梦想等词汇对这座城市的孩子们来说就好比天方夜谭般遥不可及。如果你有机会遇见高考前的廖信并问他人生最大的梦想是什么的话，他一定会充满期盼地告诉你，他的梦想就是坐几十个小时的长途汽车到南昌这座江西的省会城市看看书本上的火车到底长什么样。

小的时候，廖信的家庭很拮据。一天，母亲给他炖了小母鸡汤，这在当时也算是顿大餐。多年后，廖信才知道当时父母认为他有好动症，当地

的习俗就是炖只小母鸡吃来治好动症。用现代的医学术语讲就是补钙。吃过小母鸡后的廖信并没有成为"泰山崩于前而不变色，麋鹿兴于左而目不瞬"的谦谦绅士。好动的他一如既往地不甘寂寞，从赣州到北京，从国内到国外，然后再从国外回到国内。

1993 年高考还算顺利的廖信被北京航空航天大学录取。他终于有机会搭上长途汽车辗转抵达南昌，然后平生第一次坐上火车驶往北京。出国读书这个想法第一次进入他的脑海是在大四的时候。当时廖信和许多对未来迷茫的同学一样在准备考研究生，自己几个本校和外校的同学却在准备考托福和 GRE。直至毕业也没明白这两个舶来语到底是什么的廖信本能地感觉出国需要考托福和 GRE。1997 年，廖信从北京航空航天大学毕业后加入了中国邮电部数据所。这家单位给的起薪不高，每月只有 800 元，但能给外地学生解决北京户口问题。就凭这一点，数据所吸引了国内很多优秀大学的学生。同一批入职的同事大多来自清华和中科大等名校。这些学校的学生一般分为两种：已出国或准备出国。同办公室的中科大才女 Z 是给廖信灌输出国思想的启蒙老师。Z 的妹妹小 Z 很早就获得了美国卡内基梅隆大学统计专业的 offer。小 Z 的大学男友李先生后来就读斯坦福大学的统计专业。廖信对统计专业是海外华人最容易获得高薪职务的价值观也是从那时建立起来的。廖信的妻子也是统计专业毕业的。直到今天，廖信有时候还问自己如果太太当时读的是

异国他乡的缘分

不好就业的物理系，两人还能不能成？廖信对于出国和国外大学排名还处于石器时代的认识让 Z 女士很惊愕。为提升彼此沟通的层次，Z 女士还是放下了大小姐的架子，常常用恨铁不成钢的沟通方式让廖信了解到，穷小子要出国留学，奖学金是必备的。要获得奖学金，好的托福和 GRE 成绩是必备的。Z 女士读的计算机专业在国内是热门专业，出国申请奖学金却变成了冷门专业。在被哈佛、斯坦福等名校拒绝后，Z 女士获得了美国某农业大省的州立学院的 offer，从此天各一方，杳无音信。

在中国邮电部数据所度过平平淡淡、朝九晚五的一年后，患有好动症的廖信开始蠢蠢欲动，寻找自己都不知道方向的未来。出国对他来说还是很遥远的事。Z 女士的教诲让当时的廖信认为出国是清华、北大等名牌大学学生的专利，爱国才是如他等俗人的责任。厌倦工程师工作的他在一番寻找后加入了一家当时中国最大的公关公司。原来一直穿牛仔裤和旅游鞋的廖信也开始了穿西服、系领带的白领生活。公司的老板 H 先生很喜欢用成功学来激励员工的斗志。在大街上站一分钟，你就可以区分出穷人和富人：开夏利的人都没什么钱，开蓝鸟的人收入肯定不菲。开蓝鸟的 H 先生的这番话深深地激励着当时还骑自行车的廖信的心。廖信穿西服、打领带的日子没过多久就陷入了和数据所的合同大战。作为数据所解决员工北京户口的代价之一就是要在数据所干满 5 年，否则罚款 7 万元。这场以卵击石的合同大战很快以廖信的完败而告终。交不起 7 万元违约金的廖信灰头土脸地回到了原单位。

公关公司给廖信带来的最大的收获就是认识了一位日后和自己共同创业的朋友小 H 先生。小 H 曾任中国第一家房地产经纪公司北京分部的总经理，他还撮合举办了桑普多利亚足球队和中国队的友谊赛。那家房地产公司倒闭后他稀里糊涂地加入了这家公关公司。随后，小 H 和廖信一起创立了一家互联网企业。小 H 当时正在办理加拿大移民，同时劝说廖信也申请看看。在当时的北京，出国开始像传染病一般逐渐在内心深怀小资情节的人群中扩散。国外的月亮是否更圆更亮不得而知，但出国前土鳖一样的人出国后可以回国找校花的故事深深地刺激着肾上腺激素无处释放的少男们。抱着试试看的心情，廖信于2000年3月递交了移民加拿大的申请。和广大有点存款的技术移民申请人不同的是，廖信当时难以启齿的银行存款在经历过一场不堪回首的创业失败后变得几乎本金全无，只剩利息。迫于无奈，他没有通过移民中介而是自己调研移民流程并申请移民。两个月后，廖信就被通知准备移民面试。

2000年的劳动节，廖信是中国少数几个真正在劳动的人。他利用这个假日恶补了英语、计算机编程和加拿大历史，并将自己那平庸且不长的工作经历总结得荡气回肠、催人泪下。面试那天，廖信从自己那一堆寒碜的衣物中挑选了几件不那么皱的去了大使馆。那天的问题廖信已基本记不住了，不是因为他记忆力差，而是他实在没听懂面试官在问什么问题。最后面试官的总结发言大致如下：看得出你不知道我在说什么，我其实也不知道你在说什么。鉴于你还很年轻，我觉得你可以在加拿大慢慢学习。一个月后，加拿大的门对他敞开了。

苦中作乐的加拿大留学生活

2001年的3月15日，廖信乘坐加拿大航空的班机抵达了多伦多。和当时很多移民者的想法一样，廖信在移民之前就决定要在国外的学校攻读硕士，一是为了镀金，二是不相信凭自己编程的几把刷子能在北美找份体面的工作。在出国前的几个月内，廖信突击准备了GRE和托福考试并获得了还算可以的成绩。登陆多伦多后，廖信就开始了申请学校的历程。加拿大拥有研究生院的学校不多，2000年前后大量涌入的中国移民造成了僧多粥少的激烈的竞争局面。很多学校秋季入学的申请截止日期都是在每年的1、2月，廖信只好从截止日期还未到的学校里挑选了几个来申请。

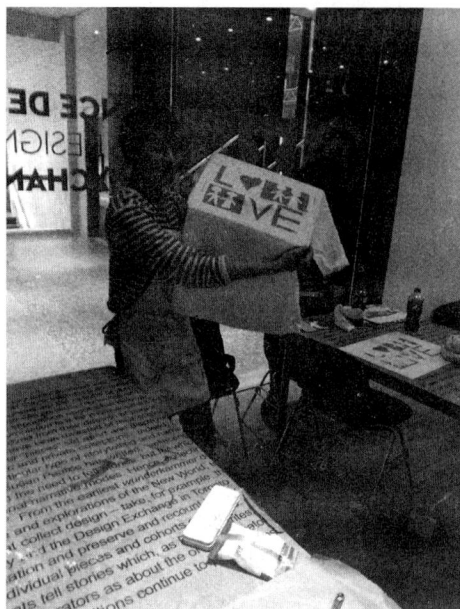

学会自己动手创造

当拒绝信一封封到达居所的邮箱，廖信开始激励自己：从绝望中找到希望，人生终究会辉煌。最后，一封来自加拿大东部城市哈利法克斯的戴尔豪斯大学的 offer 给廖信那无精打采的生活带来了几天憧憬。2001 年的多伦多没有给廖信带来太多的印象。他租的房子在穷人区，也没钱去青山绿水的野外，认识的几个朋友或是在求学的路上或是在找工作的路上。

在多伦多待了小半年后，2001 年的 8 月，廖信乘坐飞机到达了哈利法克斯。这一待就是 3 年。在加拿大留学和在国内读书最大的不同就是对学生独立能力的锻炼。英语里有个词汇叫 babysitting（临时保姆）。在国内读书，很多时候学校或家长扮演了这样的角色。你住的是学校宿舍，吃在学校食堂，上课后老师布置很多作业，学生唯一的自由可能就是将作业做对或做错。研究生在学术上自由度大一些，但大部分人的研究方向也是老师拟定的，没有太多自己独立思考的空间。国外的大学有点像一所同时在放映很多场电影的剧院，不管吃，不管住，你花钱买票选择你喜欢的电影看，不喜欢了中途退场也请便。这些退场的学生中出了不少诸如乔布斯、比尔·盖茨这样的精英人物。

海外的华人学生限于经济所迫，大多在攻读学业的同时锻炼了一身炒菜、做家务的本领。在哈利法克斯的 3 年间，廖信换了 5 个住所。第 1 个房东是一户来自多伦多的移民家庭。男的在哈利法克斯给一家赌博网站写程序，女的在当地的一家海鲜国际贸易公司工作。男主人原来在国内的中旅集团工作。移民前去过不少国家，他最终选择落户加拿大给当时对未来还很迷茫的廖信无异于打了一剂强心针。女主人原来在国内是女强人，曾在一家全球最大的航运集团工作，登陆多伦多不到一个月就在当时一片风声鹤唳的就业市场找了份国际贸易的工作。第 2 次租的房子是在离学校不远的一处穷人区的公寓，和同在一间实验室攻读研究生的 W 先生共住。W 先生毕业于华中科技大学，原在国内中兴通讯就职。从戴尔豪斯大学毕业后立即归国在摩托罗拉工作。在哈利法克斯期间，W 先生和廖信两个单身男人很快在求偶这件事上找到了共同的爱好，并一同参加了学校组织的各种活动。廖信和他的妻子也是在一次"偶然"的活动中认识的。廖信第 3 次租房是和随后一年移民至哈利法克斯的姐姐、姐夫一家在一起。年龄不小的姐姐、姐夫深知生活不易，很善于发现政府对低收入人群的各种优惠政策。很快，他们就找到一处有政府补贴的公寓房并邀廖信同住。和姐姐一家同住的时光是廖信在哈利法克斯生活相对比较优裕的时候。用一句中国的老话形容也不为过：饭来张口，衣来伸手。几年后，姐夫在当地找了份稳定的程序员工作。只有中国中专毕业学历的姐姐攻读了加拿大幼儿教育学历，刚开始在本地的一家幼儿园从事低薪的幼儿教师工作。后来毅然创业，现在拥有两家小型幼儿园，也从政府补助的房子里搬了出来，在当地买了 3 套独立房，还常常被政府邀请给有创业意向的新移民传授经验。

多年后，哈利法克斯对廖信来说已是记忆中的符号，当初去投靠他的姐姐一家反而在这座美丽的城市扎下了根。廖信住的第 4 个地方是一户外国人家。当时的主要目的是为了给自己创造一个英语环境。后来才发现这户低收入的黑人家庭对赚钱的兴趣远远大于教英语的兴趣。在这户人家没住太久，廖信就搬进了当时还是女友的妻子的学生宿舍。廖信的妻子 S 在

戴尔豪斯大学统计系攻读博士学位。

在哈利法克斯的 3 年，廖信除了读书外，也打打工赚点外快。细算下来他干过 4 种工作。时间最长的工作是教师助理，主要就是批批本科生的作业。与其说这是份工作不如说这是有奖学金的工科研究生的一项福利。工作甚为简单，改改作业每个月就可以拿 300 多加元。不能养家但可糊口。第 2 份工作是在餐馆打工。廖信在一家西餐厅找了份在厨房打杂洗碗的工作。这是为数不多不需要任何工作经验的工作。西餐厅在中国是个高雅的名词，但在国外就泛指每一家餐馆。老外洗碗都是用洗碗机，廖信的工作就是在将餐具放入洗碗机前先掠去一些残羹冷炙。后来廖信又在一家韩国餐馆打工。这份工作的好处在于每晚收工前厨师会为工作人员炒几个菜做夜宵。对于没钱上餐馆的廖信而言，这顿美味的韩国料理让他在未来的好几年都回味不已。第 3 份工作得益于他给住在哈利法克斯第 1 位房东女主人留下的好印象。这位女主人工作红红火火，就邀请廖信兼职给她做助理。这份工作持续了小半年，年薪 4 万多，这对于一个还在读书的留学生来说是很可观的数目。第 4 份也是最后一份工作是在呼叫中心担任客户代表。对英语非母语的廖信来说，这份工作对锻炼英语很有益处。这份工作持续了半年多，离职后的头一个月廖信一接电话就习惯性地用温婉的口气问道："Hello，may I help you？"（你好，我有什么可以帮你的吗？）

虽然本科和研究生学的都是电子工程，廖信却不认为自己未来可以成为一名优秀的工程师。他对自己将来的定位是有工科背景的管理人才。基于此，在读研究生的第 2 年，他开始准备 GMAT。凭借不错的成绩和以往创业的经验，他获得了牛津大学商学院的录取通知。2004 年 8 月，廖信离开自己待了 3 年的哈利法克斯，乘飞机前往哈利·波特的故乡——牛津，开始了自己第 3 段也是最有意义的一段读书生涯：牛津大学商学院读 MBA。

牛津：一座承载梦想和使命感的城市

牛津大学建校 800 多年，是英语世界中最古老的大学，历史上出过不少政要名流。牛津大学商学院于 90 年代中期建立，晚于大部分美国商学院，对于这所古老的大学而言就更是新鲜事物。如果说北航和戴尔豪斯大学传授给廖信的是学术的严谨性和逻辑分析能力的话，牛津大学传授的就是着眼全球的视野和敢想敢做的精神。牛津大学商学院的学生绝大多数来自美国，中国和印度学生也不少，英国本土学生反而不多。入学的头一个月，原来心高气盛的廖信就体会到了"天外有天，人外有人"这个道理。班上的同学中有日本著名的电视节目主持人，他同时还是日本著名的医生和律师。有好莱坞的纪录片导演，他后来被世界经济论坛评为全球 40 岁以下的青年领袖。为数不多的中国同学也是卧虎藏龙。有喜好交际的地产精英，有华为最年轻的总监。几年后，大部分同学加入了投行，为 2008 年开始席卷全球的金融危机做着自己的贡献。

牛津是一座美丽的城市。牛津大学的 38 个学院就分布在这个城市的各个角落。囊中羞涩的廖信无法承担价钱相对昂贵的学校宿舍，于是他以 200 多英镑一个月的价格在学院不远处的一栋破旧的连体别墅租了一间小屋。这栋小红楼后来竟成了他那批中国 MBA 学生的小据点。

多年来，总有人询问廖信应不应该读 MBA。答案见仁见智，如果看廖信自己周围同学几年后的境遇而言，MBA 应该是笔不错的投资。MBA 课程和廖信原来学过的工程课程最大的不同可能就是工程的课程一般只有一个正确的答案，在 MBA 很多课程比如说经济学和战略管理课程中，两个截然不同的答案可能都是正确的。在这种"公说公有理，婆说婆有理"的争论中廖信学会了更辩证的思维。爱因斯坦曾说过真正的教育是从忘记学校教授的知识开始的。虽然他老人家没学过 MBA，但这句话同样适合这门管理科学。多年后，廖信已忘记了他在学校所学。如果说那一年的时光给他

留下了什么的话，那就是一颗永不停息的上进心。与众多各行各业的精英
成为同学驱使他重新审视自己的职场道路，不断向自己的同学学习和看齐。
一年的 MBA 学习过后，很多中国同学都回国就业了。廖信也回国了，不过
作为一名有加拿大国籍的华人，他回到了第二故乡——加拿大多伦多。

TI：第一份真正意义的海外工作

廖信回到多伦多的一个重要原因是因为自己的妻子 S 当时在多伦多大
学攻读博士后。很快，他就在世界著名的半导体厂商德州仪器公司找了份
互联网营销项目经理的工作。和很多就职于大投行的同学相比，这不算是
份很令人羡慕的工作。在机会不算多的加拿大就业市场，这是他能找到的
还算体面的唯一一份工作。另一个原因就是互联网一直是廖信的兴趣爱好
所在。凭借自己的聪慧、努力和好学，廖信在加入公司两年后获得了公司
全球营销部门最有影响力大奖。在 TI（即德州仪器）的四年半，廖信有幸
负责了 TI 在互联网营销领域最激动人心的一些项目，其中包括 TI 和客户
沟通的最重要的社区平台 e2e.ti.com 和 TI 全球员工使用的内部社区 Infolink。
TI 的工作也为廖信穷困潦倒的学生生涯画上了句号。工作的头一年，廖信
付清了学习贷款。工作的第 2 年，他和太太就正式成了有房有车一族。

廖信在 TI 最大的收获就是碰见了两位好老板，Devanish 和 Maz。
Devanish 出生于印度，在香港长大，在美国读大学。他对互联网营销的激情、
前瞻性和行动力深深影响了廖信以后的管理风格。通过 Devanish，廖信第
一次知道 TED（Technology，Entertainment，Design）演讲。廖信日后爱读
书的习惯也是从 Devashish 那儿感染来的。另一位老板是加籍日裔 Maz。在
最初工作的几个月，廖信毫无项目管理的经验。因为服务于 TI 全球总部，
廖信的大部分同事遍及好几个国家。每天一大半时间是通过电话去远程管
理团队。Maz 虽然出生在加拿大，但充分理解第一代移民英语和文化隔阂

带来的不适应感。在廖信犯了好几次工作上的失误后仍然给予他充分的信任。同时 Maz 对工作细节的专注和专业程度深深影响了廖信日后的工作风格。2010 年，廖信从 TI 辞职时给这两位老板分别写了封感谢信，感谢一位教会自己如何脚踏实地，感谢另一位教会了自己如何高瞻远瞩。

廖信在多伦多除了 TI 的正式工作外，同时在加拿大新东方国际学院北美分校每周末教授项目管理课程。正是这份兼职工作使他于 2010 年回国。

海归

2010 年 6 月，廖信在海外学习工作 9 年后回国，成了一名不折不扣的海归。这次回国和他在加拿大新东方国际学院的工作不无关系。2010 年 3 月，他受邀和加拿大新东方国际学院北美分校的另一位老师在西雅图给来自中国武汉的一些官员培训国际项目管理课程。当时的一名学生恰好在美国的一家服务外包咨询机构工作，她邀请廖信帮助这家机构组织 2010 年在中国几个城市先后举行的中美服务对接大会。通过这次大会，廖信有幸结识了中国领先的服务外包企业博彦科技的创始人之一的 Z 先生。两人在展会后继续保持联系。不想错过中国蓬勃发展机会的廖信于 2010 年 6 月辞去德州仪器的工作后加入了博彦科技，成为该公司的营销总监。

博彦科技是一家很典型的中国民企，4 名创始人于 1995 年创建了该公司。十几年后，公司员工逾 5000 人，分公司遍及中国大部分一二线城市，同时在印度、美国、日本等国家皆有分支机构。公司的管理不算很规范，但企业上上下下很团结，也没有很多大公司复杂的内部政治斗争。2011 年公司开始紧锣密鼓地准备上市。廖信有幸负责了公司上市相关的市场工作并参与组织了公司的上市路演活动。2012 年 1 月，博彦科技成功登陆深证交易所。后来因为家庭的缘故，廖信离开了博彦科技，搬到上海担任全球领先的咨询和 IT 服务提供商 Infosys 中国区市场总监。

6.5　在北美和中国之间何去何从

_ 传统留学思维：留下融入主流 VS. 回国重新发展

　　一个邻近圣诞节的雪天的晚上，我和朋友一起在多伦多市中心的乔治布朗学院的对外餐厅吃饭。这个大学是当地有名的职业大学。实际上这家餐厅是该大学为餐厅服务专业的学生实习开办的，所以里面的厨师和服务生都是还在念书的大学生，他们的主管就是学院的指导老师。学校大概希望学生实习的时候直接面向真正的顾客，在真实的环境里掌握技能，在校的时候就获得工作经验。

　　餐厅在一个黄金地段的街角，大落地窗，拥有时尚的设计，和街头任何一家不错的专业西餐厅一样。不知道的话，真的不会想到这里的工作人员大多数是生手。朋友笑着和我说，他们还都是学生，顾客们大多会以鼓励宽容的态度对待他们。进到店内，从服务生拘谨又极其认真的表情上就能看出他们的生涩来。

　　不知道是不是刻意安排，在我们这桌服务的正好是一名 20 岁左右的华裔女孩，点饮料的时候就弄错了。在正餐的时候一直慌里慌张地站在我们桌边，不停地问菜式是否合适，牛排是不是太嫩了，偶尔向邻桌的服务生——一个南美裔的女孩发出求救的眼神，我也跟着紧张起来。我尝试着用普通话问她，她果然能听懂。她说她是小学二年级到这里的，爸爸妈妈从大陆到这里留学，都获得了很高的学历，但是工作的情况不是很好。她知道中国家庭都希望孩子能上最好的大学读到硕士、博士，然后融入主流社会，找个体面的工作，但她自己觉得应该先学点谋生的技术，加上自己挺喜欢这行的，等几年后挣点钱，看情况再上学进修。当她讲到"融入主流"的时候，脸上现出一种奇怪的神态，微微耸耸肩，用两只手的食指和中指稍稍勾起来，做出一对引号的形状，在脑袋两侧勾了勾。

一直以来，北美的中国留学生学成后的第一选择都是留在北美，融入主流——找到一个白人为主体的机构，为主流的白人服务，尽量地提高英语水平，发音越接近美式英语越好，尽量结识当地的白人，饮食文化尽量适应主流社会。甚至有不少人千方百计地和白人结婚，尽量抛弃自己的中国背景以求彻底融入主流。

还有一部分留学生选择留学后不在北美工作，尽快回国发展，把留学当作镀金，希望洋文凭能够帮自己迅速在中国找到一个高起点的位置，期望自己的留学背景能够帮自己在中国职场中获得成功。还有一部分人就两边跑。

10 年前，当我决定移民加拿大、进北美顶级商学院学 MBA 时，我也考虑过学成后的发展方向，但发现传统的这 3 个最流行的留学后发展思路有非常致命的危险。

_ 毅然融入主流的各种尴尬

在国内的时候，大家都以为只要努力学习，英语是可以突破的。中国人可以用英语和白人愉快地交流；以为只要努力奋斗就可以在北美获得稳定的工作，甚至在北美慢慢建立起类似于在中国的人际关系网，融入主流社会。到了北美后，才发现这是一个真实的谎言。

尴尬一：上百年的陌生人

我曾经在一个政府部门供职，有个中层官员 Tony 是华裔。如果走在中国的街上你注意他，一定是因为他很爷们儿的样子，但如果他开口，你绝对会大吃一惊，那是因为他纯正的北美英语口音和他根本听不懂中文！

如果你知道他的家族在北美的显赫地位，你更会吃惊：其父亲是加拿大侨领，联邦和地方选举时党派要人都会邀请他站台助选；其祖父更曾经作为孙中山先生的战友协助其在北美筹款。他的家族是在北美经营了 100 多年的华裔世家，在主流社会非常有影响力。Tony 生于北美，接受的是北美的教育，家族在北美也很有关系。但是，我曾亲眼见他要在项目中推行自己的解决方案时受到白人同僚的漠视，根本就没被接受，而被迫追随白人平级同事的平庸方案。有讽刺意味的是，这个项目和中国社区有直接关联，很明显 Tony 的方案更接近事实，Tony 也是个比白人更适合领导这个项目的人。当时，我有点忿忿不平，但以为这只是个案，就不是特别在意。

一个月后，我进了加拿大约克大学的舒立克商学院念 MBA，这也是澳门第一任特首、现任全国政协副主席何厚铧先生毕业的商学院，全球排名最高排在 20 位左右。在头一学期上领导能力课讲到劳动力的多样化时，来自英国的任课的女教授叫白人坐左边，其他人种坐右边，男同学坐前面，女同学坐后面。

大家很快坐好了，突然有个人大声问道："那我该坐哪里？"原来，他的妈妈是华人，爸爸是白人，他是个混血儿，全班哄堂大笑。教授说，她的目的就是想让大家看看，种族、性别、长相等自然条件是不是有很大的影响力，是不是会令人另眼相看。答案是"是"。其实种族和性别歧视是确实存在的，每个人的内心里是存在歧视的，但是因为北美的法律和法规比较健全，于是就成了平静海面下的一股暗流，大家心里有，但不会说出来。

尴尬二：玻璃天花板效应

当今世界最有权势的人是什么样的？答案是符合这 4 个特点的人：男性、基督徒、盎格鲁 - 撒克逊白人、二战后婴儿潮出生的。不管是政治家、学者，还是大公司的 CEO，主要是具有这 4 个特点的人占据了西方世界最重要的位置。这说明，人的这些自然条件是有着重大影响力的，种族和性别歧视是存在的。而符合这 4 个特点的人主宰着主流，想想作为黄皮肤的年轻的中国人，在北美人生地不熟，还带口音，融入这些人的圈子谈何容易！

所以，融入主流是个真实的谎言，愿望是美好的，逻辑似乎是通的，但实际上是很难行得通的。这就是为什么有个专有名词叫"玻璃天花板效应"，说的就是在比较主流的白人机构服务，再能干的华人往往在升到一定级别后，即使贡献再大也升不上去了。看似离高层职务很近，就隔着一个透明的天花板了，但是无论如何努力就是得不到进一步的提升。透明的天花板也是天花板，挡住了前进的道路，职业生涯也就到头了。

尴尬三：以婚姻当筹码

小 C 是个传统意义上的精明的上海女孩。2000 年左右到加拿大，她在国内时就在跨国大公司工作，后来在加拿大经过一番努力，到了加拿大大公司的要害部门工作。她的英文相当不错，薪水也很不错，她贷款买了一套房做出租投资，自己却省吃俭用地在传统白人或者高级白领聚居地段的豪华公寓里租了一套公寓的一个小房间，期望在地铁直通公寓的拐角或者公寓的健身房里认识一个年薪 10 万以上的贝街高级白领或白人家庭的小伙子。

她常常和白人朋友一起玩，很努力地希望融入这个主流社会。她交了个当地的白人男朋友，后来她把这段恋爱总结为"suffer"（痛苦，受罪），

也许有时会迷茫

很不屑白人男友居然房租、娱乐、吃饭事事和她 AA 制。不久，她换了个当地的华人二代男友，不会说中文，连中国在哪里都不知道，更别说去过了。但是她时常愁眉苦脸地叹气说，和同事们在一起闲聊很痛苦，也怕和男朋友的朋友们一起出去。比如，如果谈起晚上去哪里吃晚餐，或者哪家餐厅的特点，自己只能张口结舌，别人能就一个餐厅滔滔不绝说几个小时，从百多年前营业开始，到历史上发生过什么故事，到主人的八卦，故事又套故事，听着听着，心里就很郁闷，她会愤愤地说："如果谈上海的哪家饭店，我也能讲那么多！"终于，她与华人二代男朋友也在激情过后归于了平淡。

尴尬四：玻璃杯的文化交流

某华人协会的行政总监 Eliot 总是对我说："Roy，你看，我算是华人在北美学社工专业的老前辈了，在主流白人的政府机构也做到了较高级的管理者，但我还是要跳出来为我们的华人社区的机构服务。我现在就告诉你其中一个重要原因，比如我手上的这个玻璃杯，如果让我和一个白人同事谈这个杯子，我可能只会说，它是透明的、圆的、可以盛水……总共不会超过 5 分钟我就没有话讲了。而我的白人同事可能就这个话题能谈两小时以上，他们谈的更多的是历史等方面，这是同文同种的缘故，所以，我只能 5 分钟后在旁边干瞪眼听着。"

这其实就是文化背景，不管你的英文有多流利，你多么努力地想融入主流社会，有些东西是文化历史的沉淀，不是会说话就能说出来的。比如一个 6 岁的孩子，基本的语言交流是没有问题，但是要他和一个成人聊天谈心，除非是成人有意识地降低谈话水准，否则是不会有对话资格的。并不是说和白人同事聊天谈话有多么重要，有些人会说我只要把交给我的工作做好就行了。其实，我们强调交流的重要原因就是因为在这样的交流中能产生亲近感，了解对方，建立友情，加强团队意识。尤其是在西方社会里，推崇那些善于推销自己表现自己的行为，如果你老是不说话，或者说不出什么名堂来，大家就认为你的肚子里面没货，会对你的能力有怀疑。

尴尬五：没有"关系"，寸步难行

人们常常认为"关系"这个词是汉语贡献给英语的外来词，但是北美有没有关系呢？有！而且不会比我们用得少。

有数据称，北美 95% 的专业工作机会是熟人介绍的，只有 5% 的机会由我们这样有脑子没有关系的外来户拼抢得头破血流。那么，北美的关系是怎么建立的？就是在谈话交流中建立的，也许别人的爷爷辈同文同种，没有障碍的谈话在一起打冰球时就建立了。在我选择多伦多的第 3 个校址的时候，我曾经纠结过一段时间，期望选一个更大更适宜的地方。加拿大的教育用地有很严格的规定，我选中的地方需要用很长的时间去 Re-zoning（重新规划土地用途），就是向政府要求重新规划成教育用地，一般需要 6~8 个月，然后需要在这块地皮上用大大的牌子公示给民众。每一个路过的人如果认为这块地方不应该被安排成公示的用途都可以提出异议，当局就要重新召开议会，重新讨论，这又是一轮长长的唇枪舌战，我当然等不起！

一次我参加一个小型的私人聚会，是属于夏季家庭 BBQ 类的，大家

都穿得很随便。阳光、烤炉、T恤、大短裤，在院子里的游泳池边光着脚，拿着刚烤完的鸡腿大嚼，随便闲聊。女主人曾是第一大在野党党魁的秘书，拉着我边走边说："给你介绍个朋友，说不定会对你的事有帮助……"穿过人群，女主人把我介绍给了一个30多岁气质非凡的白人小伙子，他是影子内阁的部长，是某个国家关键委员会的副主席，有很大的影响力。我们交谈得很愉快，他说他会和当地负责规划的部门打个招呼，我可以直接去找他们，他们会热情接待的。如果不够的话，就找当地的市长，说是他的朋友就成。我恍惚间像回到了中国式的酒桌交际中一样，不禁感触良多。

大家可能都知道"reference"（推荐）在西方国家的重要性。人类其实是一样的，这其实是人类的本性，习惯于相信熟悉的东西，相信自己信任的人的推荐，这样可以尽可能地减低风险，提高效率。所以，当他在家庭聚会时、在BBQ时、在圣诞晚会中、在社区活动中，甚至在商店偶遇时就把工作机会或工作信息做了沟通，一方就会自然而然地给另一方做了工作上或者生意上的推荐。这是初来乍到的中国人不可能拥有的优势，甚至一些在北美发展了几十年的华人家族也很难获得。

_ 义无反顾立即回国的各种难题

如果学成后马上归国发展呢？我发现同样有问题！

难题一：回国就是一等公民吗？

我考驾照那会儿，同车去考的有一个黑龙江来的留学生，是个很外向的女生。大概是为了发泄紧张的情绪，她不停地对当地驾照表示不屑，顺带着对当地的生活和环境表达了强烈的不满。在中国她开的是悍马，玩的都是新颖刺激的，可来这里后都不知道要到哪儿去找刺激，一点都不好玩！她的男友7月才能办完所有的手续毕业回国，可是她等不及了，一天也不能在这里待下去，她要提前一个月回中国。

我们留学是为了什么？学东西？好玩？找新鲜刺激？镀金？逃避高考和就业？常常听人说，留学生不稀奇了，留学垃圾、"海带""海漂"……

J是名中国大学生，后来到一家外资公司做到区域首席代表，年薪100多万人民币，但他就是感觉知识和技能不够用，想进一步发展事业，到海外读个MBA回来。于是，他辞去了这个职位，花了100多万人民币进入澳大利亚的一所商学院学了两年MBA。学完就马上回国。原来的位置是没有了，还要重新找工作。而新工作年薪20多万人民币，这一下子，心里还真是难受——花钱花时间不说，收入还大幅下降！

中国的发展这些年实在是太快了，在国外的华人网络里，满眼都是"回国见闻""回国腐败记"之类的文章。回国好像是乡下人进城，开了眼界，吃了洋荤。出去留学几年后，国内社会发展了，产业变迁了，人脉也快没了，甚至连原先适应的社会习俗都生疏了！和那些一直在国内发展的同学好友比职业发展，很可能是样样不如他们，又成二等公民了！这么一分析，突然发现不留学还好，一留学就可能留在国外成了"海漂"，回国发展成"海带"了！离成功人士的美好前程还是很遥远！

难题二："海龟"上岸水土不服

国内著名企业阿里巴巴就用过大量的"海龟"，记得其创始人马云曾深有感触地谈起用"海龟"还是用"土鳖"的心得。他说，"海龟"要淡水养殖5年才好用，而"土鳖"最好用海水养5年。这样的比喻形象生动，也道出了事实，也是国内很多用人单位的心声。

"海龟"刚回来的时候对本土的东西已经不熟悉了，甚至有很大的文化冲突，这是很多"海龟"和用人单位切身感受到的。不说复杂的如管理、政府政策、为人处事，就说简单的生活吧。很多人刚回来的时候连过马路或者开车都很难适应国内的风格。中国城市人多拥挤，人们遵守交通法规的意识不是很强。而国外大多地广人稀，人们遵守秩序。在国外的时候，

我开车如果看到前面有人在没有红绿灯的路上直接过马路的话，大多数是刚来的华人。

但是，反过来说，习惯了国外秩序的人在国内的路口就不知道如何是好。更夸张的是，一个银行界的朋友在路口怎么都不敢过街，最后自己打了一辆车告诉司机："请帮我开到对面去。"我的朋友，加拿大的国会议员Jimmy在中国考察的时候，很快就习惯了中国的方式，他说："嘿！这是中国，你当然要用中国的方式过街！"我觉得他说得非常发人深省，是的！"入乡随俗"不光是交通的问题，其他的你也得学会以中国方式做事，况且"海龟"的前身就是土鳖，我们就是在这里出生长大的，适应起来比真正的老外们要容易多了。但是，重新适应需要比较长的时间，有人用"二次移民""文化休克"这些词来形容"海龟"再次适应中国的艰辛。

难题三：一个"海龟"的辛酸创业

我有个朋友有中国高科技行业背景，后移民加拿大。2005年毕业于于加拿大某名校的商学院MBA。借助商学院和中国行业的背景，他建立了一个三人创业团队，写了一个利用北美的风险投资资金在中国建立网络游戏的商业计划，当时中国的网络游戏概念非常好，他们很顺利地拿到了数百万美元的投资。回国后，他们迅速利用这笔资金建立运营，开展市场营销，不想中国的市场和运作手法已经和几年前大不相同了，而这几年他在加拿大几乎和中国隔绝，曾经熟悉的环境对他来说已经是陌生的了。他没有办法，只好从头摸索，但不想中国的各类成本，特别是市场营销的费用已经和他前几年在中国工作时大不一样了，按照他原来的商业计划，硬推广，结果一年多的时间就把几百万美元花完了，项目却一点没有见效，投资者就不愿意再投，他们的创业失败了。

难题四：高不成，低不就

其实，本科和研究生学成即归国的留学生，大部分是在国内和国外都没有工作经验的。由于长期在国外生活，对于中国已经很陌生了，要在中国创业或工作就更难了！有些人甚至生活起来都很吃力，因为他们成年后的生活主要在海外，已经习惯了西方的方式。

我们有个帮助毕业留学生在全球范围内就业的平台，因为很多学生希望回国就业，我曾经就这个问题在国内做过一些工作，发现本土的雇主对雇用留学生有些看法。他们认为，一般这些本科毕业的小"海龟"没有工作经验，但是因为出国的成本和代价都挺大的，所以心理预期很高，也自我感觉比较良好，难以管理，不虚心、本土化不强，和国内毕业的大学生比，在工作上面没有什么优势，反而不稳定、容易流失，也怕吃苦。好处是出国留过学，会外语，遗憾的是，有些留学生连外语都没有真正掌握。另一方面，其实在中国的大环境下工作，用到外语的机会也没有想象中那么多。所以用人单位算起来成本很大，不太愿意雇用他们。

难题五：没能成功起跳

现在越来越多的留学生通过各种渠道出国留学，留学的人数越来越多，门槛也越来越低。物以稀为贵，"海龟"也就不那么高不可攀了。对能出国留学的小留学生来说，家里或多或少都有一定的实力。在国内没有出国留学的人并不都是庸才，相反，优秀的人才比比皆是。当你在海外学习的时候，别人在国内没有闲着。他们在自己的位置上努力工作，积累了非常宝贵的经验和人脉，本土化程度好，熟悉国内的情况，工作起来得心应手。当你出国的时候，你没有出国的同桌可能已经在他的岗位上大放异彩，在职业道路上越走越宽。要知道，在世界版图上，中国相对来说是一个文化习惯和西方世界迥异的地方，现在也越来越成为西方既爱又恨、割舍不下的地方了。很多西方跨国公司都很重视在中国的发展，知道雇用中国当地的人，以适应迥异于自身文化的中国本土化的要求。这些是在西方的学校中学不到的。那么，获得留学机会的同时失去了在国内发展的可能，

再面对这样的缺失，心理落差是必然会有的。于是，以往人人羡慕的"海龟"变成了人人嘲笑的"海带"，他们自己也很痛苦。

_别轻易因"热"行业而"发烧"

2006年，有个在多伦多做建筑设计的朋友突然激动地对我讲，听说国内现在发展很快，特别是最近中国的房地产发展很好，对建筑设计这块需求很大。据说有几个加拿大的建筑设计事务所在上海发展得非常好。毕竟出来很多年了，他有很强烈的冲动想马上回去居住发展，而且就选择在上海。他太太更是为这个计划激动得一夜未眠，已经规划好了蓝图和实施细节，马上就准备卖掉这里的房子，开始查询上海买房的信息。

我就问他们以前是不是在上海工作或学习过，然而夫妻俩都没在上海待过，连华东都没怎么待过。出国前一个在广东，一个在西部。再问为什么突然想回国，他回答前两天他们的一个上海朋友回去住了一阵，回多伦多后在朋友的聚会上感慨上海的繁荣和机会的众多。毕竟是自己的母语文化，那种舒适、安全、主流的感觉，就更是爽得不用提了！而且上海到处是工地，到处是国外建筑设计师的新概念设计试验场所，建筑设计的机会到处都是！这一番话使在海外拼搏飘零十多年的朋友夫妻怦然心动，很快就热血沸腾，恨不得马上把多伦多的房子、工作处理掉，利用他们在北美的建筑设计的背景和关系网，尽快到上海发展，好像一到上海，能得到比多伦多更好的工作，他的事业会更上一层楼，他们的生活就会比多伦多更舒适更美好似的！我赶紧提醒他们，是不是要做个详细的调研？比如，上海建筑设计的机会、薪酬，以及外籍华人在上海居住的一些问题和机会等。如果贸然把房子卖了，工作辞了，直接回上海，要是发展不顺利，就留也不是回也不是了。最重要的是，他们其实在上海没有经验和关系，那里是否是他们理想的城市，真是很难说。

过了两个月我又碰到这对夫妻，往日的平静又回到了他们的脸上。说起他们回国发展的事，这次他们说冷静下来想明白了，丈夫说他在多伦多年薪根本就不低，工作做得也很顺手，环境也熟悉了，有两套房子、两辆车，其中一辆还是宝马，回去后根本就不知道要怎么做。没有任何预热，风险太高了，怕一脚踩空，一不小心就会把多年的积累都搭进去，还弄得生活动荡！他说得很对——想两边发展，没有个若干年的两边调研和两边积累是极其有风险的！如果这对夫妻当初贸然回国，我敢断定他们就成了"逍遥海鸥"不逍遥了。

_低端行业，也得从头开始

绍是金融业的经理，在中国工作几年后，于 1995 年左右赴加拿大工作，并考取了 2002 年的北美名校的 MBA，是个文案高手。在校期间，中国经济开始引起北美众多投资者和研究人员的注意，也让绍动了利用北美资金和商业模式在中国创业的念头。全球闻名的麦当劳、肯德基、必胜客等众多成功的餐饮连锁企业都源自北美，北美也开始流行一些中餐馆连锁。考虑到中国对餐饮的巨大需求，而标准化运营的中餐连锁才刚起步，绍就想把北美的餐饮连锁的管理模式引入中国，做一个中餐的连锁，初始投资从北美引入。

他的商学院有几个教授本身就是投资者，又是创业研究人员。于是他就写了这个项目的商业计划并交给了教授们，向他们融资。借着全新的中国经济概念和他在商学院学习到的一套方法，几个教授投资者顺利地答应投资。他们筹了 100 万美元给他做第一笔资金。其实，写这些计划前，绍已经 6 年没回中国了，他就收集了一些网络上的信息，同时向国内的亲友做了一些调研，就把这个计划写出来了。更重要的是，绍其实没有任何餐饮的从业经验，从招聘厨师、菜的品种口味，到服务员的招聘培训，饭店

的选址、装修，饭店的广告和中国特色的推广等，其实都不太懂。拿到钱后，绍就回到中国，在他的老家——一个北方的省会城市开了第一家饭店。这时候绍遇到了大量他在写商业计划时没有遇到的问题，从批执照、饭店选址，再到装修，甚至到招厨师、设计菜式，比他想象的要困难，花的时间比他想象中多得多。当地各色饭店的竞争比他想象的激烈多了，市场广告成本又高又不见效，新饭店又要应付一堆工商税务卫生检疫等事。众多运营层次的事就把他搞得焦头烂额，使他基本处于被事情推着走的状态，根本就没有时间集中在设计菜式、服务体系等核心事情上。

等到开张后，他发现客人的上座率很低，每天都在亏钱。一年左右的时间，还没等他摸熟中国市场和饭店这个行业，投资者的钱就亏得差不多了。最后他只好忍痛把饭店关门，垂头丧气地回了多伦多。后来他又重新进入银行业，但是每每想回国创业时，就觉得上次输得不明不白，不服气。其实他忽略了中国市场的特殊性，比如麦当劳这样成熟的餐饮巨头来中国后，开每一家分店都要由专业人员先在选址上做足功夫。更重要的是，餐饮业的核心是食品是否能够吸引客人。

绍是一个典型，他在北美的资源很丰富，但中国的资源从知识、人脉到经验已经不够用了却还不自知，还想来个一次登陆中国，两边整合，结果成了典型的不逍遥的"海鸥"。很多人会说，绍主要是纯商业创业，没有技术含量，如果是高科技行业的"海鸥"就容易创业成功了。大家大可举出搜狐张朝阳、百度李彦宏等成功的高科技创业成功人士，他们都是把国外技术资本和国内的资源结合得很好的例子。但是大家别忘了，这些人的成功首先在于他们不仅在海外的功底扎实，在中国也是打好了非常坚实的基础，在中国和海外都是专家，都踏实做好市场调研、人事、技术、政府关系、运营细节等全方位的事，而不是因为他们进入的是高科技领域这么简单。

_ 栽在潜规则上的高科技"海龟"

L 的软件技术能力在北美小有名气。在".com 泡沫"之前他到北京担任一家风险投资公司建立的软件公司的 CEO，基本思路也是把北美的一些技术和应用移植到中国，在中国市场推广，前景还是很不错的。L 公司的员工一度还多达几百人。他每年回几次北美，既有公差也有家庭团聚。

可惜".com 泡沫"很快就破灭了，北美投资者答应的后续投资无法到位。L 为暂时保住公司开始裁员。由于现金处于紧张状态，销售就比平时更重要了。L 想在短期内打开大机构销售的渠道，他和一些大型国营高科技公司的老总有一些来往，就想借这些关系迅速实现大单销售。大家偶尔聚聚尚可，但真正把单敲下来总是欠缺一点什么。每次聚会，对方总是答应说会尽量使用 L 公司的技术，会叫下面的人去跟进。但到了跟进时，又总是遇到主管的人出差，或者得到再等等之类的回复。他去问那些朋友，对方又会吃惊地说："给你交代下去了，好，再帮你催催看。"一来二去好几个月过去了，具体的订单一个都没落实下来。在国内商业界混久的知心朋友告诉他，这些单子并没有给他的那些朋友带来直接利益，所以大家不会真正花力气帮他跟进落实的，而很多执行层面的人其实和这些单子有直接利益关系，这时候求上层还不如求经管的，但是经管的又知道他和上层有关系，他就是送利益给经管的，对方也不敢收了，最安全的做法就是能拖就拖，反正不关自己的事，而上层也催得不紧，能混就混。

L 在北美的经历让他认为，说好了的大家就会按说的执行，全然忘了国内的潜规则。不说别的，就是平时的请客送礼他都有点适应不过来，更不要说输送利益、上下一齐打点到位，还要琢磨整个体系各个位置人员的奥妙心理了。他觉得太累了！大单销售看来短期突破不了，现金流的危机就来了。外资既然指望不上了，L 就只好求救于中国的民间资本。幸好有

一个原来做制造业的大老板手中有大量现金，正好想转型进入高科技领域，于是就把 L 的这个企业的大部分股份买了。L 彻底成了高级职业经理人。现在公司暂时没有现金的问题，但公司开始不受 L 的控制了。L 和大老板沟通得非常痛苦，首先他觉得大老板根本是个外行，聊起具体的技术服务根本不知道该如何解释，但大老板还就是喜欢关注细节。同时，大老板与员工相处时比较随意，L 觉得非常难受。更关键的是，大老板想改变很多 L 定下的方向性的策略。最后，L 主动辞职回了北美。

_ 东方压倒西方，也要扎扎实实

有相当一部分人到海外留学主要是因为家里在国内发展得很好，非常有实力，有非常好的生意或社会资源。他们想着到国外后找机会把家族的产品销往国外，或者把国外的产品服务引回中国。这个思路是对的，但很多人执行不到位，特别是在国外时没有踏踏实实地学习，没有真正学到东西，甚至连英语都不能够流畅使用。他们没有吃苦耐劳的精神，不敢冒险，没有真正地积累工作经验，实践少，还经常换工作、换方向，甚至换居住的城市和国家。这类人到最后既没能把中国的资源利用起来，也没能真正学到海外的知识和本事，结果是到哪一边都发展不顺。

Y 是 2000 年左右的英国本科留学生。在校期间正是青春年少，也不好好学习，每个学期都是低空飞过，在大三的时候差点就被开除了，最后只混了个文凭。2004 年左右他回国发展，虽然家里背景非常不错，父亲在矿业领域是个很有影响的人物，但是 Y 在英国本就是混着毕业的，真正的东西没学到，连英语的使用都不是很顺畅，也没有什么工作经验。到了父亲安排好的单位工作也没觉得自己这个"海龟"有什么优势，还因为在英国生活多年养成了不少和单位同事不同的观念和习惯，觉得特别不舒服。才混了一年就受不了了，想重新到海外念个 MBA，再结合家庭在矿业领域的优势留在海外发展。

因为加拿大是英联邦国家，矿业领域在勘探、生产、金融等方面全球领先，又是移民国家，能够留下来工作，于是他就申请了技术移民。2006年底他来到了多伦多开始准备 GMAT 考试。可是他无法专心准备，老是连 550 分都过不了（稍微好一点的商学院对中国学生的要求都要 650 分，比较好的基本要 700 分）。折腾了半年，他就想随便进一所对 GMAT 没什么要求的没名气的商学院。但是商学院不管排名好坏，申请的文书都非常复杂，需要大量的调研琢磨和较强的英语写作能力。Y 又犯难了，就想雇个商学院申请专家帮他写。好不容易准备好了初稿，Y 又犹豫了，因为国内的关系户正好在做一个矿山的并购案，要他回去帮忙。其实主要是要借助他的家族关系。回去吧，这申请肯定要推迟一年；不回去吧，这现成的机会不就白白浪费了吗？后来，因为商学院的申请让他身心疲惫，加之在多伦多又空闲了一年，确实闷坏了，他便买了张机票回国。

过了一年，我在多伦多的市中心正好碰到了 Y。原来，那个并购项目只是一个小型项目，用得到他的地方也就是找找关系打通一下门道。交易完后，运营的事他也不懂，后面也没他什么事，折腾了几个月，挣了点钱，就又在国内闲下来了。于是 Y 很快又回到了多伦多。但是，商学院当年的入学肯定是来不及了，那就找点事做吧。简单的体力活他不屑去做，也不缺这个钱；资深一点的，要本地的工

同学们的圣诞颂

作经验，还要本地的文凭，又找不到；入门级别的工作，他也嫌找起来烦。于是乎，他瞎晃荡了几个月。到了可以申请商学院的时候，他却怎么也提不起精神来，他已经被磨得忘了自己来北美的初衷了。那次在市中心见到他时，Y 的脸色惨白，两眼无神，他已经感觉不到上商学院的冲动了，但是又找不到切入海外发展的道路。原来把中国资源和北美资源对接的雄心早就被他抛到了脑后。现在他已经对自己失去了信心，如何让生活回到正轨是他首要的任务。

其实，Y 的思路是对的，中国对自然资源需求巨大，多伦多是全球矿业交易的重地，加拿大是全球资源的超级强国，把两国的资源结合起来当然有大量的机会。问题是他没有下定决心，没有潜心修学，没有积累当地的经验和人脉，于是时间就在犹豫不决中过去了，人也被磨得没想法了。

_留学新思维——全球化时代的留学规划

传统的留学后发展思路从方向上就有各种局限，那么，我们换个思路如何？如果与主流社会的白人比和中国打交道做生意的能力，与没有海外留学经历的中国人比和老外打交道的能力，那有海外留学背景的中国人就处于绝对领先的地位了。在全球化发展的时代，在中国经济崛起的今天，不管在中国还是海外都有大量的机会需要既有中国背景、精通中国运作，又有海外留学经历、熟悉海外运作的中国

新手创作小道具

人。当代的中国留学生以全球化发展、中国崛起的大背景来规划自己的留学和职业发展，就能获得巨大的优势。

所以，留学后千万不要把老祖宗和祖国忘了，不要把传统和国内的背景丢了，这些是你成为全球化精英的一半资本，另一半资本就是你在留学的国家里学到的、获得的各种资源。这两方面合在一起就能让你在全球化的舞台上比北美的主流人士更强，做出比他们更主流的成就，也能让你比国内的同胞们强。

现在很多留学生的悲剧就是：回国成了"海带"，留下成了"海漂"。这是完全可以避免的，只要你事先做好规划、选择，学到本事，保护好自己中国背景的资产，你会成为全球化时代的中国留学生精英。

6.6 继续深造
——如何申请北美大学的研究生(以 **MBA** 申请为例)

_ MBA 申请三部曲

1. 寻找你的目标商学院

如何在众多的世界级商学院中找到适合自己的那一个呢?这里介绍一个网站:www.businessweek.com,美国《商业周刊》于 1988 年推出商学院排行榜,分为美国商学院排行榜和国际商学院排行榜(非美国商学院排行榜),这是最早开展的最权威的全球商学院排行榜,每两年排一次,秋天发布。在这个排行榜上,大家会发现一些在中国很有名的商学院排得并没有那么靠前,比如耶鲁大学商学院就排在 21 名,而排名第 1 的并非哈佛大学,而是芝加哥大学。

《商业周刊》2010 年美国商学院排行榜

1. University of Chicago(Booth)

2. Harvard University

3. University of Pennsylvania(Wharton)

4. Northwestern University(Kellogg)

5. Stanford University

6. Duke University (Fuqua)

7. University of Michigan (Ross)

8. University of California-Berkeley (Haas)

9. Columbia University

10. Massachusetts Institute of Technology (Sloan)

11. University of Virginia (Darden)

12. Southern Methodist University (Cox)

13. Cornell University (Johnson)

14. Dartmouth College (Tuck)

15. Carnegie Mellon University (Tepper)

16. University of North Carolina-Chapel Hill (Kenan-Flagler)

17. University of California-Los Angeles (Anderson)

18. New York University (Stern)

19. Indiana University (Kelley)

20. Michigan State University (Broad)

21. Yale University

22. Emory University (Goizueta)

23. Georgia Institute of Technology

24. University of Notre Dame (Mendoza)

25. University of Texas-Austin (McCombs)

26. University of Southern California (Marshall)

27. Brigham Young University (Marriott)

28. University of Minnesota (Carlson)

29. Rice University (Jones)

30. Texas A&M University（Mays）

31. University of Washington（Foster）

32. Ohio State University（Fisher）

33. Georgetown University（McDonough）

34. University of Wisconsin-Madison

35. Tulane University（Freeman）

36. University of Georgia（Terry）

37. Vanderbilt University（Owen）

38. Boston University

39. Babson College（Olin）

40. Washington University-St. Louis（Olin）

41. Purdue University（Krannert）

42. University of Maryland（Smith）

43. University of Rochester（Simon）

44. Pennsylvania State University（Smeal）

45. Thunderbird School of Global Management

46. University of Illinois-Urbana Champaign

47. College of William & Mary（Mason）

48. Wake Forest University

49. Arizona State University（Carey）

50. Boston College（Carroll）

51. Case Western Reserve University（Weatherhead）

52. George Washington University

53. Howard University

54. University of Pittsburgh（Katz）

55. Rutgers University-Newark and New Brunswick

56. Northeastern University

57. University at Buffalo

下面是非美国商学院排行榜，大家会非常吃惊地发现大名鼎鼎的英国剑桥大学商学院和牛津大学商学院排在第 9 名和第 16 名，而加拿大的皇后大学、西安大略大学、多伦多大学和约克大学的商学院分别以第 2 名、第 6 名、第 8 名、第 9 名列在这两所英国大学之前，可见加拿大的商学院教育的价值之高。

《商业周刊》2010 非美国商学院排行榜

1. INSEAD

2. Queen's University

3. IE Business School

4. ESADE

5. London Business School

6. University of Western Ontario（Ivey）

7. IMD

8. University of Toronto（Rotman）

9. York University（Schulich）

10. University of Cambridge（Judge）

11. McGill University（Desautels）

12. IESE Business School

13. Cranfield University

14. HEC - Paris

15. HEC - Montreal

16. University of Oxford

17. Manchester Business School

18. SDA Bocconi

2. 准备 MBA 申请材料

确定目标学校后就要仔细看一看这所学校要求申请人提交哪些材料。下面以约克大学的舒立克商学院为例，介绍一下申请人需要准备的材料清单。

入学申请表——正确填写申请表格的每个部分，信息提供不完整的表格会被退回。如果你是加拿大公民或永久居民，需在表格中提供你的工卡号，这将决定你在支付学费时的身份。

额外补充申请材料——这部分资料包含了申请中极为重要的写作部分，需要在学生递交申请表格的时候同时提供。如果递交的申请缺少这部分信息，学校将不会审阅该学生的申请档案。这些信息要求提供申请人的背景，来帮助学校评估该申请人是否有潜质在商务研究方面获益，并能为舒立克商学院的专业学科做出贡献。

两封推荐信（表格）——在学校提供的申请表中包含了推荐表，要求由申请人选择两名推荐人提供。一名推荐人必须对申请人的学术能力做出评论，而另一名推荐人则要求能够评论申请人的职业资格。如果申请人已离开学校一段时间，无法提供学术能力方面的推荐表，那么学校可以接受两份职业资格的推荐表，学校概不接受私人朋友的推荐。推荐表完成后，请推荐人密封信封并在封口处签字，和其他书面申请材料一起寄回学校，或在完成网络申请后尽快寄回。

GMAT 考试成绩单——所有舒立克商学院的硕士专业都必须提供 GMAT 考试的成绩。GMAT 考试在北美和其他一些国家采用的是计算机化自适应测试的形式，对于 GMAT 考试相关的问题，可以参照 www.gmac.com 的信息。参加 GMAT 考试后的 2～3 周，考试成绩会转到学校，而如果参加的是非计算机的书面考试形式，成绩会在考试 6 周后转到学校。申请人必须确保成绩由教育考试中心直接寄往约克大学的舒立克商学院（代码 0894）。没有 GMAT 成绩，学校不会做出录取决定。学校不接受成绩的传真件和复印件，在递交申请的前 5 年内参加的 GMAT 考试成绩视为有效成绩。

提供大学及以上就读的所有学校的成绩单（成绩单必须由学校直接邮寄，并在信封封口加盖密封章）——所有高中毕业后接受的教育，无论是否取得学位证书都要提供官方的成绩单，包括大学本科以上的学习经历，官方的成绩单必须清楚显示该学生在大学每一学期/学年里所修课程的成绩，不接受复印件和传真件。如果成绩单不是英文的，需提供翻译公证。成绩单中如未显示所获学位，则必须同时递交学位证书。

详细的工作简历——工作简历重点提供最近的就业经历，需包含公司名称、工作地点、职位、职责，另外在校参加的课外活动，社区及其他机构的工作也需罗列在内。加拿大的大学在读申请人需提供兼职工作信息。

申请费（不退还）——申请费不予退还，接受信用卡、支票。国际申请人可通过信用卡或支票支付，具体费用看当年商学院通知，基本是 200～300 美元。

免修学分申请表格（如适用）

英语水平证明（如适用）——申情人需要英语听、说、读、写能力良好，如果来自非英语国家，需提供英文能力测试的成绩，舒立克商学院接受的英文测试包括：托福、雅思、YELT（约克大学英语语言测试）、MELAB（密歇根大学国际性英语水平测试）。如果申请人在英语国家的大学里接受过两年以上的教育，英文成绩要求可免。

学习计划书，包括语言专业和研究的国家和地区（适用于国际工商国际硕士申请）

大事化小，各个击破——如何准备繁杂的申请材料

申请 MBA——不能不说的秘密

在申请北美名校的 MBA 过程中，要特别注意以下几点：如何回答 Essay Questions（申请题目）；所有材料的准备内容要一致，不能有任何冲突；特别突出领导才能；对个人材料的修饰也很重要。

比如，一个学生申请某常春藤盟校。他的 GPA 分数并不高，但是他是学校独木舟赛船队的领队，领导他的独木舟队取得了很多不错的赛绩。在准备材料的过程中，学校要求他解释为什么他的 GPA 分数低，他就说是因为自己花了很多时间进行独木舟的训练，所以每天花在学习上的时间就不像其他学生那么多。由于没有足够的时间学习，所以导致了 GPA 成绩较低。除此之外，他还出示了以前工作单位领导的几份很有分量的介绍信，让学校的录取委员会看到自己的工作能力、领导能力和出色的工作业绩，以此来弥补 GPA 成绩的不足。结果，他成功地被理想中的常春藤盟校录取了。

由此可以看出，北美名校的 MBA 是非常注重学生的领导能力的，所以在准备申请材料的时候要特别突出描述自己的领导能力以及取得的成就。

另外一个例子说明了如何巧妙地回答 Essay Questions 直接决定了录取委员会对考生的印象。比如，问题中经常会出现这样一个内容：你最大的成就是什么？你遇到的最大挫折是什么？成就容易说，但是挫折就很难恰当地表达了。比如有一个舞蹈团的领队，此人在申请 MBA 的过程中被问到："你遇到的最大挫折是什么？"她就描述了一次工作中的失误：有一次她们舞蹈团收到一封邀请函，邀请她们去参加舞蹈比赛，她欣然同意了。但是由于当时缺乏工作经验，没有仔细查阅背景资料，也没有搞清楚其他参赛的舞蹈团是什么级别就贸然参加，结果发现其他的舞蹈团比自己的舞蹈团低了很多档次。不仅如此，在比赛过程中突然下起雨来，搞得整个团队很狼狈。此事给了她一个教训，让她明白做任何决定之前都必须做足够的调查研究，详细了解背景资料。其实大学就是要知道学生有从错误中学习的能力。犯错误并不可怕，可怕的是不能从错误中吸取教训，从挫折中学习是学生最重要的学习能力，也体现了学生的领导潜质。这正是北美文化和思维的具体体现。

如何回答 Essay Questions

各个商学院都会给申请人不同的 Essay Questions，申请人的回答直接影响着评审委员会对于申请人的看法。所以这部分内容非常重要。以下就列举几所著名大学商学院的 Essay Questions。

约克大学

The Schulich School of Business is known for its diversity. How will you, your background and your experience contribute to learning in this environment?

舒立克商学院的多元化众所周知，而你觉得自己的背景和经验会给这样的学习环境带来什么样的影响？

Why are you seeking a graduate management degree from the Schulich School of Business? Relate your professional experience to your decision to pursue this degree.

为什么你会选择舒立克商学院的管理研究生学位？请结合你的职业经验来解释你的选择。

Describe a situation or experience where you exercised leadership, responsibility and judgment and did not meet your objectives. Explain the impact of this experience on your ability to succeed in business.

请描述一次你充分发挥了领导才能、责任感和判断能力的经历，并说明这次经历有没有达到你的预期目标，解释这次经验对你商务领域的成功产生的影响。

In reviewing your application, you may also wish us to consider any personal, health or financial circumstances which affected your academic performance. Please explain.

请解释说明对你的学术成绩产生影响的个人、身体和财务方面的状况。

密歇根大学

What has been your most significant professional achievement? What has been your toughest professional challenge and how did you address it? (500 words)

你最大的职业成就是什么？你觉得最难的职业挑战是什么，你是如何应对的？（500字）

Describe your post-graduation career plans. How will your education, experience, and development to date support those plans? How will an MBA from the University of Michigan Business School help you attain your goals? (500 words)

阐述一下你研究生毕业后的职业规划，并阐明你迄今为止的学历、经

验和个人发展对你的职业规划的帮助。密歇根大学商学院的 MBA 又能如何帮你实现职业目标？（500 字）

Describe a failure or setback in your life. How did you overcome this setback? What, if anything, would you do differently if confronted with this situation again? (500 words)

讲述在你人生中经历过的一次失败或挫折，你是如何克服这次挫折的？如果你重新面对同样的事件，你的做法是否有不同之处？如果有，请说明。（500 字）

Answer one of the following：Describe an idea you've had for a new business or product or a new service line of an existing entity. (500 words)

回答下面其中的一个问题：

请阐述你产生的有关一个现有企业的新业务、新产品或服务的创意。（500 字）

Optional Questions 可选题目

You may answer one, both or neither of these questions. They are optional.

你可以选择回答其中之一，也可全答或不答。

Describe any experiences you've had that highlight the value of diversity in a business setting. (500 words)

请阐述申请者本人对大学商科方向多元化的价值的体会。（500 字）

If there is any other information that you believe is important to our assessment of your candidacy, feel free to add it to your application. (500

words)

如申请者还有其他重要信息对本学院录取评估有帮助，请补充在申请中。(500 字)

西安大略大学毅伟商学院

Describe the unique contribution that you can make to the educational experience of the other members of the MBA class.

阐述你能够为 MBA 班级里其他成员的教育经历做出哪些特别的贡献。

Describe the most significant lesson you have learned in your full time employment and how this influenced your personal development and career aspirations.

描述你在全职工作经历工作中汲取的最重要的经验，而这些经验又是如何影响到你个人发展和职业理想的。

Describe a situation in which you used your leadership skills to assist a team in successfully completing a project or achieving a goal. What did you do specifically to motivate the team?

请讲述你曾经发挥领导技能，帮助团队成功完成项目或实现目标的一次情形，在这次的事件中，你具体做了些什么来激励整个团队?

几篇范文教你回答 Essay Questions

范文 1：The Schulich School of Business is known for its diversity. How will you，your background and your experience contribute to learning in this environment.

While working at China and Canada, I developed an exceptional reputation as an excellent telecom expert with FF, a successful quality administrator at TT, a skillful marketing specialist in diverse marketing campaigns, a brave explorer in entrepreneurship, and an influential player in various community issues. My multidisciplinary experiences, diverse background and international exposure will definitely contribute to learning in the Schulich School of Business.

As a software engineer at FF, one of the world's 100 largest companies, I played a significant role in developing the large-scale communication software CC11. I quickly developed from a freshman to a telecom software expert and excelled at developing tough assignments. Consequently, I was titled as Software Engineer at my second year, leading among my peers, and involved in training freshmen and compiling training materials at the third year. All of these indicated my solid academic ability and excellent career performance. Additionally, FF's bias on quality and its complete quality administration (QA) method forged me an expert in IT quality administration. Later, I transited to TT, a local IT company of China, as Charge of Enterprise Department, and successfully helped this company to set up its own QA system of software development. I will definitely share my TT philosophy and Chinese high-tech administration experience with my fellow classmates.

After I immigrated to Toronto, I transited to marketing field for telecom service promotion. Three months later, basing on my solid telecom technology background and strong organization ability, I successfully made PP Marketing

and Trade Company the business partner of Sprint Canada after I helped Larry to start this firm. Later, as Marketing Manager, I helped SS step into boom from recession by making and executing striking marketing strategies. I transformed the 4Ps marketing principle and marketing research method, which I mastered by years self-study in Marketing, into effective marketing operations, and successfully applied my interdisciplinary experiences in technology, management, and marketing. I organized a compiling team to bring the school a series of excellent training materials in three weeks, introduced innovative computer multimedia-teaching method by setting up multimedia-teaching classroom and making most of materials into computer multimedia files, and conducted striking marketing campaigns to promote our new marketing image. My successful career transition under a totally new environment, and my multidisciplinary knowledge and experiences obtained by self-study and real world practice will greatly contribute to the diversity of Schulich School of Business.

This summer, I volunteered to help Laura run Toronto City Councilor at Scarborough Center. Simultaneously, basing on my marketing and negotiating skills, I coordinated Pathways to Education, a nonprofit program to help kids in study, to develop partnership with XX school, my previous customer. Then, I successfully helped to start and mange this tutoring site in creating a suitable learning environment for around 300 students and volunteers. I will definitely devote my leadership to benefit the community at the Schulich School of Business and enrich the knowledge of my fellow classmates by my excited community experiences.

范文 2：美国排名前 10 的某著名商学院 MBA 申请的 Essay Question

1. 你最大的职业成就是什么？你觉得最难的职业挑战是什么，你是如何应对的？

我最大的职业成就也同时是我遇到的最大的职业挑战，那就是建立王牌甜品咖啡店。在此之前，我从未遇到过这么多不同的困难和挑战，而当我真正面对的时候，我始终相信我可以找到解决的办法。

在我创办企业之前，我需要获得各项经营许可，向该城市的官员解释我要开办的企业类型和将在经营中使用的设施和设备，我还向宾城的一个评审团申请产品展示的许可。此外，我需要改造经营使用的设备，为此我首先要草拟改装方案由各市的审批官员审核。方案通过后，我选择了承包商来帮我完成设备的改造，很多次我和这些承包商为了提高工程进度一起工作。例如，当管道工在连接地下室的水管时，我在操作台下面帮忙连接咖啡机和水槽用水的管道。就这样，用了两个月时间，我的咖啡店开张了。

当我的甜品咖啡店开业后，我又要负责每天的经营。我要管理两班轮换工作的 10 个员工。对我来说，招聘、管理和在一些状况发生后解雇员工都是很大的挑战，但同时也让我学会了员工管理。员工管理中遇到的挑战包括性骚扰、偷窃、无故缺勤等，但同时在管理中我也积累了很多好的经验，例如，我在店里实施了团队会议的方式，要求所有员工在会议上发表意见、交换信息、提出工作和目标改进的建议和做法。通过这些会议，员工和我就能够利用在会议中收集的好的建议来不断提高店里的服务和销售额。我还负责市场营销和客户关系。平均计算，我每周工作 6 天，每天工作 14 小时。

建立这家王牌甜品咖啡店，我实现了自己的人生理想，并获得了让我受益一生的宝贵经验。我知道有很多人总是在为人生中错失的机会遗憾，还有一些人希望人生中可以有第二次机会。不少人因为对我的信任冒险投

资我的生意，希望好的商业创意和努力的工作能为他们带来丰厚的利润。迄今为止，王牌甜品咖啡店还在经营，我通过仔细的规划、辛苦的工作，以及我管理和应对挑战的能力，为自己奠定了一个好的企业根基。

2. 阐述一下你研究生毕业后的职业规划，并阐明你迄今为止的学历、经验和个人发展对你的职业规划的帮助。本大学商学院的 MBA 又能如何帮你实现职业目标？

我毕业后的目标是在制造型企业里获得一个主管级别的职位，此后，我希望能够提升到高级管理的职位，负责管理制造类企业中的生产设计、市场营销和销售的所有环节。

我在制造业的职业生涯始于我在玛丽亚高中注册学习塑料生产专业，在此期间，我学到了很多生产技术，包括塑料产品的生产。这段专业学习帮我在一家制造化纤玻璃的公司里得到了一份化学检测的工作，后来，我被生产浴缸、脸盆等产品的科勒公司招募。在这两家公司的工作经历，我实践了所学知识并累积了制造类企业里的工作经验，使我对生产过程有了更全面的了解。

之后，我接受了福特汽车公司机械师的工作，我参与小型汽车、吉普车和卡车的每个阶段的生产，我需要制造和安装结构和电子零件，和工程设计小组实施产品设计的变更，我还需要和本国及国外的汽车客户代表一同工作完成最后的交货任务。最终，我被任命负责 10～20 名员工的监管工作，在这个有挑战性的任命中，我得到了锻炼发展领导才能的机会。

离开福特公司后，我和朋友一起踏足甜品和咖啡事业，这个机会让我提升了在经营中各环节的决策能力，个人资金加上其他人的投资让我们获得了 10 万美元的初始运营资金，我负责整个经营中的起步工作，包括申请各项经营许可、监督设施的改装和运作，并把费用控制在 6 万美元的预算之内，把设备和材料采购的预算控制在 3 万美元内，用 1 万美元完成市场营销活动。在经营中，我同时还要负责每日的会计结算、市场宣传、员工招聘和两班制人员的时间安排。

我重回福特公司工作的决定在于我渴望学习更多制造生产技术，公司肯定了我在制造业和商业领域的经验，为我提供了变化分析员的职位，负责制定汽车工程技术变更的日程表。我主要的任务是领导方案解决小组的成员（包括工程师、供应商、计划员）来共同解决因为工程技术变化带来的生产日程的冲突。

我在职业上取得的进步基于我的领导才能和努力的工作，大学的MBA课程能够充实我在工作当中无法获取的商业理论和实务知识，对于产品开发，从创意，到设计，再到最终产品形式的各方面的理解是实现我职业目标的关键，我的经验和大学 MBA 提供的世界一流的教育的融合，将会保证我实现在世界一流的制造型企业中从事主管工作的职业目标。

范文 3：讨论非学术类的一次个人失败经历。你对自己的哪些方面很失望，从中学到了什么经验教训？（500 字）

当一条新的信息闪现在我的电脑屏幕上时，我觉得几个月来辛苦的工作得到了回报。我开了一家 24 小时营业的歌唱团企业，我既是经理又是员工，现在被邀参加米兰举行的一次国际比赛。

我们要和其他 10 多家来自意大利、西班牙和比利时的歌唱团在意大利古老的歌德式建筑的广场上进行户外歌唱比赛，在座的将会有大量的观众和 10 位国际裁判。我要求这一盛事的组织者发给我一些细节方面的信息，包括地点、舞台配置、灯光设备、更衣室和排练室。由于这一比赛已经是第 10 次举行，所以我完全没有质疑组织者的资质和历史。而这一疏忽导致了我们后来的巴黎之行遭遇了连串的事件，简直就是一场艺术灾难。

从我们公司登机出发的那一刻开始，什么事情都不对了，上天都不帮

我们。当我们站在舞台上时，天空开始下起倾盆大雨，电路中断，观众四处奔跑避雨。我们有点儿难过但并没有灰心，因为赛事的组织者之前通知我，如果当晚下雨，比赛会在第二天晚上进行，如果雨不停，也可以选择在室内进行。但事实证明他们没有做任何这方面的准备，大家都非常困惑，最终组织者决定比赛改为第二天早晨在一个健身馆里举行。然而，评委都不知道下雨后的安排，所以大部分的评委和一些参赛公司都离开了。最后剩下的 3 个评委是本地的歌唱老师，而他们评审的对象都是他们自己的学生。

这件事让我感觉非常受辱，我领着 7 位歌唱家从 3000 英里之外的地方来到一个空旷的健身馆比赛。我因为自己的歌唱团能够参加欧洲的国际赛事情绪高涨，却没有调研赛事的性质，提出合适的问题，我被自己假设的赛事场面蒙蔽了眼睛。在决定参加这一比赛之前，我应该充分运用作为一个国家级别和国际性的艺术机构的管理者可以获得的资源及私人在法国和美国的国际网络。如果我当时能够提出一些关键的问题，那我会发现这一比赛那些颇为曲折的历史，我们就会拒绝这一邀请。这件不愉快的时间并没有影响我对职业的热情，但我从中知道了合理的质疑和仔细的调研极为重要。

范文 4：The Business School is a diverse environment. Please discuss a life experience of yours that shows how you will contribute to the class. (Limit 250 words)

My experience of a two month internship in Belgium and especially, studying in the UK for several years, as a foreign student in a new, alien environment, has taught me the importance of holding on to one's roots while assimilating the best of the new environment/culture and growing from the experience. I can share this with other students who have perhaps not had the experience of living and studying abroad, nor left yet culture shock when confronted with a very different environment.

I am also an individual with strong interests in music, literature, and cuisine. These I can share and develop in the multicultural environment, which is ideal for discussion and exchange and in which one can learn from and with others. I would like, for example, to found a gourmet club or perhaps a wine tasting club, where each person could bring a different cultural approach to food and drink, and we could share knowledge, experiences, compare tastes and learn more through confrontation with other cultures.

Every individual has lived through similar experiences at some stage of his or her life, but has reacted in a unique way; the sum of these experiences, like so many stones, builds the community. I, with my experiences, propose to be a keystone to that building, with my multilingual abilities to communicate serving as cement.

经验总结：

1. 申请人的回答要能说服评审委员会的专家：本人可以在商学院紧张的学习中生存下来。本人有能力应付学习当中遇到的各种问题和困难。

2. 申请人在 Essay Questions 的回答中要体现出自己对社区的贡献，比如在多种文化的社区环境中如何以自己的文化背景为优势，为整个社区贡献力量，从而促进学习和研究。

3. 申请人毕业后，可以带给母校很多的利益，比如可以向母校捐款，而且为社会创造就业机会等。

4. 申请人要表明自己选择对了学校，同时学校选择申请人也是个正确的选择。

6.7 北美博士申请之路，以加拿大博士入学为例

　　很多来自中国的学生在获得硕士学位之后都会纠结要不要继续读博。如果申请的话，是申请加拿大的学校呢？还是申请美国的？也许你已经知道申请美国的研究生，考 GRE 基本上是免不了的，而加拿大的大学只有少数学校和部分专业才要求 GRE 或 GMAT 的成绩。限于篇幅，本文重点介绍的是加拿大博士的申请流程和要点，但是对于那些打算申请美国大学的学生，同样可以参考本文，因为加拿大和美国大学博士专业的申请过程大同小异，没有本质的区别。

　　在决定申请之前，你必须知道博士阶段是一个孤独的旅程。一般来说，大学都会鼓励学生在 4 年内完成学业，但实际上很多人都要花 4 年以上的时间来完成博士课程，通过资格考试和撰写研究论文。不是所有人都能理解其中的苦与乐。目前，许多大学都会保证给博士生发 4 年的奖学金。4 年以后，学生需要通过其他途径（例如，帮教授开展研究项目，由教授的研究项目支付，或者校外工作）获得财政资助，完成学业。但是国际学生的校外工作时间有一定限制。如果有家人，特别是你的另外一半的支持（经济上和精神上），你的博士求学之路会顺利很多。

　　如果你觉得你是一个有毅力的人，你愿意投入未来 4 年或更多的时间

去追求你的学术研究，你可以着手准备你的申请。以下是加拿大博士申请的流程：1.参加英语语言水平测试；2.选定学校和专业；3.准备文书；4.递交申请和材料；5.收到 offer。

对于大多数国际学生而言，语言是第一关。尽管各个大学的要求不一样，加拿大的大学基本都接受托福和雅思成绩。以多伦多大学为例，新托福（IBT）要求总分不低于 93 分，写作和口语要求不低于 22 分。雅思总分需要达到 7.0，单项不低于 6.5。除了新托福和雅思，多伦多大学还接受 MELAB 和 COPE（the Certificate of Proficiency in English，英语熟练证书）。阿尔伯特大学则要求托福不低于 88 分，单项不低于 20 分。雅思要求 6.5，单项不低于 5.0。是宁可推迟入学，争取雅思提高到 7.0 上多伦多大学呢？还是选择一个语言门槛没那么高的学校？大家在选择学校的时候，不妨把各个大学不同的语言要求考虑一下。

加拿大有 80 多所大学，其中深受中国学生喜爱的学校包括多伦多大学、英属哥伦比亚大学、麦克马斯特大学、皇后大学、滑铁卢大学、西安大略大学、麦吉尔大学，以及阿尔伯特大学等。每所大学各有所长，所以一定要根据自己的专业进行选择。

选择有名气的学校和专业固然重要，在我看来，找一个好的导师更为重要。有人甚至说，找了不合适的人做你的博士导师的后果比和一个不合适的人结了婚的后果更严重。通过互联网，你可以了解教授们的研究方向，浏览他们的学术成果，这些都不是难事。所以，在你递交申请之前，一定要做足功课，确定自己与教授的研究方向是否匹配，了解教授的招生情况（有些教授可能准备学术休假，暂时不招收新学生）。有些人认为，只要你找到一个愿意做你导师的教授，你的录取就不成问题了。事实却并非如此。在我读博士的时候，有两个人告诉我他们找到了愿意当他们导师的教授，但最终没有被录取。我觉得原因之一是加拿大的很多大学提供给博士生的奖学金都是由学校支付，而不是来自教授的经费。录不录取一个学生是由招生委员会决定，而不是由某个教授说了算。当然，如果你联系的教授极力推荐你，估计你的机会会增加不少。再者，同时联系某一位教授的学生很多，教授们当然是希望择优录取。

若想成功地收到加拿大大学的博士录取通知，特别是获得全额奖学金，除了优秀的学习成绩，你还要有很强的推荐信、出色的研究背景，以及一份精彩的个人陈述。不同大学、不同专业对个人陈述的要求不一样。通常，你需要解释你申请读博的原因、你感兴趣的研究领域以及你的学术成就等。要写出一篇漂亮的个人陈述，你得尽早开始准备。你可以找人帮你修改，但是千万不要抄袭，也不要找人代写。有分量的推荐信对你的申请也很重要。所以找你现在或以前的教授或上司帮你写推荐信的时候，最好能问清楚他们是否能给你提供一封很强的推荐信。如果不能，不要勉强，另找他人。

基本所有的加拿大大学都使用在线申请，填好表格后你可以直接使用信用卡付费。各个大学的收费不一样。一般国际学生要比本国学生贵一些。2015 年英属哥伦比亚大学对国际学生收取费用为 159 美元，本国学生收费则是 98.25 美元。多伦多大学对本国学生和国际学生都是统一收取 120美元的费用。递交申请表后，你就可以根据要求把补充材料（大学成绩单、语言水平测试成绩、写作样本等）递交给学校。

如果你被录取，你的导师会在第一时间与你联系，告知你这个好消息。一段时间后，你才会收到学校寄给你的大信封。如果幸运的话，你可能会收到好几个 offer。不妨跟教授们多了解些情况，一旦做出决定就要尽快告知那些你不打算去的大学和相关的教授。真诚是很重要的，教授们都能理解你可能同时申请几个学校、同时收到几个 offer，但是不要让学校之间、教授之间产生竞争。世界虽然大，但是没准你很快就会发现，你拒绝的教授和你的导师其实都认识，甚至有合作的项目。

附录　北美留学“随身听”

_大学排行榜

英国《泰晤士报高等教育副刊（Times Higher Education）世界大学排行榜》的计量体系采取了 13 个独立的参数对大学做出全面的评价，这些参数可以归为五大类指标，包括：

教学声誉：教学环境和品质（占评级总分的 30%）

2014～2015 全球大学声誉排名 Top50（北美部分）

全球排名	院校名称	国家/地区
1	Harvard University	United States
4	Massachusetts Institute of Technology (MIT)	United States
5	Stanford University	United States
6	University of California, Berkeley	United States
7	Princeton University	United States
8	Yale University	United States
9	California Institute of Technology (Caltech)	United States
10	Columbia University	United States
11	University of Chicago	United States
13	University of California, Los Angeles (UCLA)	United States
16	University of Toronto	Canada
18	Johns Hopkins University	United States
19	University of Michigan	United States
20	Cornell University	United States
20	New York University (NYU)	United States
23	University of Pennsylvania	United States
28	Carnegie Mellon University	United States
30	University of Illinois at Urbana-Champaign	United States
33	University of Washington	United States
34	Duke University	United States
35	McGill University	Canada
37	University of British Columbia	Canada
38	University of California, San Francisco	United States
38	University of Wisconsin-Madison	United States

研究声誉：论文发表数量、研究经费和学术声誉（占评级总分的 30%）

论文引用率：研究成果的影响力（占评级总分的 30%）

产业收入：创新，从产业界获得的研究经费（占评级总分的 2.5%）

国际化程度：国际师生和本地师生的比例，国际领域的研究（占评级
总分的 7.5%）

总评得分	教学声誉	研究声誉
100	100	100
77.8	69.9	81
72.1	64.7	75
60	51.1	63.6
35	33.2	35.7
33.1	31.4	33.7
24.1	20.8	25.4
21	18.1	22.1
19.8	14.7	21.9
18.9	14.5	20.7
15.8	12	17.2
14.6	12.5	15.4
13.8	11	14.9
13.6	13.6	13.6
13.6	10.8	14.8
11.2	9.7	11.8
9.2	7.5	9.9
8.2	6.8	8.8
7.4	6.5	7.7
7.3	6	7.8
7.2	7.1	7.2
7	5.9	7.5
6.4	5.5	6.7
6.4	5.6	6.7

全球排名	院校名称	国家 / 地区
41	University of California, San Diego	United States
44	University of California, Davis	United States
46	University of Texas at Austin	United States
47	Northwestern University	United States
49	Georgia Institute of Technology (Georgia Tech)	United States

2014 ~ 2015 北美大学全球排名

全球排名	院校名称	国家 / 地区
1	California Institute of Technology (Caltech)	United States
2	Harvard University	United States
4	Stanford University	United States
6	Massachusetts Institute of Technology (MIT)	United States
7	Princeton University	United States
8	University of California, Berkeley	United States
9	Yale University	United States
11	University of Chicago	United States
12	University of California, Los Angeles (UCLA)	United States
14	Columbia University	United States
15	Johns Hopkins University	United States
16	University of Pennsylvania	United States
17	University of Michigan	United States
18	Duke University	United States
19	Cornell University	United States
20	University of Toronto	Canada
21	Northwestern University	United States
24	Carnegie Mellon University	United States
26	University of Washington	United States
27	Georgia Institute of Technology (Georgia Tech)	United States
28	University of Texas at Austin	United States
29	University of Illinois at Urbana-Champaign	United States
29	University of Wisconsin-Madison	United States
32	University of British Columbia	Canada
37	University of California, Santa Barbara	United States

（续表）

总评得分	教学声誉	研究声誉
6.3	4.5	7.1
6	4.5	6.5
5.8	3.9	6.6
5.7	4.6	6.2
5.4	3.9	6

总评得分	教学声誉	国际化程度	产业收入	研究声誉	论文引用率
94.3	92.2	67	89.1	98.1	99.7
93.3	92.9	67.6	44	98.6	98.9
92.9	91.5	69	63.1	96.7	99.1
91.9	89.1	84.3	95.7	88.2	100
90.9	86.6	61.2	82.7	94.7	99.6
89.5	84.2	58.5	44.8	96.7	99.1
87.5	88.5	59.8	42	90.8	94
87.1	83.9	65.2	36.8	89.9	97.3
85.5	82.4	49.2	Data withheld by THE	90.5	95.3
84.4	83.9	68.3	Data withheld by THE	79.4	95.3
83	75.6	59.7	100	84.2	93.6
81	79	43.8	43	82	94.4
80.9	77	49.8	55.7	86.5	88.9
79.9	73.5	50.5	100	75.2	96.6
79.4	71.6	59	33.7	83.8	91.5
79.3	74.4	71.2	46.1	85.1	83
79.2	72.7	36.7	77	78.9	96.9
74.3	61.6	59.3	53	74.9	92
73.2	64.5	47.9	44.7	68.9	95
72.8	62.5	68.9	72.3	71.2	85.8
72.3	64.3	33.1	58.1	72	91.5
71.9	67.7	43.9	51.7	79	77.8
71.9	67.7	33.6	53.3	71.3	87.7
71.8	60.5	84.8	40.1	69	85.3
70	49.4	64.3	87.1	61.4	99.2

全球排名	院校名称	国家 / 地区
38	New York University (NYU)	United States
39	McGill University	Canada
41	University of California, San Diego	United States
42	Washington University in St Louis	United States
46	University of Minnesota	United States
46	University of North Carolina at Chapel Hill	United States
54	Brown University	United States
55	University of California, Davis	United States
57	Boston University	United States
58	Pennsylvania State University	United States
68	Ohio State University	United States
69	Rice University	United States
75	University of Southern California	United States
82	Michigan State University	United States
86	University of Arizona	United States
86	University of Notre Dame	United States
88	University of California, Irvine	United States
88	Tufts University	United States
91	University of Massachusetts	United States
91	University of Pittsburgh	United States
93	Emory University	United States
96	Vanderbilt University	United States
97	University of Colorado Boulder	United States
102	Purdue University	United States
109	University of California, Santa Cruz	United States
113	University of Montreal	United States
116	Case Western Reserve University	United States
121	University of Rochester	United States
124	University of Alberta	United States
126	Boston College	United States
126	University of Florida	United States
130	University of Virginia	United States
132	University of Maryland, College Park	United States
141	Colorado School of Mines	United States

(续表)

总评得分	教学声誉	国际化程度	产业收入	研究声誉	论文引用率
69.9	68.3	41.2	30.2	62.4	89.5
69.6	63.3	79	38.6	69.9	76
68.6	52	37	54.2	66.6	96.4
67.8	57.6	46.5	Data withheld by THE	55.2	97.1
65.9	59.9	33.8	Data withheld by THE	64.7	82.9
65.9	57.9	35.3	40.5	58.6	91
64.1	55.5	37	32.7	54.2	92
63.7	54.4	52.9	55.4	59.7	80.4
63.6	56.4	47.8	30.3	46.7	94.4
62.9	54.6	37.4	60.4	64.8	76
60.7	54	51.5	46.8	51.1	80.4
59.8	41.7	70.8	34.6	37.1	99.9
58.4	55.2	42.7	34.4	44.6	81.3
57.3	51.1	55	31.7	49.4	74
56.5	44.9	38.8	99.6	51.4	74
56.5	43.3	51.4	Data withheld by THE	38.5	90
56.4	39.5	56.1	40	41.7	89.5
56.4	43.6	51.1	58.7	33.9	92.9
56.1	44.8	40.3	52.8	49.1	78.7
56.1	45.2	32.2	38.5	46.3	84.4
55.5	49	42.9	42.3	32.4	89.5
55.2	46	28.3	59.4	38.2	87.7
55.1	35	39.1	Data withheld by THE	38.3	97.4
54	47.8	64.3	Data withheld by THE	50.5	62.2
53.7	30.6	54.6	33.8	31.9	100
53.4	43.8	76.7	91.8	44.4	62.9
53.2	46.5	34.4	Data withheld by THE	37.4	82.9
52.7	41.9	55.5	36.4	29.2	87.7
52.6	43.8	73.4	51.8	47.1	61.8
52.5	32.4	54.6	46.5	29.1	95.9
52.5	49.8	32.2	Data withheld by THE	52.1	62.2
52.1	48.7	31.8	49.8	35.9	76.9
51.9	36.5	44.8	33.2	39.1	83.6
50.9	26.1	52.6	79.4	26.7	97.1

全球排名	院校名称	国家 / 地区
141	Texas A&M University	United States
144	Rutgers, The State University of New Jersey	United States
147	Brandeis University	United States
150	University of California, Riverside	United States
150	Indiana University	United States
152	Dartmouth College	United States
162	University of Utah	United States
169	University of Miami	United States
173	Georgetown University	United States
173	University of Victoria	Canada
175	University of Iowa	United States
177	Syracuse University	United States
180	University of Delaware	United States
182	Arizona State University	United States
185	Northeastern University	United States
186	Yeshiva University	United States
188	University of Ottawa	Canada
188	Stony Brook University	United States
191	University at Buffalo	United States
193	Iowa State University	United States
200	Florida Institute of Technology	United States
200	George Washington University	United States
201-225	University of Illinois at Chicago	United States
201-225	University of Texas at Dallas	United States
201-225	Wake Forest University	United States
201-225	William & Mary	United States
226-250	University of Calgary	Canada
226-250	Carleton University	Canada
226-250	Dalhousie University	Canada
226-250	Laval University	Canada
226-250	Rensselaer Polytechnic Institute	United States
226-250	Simon Fraser University	Canada
226-250	State University of New York Albany - University at Albany	United States

(续表)

总评得分	教学声誉	国际化程度	产业收入	研究声誉	论文引用率
50.9	46.2	49.1	49.6	51.9	55.1
50.5	40.5	34.3	35.2	45.3	71
50.3	25.8	54.7	43.9	29.1	95.3
50.1	29.4	61.6	39.5	27.5	91.5
50.1	46.5	37.1	Data withheld by THE	35.1	73.1
50	38.3	33.1	49.1	35.4	80.4
48.6	38.8	27.5	58.1	36.5	75
48	42.7	56.7	Data withheld by THE	27.2	73.1
47.7	51.1	43.3	80	28.2	62.2
47.7	21.6	70.1	31.6	30.6	86.7
47.5	41.9	31.7	49.3	33.5	71
47.3	32.4	41.2	40.6	24.4	87.1
47	29	40.6	99.3	36.3	73.1
46.9	35.7	29.5	32.6	37.5	73.1
46.8	36.4	54.7	34	21.9	81.3
46.7	45.2	27.6	Data withheld by THE	23.9	77.8
46.6	37.9	63.2	45.9	34.7	62.9
46.6	32.8	60.5	31.3	24.4	80.4
46.5	40.1	57	39.6	39.8	57.5
46.2	36.4	40.6	54.4	30.9	72
45.6	19.7	63	53.7	13.1	99.2
45.6	44.6	39.9	29.3	25.1	70
Data withheld by THE	43	53.4	40.7	34.1	55.1
Data withheld by THE	26	55.4	41.6	28.2	77.8
Data withheld by THE	33.3	26	38.2	23.5	81.3
Data withheld by THE	36.8	26.5	30	19.9	78.7
Data withheld by THE	34.4	63.1	41.5	30.5	59.4
Data withheld by THE	24.3	61.1	30.7	24.5	76.9
Data withheld by THE	33.6	71.6	68.9	30	54.4
Data withheld by THE	35.8	55.7	62.7	29.9	58.1
Data withheld by THE	30.9	42.8	49.9	26.2	67.8
Data withheld by THE	24.6	61.4	41.8	29.3	67.6
Data withheld by THE	25.7	39.6	Data withheld by THE	35	68.9

全球排名	院校名称	国家／地区
226-250	Western University	Canada
226-250	York University	Canada
251-275	University of Hawai'i at Mânoa	United States
251-275	University of New Mexico	United States
251-275	Queen's University	Canada
251-275	University of South Florida	United States
251-275	University of Waterloo	Canada
276-300	University of Cincinnati	United States
276-300	Colorado State University	United States
276-300	University of Georgia	United States
276-300	University of Nebraska-Lincoln	United States
276-300	University of South Carolina	United States
276-300	Virginia Polytechnic Institute and State University	United States
301-350	University of Connecticut	United States
301-305	Creighton University	United States
301-350	Drexel University	United States
301-350	University of Houston	United States
301-350	Illinois Institute of Technology	United States
301-350	University of Kansas	United States
301-350	Kansas State University	United States
301-350	University of Manitoba	Canada
301-350	University of Montana	United States
301-350	University of Nebraska Medical Center	United States
301-350	University of Oklahoma	United States
301-350	Oregon State University	United States
301-350	San Diego State University	United States
301-350	Tulane University	United States
301-350	Wayne State University	United States
351-400	George Mason University	United States
351-400	Lehigh University	United States
351-400	University of Missouri	United States
351-400	University of Vermont	United States
351-400	Washington State University	United States

(续表)

总评得分	教学声誉	国际化程度	产业收入	研究声誉	论文引用率
Data withheld by THE	38.3	63.7	50.7	35.7	47
Data withheld by THE	27.5	59.7	34.1	35.5	62.9
Data withheld by THE	35.1	59.4	38.3	30.7	51.5
Data withheld by THE	29.6	32.2	44.5	23.4	73.1
Data withheld by THE	37.3	55.4	59	33.4	48.2
Data withheld by THE	27.7	41	99.8	37.9	55.1
Data withheld by THE	30.9	63.1	41.7	40.4	47
Data withheld by THE	32	26	35.6	22.4	67.8
Data withheld by THE	27.6	30.4	38.8	31.3	59.9
Data withheld by THE	39.7	35.3	31.1	28.9	46.6
Data withheld by THE	31	47.8	35	24.4	57.5
Data withheld by THE	34.5	37.3	31.8	27.5	55.1
Data withheld by THE	40.1	28.9	42.6	40	40.7
Data withheld by THE	37.6	38.8	31.1	27.1	45.4
Data withheld by THE	40.7	29.1	32.4	10.4	63.3
Data withheld by THE	31.8	42.2	34.6	14.3	57.5
Data withheld by THE	39.3	33.1	43.2	25.8	44.2
Data withheld by THE	40.2	59.4	Data withheld by THE	17.3	50.3
Data withheld by THE	30.6	32.2	36.2	20.1	62.2
Data withheld by THE	27	41.5	39.2	16.5	61
Data withheld by THE	31.6	43.4	43.5	29.4	48.2
Data withheld by THE	29.1	20.7	34.4	13.7	75
Data withheld by THE	36.4	34.8	34.5	16.5	51.5
Data withheld by THE	32.6	30	34.5	15.7	57.5
Data withheld by THE	27.8	36.7	32	21.1	63.3
Data withheld by THE	19.7	26.9	29.2	24.8	65.6
Data withheld by THE	40.7	29.7	Data withheld by THE	20.7	53.9
Data withheld by THE	32	30.7	Data withheld by THE	15.2	61
Data withheld by THE	26.3	35.8	28.7	20.3	53.9
Data withheld by THE	25.4	34.5	39.2	16.6	56.3
Data withheld by THE	31.7	29.6	31.2	22	46.6
Data withheld by THE	26.8	21	Data withheld by THE	19.4	57.5
Data withheld by THE	28.5	36	54.5	27.5	44.2

2014～2015北美大学工程专业和技术专业全球排名

全球排名	院校名称	国家 / 地区
1	Massachusetts Institute of Technology (MIT)	United States
2	Stanford University	United States
3	California Institute of Technology (Caltech)	United States
4	Princeton University	United States
9	University of California, Los Angeles (UCLA)	United States
10	University of California, Berkeley	United States
11	Georgia Institute of Technology (Georgia Tech)	United States
14	University of Texas at Austin	United States
15	University of Michigan	United States
16	Carnegie Mellon University	United States
17	Cornell University	United States
18	University of Illinois at Urbana-Champaign	United States
19	Northwestern University	United States
22	University of California, Santa Barbara	United States
24	University of Toronto	Canada
27	University of Wisconsin-Madison	United States
32	Columbia University	United States
33	University of Washington	United States
40	Rice University	United States
43	University of British Columbia	United States
45	Purdue University	United States
49	University of Minnesota	United States
50	University of California, San Diego	United States

2014～2015北美大学社会科学专业全球排名

全球排名	院校名称	国家 / 地区
1	Stanford University	United States
2	Massachusetts Institute of Technology (MIT)	United States
3	University of Oxford	United States
4	Harvard University	United States

总评得分	教学声誉	国际化程度	产业收入
93.6	95.1	78.4	99.7
92.9	91.5	78.2	Data withheld by THE
89.9	94.7	72.9	Data withheld by THE
89.3	88.2	56.7	99.2
86.3	82.8	66.3	Data withheld by THE
86	88.8	68.4	Data withheld by THE
83.9	84.4	67	79.9
81.2	74.1	38.5	90.2
80.6	84.2	65	70.3
78.1	87.8	56.1	77
76.4	77.7	44.9	36.3
76.1	82.7	52.2	Data withheld by THE
75.2	65.6	48.3	69.3
72.1	52.4	78.3	99.5
70.6	68.4	57	36.8
68.1	63.6	47.4	64.9
65.9	60.2	57.7	Data withheld by THE
64.5	53.5	57.2	Data withheld by THE
62.5	45.6	69.8	45.1
61	57.1	67.1	41.6
60.9	64.8	57	Data withheld by THE
60	58.4	41.1	Data withheld by THE
59.5	46.9	43.7	Data withheld by THE

总评得分	教学声誉	国际化程度	产业收入	研究声誉	论文引用率
93.1	95	61.1	Data withheld by THE	96.3	98.5
92.6	90.2	73.8	100	93.8	98.9
92.2	94	88.8	66.7	97	87.3
91.9	91.5	63	44.2	98.9	96.9

全球排名	院校名称	国家/地区
5	Princeton University	United States
6	University of Chicago	United States
7	Yale University	United States
8	University of Michigan	United States
9	University of California, Los Angeles (UCLA)	United States
12	University of Pennsylvania	United States
14	Columbia University	United States
15	New York University (NYU)	United States
15	Northwestern University	United States
17	University of Wisconsin-Madison	United States
18	University of California, Berkeley	United States
20	University of Toronto	Canada
21	University of British Columbia	Canada
22	Duke University	United States
23	Cornell University	United States
25	McGill University	United States
26	University of Texas at Austin	United States
28	University of North Carolina at Chapel Hill	United States
32	Ohio State University	United States
33	University of Washington	United States
34	University of Illinois at Urbana-Champaign	United States
43	Pennsylvania State University	United States
44	University of Virginia	United States
45	Michigan State University	United States
48	University of Southern California	United States

2014～2015北美大学自然科学专业全球排名

全球排名	院校名称	国家/地区
1	Princeton University	United States
2	Massachusetts Institute of Technology (MIT)	United States
3	Harvard University	United States
4	California Institute of Technology (Caltech)	United States
4	Stanford University	United States

（续表）

总评得分	教学声誉	国际化程度	产业收入	研究声誉	论文引用率
91.1	89.8	45.2	96.4	96.4	99.2
90.7	90.3	56.3	Data withheld by THE	94.7	97.7
90	94.8	55.3	33.4	93.4	95.3
88.8	88.4	40.8	97	97.8	91.4
87.4	90.8	39.7	Data withheld by THE	94.2	92.2
85	88.7	63.5	Data withheld by THE	79.9	93.6
83.3	89.7	59	Data withheld by THE	80.3	87.2
82.1	86	58.6	Data withheld by THE	77.5	91.4
82.1	82.3	37.1	30.2	85.9	95.6
79.8	77.4	43.7	50.4	84.4	90.6
78.8	81	41.5	Data withheld by THE	76.8	92.9
75.9	77.1	56.3	30.5	82.6	76.2
75.4	72.7	64.3	32.2	74.3	88.2
75.2	75	61.3	Data withheld by THE	65.3	92.6
71.4	69.1	38.3	30.2	73.2	86
70.3	67	75.5	Data withheld by THE	69.6	75.4
70.2	68.4	29.7	61.1	71.8	83.6
68.8	62.3	35.4	35	72.1	86.6
64.9	53.1	44.6	31.3	68.5	84.9
64.4	53.8	35.7	Data withheld by THE	66.1	86.6
63.5	59.9	37.2	Data withheld by THE	70.1	69.6
59	55.9	39.4	Data withheld by THE	55.6	74.8
58.8	58.8	38.6	45.2	42.2	87.7
58.5	54.2	39.3	Data withheld by THE	53	78
57.6	54.2	33.4	Data withheld by THE	52.1	77.2

总评得分	教学声誉	国际化程度	产业收入	研究声誉	论文引用率
93.1	93.2	63.4	99.7	94.5	97.7
92.6	92.8	80.9	75.7	92.4	96.2
92.3	92.1	73.9	56.3	94	97.6
92	96.8	86.2	Data withheld by THE	83.6	96
92	92.6	75.4	Data withheld by THE	89.7	98.9

全球排名	院校名称	国家 / 地区
8	University of Chicago	United States
9	University of California, Los Angeles (UCLA)	United States
10	University of California, Berkeley	United States
13	Yale University	United States
14	Columbia University	United States
15	Cornell University	United States
17	University of Washington	United States
19	University of Toronto	Canada
21	University of Wisconsin-Madison	United States
22	University of Michigan	United States
23	University of Texas at Austin	United States
24	University of California, Santa Barbara	United States
26	Northwestern University	United States
27	University of Illinois at Urbana-Champaign	United States
32	Rice University	United States
35	University of British Columbia	Canada
35	University of Colorado Boulder	United States
42	Brown University	United States
45	Boston University	United States
46	New York University (NYU)	United States
47	Georgia Institute of Technology (Georgia Tech)	United States
48	Ohio State University	United States

2014～2015 北美大学艺术与人文专业全球排名

全球排名	院校名称	国家 / 地区
1	Stanford University	United States
2	Harvard University	United States
3	University of Chicago	United States
6	Princeton University	United States
7	Yale University	United States
9	University of California, Berkeley	United States
10	University of California, Los Angeles (UCLA)	United States
11	Columbia University	United States

（续表）

总评得分	教学声誉	国际化程度	产业收入	研究声誉	论文引用率
87	81.4	76.1	Data withheld by THE	86.5	95
86.8	81.5	68.9	Data withheld by THE	88.6	95.4
86.4	86.7	65.8	Data withheld by THE	79.9	97.1
84.7	82.8	76.2	37.6	83.6	92.3
82.8	78.5	71.9	Data withheld by THE	71.1	98.2
81.1	77	56.1	31.7	80.9	93.4
76.2	62.7	64.6	Data withheld by THE	68.4	97.2
75.3	69.3	68.3	33.3	69.7	88.8
72.6	60.1	57.5	81.8	71.5	86
72.2	62.5	69.9	43.8	68.6	85.1
72	53.6	40.9	98.2	70.1	92.6
71.6	47.6	59.3	94.7	63.1	98.2
71.2	53	47.9	49.3	62.9	98.6
70.6	60.4	53.1	Data withheld by THE	68.1	85.6
67.3	47.2	81.9	40.7	44.7	99.8
66	55.5	73.7	34	52.1	85.6
66	46.8	46.9	Data withheld by THE	56.6	94.1
63.6	44.5	50.9	Data withheld by THE	42.1	99.5
62.8	46.7	65.9	31.7	39.8	95.2
62.4	48.2	58.5	Data withheld by THE	45.3	88.5
62.3	42.3	71.1	55.3	49.7	86.5
61.6	40.1	66.4	51.3	46.9	89.7

总评得分	教学声誉	国际化程度	产业收入	研究声誉	论文引用率
88.6	92.2	70	Data withheld by THE	92.9	81.6
86.6	92.5	66.1	36.9	93.4	73.3
85.9	88.8	64	Data withheld by THE	95.5	67.6
82.9	90.2	50.5	53	91.9	63.4
82.1	89.7	61.2	41.1	92.6	54.3
80.6	87.5	56.8	Data withheld by THE	86.1	64.6
79.8	84.6	41.4	Data withheld by THE	89.8	68
79.4	85.3	54.7	Data withheld by THE	84.1	68.3

全球排名	院校名称	国家 / 地区
13	University of Pennsylvania	United States
14	New York University (NYU)	United States
15	University of Toronto	Canada
17	University of Michigan	United States
20	Duke University	United States
21	Cornell University	United States
26	McGill University	Canada
29	University of Texas at Austin	United States
30	University of Wisconsin-Madison	United States
32	Rutgers, The State University of New Jersey	United States
35	University of North Carolina at Chapel Hill	United States
37	Brown University	United States
39	University of Notre Dame	United States
40	University of British Columbia	Canada
48	University of Massachusetts	United States

（以上所有数据均直接或间接引用英国《泰晤士报高等教育副刊 2015世界大学排行榜》）

值得一提的是，不同机构推出的排行榜采用的评价体系各不相同，因此同一所大学的排名在不同的排行榜上也各不相同。以多伦多大学为例，

全球排名	院校名称	国家 / 地区	总评得分
1	Harvard University	United States	100
2	Massachusetts Institute of Technology	United States	88.9
3	University of California-Berkeley	United States	88
4	Stanford University	United States	85.1
7	California Institute of Technology	United States	80.3
8	University of California-LosAngeles	United States	80.1
9	University of Chicago	United States	77.4
10	Columbia University	United States	77.3
11	Johns Hopkins University	United States	77
13	Princeton University	United States	76.1

（续表）

总评得分	教学声誉	国际化程度	产业收入	研究声誉	论文引用率
76.4	82.5	59.7	Data withheld by THE	75.1	73.6
76.2	80.6	50	Data withheld by THE	82.8	65.7
75.6	77.1	44.4	36.8	87.3	64.6
74.4	76.3	39.4	38.9	83.5	70.5
71.1	71.4	62.3	Data withheld by THE	70.6	76.5
70.7	76	37.6	36.8	75.1	68.7
65.2	65	84.7	Data withheld by THE	63.9	62.2
63.7	65.5	32	39.2	66.5	72.2
63.4	59.1	41.8	42.7	67.4	78.1
60.6	55.6	33.3	Data withheld by THE	68.2	70.5
59.3	60.3	35.1	39.3	64.3	59.9
58.3	65.1	50	Data withheld by THE	56.8	50.2
57.7	60.9	39	Data withheld by THE	60.8	51.8
57.3	52.7	65.8	37	55.7	71.9
53.3	50.9	34.4	39.2	56.6	63.1

在英国《泰晤士报高等教育副刊（Times Higher Education）2015 世界大学排行榜》全球大学排名当中位列第 20 名。而在《美国新闻与世界新闻报道》推出的 2015 年全球大学排行榜上，多伦多大学则并列第 14 名（请见下表）。

（续表）

全球排名	院校名称	国家 / 地区	总评得分
14	University of Michigan	United States	76
14	University of Toronto	Canada	76
14	University of Washington	United States	76
17	Yale University	United States	75.6
18	University of California-San Diego	United States	74
19	University of Pennsylvania	United States	73.8
20	Duke University	United States	72.7
22	University of California-San Francisco	United States	72.2
23	Cornell University	United States	72.1
25	Northwestern University	United States	70.3
27	University of Wisconsin-Madison	United States	69.4

（续表）

全球排名	院校名称	国家 / 地区	总评得分
28	University of California-Santa Barbara	United States	69.1
29	University of Minnesota-Twin Cities	United States	68.8
30	University of British Columbia	Canada	67.9
30	University of Texas-Austin	United States	67.9
32	University of North Carolina-Chapel Hill	United States	67.4
34	Ohio State University	United States	66.6
35	University of Illinois at Urbana-Champaign	United States	66.5
36	New York University	United States	66.4
37	Boston University	United States	66
37	University of California-Davis	United States	66
41	Washington Universityin St. Louis	United States	65.2
42	University of Pittsburgh	United States	64.7
44	McGill University	Canada	64.6
50	University of Southern California	United States	63.3

结合其他的排行榜，我们可以确定多伦多大学的全球排名大致应该在前 20 名以内。建议大家在选择学校以及专业的时候，尽量参考多个排行榜，综合考虑各种因素，然后再做决定。

加拿大安大略省大学申请程序

通过安大略省大学申请中心，学生可以通过以下两种方式申请大学：

1. 正在安大略省就读高中的学生如果符合以下要求，可以通过填写 101 号表格（OUAC 101 form）申请：

你正在安大略省的中学修平日课程（也包括返回学校修第二学期课程的学生以及毕业后返校修一门或多门课程的学生），你将在当年年底收到或是预期收到安大略省中学文凭（OSSD），其中包含 6 门 4U/M 课程；

你目前未在大学或学院等机构登记注册；

你还没有完成一学年或以上的大专教育；

你想在安大略省的大学申请一个文凭专业或一年级学位专业；

如果你不符合上述所有条件，可以向学校辅导员求助。

2．所有其他本科申请（OUAC 105 form）：

你将需要完成 105D 号申请表，如果你：

目前居住在加拿大（加拿大公民，永久居民或目前在加拿大求学的学习许可或其他签证）或是一个加拿大公民或永久居民住在其他地方（加拿大以外）和目前没有参加安大略省中学的平日课程。

如果你申请为期一年的连续本科课程或普通法律课程，无须完成此申请表。

你将需要完成 OUAC 105F（国际）表格，如果你：

目前居住在加拿大以外及不是加拿大公民或永久居民及目前没有参加安大略省（安省内或以外）中学平日课程。

怎么申请？

第一步：对你所选择的大学做研究探讨。

访问 eINFO（www.electronicinfo.ca）网站；

在线浏览课程；

查询大学刊物以及网站；

出席安大略省大学展览会以及大学课程信息会议（UIP）；

查询以往的参考书；

记录所感兴趣的课程，包括其 OUAC 号码。记录全部入学方案的具体要求和截止日期。

第二步：报名。

你的高中会在 10 月或 11 月发布包含访问代码的信件用来网上报名，其中包括：

学校号码；

学生号码；

密码；

与你的父母、老师以及辅导员商讨你的选择，最终缩小大学以及专业的选择范围；

观看在线申请教学视频；

用访问代码申请；

完成申请资料的所有章节；

和你的父母一起检阅你的专业选择，然后再点击"我确定并同意"；

准备就绪后，在 OUAC 的截止日期前提交大学专业申请并及时付款。

你会立即收到一个 OUAC 编号，记录该号码，并保存在一个安全的地方。未来你将需要这个编码以及个人密码访问大学申请及相关应用。

申请后下一步是什么？

访问你的在线申请，审查和更改申请表格：

一个工作日后，登录到你的账号并验证提交的申请表格和支付的细节，并做出必要的修改；

确保垃圾邮件过滤器设置为接受来自 OUAC 和你已申请的大学的电子邮件。电子邮件是大学和 OUAC 申请人之间的主要沟通方式；

各大学会告知已收到你的申请；

当你收到成绩单后，登录验证你的成绩信息。如需任何更正请通知你的指导办公室；

你可以在任何一个双休日参加大学校园开放日，亲自访问是一个很好的方式，让您可以体验校园生活，从而帮助你做出最后的决定；

你可以在 5 月底知道大学录取结果，录取或拒绝。查看重要日子。

_ 美国大学申请程序

北美就业前景展望和分析

日趋激烈的就业市场需要前瞻性的运筹帷幄来做准备,鼠目寸光式地只关注个人的发展而忽略大环境势必会遭遇市场的淘汰。只有把个体的优势和包括人才需求在内的市场大趋势结合起来才能在机会到来的时候牢牢把握住。下面我们首先从宏观上来考察一下未来人口发展的总趋势,随后从行业分布和职业分配这两个方面对北美的就业市场做一个调查和分析。

人口发展趋势

人口的发展趋势直接关系到市场劳动力的变化,也会影响未来就业机会的分配,比如人口的老龄化会增加医疗保健领域的就业机会。根据美国劳工部(The US Department of Labor)的统计(数据来源:http://www.bls.gov/ooh/About/Projections-Overview.htm),2010 年～2020 年,美国的可就业人口将增长 2520 万,同比前两个 10 年略缓。(见表 1)

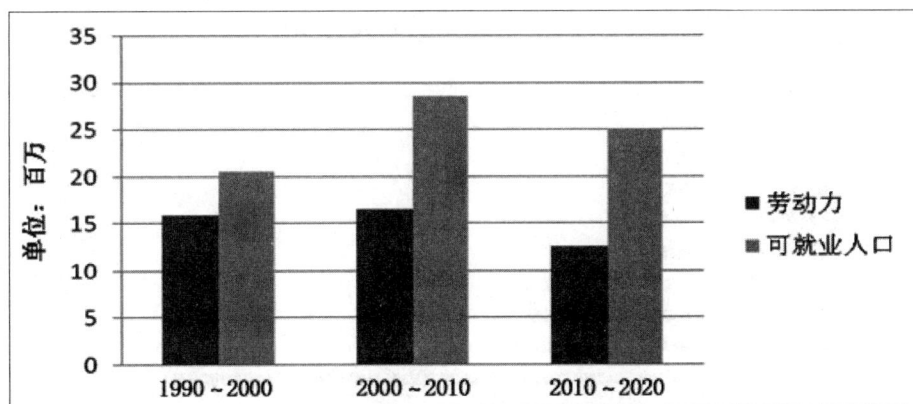

表 1:美国劳动力和非机构平民人口增长比例趋势和预测

人口的变化直接影响到劳动力市场，预计到 2020 年，美国劳动力数量将增长 6.8%，亚裔劳动力比例将从 4.7% 上涨到 5.6%。（见表 2）

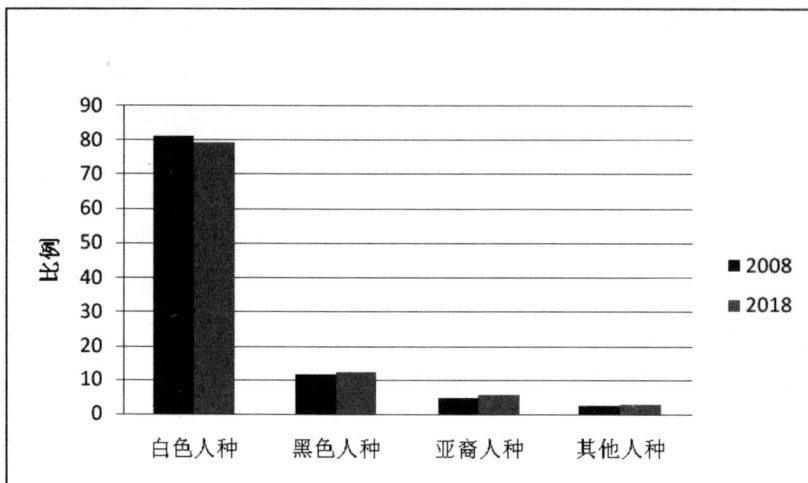

表 2：美国劳工比例分布

行业分布

从 2010～2020 年，总就业人口将增长 14%，不同行业的增长将呈现出不同趋势，最为明显的为服务行业，将会出现 1800 万新增就业机会。（见表 3）

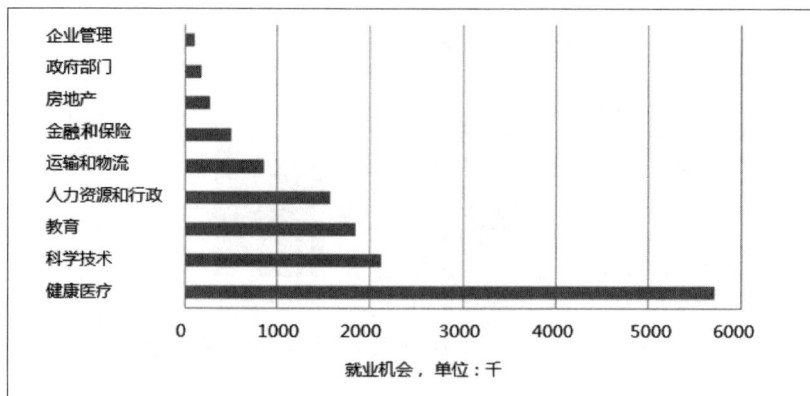

表 3：美国各行业增长分布（2010～2020）

健康医疗：由于人口的老龄化，本行业增长最快，570万（33%）的新就业机会将会出现在该领域，包括医院、养老院、护理院、家庭健康服务机构等。

科学技术：到2020年为止，该行业将会有210万新增就业机会。其中，由于各行各业的发展都离不开计算机网络与移动技术，因此计算机系统设计及相关服务的就业机会将会增长47%。

教育：学生入学率的上升将为教育服务行业带来更多的需求，到2020年，教育行业的就业人数将增长14%，出现180万新增就业机会。

人力资源和行政：因为短期工和临时工的增加，人力资源部门的发展非常迅速，训练有素的人力资源专才将会有用武之地，其空缺职位将占据本行业40%。

运输和物流：随着全球贸易的发展，更多的货物需要运送到各个国家，本行业将增长20%，约853,300个工作机会。

金融和保险：美国婴儿潮时代出生的人口即将面临退休，因此，投资理财顾问的需求迅速增长；另外，人口的增长以及投资保险业务种类的增加都将为本行业拓宽就业市场。

房地产：房地产市场的复苏和人口的增加推动了本行业的发展，到2020年，就业机会将增长14%，物业经理和房地产估价师的职位占据了新增机会的大部分比重。

政府部门：在2010～2020年间，政府就业机会增长缓慢，较低的增长速度主要是由于政府预算的限制及部分职位的外包。

企业管理：相对缓慢，预期将增长6%。

让我们再来看一下加拿大各行业在2011～2022年就业总数的预测。（见表4）（数据来源：http://www23.hrsdc.gc.ca/.3nd.5strys.2.1rch@-eng.jsp）

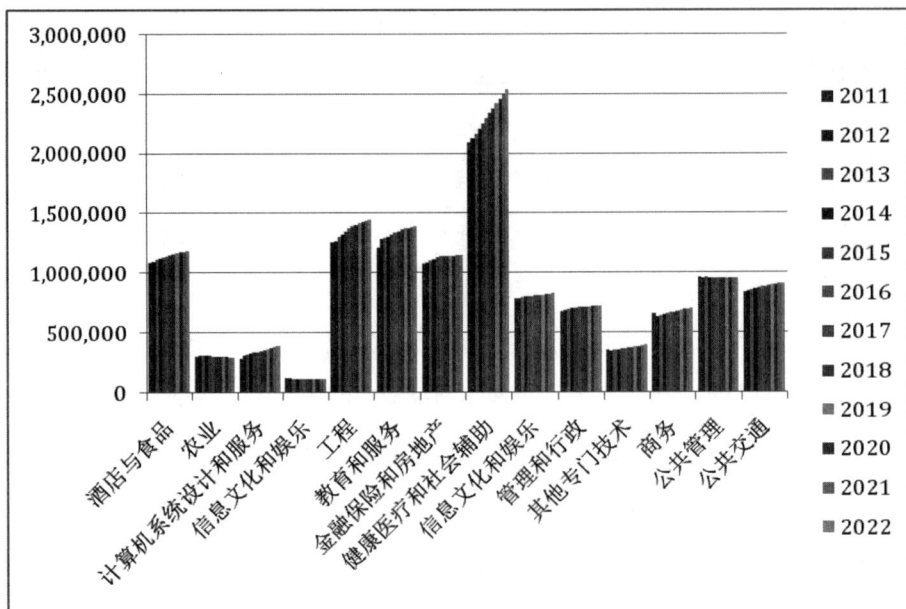

表4：加拿大2011～2022就业总数预测

　　加拿大呈现出和美国非常类似的趋势。在社会基础建设医疗保健行业的雇用人数最多，其次是教育业，同时，金融保险行业也呈现蓬勃态势。

　　职业分配

　　和行业密切相关的另一个概念是"职业"，各行各业的兴盛和衰败也影响到该行业内部职业的增加和减少。我们首先来看一下2010～2020年几种主要职业的变化。（见表5）

　　健康医疗人才：老龄人口的持续增长及医疗条件的发展促进了健康医疗服务的需求，健康医疗专业人员的需求大幅增加，到2020年，从业人员预期增长29%，即350万的就业机会。

　　个人护理和服务人员：到2020年，个人护理和服务的从业人员将上涨130万，上升27%。个人护理和服务包括多种职业，而三分之二的新增职位集中在个人护理助理和儿童护理人员的需求上。持续增长的老龄人口

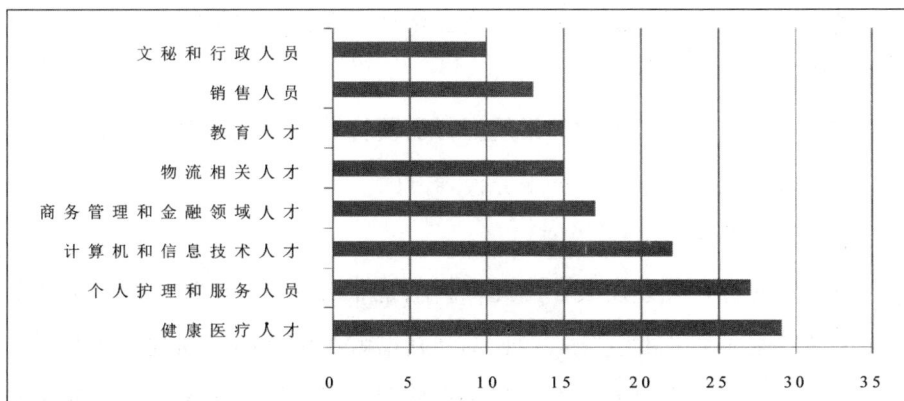

表5：2010～2020年美国职业增长变化

需要更多的个人和家庭护理人员来帮助他们的日常生活，而儿童人口数量的增加则促进了对于学前教育和儿童护理人员的需求。

计算机和信息技术人才：计算机和信息技术相关职业将增长17%，即在2010～2020年间新增758,800个工作机会。从事这些职业的人员需要开发软件，提升电脑安全，更新网络构架来满足企业、政府部门及其他组织机构日益增加的最新技术应用的需求。

商务管理和金融领域人才：到2020年，该领域就业将增长17%。其中会计和审计人才的需求上升最为明显，新增约190,700个工作机会，反映了财务监管和职能的加强。其次，各类企业为了控制成本，对商务分析人才的需求也不断增加，创造157,200个新的就业机会。

物流相关人才：从事海、陆、空运输的人员将增长15%，约占130万个就业机会。

教育人才：教育相关职业的从业人员将增加140万，高于15%的增长率，其中由于学龄人口的增长，就业市场对于中小学教师和助教的需求紧迫。此外，大部分学生为了职业目标而寻求高等教育的机会，也增加了高等教育人才的需求。

销售人员：本领域的就业人数将会增加 190 万，而零售业的销售人员的需求将占其中的一半。

文秘和行政人员：企业的常规运行需要行政的配合，在客户至上的今天，就业机会主要集中在客户服务代表方面。

职业变化分析

各行各业都在飞速发展，因此，新增就业机会不断产生。可以从两个方面来考察某一职业的变化：增长率和新增就业机会的增加数。有的职业增长迅速，就业机会也非常多；但是有些职业虽然增长迅速，由于从业人员的基数小，新增就业机会并不多。

美国增长最迅速的职业（见下表）：

职业	变化百分比	新增就业机会（单位：千）	收入 $（参照 2010 年 5 月数据）	学历 / 教育要求
个人护理助手	70	607	19，640	短期在职培训
家庭健康医疗助手	69	706.3	20，560	短期在职培训
生物医疗工程师	62	9.7	81，540	大学本科
建筑帮工	60	17.6	27，780	短期在职培训
兽医技师	52	41.7	29，710	大专
助理理疗师	46	30.8	49，690	大专
会展策划师	44	31.3	45，260	大学本科，工作经验
超生波医学诊断技术员	44	23.4	64，380	大专
职业治疗助理员	43	12.3	51，010	大专
理疗师助手	43	20.3	23，680	中期在职培训
翻译	42	24.6	43，300	大学本科
医疗秘书	41	210.2	30，530	中期在职培训
市场研究分析师	41	116.6	60，570	大学本科
婚姻与家庭治疗师	41	14.8	45，720	硕士
理疗师	39	77.4	76，310	博士

从上图可知，在增长最迅速的职业列表中，有多个职业与健康医疗相关，由于老龄人口对于医疗需求的增长，这些职业将会持续快速发展。而另一方面，随着医疗成本上升，更多的患者选择家庭医疗护理来代替价格

高昂的住院治疗，因此家庭医疗助手等职业需求增长显著。

与商务和金融运营相关的两大职业也在最快增长的列表之中，到
2020年，会展策划师和市场研究分析师的就业将分别增长44%和41%。

在这些增长最快的职业当中，大部分要求大专以上的学历，少数需要
在职培训，只有会展策划师需要相关工作经验。两个职业的年收入是国民
平均收入（\$33,840，2010年5月数据）的两倍以上。

美国就业机会增加数量最多的职业（见下表）：

职业	数量（单位：千）	变化百分比	收入\$（参照2010年5月数据）	学历/教育要求
注册护士	711.9	26	64,690	大专
零售销售员	706.8	17	20,670	短期在职培训
家庭健康医疗助手	706.3	69	20,560	短期在职培训
个人护理助手	607	70	19,640	短期在职培训
办公室文员	489.5	17	26,610	短期在职培训
饮食业服务人员	398	15	17,950	短期在职培训
客户服务代表	338.4	15	30,460	短期在职培训
重型货车司机	330.1	21	37,770	短期在职培训
货运，搬运工	319.1	15	23,460	短期在职培训
大学老师	305.7	17	62,050	博士
护士助手	302	20	24,010	职业培训
儿童护理员	262	20	19,300	短期在职培训
簿计员、初级会计和审计助理	259	14	34,030	中期在职培训
出纳	250.2	7	18,500	短期在职培训
小学老师	248.8	17	51,660	大学本科，实习
前台服务人员	248.5	24	25,240	短期在职培训
警卫及清洁人员	246.4	11	22,210	短期在职培训
景观美化和地面维护工作人员	240.8	21	23,400	短期在职培训
销售代表	223.4	16	52,440	中期在职培训
建筑工人	212.4	21	29,280	短期在职培训

很多新型的职业都不需要高学历，而比较看重在职培训或相关工作经

验。同时，根据 2010 年 5 月的数据，在就业机会增长迅速的职业中，近
70% 的职业年收入低于国民平均收入。

基于学历、教育因素的就业分析

不同的职业对学历有不同的要求，总的来说，每个职位都需要不同
形式的高等教育，只是程度不同。其中，需要硕士教育水平的职业会
越来越多，将增长 22%，紧随其后的是对博士学历或专业学位的要求，
约为 20%，对大专学历的要求是 18%，对大学本科的要求是 17%，对
高等职业教育的要求同样是 17%。中长期在职培训增长速度最小，只
有 13%。（见表 6）

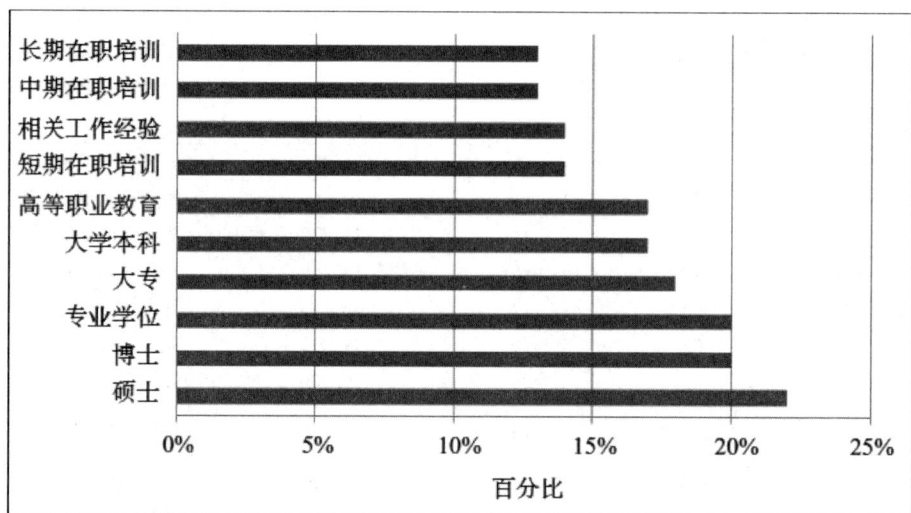

表 6：学历、教育要求变化（2010～2020）

职业补充空缺

各行各业发展会产生新的就业机会，另一方面的职业需求我们也应该
重视，那就是因为退休、调动、休假、返校进修等因素，新的劳动力需要
及时地补充进去，完成更新换代。（见表 7）

在所有的就业机会中，大约有近 63%，5480 万的就业机会源自劳动

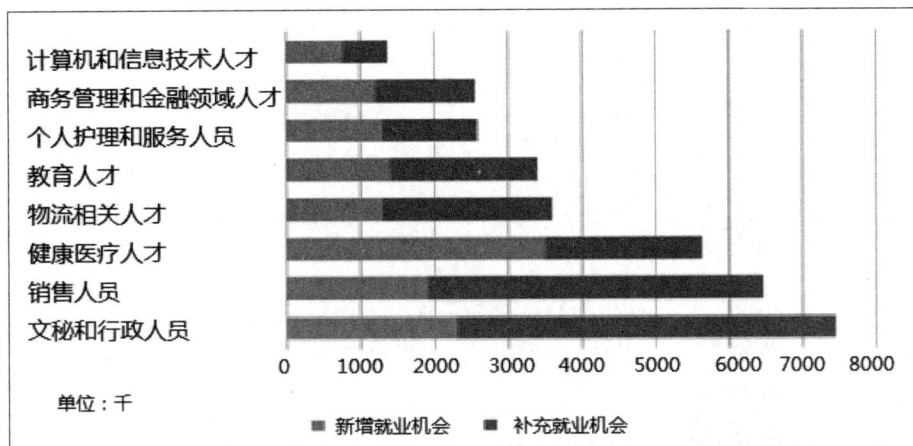

表 7：美国总职位空缺预测（2010～2020）

力的补充，因此即使某一职位发展缓慢，新增就业机会不多，但因为上述因素，仍会出现大量的职位空缺。

补充就业机会大部分出现在较大的职业中，低收入、门槛低的职业在未来 10 年也会出现大量的补充就业机会，如销售类相关职业预期增长650 万个就业机会，其中 71% 源自劳动力的补充。另外，办公自动化也会要求替换一部分不合格的人力资源，因此，文职人员的补充就业几乎增长迅速。

加拿大未来几年内的职位空缺数和总就业数呈现出相似的趋势，但是受离职调动以及退休等因素的影响，每年的波动幅度较大。

Linkedin（领英）院校排名——以毕业生就业去向为排名依据

Linkedin 院校排名以会员的教育背景和职业道路为依据，展现各专业的就业方向。领英分析了各界人士的资料，来比较全球各大高校的就业形势。

		Investment Banker Professionals in Canada 加拿大投资银行专业名校排行及就业去向
1		Queen's University 皇后大学 Canada TD, Scotiabank, CIBC, RBC
2		McGill University 麦吉尔大学 Montreal, Canada Area TD, Scotiabank, RBC, CIBC
3		Wilfred Laurier University 劳里埃大学 Canada TD, RBC, Scotiabank, CIBC
4		Western University 西安大略大学 London, Canada Area TD, Scotiabank, RBC, CIBC
5		York University 约克大学 Toronto, Canada Area TD, Scotiabank, CIBC, RBC
6		University of Toronto 多伦多大学 Toronto, Canada Area TD, Scotiabank, RBC, CIBC
7		The University of British Columbia 英属哥伦比亚大学 Vancouver TD, RBC, Scotiabank, HSBC
8		University of Waterloo 滑铁卢大学 Kitchener, Canada Area TD, Scotiabank, CIBC, RB
9		Université de Montréal 蒙特利尔大学 Canada RBC, CIBC, TD, BMO Financial Group
10		Concordia University 康考迪亚大学 Montreal, Canada Area TD, RBC, BMO Financial Group, CIBC

		Accounting Professionals in Canada 加拿大会计专业名校排行及就业去向
1		McGill University 麦吉尔大学 Montreal, Canada Area EY, PwC, Deloitte, KPMG US
2		University of Toronto 多伦多大学 Toronto, Canada Area EY, PwC, TD, Deloitte
3		University of Waterloo 滑铁卢大学 Kitchener, Canada Area EY, PwC, Deloitte, KPMG
4		Queen's University 皇后大学 Canada EY, PwC, Deloitte, KPMG US
5		The University of British Columbia 英属哥伦比亚大学 Vancouver EY, PwC, Deloitte, KPM
6		Wilfred Laurier University 劳里埃大学 Canada EY, PwC, Grant Thornton LLP, KPMG
7		St. Francis Xavier University 圣弗朗西斯塞维尔大学 Nova Scotia, Canada EY, Grant Thornton LLP, KPMG, IB
8		York University 约克大学 Toronto, Canada Area EY, PwC, Deloitte, TD
9		Dalhousie University 达尔豪斯大学 Canada EY, PwC, KPMG, Grant Thornton LLP
10		Western University 西安大略大学 London, Canada Area EY, PwC, Deloitte, KPMG

Finance Professionals in Canada 加拿大金融专业名校排行及就业去向		
1		University of Waterloo 滑铁卢大学 Kitchener, Canada Area TD, Manulife, Sun Life Financial, Scotiabank
2		Queen's University 皇后大学 Canada TD, Scotiabank, RBC, CIBC
3		University of Toronto 多伦多大学 Toronto, Canada Area TD, RBC, Scotiabank, BMO Financial group
4		Western University 西安大略大学 London, Canada Area TD, RBC, Scotiabank, CIBC
5		Wilfred Laurier University 劳里埃大学 Canada TD, Manulife, RBC, Sun Life Financial
6		York University 约克大学 Toronto, Canada Area TD, CIBC, RBC, Scotiabank
7		Ryerson University 瑞尔森大学 Toronto, Canada TD, Scotiabank, RBC, CIBC
8		McGill University 麦吉尔大学 Montreal, Canada Area TD, RBC, Scotiabank, BMO Financial Group
9		Concordia University 康考迪亚大学 Montreal, Canada Area TD, RBC, BMO Financial Group, CIBC
10		McMaster University 麦克马斯特大学 Canada TD, Scotiabank, RBC, CIBC

		Marketers Professionals in Canada 加拿大市场营销专业名校排行及就业去向
1		Queen's University 皇后大学 Canada Procter & Gamble, TD, Bell, Unilever
2		Wilfred Laurier University 劳里埃大学 Canada Rogers Communications, PepsiCo, American Express, TD
3		York University 约克大学 Toronto, Canada Area Rogers Communications, TD, Bell, Microsoft
4		University of Toronto 多伦多大学 Toronto, Canada Area TD, Rogers Communications, Bell, IBM
5		McGill University 麦吉尔大学 Montreal, Canada Area L'Oréal, Bell, TD, Microsoft
6		Western University 西安大略大学 London, Canada Area TD, 3M, Rogers Communications, Bell
7		McMaster University 麦克马斯特大学 Canada TD, Bell, Rogers Communications, PepsiCo
8		University of Waterloo 滑铁卢大学 Kitchener, Canada Area Microsoft, Rogers Communications, Bell, TD
9		Université de Montréal 蒙特利尔大学 Canada Bell, L'Oréal, Pfizer, Novartis
10		Ryerson University 瑞尔森大学 Toronto, Canada Rogers Communications, TD, Bell, IBM

		Software Developer Professionals in Canada 加拿大软件开发专业名校排行及就业去向
1	UNIVERSITY OF WATERLOO	University of Waterloo 滑铁卢大学 Kitchener, Canada Area Google, Amazon, Microsoft, IBM
2	UBC	The University of British Columbia 英属哥伦比亚大学 Vancouver Microsoft, Amazon, Google, Electronic Arts (EA)
3	SFU ENGAGING THE WORLD	Simon Fraser University 西蒙菲莎大学 Vancouver, Canada area Microsoft, Amazon, Google, Electronic Arts (EA)
4	UNIVERSITY OF TORONTO	University of Toronto 多伦多大学 Toronto, Canada Area Google, Microsoft, IBM, Amazon
5		McGill University 麦吉尔大学 Montreal, Canada Area Google, Microsoft, Amazon, SAP
6	C	Concordia University 康考迪亚大学 Montreal, Canada Area SAP, Ericsson, Microsoft, Amazon
7	University of Victoria	University of Victoria 维多利亚大学 Canada Microsoft, Amazon, Google, IBM
8	Carleton UNIVERSITY Canada's Capital University	Carleton University 卡尔顿大学 Ottawa, Canada Area IBM, Alcatel-Lucent, Microsoft, Google
9	uOttawa	University of Ottawa 渥太华大学 Ottawa, Canada Area IBM, Cisco, Alcatel-Lucent, Amazon
10	University of Windsor	University of Winsor 温莎大学 Ontario, Canada Amazon, Microsoft, General Motors, Google

		Accounting Professionals in United States 美国会计专业名校排行及就业去向
1		Villanova University 维拉诺瓦大学 Greater Philadelphia Area PwC, EY, Deloitte, KPMG US
2		University of Notre Dame 圣母大学 South Bend, Indiana Area Deloitte, PwC, EY, KPMG US
3		Boston College 波士顿学院 Greater Boston Area PwC, EY, Deloitte, KPMG US
4		Lehigh University 里海大学 Allentown, Pennsylvania Area PwC, EY, Deloitte, KPMG US
5		Emory University 埃默里大学 Greater Atlanta Area Deloitte, EY, PwC, KPMG US
6		University of Southern California 南加州大学 Greater Los Angeles Area PwC, Deloitte, EY, KPMG US
7		Fairfield University 费尔菲尔德大学 Greater New York City Area PwC, EY, Deloitte, KPMG US
8		Santa Clara University 圣塔克拉拉大学 San Francisco Bay Area PwC, Deloitte, EY, KPMG US
9		University of Illinois at Urbana-ChampaignUrbana-Champaign, Illinois Area 伊利诺伊大学厄巴纳-香槟分校 Deloitte, EY, PwC, KPMG US
10		Wake Forest UniversityGreensboro/Winston-Salem, North Carolina Area 维克森林大学 EY, PwC, Deloitte, KPMG US

		Finance Professionals in United States 美国金融专业名校排行及就业去向
1		University of Pennsylvania 宾夕法尼亚大学 Greater Philadelphia Area Goldman Sachs, Citi, Morgan Stanley, J.P. Morgan
2		Yale University 耶鲁大学 Greater New York City Area Goldman, J.P. Morgan, Citi, Morgan Stanley
3		Georgetown University 乔治城大学 Washington D.C. Metro Area J.P. Morgan, Citi, Morgan Stanley, PwC
4		Princeton University 普林斯顿大学 Greater New York City Area Goldman Sachs, J.P Morgan, Citi, Morgan Stanley
5		Columbia University in the City of New York Greater New York City Area 哥伦比亚大学 Citi, Morgan Stanley, Goldman Sachs, J.P. Morgan
6		New York University 纽约大学 Greater New York City Area Citi, JPMorgan Chase & Co., Morgan Stanley, J.P. Morgan
7		Duke University 杜克大学 Raleigh-Durham, North Carolina Area Morgan Stanley, Goldman Sachs, Wells Fargo, J.P. Morgan
8		Harvard University 哈佛大学 Greater Boston Area Goldman, Morgan Stanley, J.P. Morgan, Citi
9		Cornell University 康奈尔大学 Ithaca, New York Area Goldman Sachs, Citi, J.P. Morgan, Morgan Stanley
10		Dartmouth College 达特茅斯学院 Greater Boston Area Goldman Sachs, Morgan Stanley, J.P. Morgan, Merrill Lynch

Investment Bankers Professionals in United States 美国投资银行专业名校排行及就业去向		
1		Georgetown University 乔治城大学 Washington D.C. Metro Area J.P. Morgan, Citi, Goldman Sachs, Deutsche Bank
2		University of Pennsylvania 宾夕法尼亚大学 Greater Philadelphia Area Goldman Sachs, Citi, J.P. Morgan, Morgan Stanley,
3		Yale University 耶鲁大学 Greater New York City Area Goldman, J.P. Morgan, Citi, Credit Suisse
4		Duke University 杜克大学 Raleigh-Durham, North Carolina Area Morgan Stanley, Goldman Sachs, Wells Fargo, J.P. Morgan
5		Columbia University 哥伦比亚大学 in the City of New York Greater New York City Area Credit Suisse, Goldman Sachs, Citi, J.P. Morgan
6		Princeton University 普林斯顿大学 Greater New York City Area Goldman Sachs, J.P Morgan, Credit Suisse, Citi
7		New York University 纽约大学 Greater New York City Area Citi, JPMorgan Chase & Co., J.P. Morgan, Deutsche Bank
8		Wellesley College 卫斯理学院 Greater Boston Area J.P. Morgan, Deutsche Bank, Bank of America, JPMorgan Chase & Co.
9		Cornell University 康奈尔大学 Ithaca, New York Area Goldman Sachs, Citi, J.P. Morgan, Bank of America
10		Dartmouth College 达特茅斯学院 Greater Boston Area Goldman Sachs, J.P. Morgan, Merrill Lynch, Deutsche Bank

Software Developers Professionals in United States 软件开发专业名校排行及就业去向		
1		Carnegie Mellon University 卡内基梅隆大学 Greater Pittsburgh Area Google, Microsoft, Oracle, Amazon
2		Caltech 加州理工学院 Greater Los Angeles Area Google, Oracle, Microsoft, Facebook
3		Cornell University 康奈尔大学 Ithaca, New York Area Google, Microsoft, Oracle, Amazon
4		Massachusetts Institute of Technology 马萨诸塞理工学院 Greater Boston Area Google, Oracle, Microsoft, IBM
5		Princeton University 普林斯顿大学 Greater New York Area Google, Microsoft, Facebook, Amazon
6		University of California, Berkeley San Francisco Bay Area 加州大学伯克利分校 Google, Oracle, Apple, Microsoft
7		University of Washington 华盛顿大学 Greater Seattle Area Microsoft, Amazon, Google, Facebook
8		Duke University 杜克大学 Raleigh-Durham, North Carolina Area Google, Microsoft, IBM, Amazon
9		University of Michigan 密歇根大学 Greater Detroit Area Microsoft, Google, Amazon, Apple
10		Stanford University 斯坦福大学 San Francisco Bay Area Google, Oracle, Apple, Facebook

数据来源：

https://www.linkedin.com/edu/rankings/us/undergraduate?trk=nav_

responsive_sub_nav_edu_school_rankings

职业规划：北美工作和职业技能配对表

工作-职业技能配对表								
	个人所需职业技能						工作性质	
	艺术	交流能力	领导才能	管理能力	分析能力	科学技术	经济敏感度	危险状态
管理、商业及金融类相关职业 management, business, and financial operations occupations								
管理类职业 management occupations								
行政服务经理 administrative services managers	○	●	●	●	△		○	
广告，市场，推广，公共关系及销售经理 advertising, marketing, promotions, public relations, and sales managers	●	●	●	●	●		●	
电脑及信息系统经理 computer and information systems managers		●	●	●	●	●	●	
施工经理 construction manger	○	●	●	●	●	△		△
教育行政文员 education administrators		●	●	●	△	○		
工程及自然科学管理 engineering and natural sciences managers		●	●	●	●	●	△	
农场，牧场及农业管理 farmer, ranchers, and agricultural managers		●	●	●	△	△	○	△
财务经理 financial managers		●	●	●	●		○	△
食品服务管理 food service managers	△	●	●	●	△		○	△
丧葬服务业承办 funeral directors	○	●	●	●	△	△	○	
人力资源经理及培训专家 human resources, training, and labor relations managers and specialists		●	●	●	●		○	
工厂管理 industrial production managers		●	●	●	●		△	△
公寓管理 lodging managers	○	●	●	●	△		○	
医疗及健康服务管理 medical and health services managers		●	●	●	△	△		
物业管理 property, real estate, and community association managers	○	●	●	●	○		○	
采购经理 purchasing managers, buyers, and purchasing agents		●	●	●	△	○	○	
首席行政官 top executives	○	●	●	●	●		△	
商业及金融类职业 business and financial operations occupations								
会计及审计 accountants and auditors		○	○	△	●		○	
地产鉴定及估价员 appraisers and assessors of real estate		△	○	△	△	○		
预算分析员 budget analysts		△	○	○	●			
保险赔偿核算及调查员 claims adjusters, appraisers, examiners, and investigators		△	○	△	△	○		
成本预估 cost estimators		○	○	○	●		△	
金融分析师及个人金融顾问 financial analysts and personal financial advisors		●	●	○	●		●	
保险承揽人 insuance underwriters		●	○	○	●			
贷款专员 loan officers		△	●	○	△		△	
管理分析 management analysts		●	△	○	●			
会议及活动策划 meeting and convention planners		●	●	●	△			
税务审计，税务员 tax examiners, collectors, and revenue agents		○	○	○	●			
专业人员及相关职业 professional and related occupations								
电脑及数学类相关职业 computer and mathematical occupations								
精算师 actuaries		○	○	○	●	△		
电脑程序员 computer programmers		△	○	○	●	●	○	
电脑专家及数据库管理员 computer scientists and database administrators		△	○	○	●	●	○	
软件工程师 computer software engineers		△	△	△	●	●		
电脑支持及电脑系统管理 computer support specialists and systems administrators		△	△	○	△	△	○	
电脑系统分析 computer systems analysts		△	○	○	●	●		
运筹分析人员 operations research analysts		○	○	○	●	△		
数学及统计学专家 mathematicians statisticians		○	○	○	●	△		

工作-职业技能配对表							
	个人所需职业技能						工作性质
	艺术	交流能力	领导才能	管理能力	分析能力	科学技术	经济繁荣程度	危险状态
建筑师，勘测师及制图师 architects, surveyors, and cartographers								
建筑师 architects, except landscape and naval	●	△	△	△	●	△	△	
园林设计师 landscape architects	△	△	△	△	△	△	△	
勘测及绘图技术员 cartographers photogrammetrists	△	△	△	○	△	△	△	
工程师 engineers	△	△	○	△	●	●	△	○
生命科学专家 life scientists								
农业专家 agricultural scientists		△	○	△	●	●		○
生物专家 biological scientists		△	○	△	●	●	○	○
医学专家 medical scientists		△	○	△	●	●	○	○
环保学专家 conservation scientists and foresters		△	○	△	●	●	○	○
食品专家 food scientists		△	○	△	●	●	○	○
物理学专家 physical scientists								
大气层专家 atmospheric scientists		△	○	△	●	●	○	
环境学专家 environmental scientists	○	△	○	△	●	●	○	
材料科学专家 materials scientists	○	△	○	△	●	●	△	○
地球学专家 geoscientists	○	△	○	△	●	●	○	
物理学专家 physicists	○	△	○	△	●	●	○	
社会科学专家 social scientists and related occupations								
经济学专家 enconomists		△	○	△	●			
市场及民意调查专家 market and survey researchers		●	●	○	●		△	
城市规划专家 urban and regional planners	△	△	△	△	●	○	○	
心理学专家 psychologists		●	●		○	△	△	
社会科学专家 social scientists		△	△	○	○			
社区及社会服务行业 community and social service occupations								
辅导员 counselors		●	●		○	○		
社会及公共事业服务助理 social and human service assistants	△					○		
社工 social worker		●	●		○			
法律类职业 legal occupations								
检察官 prosecutor		△	○					
法官 judges		●	○	○	○	○		
律师 layers		●	●	●	○	○	△	
律师助理 paralegrals and legal assistants		●	●	○	○	△		
教育，培训，图书馆及博物馆类职业								
档案馆及博物馆的技术人员 archivists and museum techicians	●	△	○	○	△	●		
教学协调员 instructional coordinators	○	●	●	△	△	△		
图书管理员 librarians	○	●	△	●	○	○		
教师助理 teacher assistant	△	●	●	△	○	△		
教师-大学及大专院校 teacher-postsecondary	△	●	●		●	△		
教师-成人教育及再教育 teacher-adult, enrichment education	△	●	●		△	△		
教师-学前班至高中 teacher-preschool, kindergarten, elementary, middle and secondary	△	●	●		△	△		
艺术及设计类职业 Art and design occupations								
室内设计师 interior designers	●	○	○	△	●	△	●	
图形设计师 graphic designers	●	△	△	△			○	
广告设计及工业设计师 commercial and industrial designers		○	△	△	●	○	●	
时装设计师 fashion designers	●	○	△	△			●	

工作-职业技能配对表								
	个人所需职业技能						工作性质	
	艺术	交际能力	领导才能	管理能力	分析能力	科学技术	经济敏感度	危险状态
传媒及相关职业 Media and communication-related occupations								
作家及编辑 writers and editors	●	●	●	○	○	○		
翻译 interpreters and translators	●	●	○					
新闻分析员,记者及通讯员 news analysts, reporters and correspondents	△	●	●	○	○	△		
广播及音响工程技术员,无线电操作员 broadcast and sound engineering technicians and radio operators		○	△		△	△	○	
服务行业 service occupations								
牙医助理 dental assistants		△	△	○	○	△		△
医助 medical assistants		△	△	○	○	●		
医护,心理,家庭保健助理 nursing, psychiatric and home health aides		△	△	○	○	○		●
职业治疗师助理 occupational therapist assistants and aides		△	●	○	○	△		△
药房助理 pharmacy aides		△	△	○	○			
物理治疗师助理 physical therapist assistants and aides		△	△	○	○			
销售及相关职业								
广告销售经纪 advertising sales agents	△	●	●		○		●	
保险销售经纪 insurance sales agents		●	●		△		△	
房地产销售经纪 real estate brokers and sales agents	○	●	●	△	△		△	
销售工程师 sales engineers	○	●	●		△	△		
销售代表,批发及制造业 sales representatives, wholesale and manufacturing	○	●	●		△	○	●	
金融相关产品销售代理 securties, commodities and financial services sales agents		●	●	●	●		●	
办公及行政助理相关职业								
财务文员 financial clerks								
billing and accout collectors		○	●		●		△	
财务及审计专员 bookkeeping, accounting and auditing clerks		○	○		○		○	
payroll and timekeeping clerks		○	○		△		○	
采购专员 procurement clerks		○	○		△		○	
Information and record clerks								
经纪文秘 brokerage clerks		○	○		△		○	
信贷授权人及审核员 credit authorizers, checkers	△	○	○	○	△		△	
售后服务代表 customer service representatives		●	●		△	○	○	
人力资源助理 human resources assistants		○	○		△		○	
其他办公及行政支持相关工作 Other office and administrative support occupations								
办公自动化文员 office automation worker	●	○	○		○	○	△	
行政助理及文秘 administrative secretaries		●	●	●	△			
交通运输类职业 transportation and material moving occupations								
飞行员及飞机工程师 aircraft pilots and flight engineers		●	●	●	●	●	●	
航空交通管制员 air traffic controllers		●	△	△	△	△		

个人所需技能: ●-技能要求-高　△-技能要求-中等　○-技能要求-基本
工作性质: ●-相似度-高　△-相似度-中等　○-相似度-低

致谢

　　《一步到北美》的准备用了很久的时间，从早期的青涩到现在的日渐成熟，虽然离完美还很远，但在这几年中，我和加拿大新东方国际学院的教职员工都经历了成长的痛苦与快乐。最重要的是，经过 3 年的精心准备和艰苦磨砺，我们已经正式成为国际文凭组织认证的 IB 学校，成为这个全球顶级的精英教育体系中的一员。这中间不知有多少酸甜苦辣，而我享受这种痛并快乐的正能量。

　　这一版最重要的是加入了国际文凭 IB 的内容，很荣幸地邀请到国际文凭组织前总干事 Jeff 作为共同作者汇总介绍了 IB 体系，并且邀请到俞敏洪老师作序推荐本书。在这里，我要对这二位国际教育界重量级的前辈专门致谢！同时，Bill 校长和前 IB 全球董事会成员、校长委员会成员 Andy 校长也提供了大量的原版 IB 英文材料。

　　每年的初夏都是一学年中最忙的日子，大量的老生收到录取通知、毕业离校、学年总结，新生报名、考试、发录取通知……学校里大家都忙得脚不着地。当然这也是最令人高兴和慰藉的日子，因为这是老师和学生收获的季节。另外，这还是伤感的日子，学生和老师们相处 3 年下来，已经不只是师生的感情，更多的是亲人的感情，而最终学生们要离开学校各赴前程，让人伤感。而这时候，也是我们这本书的第 3 版要出版的时间。我知道大家都非常紧张、繁忙，但加拿大新东方国际学院的教职员工们还是在百忙之中挤出时间参与了本书的资料收集、编辑和整理工作。在这里特别对这些老师的辛苦工作表示感谢。Claire（吴雨青）作为联合修订者，负责总体编辑工作和学校方面最后的内容审核。Jason、Wangkai、Lynn 老师主要负责 3～5 章的编辑整理和协调工作；Flora、Brand 老师主要做文字处理和图表更新工作。另外，Taoyi 贡献了很有价值的案例，并和 Joy、Daisy 一起翻译了部分 IB 材料。以 Taoyi、Jason、Wankai、Lynn、Daisy、Joy、Kathy、Zoe、Lucy、Ricky、Gordon、Flora、Brand、Susan 等老师为代表的其他各位老师都贡献了大量的丰富多彩的学生案例。也非常感谢部分学生、校友和家长贡献了不少案例和建议。

正是以上所有老师和朋友的共同努力促成了第 3 版《一步到北美》的圆满完成。当然，因为时间所限，有许多内容还没有完备和准确地奉献给大家，希望在不久的将来能够弥补这次遗憾。还特别感谢我的家人因为准备这本书做出的牺牲——他们失去了很多宝贵的周末和假期的家庭时间。

最后，特别感谢博集天卷给予本书的支持！